DuMonts Kriminal-Bibliothek

S. S. van Dine ist das Pseudonym des amerikanischen Kunst- und Kulturkritikers Willard Huntington Wright (1888–1939). Seine 1926 bis 1939 aus profunder Kennerschaft des Genres geschaffenen Romane um den Gentleman-Detektiv Philo Vance begründeten neben dem Werk von Dorothy L. Sayers die Tradition des Detektivromans für Intellektuelle. Ellery Queen und John Dickson Carr sind ihm ebenso verpflichtet wie Michael Innes und Edmund Crispin. Von S. S. van Dine sind in DuMonts Kriminal-Bibliothek bereits erschienen: »Der Mordfall Bischof« (Bd. 1006), »Der Mordfall Greene« (Bd. 1029) und »Der Mordfall Canary« (Bd. 1062).

Herausgegeben von Volker Neuhaus

S. S. van Dine

Der Mordfall Benson

Aus dem Englischen
von Manfred Allié

DuMont

Die Deutsche Bibliothek – CIP–Einheitsaufnahme

S. S. van Dine:
Der Mordfall Benson / S. S. van Dine. Manfred Allié (Übers.). – Köln : DuMont, 2000
(DuMonts Kriminal–Bibliothek ; 1089)
ISBN 3-7701-4978-5

Aus dem Englischen von Manfred Allié
Die der Übersetzung zugrundeliegende Ausgabe erschien 1988 unter dem Titel
»The Benson Murder Case« bei The Hogarth Press, London

Umschlagmotiv von Pellegrino Ritter
Umschlag- und Reihengestaltung: Groothuis & Consorten
Satz: Greiner & Reichel, Köln
Druck und Verarbeitung: Clausen & Bosse, Leck
Printed in Germany
ISBN 3-7701-4978-5

Bei Philo Vance zu Haus

(Freitag, 14. Juni; 8 Uhr 30 morgens)

Der Zufall wollte es, daß ich am Morgen jenes denkwürdigen 14. Juni, an dem die Entdeckung des Mordes an Alvin H. Benson ein Aufsehen erregte, dessen Echo noch heute nachhallt, mit Philo Vance in dessen Wohnung frühstückte. Es war nicht ungewöhnlich, daß ich Vance zu seinen Mittags- oder Abendmahlzeiten Gesellschaft leistete, aber ein gemeinsames Frühstück war ein Ereignis. Meist stand er erst spät auf, und in der Regel blieb er *incommunicado* bis zur Mittagsmahlzeit.

Daß wir uns an jenem Tag schon so früh trafen, hatte geschäftliche Gründe – oder besser gesagt, es ging um Kunst. Am Nachmittag des Vortages hatte Vance die Vernissage einer Ausstellung von Cézanne-Aquarellen aus der Sammlung Vollard besucht, die in der Galerie Kessler zu sehen war, und da er an mehreren Bildern sehr interessiert war, hatte er mich zu einem zeitigen Frühstück gebeten, um mir Anweisungen für den Kauf zu geben.

Ein Wort der Erklärung über mein Verhältnis zu Vance ist wohl angebracht, damit der Leser versteht, warum gerade ich der Chronist dieser Ereignisse bin. Schon seit Generationen fühlt sich meine Familie dem Anwaltsberuf in ganz besonderer Weise verbunden, und daß ich am Ende meiner Schulzeit nach Harvard ging und Jura studierte, war eine Selbstverständlichkeit. Dort lernte ich Vance kennen, einen kühlen, zynischen und sarkastischen jungen Mann, der Schrecken der Professorenschaft und der Alptraum seiner Kommilitonen. Warum er unter all den Studenten der Universität ausgerechnet mich für eine Freundschaft auch außerhalb des Hörsaals ausersah, habe ich nie recht verstanden. Daß ich meinerseits Vance mochte, ist leicht erklärt: Er faszinierte und interessierte mich, und durch ihn lernte ich eine gänzlich neue Art der intellektuellen Zerstreuung kennen. Doch an mir war nichts, was eine solche Sympathie auf seiner Seite hätte wecken können. Ich war (und bin bis heute) ein unauffälliger Mensch, von konservativer und recht konventioneller Gesinnung. Andererseits konnte man mich auch nicht starrköpfig nennen, und die Schwerfälligkeit der Juristerei behagte mir wenig, was zweifellos auch die Erklärung dafür ist, daß ich kein rechtes Interesse am ererbten Beruf verspürte – und es mag sein, daß diese Züge meiner Persönlichkeit in Vance' Unbewußtem ein gewisses Gefühl der Verbundenheit weckten. Es gibt natürlich auch die weit weniger schmeichelhafte Erklärung, daß Vance in mir eine Art Schatten sah, einen Ruhepunkt, und daß er in meiner Natur das Gegenbild und damit die Ergänzung zu seiner eigenen fand. Doch wie dem auch sei, wir waren viel zusammen, und im Laufe der Jahre reifte diese Gemeinschaft zu einer unzertrennlichen Freundschaft heran.

Nach bestandener Abschlußprüfung begann ich meine Laufbahn in der Anwaltskanzlei meines Vaters – Van Dine and Davis –, und nach fünf weiteren öden Lehrjahren trat ich als Juniorpartner ein. Heute bin ich der zweite Van Dine bei Van Dine, Davis and Van Dine mit Geschäftsräumen am Broadway, Nummer 120. Etwa zu der Zeit, zu der mein Name erstmals im Briefkopf der Firma auftauchte, kehrte Vance aus Europa zurück, wo er während meines juristischen Noviziats gelebt hatte, und da eine verstorbene Tante ihn zum Haupterben eingesetzt hatte, fiel mir die Aufgabe zu, all die bürokratischen Notwendigkeiten zu regeln, die erledigt sein wollen, bevor man ein solches Erbe antreten kann.

Diese Arbeit war der Anfang einer neuen und ein wenig ungewöhnlichen Beziehung zwischen uns. Jede Art von geschäftlicher Transaktion war Vance verhaßt, und so ergab es sich im Laufe der Zeit, daß ich sein Vermögensverwalter und überhaupt eine Art Mittler für ihn im Umgang mit der Welt draußen wurde. Seine Angelegenheiten waren, wie sich herausstellte, so vielfältig, daß sie das Maß an Zeit, das ich dem Anwaltsberuf zu widmen bereit war, gänzlich ausfüllten, und da Vance die Mittel hatte, sich den Luxus eines, wenn man es so nennen wollte, juristischen Privatsekretärs zu leisten, schloß ich meinen Schreibtisch in der Kanzlei ein für allemal ab und widmete mich von da an ganz seinen Bedürfnissen und Launen.

Alles, was ich bis zu dem Tag, an dem Vance mich zu sich bestellte, um den Erwerb der Cézannes zu besprechen, unterschwellig noch an Gewissensbissen darüber gehabt haben mochte, daß ich die Kanzlei Van Dine, Davis and Van Dine um den Ertrag meiner bescheidenen juristischen Fähigkeiten brachte, wurde durch die turbulenten Ereignisse jenes Morgens zur Gänze vertrieben; denn über einen Zeitraum von fast vier Jahren, beginnend mit dem berüchtigten Mordfall Benson, hatte ich das große Glück, als Zuschauer bei der Aufklärung dessen dabeizusein, was nach meinen Begriffen wohl die verblüffendste Serie von Kriminalfällen war, die je ein junger Anwalt zu Gesicht bekommen hat. Ja, man darf sagen, daß die Dramen, deren Zeuge ich in jenem Zeitraum war, zu den faszinierendsten zählen, deren Akten unveröffentlicht in den Polizeiarchiven dieses Landes schlummern.

Unweigerlich war bei diesen Dramen Vance der Hauptakteur. Mit einem analytisch deutenden Verfahren, das, soviel ich weiß, nie zuvor für die Ermittlung in Kriminalfällen Anwendung gefunden hatte, gelang es ihm, eine ganze Reihe von Schwerverbrechen aufzuklären, bei denen die herkömmlichen Methoden der Polizei und der Bezirksstaatsanwaltschaft versagt hatten.

Meine spezielle Stellung bei Vance brachte es mit sich, daß ich während sämtlicher Fälle, mit denen er zu tun hatte, nicht nur bei den Ermittlungen zugegen war, sondern auch bei den meisten der informellen Gespräche, die er darüber mit dem Bezirksstaatsanwalt führte; und da ich ein methodischer Mensch bin, habe ich alles so vollständig wie möglich schriftlich festgehalten. Außerdem notierte ich mir (so akkurat, wie es sich nach dem Gedächtnis bewerkstelligen ließ) alles über Vance' charakteristische psychologische Ermittlungsmethode, so wie er sie von Zeit zu Zeit erläuterte. Es erweist sich als Glücksfall, daß ich diese Notizen und Protokolle anfertigte, die seinerzeit keinerlei praktischen Nutzen hatten, denn nun, wo die Umstände es unerwartet ermöglichen, die Fälle an die Öffentlichkeit zu bringen, kann ich sie in aller Ausführlichkeit darlegen, mit sämtlichen Schlaglichtern, Schritt für Schritt – eine Aufgabe, die ohne meine umfangreiche Sammlung von Zeitungsausschnitten und Adversaria nicht zu bewältigen wäre.

Ebenso fügte es sich glücklich, daß der erste Fall, der Vance in seinen Bann schlug, jener des Mordes an Alvin Benson war. Dieser Fall erwies sich nicht nur als eine der aufregendsten *causes célèbres*, die New York je gesehen hat, sondern er bot Vance auch ausgezeichnete Gelegenheit, seine seltene Begabung in der Kunst des deduktiven Schlusses unter Beweis zu stellen, und es war ein Fall, der durch seine Eigenart und Größenordnung sein Interesse für ein Tätigkeitsfeld weckte, das bisher seinen Gewohnheiten wie seinen Vorlieben gänzlich fremd gewesen war.

Der Fall trat plötzlich und unerwartet in Vance' Leben, obwohl er selbst es war, der durch eine leichtfertige Bemerkung, gegenüber dem Bezirksstaatsanwalt einen guten Monat zuvor geäußert, unwillentlich diese Störung seines üblichen Tageslaufs heraufbeschworen hatte. Genauer gesagt brach der Fall an jenem Junimorgen über uns herein, bevor wir noch ganz mit dem Frühstück fertig waren, und drängte alle Überlegungen zum Erwerb der Cézannes zunächst in den Hintergrund. Als ich später am Tag in die Galerie Kessler kam, waren zwei Aquarelle, an denen Vance besonders gelegen war, bereits verkauft; und ich bin mir sicher, daß bis heute die erfolgreiche Aufklärung des Mordfalls Benson und die Tatsache, daß er damit mindestens eine unschuldige Seele vor dem Gefängnis bewahrte, für seine Begriffe kein wirklicher Ersatz für den Verlust jener beiden Skizzen war, auf die er ein Auge geworfen hatte.

Als Currie, Vance' unnachahmlicher englischer Butler, der auch als Kammerdiener, Majordomus und gelegentlich als Koch fungierte, mich am Morgen in das Wohnzimmer führte, saß Vance im seidenen Morgenmantel und grauen Samtpantoffeln in einem schweren Sessel, Vollards Band über Cézanne aufgeschlagen auf den Knien.

»Verzeihen Sie, wenn ich mich nicht erhebe, Van«, grüßte er

mich lässig. »Die moderne Kunstkritik lastet schwer auf mir. Und ich muß sagen, dieses plebejische Frühaufstehen ermattet mich.«

Er blätterte weiter in dem Band, hielt hie und da bei einer Abbildung inne.

»Dieser Vollard«, sinnierte er schließlich, »war sehr großzügig zu uns, wo wir doch hierzulande die Kunst so verabscheuen. Er hat uns eine wirklich hübsche Kollektion von Cézannes geschickt. Ich habe sie mir gestern angesehen, mit der geziemenden Bewunderung, wenn auch mit gleichgültiger Miene, denn Kessler beobachtete mich; und ich habe Ihnen die angestrichen, die Sie für mich erwerben sollen, sobald die Galerie am Vormittag öffnet.«

Er reichte mir den kleinen Katalog, in dem er sich seine Notizen gemacht hatte.

»Eine gräßliche Aufgabe, ich weiß«, fügte er mit mildem Lächeln hinzu. »Diese zarten kleinen Flecken mit dem vielen weißen Papier werden Ihrem Juristenverstand wahrscheinlich nicht das mindeste bedeuten – so grundverschieden, wie sie von einer hübsch getippten Prozeßakte sind. Und Sie werden sicher das Gefühl haben, manche stünden auf dem Kopf – was, nebenbei bemerkt, bei einem auch der Fall ist, und nicht einmal Kessler ist es aufgefallen. Aber grämen Sie sich nicht, mein Lieber. Diese bescheidenen Farbtupfer sind eine Schönheit, sie haben ihren Wert, und wenn man bedenkt, welche Preise sie in ein paar Jahren erzielen werden, sind sie nicht einmal teuer. Eine ausgezeichnete Investition sogar, für jemanden, dem es ums Geld geht – unendlich besser als diese Wertpapiere, mit denen Sie mir so in den Ohren gelegen haben, als die gute alte Tante Agatha von uns ging.«*

Vance' eine Leidenschaft (wenn man eine solche rein intellektuelle Begeisterung denn eine Leidenschaft nennen kann) war die Kunst – nicht in einem engen, rein persönlichen Sinne des Wor-

* Tatsächlich waren die Aquarelle, die Vance für $ 250 und $ 300 erwarb, vier Jahre später bereits das Dreifache wert.

tes, sondern Kunst in ihrer universalen Bedeutung. Ihr galt nicht nur sein Hauptinteresse, sondern ihr widmete er auch den Großteil seiner Zeit. Er war eine gewisse Autorität auf dem Gebiet des japanischen und chinesischen Holzschnitts, er kannte sich mit Gobelins und Keramiken aus, und einmal hörte ich ihn vor Gästen einen kleinen Vortrag über Tanagrafiguren improvisieren, den man, hätte jemand protokolliert, als ebenso lehrreiche wie unterhaltsame Monographie zu diesem Thema hätte veröffentlichen können.

Vance war wohlhabend genug, um seiner Sammelleidenschaft zu frönen, und hatte eine prachtvolle Kollektion an Bildern und Kunstgegenständen zusammengetragen. Willkürlich war diese Sammlung nur auf den ersten Blick; jedes Stück aus seinem Besitz verkörperte ein Prinzip, eine Art der Rundung, der Linienführung, die es in Beziehung zu allen anderen setzte. Jeder, der sich mit Kunst auskannte, spürte den Zusammenhalt und die Konsequenz all der Stücke, mit denen er sich umgab, so unterschiedlich sie auch in Herkunft, Thematik und äußerer Erscheinung sein mochten. Mir ist Vance immer als ein Sammler vorgekommen, der nach philosophischen Gesichtspunkten sammelt, und das ist selten genug.

Seine Wohnung in der 38. Straße Ost – genau genommen die beiden oberen Etagen eines alten Stadthauses, wunderbar neu gestaltet und teils umgebaut, so daß großzügige Räume mit hohen Decken entstanden – war angefüllt, doch nicht überfüllt mit seltenen Stücken westlicher wie östlicher, antiker wie moderner Kunst. Seine Gemäldesammlung reichte von den italienischen Meistern der Frührenaissance bis zu Cézanne und Matisse, die Spanne seiner Sammlung von Handzeichnungen von Michelangelo bis Picasso. Vance' Kollektion von chinesischen Holzschnitten gehörte zu den wertvollsten Privatsammlungen im Land und enthielt prachtvolle Stücke von Ririomin, Rianchu, Jinkomin, Kakei und Mokkei.

»Die Chinesen«, sagte Vance einmal zu mir, »sind die wahrhaft großen Künstler des Orients. Bei keinem andern Volk ist die

Kunst so sehr zum Ausdruck seiner Philosophie geworden. Im Vergleich dazu waren die Japaner oberflächlich. Es liegen Welten zwischen dem kaum mehr als dekorativen *souci* eines Hokusai und der bis ins kleinste durchdachten und bewußten Kunst eines Ririomin. Selbst in der Mandschuzeit, als die chinesische Kunst im Niedergang begriffen war, blieb sie zutiefst philosophisch – eine spirituelle Sensibilität, könnte man sagen. Und noch in modernen Kopien von Kopien – dem sogenannten Bunjin-ga-Stil – finden wir Bilder von tiefer Bedeutung.«

Die Bandbreite von Vance' Kunstinteressen war bemerkenswert. Seine Sammlung konnte es an Vielfältigkeit mit jedem Museum aufnehmen. Bei ihm fand man eine schwarzfigurige Amphore des Töpfers Amasis, eine protokorinthische Vase im ägäischen Stil, Kubatscha-Ware und rhodische Teller und attische Vasen, ein italienisches Bergkristall-Weihwasserbecken aus dem 16. Jahrhundert, Zinnkrüge aus der Tudorzeit (darunter einige mit dem Punzzeichen der zwei Rosen), eine Bronzemedaille von Cellini, ein Emaille-Triptychon aus Limoges, einen Altaraufsatz des Spaniers Vallfogona, mehrere etruskische Bronzen, eine Buddhadarstellung im Gandhara-Stil, eine Statue des Bodhisattva Guanyin aus der Ming-Dynastie, eine Reihe wunderbarer Renaissanceholzschnitte sowie mehrere Elfenbeinschnitzereien aus byzantinischer, karolingischer und altfranzösischer Zeit.

Unter seinen ägyptischen Schätzen fanden sich ein goldener Krug aus Zakazik, eine Statuette der Nai (nicht weniger bezaubernd als jene, die man aus dem Louvre kennt), zwei prachtvoll geschnitzte Stelen aus der Zeit des Mittleren Reiches, etliche kleine Skulpturen, darunter seltene Darstellungen von Hapi und Imset, und mehrere arrentinische Keramikschalen mit Reliefdarstellungen von Kalathiskos-Tänzern. Oben auf einem der mehrteiligen jakobäischen Bücherschränke in seiner Bibliothek, wo ein Großteil der modernen Gemälde und Zeichnungen hingen, stand eine faszinierende Gruppe afrikanischer Skulpturen – Kultmasken und Fetische aus Französisch-Guinea, dem Sudan, dem Kongo, von der Elfenbeinküste und aus Nigeria.

Ich spreche mit Absicht in solcher Ausführlichkeit von Vance' Hang zur Kunst, denn wer wirklich die dramatischen Ereignisse verstehen will, die für ihn an jenem Junimorgen ihren Anfang nahmen, muß zunächst einen Begriff davon haben, was ihm wichtig war und was ihn wirklich umtrieb. Die Liebe zur Kunst war ein Hauptzug – man könnte fast sagen: der beherrschende Zug – seiner Persönlichkeit. Ich habe nie wieder einen Menschen wie ihn kennengelernt – jemanden, dessen Interessen bei aller scheinbaren Vielfältigkeit doch so ganz und gar auf ein klar umrissenes Ziel gerichtet waren.

Vance war das, was viele einen Amateur nennen würden. Aber der Unterton, der dabei mitschwingt, täte ihm unrecht. Er war ein außerordentlich kultivierter Mann und brillanter Denker. Ein Aristokrat nicht nur von Geburt, sondern auch von Natur aus, hielt er sich streng von der Welt der gewöhnlichen Menschen fern. Aus allem, was er tat, sprach stets Verachtung für das Mittelmaß. Die allermeisten, denen er begegnete, hielten ihn für einen Snob. Doch in seiner Herablassung und Verachtung gab es nichts Aufgesetztes. Wenn er ein Snob war, dann ebenso im intellektuellen wie im gesellschaftlichen Sinne. Ich glaube, Dummheit war ihm gar noch verhaßter als Vulgarität und schlechter Geschmack. Mehrfach habe ich ihn Fouchés berühmtes Wort zitieren hören: *C'est plus qu'un crime; c'est une faute*. Und er meinte es wörtlich.

Vance war ein bekennender Zyniker, doch bitter war er nur selten: Sein Zynismus war von der spöttischen Art eines Juvenal. Vielleicht beschreibt man ihn am besten als einen gelangweilten und hochmütigen, doch höchst aufmerksamen und scharfsinnigen Zuschauer des Lebens. Er verfolgte die Menschen und ihr Verhalten genau, doch mit dem Interesse des Wissenschaftlers, nicht mit der Anteilnahme des Menschenfreundes. Und bei allem war er ein Mann von außerordentlichem persönlichen Charme. Selbst jene, die ihn nicht bewundern wollten, fanden es doch schwer, ihn nicht zu mögen. Seine oft kuriosen kleinen Eigenheiten und der leicht englische Tonfall, in dem er redete – ein Überbleibsel der Zeit, die er nach seinem Havard Examen in Oxford verbracht hatte –, kamen denen, die ihn nicht gut kannten, affektiert vor. Doch in Wirklichkeit hatte er nur sehr wenig von einem Poseur.

Er war ein ungewöhnlich gutaussehender Mann, auch wenn sein Mund asketisch und grausam war, wie die Münder auf manchen Medici-Porträts;* und er hatte eine Art, ein wenig spöttisch die Augenbrauen zu heben. Trotz der Adlerstrenge seiner Züge war der Gesichtsausdruck höchst sensibel. Seine Stirn war kräftig, doch gewölbt – eher eine Künstler- als eine Denkerstirn. Die kalten grauen Augen standen weit auseinander. Die Nase war gerade und schlank, das Kinn schmal, doch vorspringend, mit einem stark ausgeprägten Grübchen. Als ich kürzlich John Barrymore in *Hamlet* sah, erinnerte er mich ein wenig an Vance, und ähnlich erging es mir bei einem Auftritt von Forbes Robertson in *Caesar und Cleopatra.***

Vance war knapp sechs Fuß groß, eine elegante Erscheinung, die einen Eindruck muskulöser Kraft und gespannter Aufmerksamkeit vermittelte. Er war ein ausgezeichneter Fechter und hatte der Universitäts-Fechtmannschaft vorgestanden. Er hatte eine gewisse Vorliebe für Sport im Freien und ein Talent, darin zu brillieren, ohne daß er groß dafür übte. Im Golf war sein Handicap nicht höher als drei, und eine Saison lang hatte er in der Polo-Nationalmannschaft gegen England gespielt. Bei aller Sportlichkeit hatte er jedoch eine regelrechte Antipathie gegen das Zufußgehen und ging keine hundert Schritt, wenn er auch fahren konnte.

Seine Kleidung war stets modisch – peinlich korrekt bis ins kleinste Detail –, doch unaufdringlich. Einen beträchtlichen Teil

* Ich denke dabei besonders an Bronzinos Porträts von Pietro de' Medici und Cosimo de' Medici in der Nationalgalerie und an Vasaris Porträt Lorenzo de' Medicis im Palazzo Vecchio in Florenz.

** Als Vance einmal an einer Stirnhöhlenentzündung litt, ließ er eine Röntgenaufnahme seines Kopfes anfertigen, und der beigefügte Kommentar bezeichnete ihn als »ausgeprägt dolichozephal« und als »disharmonisch-nordischen Typ«. Außerdem enthielt er die folgenden Daten: Schädelindex 75; leptorhine Nase, Index 48; Gesichtswinkel 85°; vertikaler Index 72; Obergesichtsindex 54; Pupillenabstand 67; masognathisches Kinn, Index 103; sella turcica abnorm groß.

seiner Zeit verbrachte er in den Clubs, denen er angehörte; am liebsten war ihm der Stuyvesant, und zwar, wie er mir einmal anvertraute, weil seine Mitglieder vorwiegend aus Politik und Wirtschaft stammten und er niemals in ein Gespräch verwickelt wurde, das einer geistigen Anstrengung bedurft hätte. Gelegentlich besuchte er Aufführungen der moderneren Opern und hatte stets Abonnements für Symphonie- und Kammermusikkonzerte.

Übrigens ist mir selten ein erstaunlicherer Pokerspieler begegnet. Ich erwähne das nicht nur, weil es ungewöhnlich war, daß ein Mann wie Vance ein so volkstümliches Spiel den gehobeneren wie etwa dem Bridge- oder Schachspiel vorzog, sondern deswegen, weil beim Poker seine Kenntnisse der menschlichen Psyche zum Tragen kamen, und diese Kenntnisse sollten von großer Bedeutung für die Ereignisse sein, deren Chronik ich hier niederschreiben will.

Vance' psychologisches Wissen war in der Tat erstaunlich. Er hatte ein Talent, Menschen auf Anhieb richtig zu beurteilen, und durch Studium und Lektüre hatte er diese Gabe zu einem rationalen System von verblüffender Treffsicherheit entwickelt. Er verfügte über ein solides Wissen in allen Bereichen der akademischen Psychologie, und auf dem College hatte er vor allem Kurse gewählt, die sich entweder direkt mit diesem Thema beschäftigten oder ihm weiteres Hintergrundwissen vermittelten. Während ich mich auf dem engen Feld von Wirtschafts- und Sozialrecht, von Verträgen, Klauseln, Klagen und Mahnungen bewegte, machte Vance sich die weite Welt der menschlichen Kultur zu eigen. Er studierte die Geschichte der Weltreligionen, die griechischen Klassiker, er belegte Kurse in Biologie, Sozialwissenschaften und politischer Ökonomie, in Philosophie, Anthropologie, Literaturwissenschaft, theoretischer und experimenteller Psychologie und in den klassischen wie den modernen Sprachen.* Doch

* »Die Kultur«, sagte Vance zu mir, kurz nachdem wir uns kennengelernt hatten, »ist polyglott, und man muß so viele Sprachen wie nur möglich beherrschen, um die geistigen und künstlerischen Leistungen der Menschheit wirklich

ich glaube, am wichtigsten waren ihm jene Seminare, die er bei Münsterberg und William James besuchte.

Letzten Endes war Vance ein philosophischer Denker – philosophisch im weitesten Sinne des Wortes. Mehr als die meisten anderen war er frei von konventioneller Sentimentalität und den Irrationalitäten des Tages und konnte durch die Oberfläche des Handelns der Menschen hindurch auf die Impulse und Motive blicken, die sie antrieben. Außerdem hütete er sich vor jeder Leichtgläubigkeit, und seine Gedanken waren stets von kühler, logischer Präzision.

»Erst wenn wir alles Menschliche mit der klinischen Distanz und der zynischen Verachtung eines Mediziners betrachten, der ein Meerschweinchen in seinem Labor untersucht«, sagte er einmal, »haben wir die Chance, wirklich zur Wahrheit vorzudringen.«

Vance führte, wenn auch ungern, ein aktives gesellschaftliches Leben – eine Konzession, die er an seine Familie machte. Doch im Grunde war er kein geselliger Mensch – ich kann mich nicht erinnern, daß ich je einen Menschen gesehen hätte, bei dem der Herdentrieb weniger ausgeprägt gewesen wäre –, und wenn er hinaus in die Welt ging, dann meistens unter Zwang. Einer solchen Verpflichtung war er auch am Vorabend jenes denkwürdigen Junifrühstücks nachgekommen; andernfalls hätten wir uns über die Cézannes schon am Abend zuvor verständigt, und Vance klagte bitterlich darüber, während Currie uns Erdbeeren und Eggs Benedict servierte. Später habe ich oft genug dem Schicksal gedankt, daß die Dinge sich so und nicht anders fügten; denn hätte Vance in friedlichem Schlummer gelegen, als um neun Uhr der Bezirksstaatsanwalt schellte, dann hätte ich vier der interes-

zu würdigen. Gerade die griechischen und lateinischen Klassiker verlieren viel in der Übersetzung.« Ich setze diese Bemerkung hierher, weil seine vielfältige Lektüre in anderen Sprachen im Verein mit seinem verblüffenden Gedächtnis eine Tendenz hatte, sich in seinem Sprachduktus niederzuschlagen. Manche werden diese Sprache bisweilen pedantisch finden, doch ich habe mich in meinen Chroniken stets bemüht, Vance wörtlich wiederzugeben, in der Hoffnung, daß ein Porträt des Mannes entsteht, wie er seinerzeit war.

santesten und aufregendsten Jahre meines Lebens verpaßt, und einige der finstersten und gerissensten Verbrecher New Yorks trieben vielleicht noch heute ihr Unwesen.

Vance und ich hatten eben zur zweiten Tasse Kaffee und einer Zigarette in unseren Sesseln Platz genommen, als Currie, der auf ein stürmisches Klingeln hin zur Wohnungstür geeilt war, den Bezirksstaatsanwalt ins Wohnzimmer führte.

»Bei allen Göttern!« rief er und hob in gespielter Verblüffung die Hände. »New Yorks größter Flaneur und Kunstkenner so früh auf den Beinen!«

»Und es treibt mir die Schamröte ins Gesicht, daß ich mich auch noch dabei erwischen lasse«, konterte Vance.

Doch dem Staatsanwalt war anzusehen, daß er eigentlich nicht zum Scherzen aufgelegt war. Seine Miene verfinsterte sich.

»Vance, eine ernste Sache bringt mich her. Ich bin in großer Eile und komme nur vorbei, weil ich es Ihnen versprochen habe … Sie müssen wissen, man hat Alvin Benson ermordet.«

Vance hob träge die Augenbrauen.

»Was Sie nicht sagen«, brummte er. »Wie unappetitlich! Obwohl er es zweifellos verdiente. Jedenfalls ist das doch kein Grund, daß Sie sich deswegen die Laune verderben lassen. Setzen Sie sich und trinken Sie eine Tasse von Curries unvergleichlichem Kaffee mit uns.« Bevor Markham etwas einwenden konnte, hatte er sich schon erhoben und den Klingelknopf gedrückt.

Markham zögerte einen Augenblick lang.

»Nun gut. Ein paar Minuten werden auch nichts mehr ausmachen. Aber nur ein Schlückchen.« Und ließ sich in den Sessel uns gegenüber fallen.

Am Schauplatz des Verbrechens

(Freitag, 14. Juni, 9 Uhr)

Der Leser wird sich erinnern, daß John F. X. Markham zu einer Zeit, als die Stimmung der New Yorker sich wieder einmal gegen die etablierten politischen Kräfte gewandt hatte, als Kandidat der unabhängigen Reformer zum Bezirksstaatsanwalt für New York County gewählt worden war. Er blieb seine vier Jahre im Amt und wäre wohl für eine zweite Amtszeit bestätigt worden, wäre die Wählerschaft nicht durch die Ränke seiner Gegner hoffnungslos gespalten gewesen. In der Arbeit war er unermüdlich und griff vom Büro der Bezirksstaatsanwaltschaft aus in zahlreiche polizeiliche wie zivile Ermittlungen ein. Seine eiserne Unbestechlichkeit spornte nicht nur die flammende Bewunderung seiner Anhänger an, sondern ließ auch jene, die sich aus parteipolitischen Gründen als seine Gegner verstanden, in einem kaum je gekannten Gefühl der Sicherheit leben.

Er war erst ein paar Wochen im Amt, als eine Zeitung ihn den »Wachhund« nannte, und diesen Spitznamen sollte er bis ans Ende seiner Amtsperiode behalten. Die lange Reihe von Erfolgen, die er in seiner vierjährigen Dienstzeit als Strafverfolger verbuchen konnte, war so ungewöhnlich, daß sie bis heute in Juristen- und Politikerrunden oft genug Gesprächsstoff ist.

Markham war ein groß gewachsener, kräftig gebauter Mann Mitte Vierzig mit einem jungenhaften Gesicht, das nicht recht zu dem schon ganz ergrauten Haar passen wollte. Nach landläufigen Vorstellungen hätte er nicht für gutaussehend gegolten, doch er beeindruckte mit der Macht seiner Persönlichkeit und einem Einfühlungsvermögen, das man bei unseren heutigen Politikern vergebens sucht. Alles in allem war er ein Mann von stürmischem Temperament, doch seine polternde Art ruhte auf einem soliden Fundament guter Erziehung und war nicht – wie es meistens der Fall ist – eine Grobheit des inneren Menschen, die durch den zu dünnen Mantel äußerer Gewandtheit hindurchscheint.

Wenn die Belastungen des Amtes und die Sorgen, die er sich darum machte, von ihm abfielen, konnte er der charmanteste Mensch sein. Doch schon kurz nachdem ich ihn kennengelernt hatte, hatte ich gesehen, wie schlagartig die Liebenswürdigkeit verfliegen und an ihre Stelle eine grimmige Strenge treten konnte. Es war, als hätte in jenem Augenblick eine gänzlich neue Persönlichkeit von Markhams Körper Besitz ergriffen – hart, unerbittlich, nur der Gerechtigkeit verpflichtet. Ich sollte diese Verwandlung noch viele Male miterleben, ehe unsere Wege sich trennten. Ja, schon am heutigen Morgen, wo er mir in Vance' Wohnzimmer gegenübersaß, stand mehr als nur ein Anflug jener aggressiven Strenge in seinen Zügen, und es war offensichtlich, daß der Mord an Alvin Benson ihn sehr beschäftigte.

Er stürzte seinen Kaffee in großen Schlucken hinunter und stellte die Tasse sogleich wieder ab. Vance, der ihn mit amüsierten Blicken beobachtet hatte, spottete:

»Also ich muß schon sagen! Warum denn so finsterer Miene, nur weil ein Benson weniger auf Erden wandelt? Sie waren doch nicht am Ende selbst der Mörder, was?«

Markham ließ sich nicht provozieren.

»Ich bin auf dem Weg zu Bensons Haus. Wollen Sie mitkommen? Sie hatten mich darum gebeten, und ich bin hier, um mein Versprechen einzulösen.«

Erst da fiel mir wieder ein, daß Vance einige Wochen zuvor im Stuyvesant-Club, als das Gespräch auf die hohe Zahl von Mordfällen in New York gekommen war, den Wunsch geäußert hatte, den Staatsanwalt einmal bei seinen Ermittlungen zu begleiten, und daß Markham ihm versprochen hatte, daß er beim nächsten großen Fall dabeisein könne. Sein Interesse an der Psychologie des menschlichen Verhaltens hatte Vance zu dieser Bitte bewogen, und die langjährige Freundschaft mit Markham machte es möglich, daß sie ihm erfüllt wurde.

»Sie vergessen aber auch nichts, nicht wahr?« murmelte Vance träge. »Eine bewundernswerte Gabe, wenn auch keine bequeme.« Er warf einen Blick auf die Kaminuhr: Es fehlten noch einige Minuten bis neun. »Aber was für eine ungehörige Uhrzeit! Wenn mich da jemand sieht!«

Markham rutschte ungeduldig zur Sesselkante vor.

»Nun, wenn die Befriedigung Ihrer Neugier Ihnen die Demütigung wert ist, daß jemand Sie um neun Uhr morgens in der Öffentlichkeit sehen könnte, dann müssen Sie sich beeilen. Ich werde Sie bestimmt nicht in Morgenmantel und Pantoffeln mitnehmen. Und länger als fünf Minuten warte ich nicht, bis Sie sich angekleidet haben, das können Sie mir glauben.«

»Aber warum denn die Hast, mein Alter?« fragte Vance und gähnte. »Der Knabe ist nun einmal tot, da wird er Ihnen schon nicht davonlaufen.«

»Nun nehmen Sie sich doch zusammen, Sie Nachtgewächs«, drängte der andere ihn. »Diese Geschichte ist kein Witz. Sie ist verflucht ernst, und wie es aussieht, wird ein gräßlicher Skandal daraus werden. Also, was wollen Sie tun?«

»Tun? Ich werde in aller Demut dem großen Rächer des kleinen Mannes folgen«, erwiderte Vance, erhob sich und verneigte sich überschwenglich.

Er läutete nach Currie und ließ seine Kleider bringen.

»Ich gehe zu einem Morgenempfang, den Mr. Markham für eine Leiche gibt – da brauche ich etwas Schickes. Ist es warm genug für einen Seidenanzug? … Und eine lavendelblaue Krawatte dazu, unbedingt.«

»Ich hoffe nur, Sie werden sich nicht auch noch Ihre grüne Nelke ins Knopfloch stecken«, knurrte Markham.

»Ts, ts!« tadelte Vance. »Sie haben zuviele Romane von Hichens gelesen. Das schickt sich nicht für einen Staatsanwalt! Und Sie wissen doch genau, daß ich nie eine Boutonnière trage. Diese Zierde ist aus der Mode gekommen. Nur Roués und Saxophonspieler stecken sich heute noch ein Sträußchen an … Aber erzählen Sie mir von Bensons Ableben.«

Vance kleidete sich nun mit Curries Hilfe in einem Tempo an, das ich bei ihm in solchen Dingen selten gesehen hatte. Hinter all den spöttischen Reden spürte ich die echte Ungeduld eines Man-

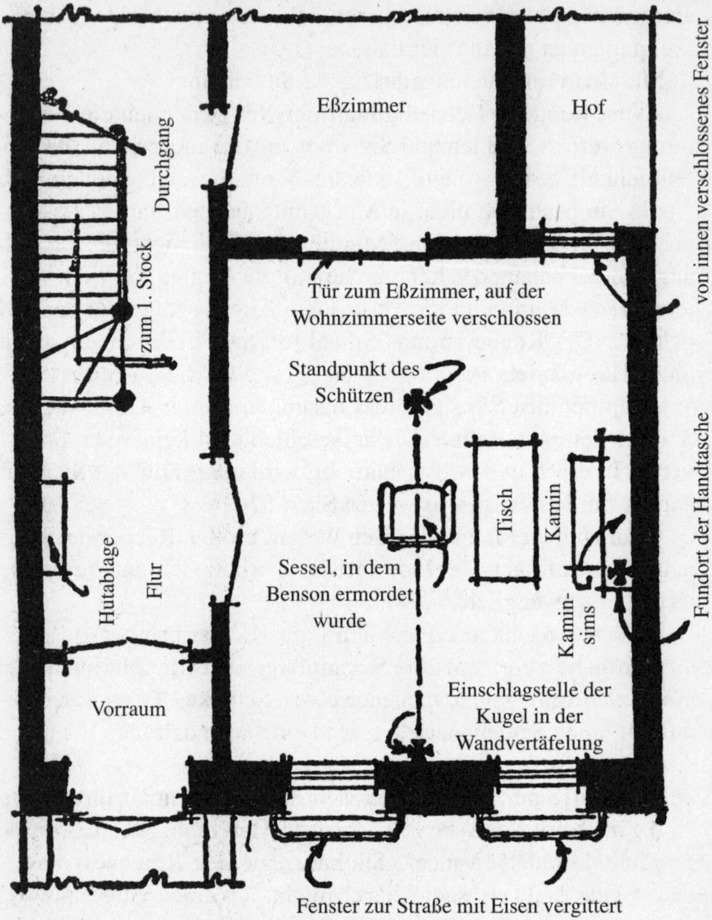

48. Straße West

nes, der einer neuen Erfahrung entgegenfiebert, einer Erfahrung, die so dramatische Möglichkeiten für seinen wachen und aufmerksamen Verstand versprach.

»Sie haben Alvin Benson flüchtig gekannt, soviel ich weiß«, hob der Bezirksstaatsanwalt an. »Nun, heute am frühen Morgen rief seine Haushälterin auf der örtlichen Wache an, daß sie ihn tot aufgefunden habe, ein Kopfschuß, angezogen und in seinem Lieblingssessel im Wohnzimmer sitzend. Die Nachricht wurde natürlich sofort zum Präsidium durchgestellt, und der diensthabende Beamte verständigte mich unverzüglich. Ich war eher geneigt, den Fall der Routinearbeit der Polizei zu überlassen. Doch eine halbe Stunde darauf meldete sich Major Benson, Alvins Bruder, telefonisch bei mir und bat mich um den Gefallen, die Ermittlungen persönlich zu übernehmen. Ich kenne den Major seit zwanzig Jahren, da konnte ich schlecht nein sagen. Also frühstückte ich in aller Eile und machte mich auf den Weg. Bensons Haus liegt in der 48. Straße West, und als ich an Ihrer Straßenecke vorüberkam, fiel mir Ihre Bitte wieder ein; also kam ich herauf, um zu fragen, ob Sie mitkommen wollen.«

»Sehr freundlich von Ihnen«, murmelte Vance, der eben seine Krawatte vor einem kleinen bunten Spiegel band. Dann wandte er sich an mich. »Sie kommen mit, Van. Lassen Sie uns zu dritt einen Blick auf den verblichenen Benson werfen. Ich bin sicher, einer von Markhams Bluthunden wird dahinterkommen, daß ich den alten Gauner nicht ausstehen konnte, und womöglich noch sagen, ich sei's gewesen; ich fühle mich einfach sicherer, wenn ich meinen Rechtsbeistand gleich zur Hand habe ... Sie haben doch nichts dagegen, oder, Markham?«

»Aber nein«, erwiderte dieser bereitwillig, obwohl ich den Eindruck hatte, daß er mich lieber nicht dabeigehabt hätte. Aber die Sache interessierte mich zu sehr, als daß ich mich auch nur pro forma geziert hätte, und ich folgte Vance und Markham nach unten.

Wir stiegen in das Taxi, das vor dem Haus gewartet hatte, und auf unserer Fahrt die Madison Avenue entlang machte ich mir, wie schon so oft zuvor, meine Gedanken über die seltsame Freundschaft dieser beiden so gegensätzlichen Männer – Markham aufrecht, konventionell, mit seinem Zug zum Asketischen und der allzu großen Ernsthaftigkeit, mit der er das Leben nahm, Vance lässig, munter, sprunghaft, mit einem zynischen Humor selbst im Angesicht der grimmigsten Realitäten. Und doch war gerade diese so grundverschiedene Einstellung zum Leben offenbar das Fundament, auf dem ihre Freundschaft ruhte: Es war, als sehe jeder im anderen eine Welt der Erfahrungen und der Gefühle, die ihm selbst verschlossen war. Markham war für Vance der Inbegriff der soliden, unveränderlichen Wirklichkeit des Lebens, und für Markham stand Vance für den sorglosen, exotischen, vagabundierenden Geist des intellektuellen Abenteuers. Die Vertrautheit der beiden ging sogar noch weiter, als nach außen hin zu erkennen war, und ich glaube, auch wenn Markham Vance' Einstellungen und Meinungen noch so heftig abtat, respektierte er doch seine Intelligenz mehr als die jedes anderen Menschen, den er kannte.

Markham saß mit finsterer Miene im Wagen, als wir an jenem Morgen stadtauswärts fuhren, und war ganz in Gedanken versunken. Seit wir die Wohnung verlassen hatten, war kein einziges Wort mehr gefallen, doch als wir nun in die 38. Straße einbogen, erkundigte sich Vance:

»Was verlangt denn die Etikette bei solchen frühmorgendlichen Leichenbesuchen, außer daß man den Hut abnimmt?«

»Den Hut behält man auf«, brummte Markham.

»Was Sie nicht sagen! Wie in der Synagoge, nicht wahr? Hochinteressant! Und vielleicht zieht man die Schuhe aus, damit keine Fußspuren verwischt werden?«

»Nein«, erwiderte Markham. »Die Gäste bleiben vollständig bekleidet – worin sich diese Party von den üblichen Abendgesellschaften in Ihren Kreisen unterscheidet.«

»Mein *lieber* Markham!« – Vance hatte einen melancholisch-tadelnden Tonfall aufgesetzt – »Da kommt wieder der pikierte Moralist in Ihnen zum Vorschein. Das klingt ja wie der puritanische Tugendbund.«

Markham war zu beschäftigt, um sich auf Vance' Sticheleien einzulassen.

»Es gibt da ein oder zwei Sachen, die Sie wissen sollten«, sagte er nüchtern. »So wie es aussieht, wird dieser Fall Aufsehen erregen, und es wird viele Rangeleien darum geben, wer die Ehre für die Aufklärung einheimst. Die Polizei wird mich nicht gerade freudig umarmen, wenn ich zu diesem Zeitpunkt in die Ermittlungen eingreife; nehmen Sie sich also zusammen und reizen Sie sie nicht. Mein Stellvertreter, der im Augenblick am Tatort ist, vermutet, daß Heath den Fall übertragen bekommt. Heath ist Sergeant bei der Mordkommission und wird zweifellos überzeugt sein, daß ich nur komme, um mich ins Rampenlicht zu drängen.«

»Sind Sie denn nicht, amtlich gesehen, sein Vorgesetzter?« fragte Vance.

»Doch, schon; aber dadurch wird die Sache ja nur noch schwieriger ... Ach, ich wünschte, der Major hätte mich in Frieden gelassen.«

»*Eheu*«, seufzte Vance. »Die Welt ist voller Heaths. Eine lästige Bande ist das.«

»Verstehen Sie mich nicht falsch«, fügte Markham eilig hinzu. »Heath ist ein guter Mann – einer der besten sogar. Allein die Tatsache, daß er den Fall bekommt, zeigt schon, wie ernst die Sache im Präsidium genommen wird. Es werden keine bösen Worte fallen, wenn ich mich einschalte, das nicht; aber ich möchte, daß die Stimmung so glückselig ist wie nur möglich. Heath wird es ohnehin nicht gerne sehen, daß ich Sie beide als Zuschauer mitbringe; deshalb möchte ich Sie bitten, Vance, spielen Sie ein wenig das Veilchen im Moos.«

»Nehmen Sie es mir nicht übel«, erwiderte dieser, »aber der Rose Pracht ist nun einmal mehr meine Art. Aber ich werde den ach so empfindlichen Heath mit einer erlesenen *Régie*-Zigarette beschwichtigen, mit Rosenblattmundstück.«

»Wenn Sie das tun«, meinte Markham mit einem Lächeln, »wird er auf der Stelle Verdacht schöpfen und Sie vorsichtshalber erst einmal verhaften.«

Wir hatten abrupt vor einem alten Brownstone-Wohnhaus am oberen Ende der 48. Straße gehalten, nicht weit von der Sixth Avenue. Es war ein Haus der besseren Klasse, mit einer Straßenfront von etwa acht Metern zu Zeiten errichtet, als Dauerhaftigkeit und Schönheit den Architekten der Stadt noch etwas bedeuteten. Das Grundschema war konventionell, damit es zu den anderen des Blocks paßte, doch in den Mauerabschlüssen und den Steinmetzarbeiten um den Eingang und an den Fensterstürzen war ein Hauch von Luxus und Individualität zu spüren.

Es gab einen kleinen gepflasterten Vorhof zwischen Bürgersteig und Hauswand, doch dieser war mit einem hohen Eisenzaun abgeschirmt, und der einzige Weg ins Haus führte durch die Vordertür knapp zwei Meter über Straßenhöhe, zu der zehn breite steinerne Stufen hinaufführten. Die beiden großen Fenster zur Rechten des Eingangs waren mit schweren eisernen Gittern gesichert.

Eine recht große Schar sensationslüsterner Zuschauer hatte sich vor dem Haus versammelt, und auf der Treppe scharte sich ein Grüppchen lebhafter junger Männer – Zeitungsreporter, nahm ich an. Ein uniformierter Polizeibeamter öffnete die Taxitür und salutierte vor Markham mit übertriebenem Respekt und bahnte uns mit großer Geste einen Weg durch die Gaffer. Ein weiterer uniformierter Polizist hielt in dem kleinen Vorraum Wache, und als er Markham erkannte, öffnete er uns die Außentür und grüßte zackig.

»*Ave, Caesar, te salutamus*«, flüsterte Vance und grinste.

»Ruhe jetzt«, knurrte Markham. »Ich habe es schwer genug, auch ohne Ihre verdrehten Zitate.«

Als wir durch die schwere, mit Schnitzereien verzierte Tür in den Hausflur traten, kam uns der stellvertretende Bezirksstaatsanwalt entgegen – Dinwiddie, ein ernster, dunkelhaariger junger Mann, dessen Gesicht von frühen Falten zerfurcht war und der überhaupt den Eindruck machte, als laste alles Leid der Welt auf seinen Schultern.

»Morgen, Chef«, begrüßte er Markham mit sichtlicher Erleichterung. »Verdammt froh, daß Sie hier sind. Die Sache wird einen Haufen Staub aufwirbeln. Mord wie aus dem Bilderbuch, und kein einziges Indiz.«

Markham nickte finster und warf einen Blick an ihm vorbei in das Wohnzimmer.

»Wer ist drin?« fragte er.

»Die ganze Bande, vom Chefinspektor abwärts«, antwortete Dinwiddie mit einem resignierten Schulterzucken, als sei das ein böses Omen für alle Beteiligten.

Im gleichen Augenblick erschien ein großer, kräftig gebauter Mann mittleren Alters mit rotem Gesicht und kurz getrimmtem weißen Schnurrbart in der Wohnzimmertür. Als er Markham sah, kam er ihm behäbig mit ausgestreckter Hand entgegen. Ich erkannte ihn sogleich als Chefinspektor O'Brien, den Polizeichef der Stadt. Die beiden begrüßten sich mit ernster Miene, und dann wurden Vance und ich ihm vorgestellt. Inspektor O'Brien würdigte jeden von uns eines kurzen, wortlosen Nickens und kehrte dann in das Wohnzimmer zurück, und Markham, Dinwiddie, Vance und ich folgten ihm.

Man betrat das Zimmer durch eine breite zweiflügelige Tür etwa drei Meter den Flur hinunter, ein großzügiger Raum mit fast quadratischem Grundriß. Zwei Fenster blickten zur Straße hinaus, und ganz am rechten Ende der Nordwand, der Straßenseite des Hauses gegenüber, gab es ein weiteres Fenster, von dem aus man in einen gepflasterten Hof sah. Links von diesem Fenster führten Schiebetüren zum Eßzimmer dahinter.

Die Einrichtung war überreich und grell. An den Wänden hingen mehrere prachtvoll gerahmte Bilder von Rennpferden und eine Reihe von Jagdtrophäen. Der Boden war fast ganz mit einem Orientteppich in kräftigen Farben bedeckt. In der Mitte der Ostseite gegenüber der Tür befand sich ein reichgeschmückter Kamin mit einem Aufsatz aus behauenem Marmor. Diagonal in der Ecke zur Rechten stand ein Klavier in Walnußholz mit Kupferbeschlägen. Außerdem gab es noch einen Mahagoni-Bücherschrank, dessen Glastüren bestickte Vorhänge zierten, ein ausladendes gobelinbedecktes Sofa, ein niedriges venezianisches

Taburett mit Perlmutt-Einlegearbeiten, einen Teakholztisch mit einem großen Samowar aus Messing sowie in der Mitte des Raumes einen intarsienverzierten Tisch, der beinahe zwei Meter in der Länge maß. Neben dem Tisch stand an dem Ende, das dem Flur am nächsten lag, mit dem Rücken zu den Fenstern an der Vorderseite des Hauses, ein großer Korbsessel mit einem hohen, zum Fächer gebreiteten Rücken.

Und in diesem Sessel saß der tote Alvin Benson.

Ich hatte im Weltkrieg zwei Jahre lang an der Front Dienst getan und den Tod in mancherlei gräßlicher Gestalt gesehen, und doch konnte ich ein starkes Gefühl der Abscheu nicht unterdrükken, als ich den Ermordeten nun vor mir sah. Auf dem französischen Schlachtfeld war mir der Tod als unvermeidlicher Teil des Tageslaufs vorgekommen, doch hier sprach alles an der Umgebung, bis in die kleinste Einzelheit hinein, gegen eine solche Bluttat. Die strahlende Junisonne schien ins Zimmer, und durch die geöffneten Fenster drang von draußen unablässig der Lärm des geschäftigen Treibens der Großstadt herein, der, so störend er auch sein mag, doch von Frieden und Sicherheit kündet, vom gesellschaftlichen Leben in seinen geregelten Bahnen.

Bensons Leiche lag in einer so natürlichen Haltung im Sessel zurückgelehnt, daß man fast erwartete, er werde sich gleich zu uns umwenden und uns fragen, was wir uns dabei dächten, so bei ihm einzudringen. Die Lehne des Sessels stützte den Kopf, das linke Bein war, wie in entspannter Haltung, über das rechte geschlagen. Den rechten Arm hatte er lässig auf den Tisch gestützt, der linke ruhte auf der Armlehne des Sessels. Doch was auf besonders verblüffende Weise das Natürliche dieses Bildes unterstrich, war das kleine Buch, das er in der rechten Hand hielt und bei dem der Daumen noch immer die Seite markierte, die er offenbar gerade gelesen hatte.*

Der Schuß hatte ihn von vorn getroffen, durch die Stirn; und

* Es handelte sich um O. Henrys *Strictly Business*, und aufgeschlagen war es kurioserweise bei einer Geschichte namens »A Municipal Report«.

das kleine runde Einschußloch war inzwischen von dem geronnenen Blut fast schwarz geworden. Eine große dunkle Lache hinter dem Sessel führte vor Augen, eine wie große Verwüstung die durchdringende Kugel an den Blutgefäßen seines Hirns angerichtet hatte. Doch wären diese grausigen Anzeichen nicht gewesen, so hätte man denken können, er habe nur kurz in seiner Lektüre innegehalten und sich zurückgelehnt, um sich ein wenig auszuruhen.

Er trug eine alte Hausjacke und rote Filzpantoffeln, darunter jedoch noch die Smokinghose und das zugehörige Hemd, bei dem der Kragen abgeknöpft und das Halsteil gelockert waren, als habe er es sich bequem machen wollen. Physisch gesehen war er kein attraktiver Mann, denn er war fast kahlköpfig und mehr als nur ein wenig korpulent. Sein Gesicht war weich, und das Aufgedunsene des Halses war nun, wo der Kragen ihm keine Konturen gab, doppelt auffällig. Mit einem ein wenig angewiderten Schauder brachte ich meine Betrachtung seiner Person zu Ende und wandte mich den anderen Anwesenden im Zimmer zu.

Zwei stämmige Burschen mit gewaltigen Händen und Füßen untersuchten eben, die schwarzen Filzhüte weit in den Nacken geschoben, die Gitter vor den beiden Vorderfenstern. Besonders interessierten sie offenbar die Stellen, an denen das Gitter in das Mauerwerk einzementiert war; einer hatte gerade die Stäbe mit beiden Händen umfaßt wie ein Affe im Zoo und rüttelte daran, als wolle er sehen, wie fest es saß. Ein anderer Mann, mittelgroß, adrett, mit blondem Bärtchen, stand vor dem Kamin, hatte sich hinuntergebeugt und schien ganz in die Betrachtung des rußigen Gasbrenners vertieft. Am anderen Ende des Tisches stand, die Arme in die Seite gestemmt, ein gedrungener Mann in blauem Kammgarnanzug und Melone und musterte die stille Gestalt im Sessel. Die harten, blaßblauen Augen hatte er zusammengekniffen, das eckige, vorspringende Kinn noch weiter vorgereckt. Mit einer geradezu verzückten Intensität starrte er Bensons Leichnam an, so als wolle er durch die schiere Kraft der Konzentration das Geheimnis des Mörders aufdecken.

Ein anderer stand mit kurioser Miene am hinteren Fenster, ein Uhrmacherglas ins Auge geklemmt, und studierte einen kleinen Gegenstand, den er in der Hand liegen hatte. Aus Zeitungsfotos wußte ich, daß dies Captain Carl Hagedorn war, der angesehenste Waffenexperte Amerikas. Er war ein großer, schwerfälliger, breitschultriger Mann um die Fünfzig, und er steckte in einem abgewetzten schwarzen Anzug, der mehrere Nummern zu groß für ihn war. Die Jacke stand im Rücken ab und reichte ihm bis halbwegs zu den Knien, die Hose war ausgebeult, und die Hosenbeine stauchten sich auf eine groteske Weise, die ihn aussehen ließ wie einer Karikatur entsprungen. Sein Kopf war rund und ungewöhnlich groß, und die Ohren lagen so eng an, daß sie fast bündig mit dem Schädel abschlossen. Sein Mund verschwand ganz unter einem struppigen graumelierten Schnurrbart, bei dem alle Haare nach unten wuchsen, so daß eine Art Vorhang für die Lippen entstand. Captain Hagedorn arbeitete schon seit dreißig Jahren für die New Yorker Polizei, und auch wenn man sich im Präsidium über seine Erscheinung und seine Art lustigmachte, war er doch hoch geachtet. Was er zu einer Schußwaffe oder einer davon verursachten Wunde zu sagen hatte, war für die Männer aus dem Präsidium stets das letzte Wort.

Weiter hinten im Raum, nahe der Tür zum Eßzimmer, standen zwei weitere Männer ernsthaft ins Gespräch vertieft. Einer von beiden war Inspektor William M. Moran, Leiter der Kriminalpolizei, der andere Sergeant Ernest Heath von der Mordkommission, von dem Markham uns schon erzählt hatte.

Als wir im Fahrwasser von Chefinspektor O'Brien den Raum betraten, hielten alle einen Moment lang mit ihrer Beschäftigung inne und quittierten das Eintreffen des Bezirksstaatsanwalts mit grimmigen, wenn auch respektvollen Blicken. Nur Captain Hagedorn kehrte nach einem flüchtigen Blick auf Markham sogleich zu dem winzigen Objekt in seiner Hand zurück, und Vance registrierte diese Vertieftheit in seine Arbeit mit einem leisen Lächeln.

Inspektor Moran und Sergeant Heath traten mit steifer Würde heran, und als die Zeremonie des Händeschüttelns hinter sich gebracht war (von der ich bald feststellte, daß sie eine Art Ritual unter Polizeibeamten und Vertretern der Bezirksstaatsanwaltschaft war), stellte Markham Vance und mich vor und erklärte mit einigen wenigen Worten, weshalb wir zugegen waren. Der Inspektor verneigte sich freundlich zum Zeichen, daß er unsere Störung seiner Kreise akzeptierte, doch Heath ging, wie mir auffiel, nicht im mindesten auf Markhams Erklärung ein und tat, als seien wir gar nicht da.

Inspektor Moran war anders als die anderen im Raum. Er war um die Sechzig, mit weißem Haar und braunem Schnurrbart, und war makellos gekleidet. Er wirkte eher wie ein erfolgreicher, gehobener Finanzier von der Wall Street als wie ein Polizeibeamter.*

»Ich habe den Fall Sergeant Heath übertragen, Mr. Markham«, erklärte er mit leiser, wohlmodulierter Stimme. »Wahrscheinlich werden wir noch ein wenig Ärger bekommen, bevor wir mit der Sache fertig sind. Selbst der Chefinspektor hält es offenbar für ratsam, uns schon bei den Vorarbeiten mit seiner Anwesenheit Mut zu machen. Er ist seit acht Uhr hier.«

Inspektor O'Brien hatte uns, als wir erst einmal im Zimmer waren, sogleich wieder verlassen und stand nun zwischen den beiden Vorderfenstern, von wo er das Geschehen mit ernster, unergründlicher Miene verfolgte.

»Na, ich werde mich dann mal auf den Weg machen«, fügte Moran noch hinzu. »Mich haben sie heute morgen schon um halb acht aus dem Bett geholt, und Frühstück habe ich bisher keins gesehen. Ich werde ohnehin nicht mehr gebraucht, jetzt wo Sie da sind ... Einen schönen Morgen noch.« Und wiederum gab er allen die Hand.

Als er gegangen war, wandte Markham sich an seinen Stellvertreter.

»Dinwiddie, seien Sie so gut und nehmen Sie sich der beiden an. Die zwei Unschuldsengel wollen sehen, wie solche Sachen

* Später erfuhr ich, daß Inspektor Moran zuvor eine Bank im Norden geleitet hatte, die beim Krach von 1907 zahlungsunfähig geworden war; während der Amtszeit von Bürgermeister Gaynor war ihm der Posten des Polizeichefs nur knapp entgangen.

bei uns gemacht werden. Erzählen Sie ihnen etwas, und ich plaudere derweil ein wenig mit Sergeant Heath.«

Dinwiddie widmete sich der Aufgabe mit Feuereifer. Ich glaube, er war froh, daß er mit jemandem sprechen und damit seine aufgestaute Erregung loswerden konnte.

Wie instinktiv wandten wir uns wieder dem Leichnam zu – der Ermordete war es schließlich, um den sich dieses tragische Drama drehte –, doch ich hörte, wie Heath mit mürrischer Stimme sagte:

»Dann werden Sie jetzt wohl übernehmen, Mr. Markham?«

Dinwiddie und Vance sprachen angeregt miteinander, und nach dem, was Markham uns über die Rivalität zwischen Polizei und Bezirksstaatsanwaltschaft erzählt hatte, achtete ich mehr auf sein Gespräch mit dem Sergeant.

Markham sah Heath mit einem melancholischen Lächeln an und schüttelte den Kopf.

»Nein, Sergeant«, erwiderte er. »Ich bin hier, weil ich mit Ihnen zusammenarbeiten will, und ich möchte, daß das von Anfang an klar ist. Ich komme nur, weil Major Benson mich telefonisch darum gebeten hat mitzuhelfen. Und ich wünsche mir ausdrücklich, daß mein Name dabei nicht genannt wird. Es ist allgemein bekannt – und wer es nicht weiß, wird es bald erfahren –, daß der Major ein alter Freund von mir ist; da ist es für alle Beteiligten besser, wenn über meine Arbeit Stillschweigen gewahrt wird.«

Heath murmelte etwas, das ich nicht hören konnte, doch es war ihm anzusehen, daß er weitgehend beschwichtigt war. Wie alle, die Markham kannten, wußte er, daß man sich auf sein Wort verlassen konnte; und persönlich mochte er den Staatsanwalt gern.

»Wenn mit dieser Sache Ruhm zu erringen ist«, fuhr Markham fort, »dann soll die Polizei ihn bekommen; deshalb sollen Sie auch derjenige sein, der mit den Reportern spricht ... Und wenn es Tadel gibt«, fügte er gutgelaunt hinzu, »dann werden den natürlich ebenfalls Sie und Ihre Leute einstecken müssen.«

»Das ist nur fair«, stimmte Heath ihm zu.

»Und nun, Sergeant«, sagte Markham, »an die Arbeit.«

Eine Handtasche

(Freitag, 14. Juni, 9 Uhr 30)

Der Bezirksstaatsanwalt und Heath gingen zu dem Toten und betrachteten ihn.

»Sehen Sie hier«, erläuterte Heath, »er ist unmittelbar von vorn erschossen worden. Und ein ziemlich kräftiger Schuß, denn die Kugel hat den Kopf durchschlagen und ist hinten beim Fenster im Holz steckengeblieben.« Er wies auf eine Stelle in der Wandvertäfelung nicht weit über dem Boden, nahe beim Vorhang des Fensters auf der Flurseite. »Wir haben die ausgeworfene Patronenhülse gefunden, und Captain Hagedorn hat die Kugel.«

Er wandte sich an den Waffenexperten.

»Wie sieht's aus, Captain? Irgendwas Besonderes?«

Hagedorn hob langsam den Kopf und sah Heath mit einem irritierten Stirnrunzeln an. Dann, nach ein paar verlegenen Augenblicken, antwortete er präzise und ohne jede Hast:

»45er Armeerevolver – Colt Automatik.«

»Können Sie sagen, wie nahe der Schütze vor Benson stand?« fragte Markham.

»Jawohl, Sir, das kann ich«, sinnierte Hagedorn. »Zwischen anderthalb und knapp zwei Meter – vermutlich.«

Heath schnaubte.

»Vermutlich!« lästerte er gutmütig, an Markham gewandt. »Wenn der Captain das sagt, ist es Tatsache … Sehen Sie, Sir, etwas Kleineres als eine 44er oder 45er kann es nicht gewesen sein, wenn er sofort tot war, und diese Armeekugeln mit Stahlspitze, die gehen durch einen Schädel wie durch Käse. Aber wenn sie dann auch noch in die Wand einschlägt, muß die Waffe schon ziemlich nahe dran gewesen sein; und da andererseits keine Pulverspuren im Gesicht sind, kann man sich auf die Zahl des Captains praktisch verlassen.«

Wir hörten, wie die Haustür sich öffnete und wieder schloß, und Dr. Doremus, der Oberste Polizeiarzt, kam in Begleitung seines Assistenten hereingestürmt. Er schüttelte Markham und Inspektor O'Brien die Hand und begrüßte Heath mit einem freundlichen Salut.

»Tut mir leid, daß ich nicht früher kommen konnte«, entschuldigte er sich.

Er war ein nervöser Mann mit stark zerfurchtem Gesicht und dem Habitus eines Grundstücksmaklers.

»Na, was haben wir denn hier?« fragte er im selben Atemzug und sah die Gestalt im Sessel mit säuerlicher Miene an.

»Das wüßten wir gern von Ihnen, Doc«, erwiderte Heath.

Dr. Doremus näherte sich dem Ermordeten mit einer Kaltblütigkeit, die von langen Jahren in seinem Metier zeugte. Zunächst blickte er ihm genau ins Gesicht – auch er suchte, vermute ich, nach Pulverspuren. Dann besah er sich das Einschußloch in der Stirn und die grobe Wunde am Hinterkopf. Als nächstes hob er den Arm des Toten an, bog ihm die Finger und drückte den Kopf ein wenig zur Seite. Nachdem er sich über den Stand der Totenstarre Klarheit verschafft hatte, wandte er sich wieder an Heath.

»Können wir ihn auf die Couch da drüben legen?«

Heath blickte Markham fragend an.

»Haben Sie gesehen, was Sie sehen wollten, Sir?«

Markham nickte, und Heath winkte die zwei Männer, die am Fenster zugange waren, heran und ließ sie die Leiche zum Sofa tragen. Die Muskeln waren bereits verhärtet, und sie behielt ihre sitzende Haltung bei, bis der Doktor und sein Assistent die Glieder richteten. Dann wurde der Leichnam entkleidet, und Dr. Doremus untersuchte ihn sorgfältig auf andere Verletzungen. Besonders aufmerksam sah er sich die Arme an, er öffnete ihm die Hände weit und betrachtete die Handflächen. Schließlich richtete er sich wieder auf und wischte sich die Hände an einem großen bunten Seidentaschentuch ab.

»Schuß durch den linken Stirnlappen«, verkündete er. »Schußwinkel genau frontal. Kugel durchdrang den Schädel vollständig. Austrittswunde links am Hinterhauptsbein – Schädelbasis – die

Kugel haben Sie, oder? Er war wach, als er erschossen wurde, und er war auf der Stelle tot – wahrscheinlich gar nicht mehr mitbekommen, was mit ihm geschah … Tot seit – na, ich würde sagen, acht Stunden; vielleicht auch länger.«

»Tatzeit halb eins?« fragte Heath.

Der Doktor warf einen Blick auf seine Uhr.

»Könnte gut hinkommen … Sonst noch etwas?«

Niemand antwortete, und nach einer kurzen Pause ergriff der Chefinspektor das Wort.

»Wir hätten den Obduktionsbericht gern noch heute, Doktor.«

»Läßt sich machen«, erwiderte Dr. Doremus, ließ seine Instrumententasche zuschnappen und reichte sie dem Assistenten. »Aber dann muß die Leiche bald in der Anatomie sein.«

Nach einem kurzen zeremoniellen Händeschütteln stürmte er wieder davon.

Heath wandte sich an den Beamten, der, als wir das Zimmer betraten, am Tisch gestanden hatte.

»Burke, Sie rufen im Präsidium an und sorgen für den Abtransport – und sagen Sie denen, sie sollen sich beeilen. Dann fahren Sie zurück ins Büro und warten da auf mich.«

Burke salutierte und war verschwunden.

Als nächstes sprach Heath mit einem der beiden Männer, die an den Vorderfenstern die Gitter überprüft hatten.

»Wie sieht's mit den Eisenstäben aus, Snitkin?«

»Keine Chance, Sergeant«, antwortete er. »So sicher wie im Gefängnis – alle beide. Da ist keiner durchgekommen.«

»Gut«, sagte Heath. »Dann könnt ihr zwei jetzt mit Burke zurückfahren.«

Als die beiden fort waren, kam der adrette Mann im blauen Kammgarnanzug und Melone, dessen Tätigkeitsfeld offenbar der Kamin gewesen war, und legte zwei Zigarettenstummel auf den Tisch.

»Die habe ich unter den künstlichen Holzscheiten gefunden, Sergeant«, meinte er ohne rechte Begeisterung. »Nicht gerade viel, aber sonst ist nichts da.«

»In Ordnung, Emery.« Heath warf einen grimmigen Blick auf die Stummel. »Sie brauchen dann auch nicht mehr zu warten. Ich sehe Sie nachher im Büro.«

Hagedorn kam nachdenklich zu uns herüber.

»Ich werde mich dann wohl auch verabschieden«, brummte er. »Aber die Kugel hier, die behalte ich noch eine Weile. Da sind merkwürdige Laufspuren drauf. Sie müssen sie doch nicht unbedingt haben, oder, Sergeant?«

Heath lächelte nachsichtig.

»Was soll ich schon damit anfangen, Captain? Behalten Sie sie ruhig. Aber verlieren Sie sie nicht.«

»Keine Sorge«, versicherte Hagedorn ihm mit unerschütterlichem Ernst, »das tue ich schon nicht«; und dann, ohne den Bezirksstaatsanwalt oder den Chefinspektor auch nur eines einzigen Blickes zu würdigen, watschelte er mit einer schaukelnden Bewegung, die eher an einen großen Meeressäuger denken ließ, davon.

Vance, der neben mir nahe der Tür gestanden hatte, folgte Hagedorn hinaus auf den Flur. Die beiden standen eine ganze Weile lang draußen und unterhielten sich leise. Vance stellte offenbar Fragen, doch ich stand zu weit ab, um dem Gespräch zu folgen; einige Wörter hörte ich – »Schußbahn«, »Anfangsgeschwindigkeit«, »Bewegungsenergie«, »Einschlag«, »Abweichung« und dergleichen –, und ich fragte mich, was er mit dieser seltsamen Befragung wohl bezwecken wollte.

Gerade als Vance sich bei Hagedorn für seine Auskünfte bedankte, trat auch Inspektor O'Brien hinaus auf den Flur.

»Na, lernen Sie fleißig?« fragte er mit einem spöttischen Lächeln und fuhr dann, ohne auf eine Antwort von Vance zu warten, fort: »Kommen Sie, Captain; ich nehme Sie mit zurück in die Stadt.«

»Haben Sie noch Platz für Dinwiddie, Inspektor?« fragte Markham daraufhin.

»Jede Menge, Mr. Markham.«

Die drei machten sich gemeinsam auf den Weg.

Vance und ich waren nun mit Heath und dem Bezirksstaatsanwalt allein im Zimmer, und wie auf Kommando ließen wir uns alle vier in Sesseln nieder, wobei Vance jenen wählte, der dem, in dem Benson sein Leben gelassen hatte, genau gegenüberstand.

Ich hatte Vance' Aufmerksamkeit und sein Verhalten von dem Augenblick an, in dem wir angekommen waren, genau verfolgt. Als wir das Zimmer betraten, hatte er als erstes sein Monokel eingeklemmt – eine Tat, die ich, auch wenn er sich noch so teilnahmslos gab, sogleich als Zeichen seines Interesses nahm. Wenn sein Verstand wach war und es ihm darum ging, äußere Eindrücke mit größtmöglicher Schnelligkeit wahrzunehmen, holte er stets sein Monokel hervor. Er konnte auch ohne das Glas gut genug sehen, und mir war schon früher aufgefallen, daß sein Einsatz eher die Frage eines geistigen Bedürfnisses war. Die erhöhte Sehschärfe schien auch seine Verstandeskräfte zu schärfen.*

Zunächst hatte er sich gelangweilt im Zimmer umgesehen und die Geschehnisse teilnahmslos verfolgt; doch als Heath sich von seinen Untergebenen die Ergebnisse ihrer Bemühungen vorlegen ließ, hellten sich seine Züge auf und zeigten eine zynische Heiterkeit. Nachdem er dem stellvertretenden Bezirksstaatsanwalt Dinwiddie noch einige allgemeine Fragen gestellt hatte, war er, anscheinend ziellos, durch den Raum geschlendert, hatte sich dies und das angesehen, und gelegentlich war sein Blick zwischen verschiedenen Möbelstücken hin- und hergewandert. Schließlich hatte er sich gebückt und die Delle untersucht, die vom Einschlag der Kugel in der Vertäfelung zurückgeblieben war; und einmal war er zur Tür gegangen und hatte nach rechts und links den Flur entlanggeblickt.

Das einzige, was seine Aufmerksamkeit für längere Zeit gefesselt hatte, war die Leiche selbst gewesen. Er hatte mehrere Minuten lang davorgestanden, hatte eingehend ihre Haltung stu-

* Vance' Augen waren leicht bifokal. Das rechte hatte einen Astigmatismus von 1,2, das linke war so gut wie normal.

diert und sich sogar über den ausgestreckten, auf den Tisch gestützten Arm gebeugt, als wolle er genau nachsehen, wie die Hand des Toten das Buch hielt. Vor allem aber hatten ihn die übereinandergeschlagenen Beine beschäftigt, bei denen er eine ganze Weile lang innehielt. Schließlich hatte er das Monokel wieder in der Westentasche verstaut und war zu Dinwiddie und mir herübergekommen, und von unserem Platz an der Tür aus hatte er Heath und die anderen Beamten gleichgültig und träge beobachtet, bis Captain Hagedorn sich zum Gehen angeschickt hatte.

Wir vier hatten gerade erst Platz genommen, als der Beamte, der im Vorraum Wache hielt, in der Tür erschien.

»Da ist ein Mann von der hiesigen Wache draußen, Sir«, verkündete er. »Er will den Leiter der Ermittlungen sprechen. Soll ich ihn reinschicken?«

Heath nickte kurz, und einen Augenblick später stand ein großer, rotgesichtiger Mann in Zivil vor uns, offensichtlich irischer Abstammung. Er salutierte vor Heath, doch als er Markham erkannte, richtete er seine Worte an den Staatsanwalt.

»Ich bin Officer McLaughlin, Sir«, hob er an, »Revier 47. Straße West, und ich bin in diesem Viertel letzte Nacht Streife gegangen. Gegen Mitternacht, ungefähr, stand ein großer grauer Cadillac hier vor dem Haus – er ist mir aufgefallen, weil eine Menge Angelgerät zum Kofferraum raushing und sämtliche Scheinwerfer brannten. Als ich heute morgen von dem Verbrechen hörte, habe ich es dem Wachsergeant gemeldet, und der hat mich hergeschickt, damit ich es Ihnen sage.«

»Hervorragend«, lobte Markham und verwies die Sache dann mit einem Kopfnicken an Heath.

»Könnte wichtig sein«, meinte dieser, wenn auch zweifelnd. »Was würden Sie sagen, Officer, wie lange war der Wagen hier?«

»Eine gute halbe Stunde, mindestens. Ich habe ihn vor Mitternacht hier gesehen, und als ich gegen halb eins wiederkam, war er immer noch da. Aber bei der nächsten Runde war er dann fort.«

»Haben Sie sonst noch etwas gesehen? Saß jemand drin, oder war jemand in der Nähe, der vielleicht der Fahrer gewesen sein könnte?«

»Nein, Sir, sonst nichts.«

Mehrere Fragen wurden noch gestellt, doch es ergab sich nichts weiter, und der Mann konnte gehen.

»Na«, meinte Heath, »wenigstens ist das eine gute Geschichte für die Presse.«

Vance hatte bei der Befragung von McLaughlin mit halb geschlossenen Augen dagesessen – ich würde bezweifeln, daß er mehr als die ersten paar Worte seines Berichts wahrnahm –, und nun erhob er sich mit einem unterdrückten Gähnen, schlenderte zum Tisch und griff zu einem der Zigarettenstummel, die sich im Kamin gefunden hatten. Zunächst rollte er ihn zwischen Daumen und Zeigefinger und untersuchte das Mundstück, dann schlitzte er mit dem Daumennagel das Papier auf und hielt sich den hervorquellenden Tabak unter die Nase.

Heath, der ihn grimmig beobachtet hatte, lehnte sich mit einem Ruck vor.

»Was machen Sie da?« fragte er barsch.

Vance sah ihn mit gespielter Verblüffung an.

»Ich schnüffle nur ein klein wenig am Tabak«, entgegnete er, und die Unbekümmertheit hatte etwas Verächtliches. »Er ist recht mild, müssen Sie wissen, aber eine feine Mischung.«

Ein ärgerliches Zucken lief über Heath' Gesicht. »Na, das sollten Sie besser wieder hinlegen, Sir«, riet er ihm. Dann musterte er Vance von oben bis unten. »Tabakexperte, was?« fragte er mit kaum verhohlenem Sarkasmus.

»Liebe Güte, nein«, flötete Vance. »Meine Spezialität sind Skarabäenkartuschen der ptolemäischen Dynastien.«

Markham griff diplomatisch ein.

»Sie sollten hier wirklich nichts anrühren, Vance, nicht bei diesem Stand der Ermittlungen. Man weiß nie, was sich noch als wichtig erweist. Die Zigarettenstummel sind womöglich ein Hauptbeweisstück.«

»Beweisstück?« erwiderte Vance in den freundlichsten Tönen. »Was Sie nicht sagen! Das ist ja hochinteressant!«

Markham war sichtlich verärgert, und Heath kochte innerlich, auch wenn er nichts mehr weiter sagte – er zwang sich sogar zu einem freudlosen Lächeln. Gewiß ging ihm durch den Kopf, daß er ein wenig zu grob zu diesem Freund des Staatsanwalts gewesen war, sosehr der Freund auch den Tadel verdient haben mochte.

Heath war jedoch kein Mann, der bei seinen Vorgesetzten zu Kreuze kroch. Er wußte, daß er ein guter Polizist war, und setzte sich mit Leib und Seele für das ein, was ihm als Pflicht galt, ohne Rücksicht auf sein persönliches Wohlergehen. Dieser eiserne Willen und der aufrechte Charakter, von dem er zeugte, waren bei seinen Vorgesetzten anerkannt und geschätzt.

Er war ein großer, kräftiger Mann, doch gewandt und elegant in seinen Bewegungen, wie ein gut trainierter Boxer. Er hatte kalte blaue Augen, bemerkenswert hell und durchdringend, eine Stupsnase, ein breites, ovales Kinn und einen strengen, geraden Mund, dessen Lippen stets zusammengebissen schienen. Sein Haar, das er in einem kurzen Bürstenschnitt trug, zeigte noch keine Spur von Grau, obwohl er gut in den Vierzigern war. Seine Stimme war robust und resonant, auch wenn er nur selten laut wurde. In vielem entsprach er genau den Klischeevorstellungen, die man von einem Kriminalbeamten hat. Aber es war mehr an seiner Persönlichkeit als das; ein zusätzliches Potential, könnte man sagen, eine größere Kraft. Als ich an jenem Morgen dabeisaß und ihn beobachtete, spürte ich, daß ich ihn unterschwellig bewunderte, so offensichtlich seine Grenzen auch waren.

»Wie sieht es denn nun im einzelnen aus, Sergeant?« fragte Markham. »Von Dinwiddie habe ich ja nur die groben Umrisse.«

Heath räusperte sich.

»Die Meldung kam um kurz vor sieben. Bensons Haushälterin, eine Mrs. Platz, rief bei der hiesigen Wache an und gab Bescheid, daß sie ihn tot aufgefunden habe, und bat, daß sofort jemand herkäme. Die Nachricht wurde natürlich ans Präsidium weitergegeben. Ich war zu jenem Zeitpunkt nicht dort, aber

Burke und Emery hatten Dienst; sie verständigten Inspektor Moran und begaben sich dann hierher. Ein paar von den hiesigen Polizisten stöberten schon überall herum, das Übliche. Als der Inspektor sich hier vor Ort einen ersten Eindruck verschafft hatte, rief er bei mir an und bestellte mich unverzüglich her. Als ich eintraf, waren die Hiesigen schon wieder fort, dafür waren drei Männer von der Mordkommission zu Burke und Emery gestoßen. Der Inspektor hatte auch Captain Hagedorn verständigt – für seine Begriffe war der Fall schwerwiegend genug, daß er ihn gleich zu Anfang hinzuzog –, und der Captain traf kurz vor Ihnen ein. Mr. Dinwiddie war gleich nach dem Inspektor angekommen und hatte Sie unverzüglich verständigt. Chefinspektor O'Brien war ein paar Minuten vor mir eingetroffen. Ich habe Mrs. Platz umgehend vernommen, und meine Männer sahen sich gerade am Tatort um, als Sie eintrafen.«

»Wo ist Mrs. Platz jetzt?« fragte Markham.

»Oben, mit einem Mann von der lokalen Wache zur Aufsicht. Sie wohnt hier im Haus.«

»Warum haben Sie den Doktor nach der konkreten Uhrzeit gefragt, halb eins?«

»Die Haushälterin hatte mir gesagt, um diese Zeit habe sie einen Knall gehört, und ich vermutete, daß das der Schuß gewesen sein mußte. Mittlerweile bin ich mir da ziemlich sicher – da paßt vieles zusammen.«

»Dann sollten wir uns wohl noch einmal mit Mrs. Platz unterhalten«, schlug Markham vor. »Aber zuerst noch die Frage: Haben Sie etwas Verdächtiges hier im Zimmer gefunden? Etwas, das uns weiterhelfen könnte?«

Heath zögerte kaum merklich; dann holte er aus seinem Mantel eine Frauenhandtasche und ein Paar weißer Glacéhandschuhe hervor und warf sie vor dem Staatsanwalt auf den Tisch.

»Nur das hier. Einer der hiesigen Männer hat sie oben auf dem Kaminsims entdeckt.«

Nach einem flüchtigen Blick auf die Handschuhe öffnete Markham die Tasche und schüttete den Inhalt auf den Tisch. Ich beugte mich vor, damit ich besser sehen konnte, doch Vance blieb in seinem Sessel zurückgelehnt und rauchte friedlich eine Zigarette.

Die Tasche war aus feinem Goldgeflecht gearbeitet, der Verschluß mit kleinen Saphiren besetzt. Sie war ungewöhnlich klein und offensichtlich nur zum Abendkleid gedacht. Markham inspizierte den Inhalt: ein flaches, mit Moiréseide bezogenes Zigarettenetui, ein Goldfläschchen *Fleurs d'Amour*-Parfüm von Roger & Gallet, eine Cloisonné-Puderdose mit Spiegel, eine zierliche Zigarettenspitze mit Bernsteinintarsien, ein Lippenstift mit goldener Hülle, ein kleines besticktes Taschentuch aus französischem Leinen mit dem Monogramm »M. St. C.« in der Ecke, und zuletzt ein Schlüssel für ein Sicherheitsschloß.

»Das sollte uns doch ein gutes Stück weiterhelfen«, meinte Markham und wies auf das Taschentuch. »Ich nehme an, Sie haben sich die Sachen sorgfältig angesehen, Sergeant?«

Heath nickte.

»Habe ich; und ich würde vermuten, daß die Handtasche der Frau gehört, mit der Benson gestern abend aus war. Von der Haushälterin weiß ich, daß er eine Verabredung zum Abendessen hatte und das Haus in Abendgarderobe verlassen hat. Allerdings hat sie Benson nicht zurückkommen hören. Na, jedenfalls dürfte es nicht allzu schwer sein, Miss ›M. St. C.‹ ausfindig zu machen.«

Markham hatte noch einmal zu dem Zigarettenetui gegriffen, und als er es auf den Kopf stellte, rieselte ein kleiner Schauer trockener Tabakkrümel heraus.

Heath erhob sich mit einem Ruck.

»Vielleicht kamen die zwei Zigaretten hier aus dem Etui«, ging ihm auf. Er griff zu dem erhaltenen Stummel und betrachtete ihn. »Das ist eine Frauenzigarette, keine Frage. Und könnte auch gut in der Spitze gesteckt haben.«

»Da muß ich Ihnen widersprechen, Sergeant«, murmelte Vance. »Was Sie mir hoffentlich verzeihen werden. Aber es ist eine Spur Lippenstift am Mundstück. Man sieht es nur wegen der Vergoldung nicht gleich.«

Heath sah Vance mit zusammengekniffenen Augen an. Er war viel zu verblüfft, um etwas zu erwidern. Er inspizierte die Zigarette näher und wandte sich dann wieder an Vance.

»Vielleicht können Sie uns aus den Krümeln lesen«, meinte er mit bleierner Ironie, »ob die Zigaretten aus diesem Etui stammen?«

»Man weiß ja nie, nicht wahr?« erwiderte Vance und erhob sich träge.

Er nahm das Etui, drückte es weit auf und pochte damit auf den Tisch. Dann sah er sorgfältig hinein, und ein amüsiertes Lächeln umspielte seine Mundwinkel. Mit ausgestrecktem Zeigefinger fischte er eine kleine Zigarette daraus hervor, die offenbar unten flachgedrückt worden war.

»Da brauchen wir meine Kennernase gar nicht mehr«, sagte er. »Selbst das unbewaffnete Auge erkennt, daß diese Zigaretten, wenn wir den Ausdruck nicht allzu akademisch gebrauchen, identisch sind – finden Sie nicht auch, Sergeant?«

Heath grinste gutmütig.

»Ein Punkt für ihn, Mr. Markham.« Dann legte er Zigarette und Stummel in einen Umschlag, den er beschriftete und einsteckte.

»Jetzt werden Sie einsehen, wie wichtig diese Stummel waren«, sagte Markham zu Vance.

»Ehrlich gesagt, nein«, erwiderte dieser. »Was kann man denn mit einem Zigarettenstummel schon anfangen? Rauchen kann man ihn jedenfalls nicht.«

»Er ist Beweismaterial, mein Lieber«, erläuterte Markham geduldig. »Wir wissen nun, daß die Eigentümerin dieser Tasche gestern abend mit Benson ins Haus kam und zwei Zigaretten hier rauchte; zumindest so lange muß sie hiergewesen sein.«

Vance hob die Augenbrauen mit gespielter Verblüffung.

»Und das haben wir jetzt herausgefunden? Nicht zu fassen.«

»Jetzt müssen wir sie nur noch finden«, fügte Heath hinzu.

»Jedenfalls dürfte sie eine Brünette sein – wenn Ihnen das bei Ihrer Suche etwas hilft«, fuhr Vance leichthin fort; »aber wieso

Sie die Dame überhaupt belästigen wollen, begreife ich nicht. Nein, das kann ich wirklich nicht verstehen.«

»Wie kommen Sie darauf, daß sie brünett ist?« fragte Markham.

»Na, wenn sie das nicht ist«, erwiderte Vance und ließ sich matt wieder in seinen Sessel fallen, »dann sollte sie sich einmal mit einer Kosmetikerin über ihr Make-up beraten. Wie ich sehe, nimmt sie als Puder ›Rachel‹ und den dunklen Lippenstift von Guerlain. Und das tun Blondinen einfach nicht, mein Lieber.«

»Da kann ich mich natürlich nur dem Expertenwissen beugen«, meinte Markham mit einem Lächeln. Und an Heath gewandt: »Wir werden wohl nach einer Brünetten Ausschau halten müssen, Sergeant.«

»Mir macht das nichts aus«, beteuerte Heath gutgelaunt. Ich glaube, das war der Augenblick, in dem er Vance seinen Übergriff auf den Zigarettenstummel endgültig verziehen hatte.

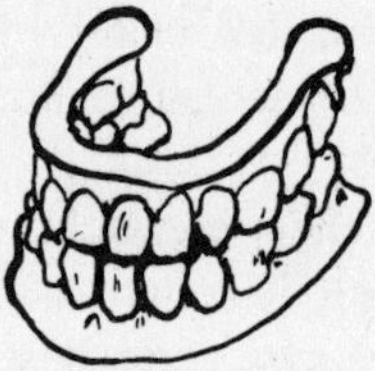

Die Haushälterin berichtet

(Freitag, 14. Juni, 11 Uhr)

»Wie wäre es mit einem Rundgang durch das Haus?« schlug Markham vor. »Ich nehme an, Sie haben das schon recht gründlich gemacht, Sergeant, aber ich würde mir doch gern noch den Grundriß vergegenwärtigen. Mit der Befragung der Haushälterin will ich warten, bis der Leichnam abgeholt ist.«

Heath erhob sich.

»Einverstanden, Sir. Ich wollte mich selbst auch noch einmal umsehen.«

Wir begaben uns alle vier hinaus auf den Flur und von dort den Gang hinunter zur Rückseite des Hauses. Am hintersten Ende befand sich zur Linken eine Tür, die zur Kellertreppe führte, doch sie war verschlossen und zusätzlich mit einem Riegel gesichert.

»Das Untergeschoß wird jetzt nur noch als Vorratsraum genutzt«, erklärte Heath, »und die Tür, die von da auf den Durchgang zur Straße führt, ist vernagelt. Mrs. Platz hat ein Zimmer oben – Benson lebte allein hier, und Raum ist ja mehr als genug im Haus –, und die Küche ist hier auf dieser Etage.«

Er öffnete eine Tür auf der gegenüberliegenden Seite des Flures, und wir traten in eine kleine moderne Küche. Die beiden hohen Schiebefenster, die etwa zweieinhalb Meter über dem gepflasterten Hinterhof lagen, waren verschlossen und dazu noch mit schweren Eisenstäben gesichert. Durch eine Schwingtür gelangten wir ins Eßzimmer, unmittelbar hinter dem Wohnzimmer. Hier gingen die Fenster auf eine kleine asphaltierte Fläche hinaus – im Grunde kaum mehr als ein schmaler Luftschacht zwischen Bensons Haus und dem benachbarten –, und auch sie waren verschlossen und vergittert.

Wir traten wieder hinaus auf den Flur und hielten einen Moment lang am Fuße der Treppe zum ersten Stock inne.

»Es ist keine Frage, Mr. Markham«, erklärte Heath, »daß Bensons Mörder durch die Vordertür hereinkam. Es gibt keinen anderen Zugang. Wo er allein hier lebte, war Benson wahrscheinlich ein bißchen ängstlich wegen Einbrechern. Das einzige Fenster, das nicht vergittert ist, ist das Hinterfenster im Wohnzimmer, und das war verschlossen. Außerdem führt es nur in den Innenhof. Die Vorderfenster haben Eisengitter, und er kann auch nicht durch das Fenster erschossen worden sein, weil der Schuß ja aus der anderen Richtung kam … Für mich steht das fest, daß der Schütze durch die Haustür kam.«

»Sieht ganz so aus«, bestätigte Markham.

»Und verzeihen Sie, wenn ich das sage«, fügte Vance noch hinzu, »aber Benson ließ ihn ein.«

»Tatsächlich?« brummte Heath. »Na, das werden wir ja hoffentlich alles noch herausfinden.«

»Oh, kein Zweifel«, stimmte Vance lakonisch zu.

Wir stiegen die Treppe hinauf und betraten Bensons Schlafzimmer, das unmittelbar über dem Wohnzimmer lag. Es war streng, doch geschmackvoll eingerichtet, alles in feinster Ordnung. Das Bett war gemacht, woraus wir schließen konnten, daß er in dieser Nacht nicht darin geschlafen hatte, und die Vorhänge waren zugezogen. Bensons Smoking-Jacke und eine weiße Piquéweste fanden wir über einen Stuhl gehängt. Ein spitzer Kragen und eine schwarze Fliege lagen auf dem Bett, wohin Benson sie offenbar geworfen hatte, als er nach Hause kam. Ein Paar flacher Abendschuhe stand bei der Bank am Fußende des Bettes. In einem Glas Wasser auf dem Nachttisch lag eine Platinplatte mit vier falschen Zähnen und auf der Frisierkommode ein kunstvoll gearbeitetes Toupet.

Dieses letztere Stück erregte Vance' besondere Aufmerksamkeit. Er ging hinüber und betrachtete es aus der Nähe.

»Hochinteressant«, war sein Kommentar. »Unser verblichener Freund trug offenbar falsches Haar; wußten Sie das, Markham?«

»Ich habe es schon immer vermutet«, erwiderte dieser gleichgültig.

Heath, der auf der Schwelle stehengeblieben war, schien ein wenig ungeduldig.

»Es gibt nur noch ein weiteres Zimmer auf dieser Etage«, sagte er und geleitete uns den Flur hinunter. »Ebenfalls ein Schlafzimmer – für Gäste, wie ich von der Haushälterin weiß.«

Markham und ich warfen durch die Tür einen Blick hinein, doch Vance blieb draußen am Geländer des obersten Treppenabsatzes stehen. Er gab deutlich zu verstehen, daß Alvin Bensons häusliches Leben ihn nicht interessierte, und als Markham, Heath und ich hinauf in den zweiten Stock gingen, begab er sich wieder nach unten zur Eingangshalle. Als wir nach einer Weile ebenfalls wieder nach unten kamen, fanden wir ihn lässig in den Bänden von Bensons Bücherschrank blättern.

Wir waren gerade am Fußende der Treppe angelangt, als die Haustür sich öffnete und zwei Männer mit einer Bahre eintraten. Die Ambulanz war eingetroffen, um den Ermordeten in die Gerichtsmedizin zu bringen, und die rauhe, teilnahmslose Art, wie die beiden Männer Bensons Leiche verhüllten, auf die Bahre hoben, nach draußen trugen und in den Wagen schoben, ließ mich erschaudern. Vance hingegen schenkte ihnen nach einem flüchtigen Blick gar keine weitere Beachtung mehr. Er hatte einen Band mit einem wunderschönen Humphrey-Milford-Einband gefunden und war ganz mit Muster und Prägung des Leders beschäftigt.

»Ich glaube, nun wird es Zeit für eine Unterhaltung mit Mrs. Platz«, sagte Markham, und Heath ging zur Treppe und rief ein knappes Kommando hinauf.

Binnen kurzem betrat eine grauhaarige Frau mittleren Alters das Wohnzimmer, begleitet von einem Polizisten in Zivil, der eine dicke Zigarre rauchte. Mrs. Platz war eine einfache Frau, ein altmodischer, mütterlicher Typ mit ruhigem, freundlichem Auftreten. Mir kam sie ausgesprochen tüchtig vor, eine Frau, die wohl kaum zur Hysterie neigen würde – und dieser Eindruck wurde durch ihre zurückhaltende Art noch unterstrichen. Auf ihre stille Weise wirkte sie durchaus intelligent, wie man es bei einfachen Menschen ja oft findet.

»Setzen Sie sich, Mrs. Platz«, begrüßte Markham sie freundlich. »Ich bin der Bezirksstaatsanwalt, und ich möchte Ihnen gern einige Fragen stellen.«

Sie nahm sich einen Stuhl bei der Tür und wartete dann, blickte angespannt vom einen zum anderen. Markhams sanfte, beschwichtigende Art zu reden machte ihr jedoch offenbar Mut, und sie antwortete zusehends freier.

Was an Informationen bei dieser viertelstündigen Befragung herauskam, läßt sich wie folgt zusammenfassen:

Mrs. Platz war seit vier Jahren Bensons Haushälterin, und sie war die einzige Hausangestellte. Sie wohnte im Haus, und ihr Zimmer lag im zweiten, obersten Stock nach hinten hinaus.

Am vorangegangenen Nachmittag war Benson zu ungewöhnlich früher Stunde – gegen vier Uhr – aus dem Büro zurückgekehrt und hatte Mrs. Platz Bescheid gegeben, daß er nicht zum Abendessen da sein werde. Er war bis halb sieben im Wohnzimmer geblieben, die Tür zum Flur geschlossen, und war dann nach oben gegangen, um sich umzukleiden.

Er hatte das Haus gegen sieben Uhr verlassen, ohne zu sagen, wohin er ging. Er hatte angedeutet, es könne spät werden, doch brauche Mrs. Platz nicht auf ihn zu warten – wie sie es zu tun pflegte, wenn er noch Gäste mit nach Hause brachte. Das war das letzte Mal gewesen, daß sie ihn lebendig gesehen hatte. Am Abend hatte sie ihn nicht ins Haus kommen hören.

Gegen halb elf war sie zu Bett gegangen, und da es so heiß war, hatte sie die Tür nur angelehnt. Einige Zeit später hatte ein lauter Knall sie geweckt. Sie war erschrocken und hatte die Nachttischlampe eingeschaltet, und auf ihrem kleinen Wecker hatte sie gesehen, daß es erst halb eins war. Gerade diese frühe Stunde hatte sie beruhigt. Wenn Benson am Abend ausging, war er selten vor zwei Uhr zurückgekommen, und da im Haus alles still war, beschloß sie, daß es nur die Fehlzündung eines Automobils auf der 49. Straße gewesen war. Sie hatte sich keine weiteren Gedanken mehr darum gemacht und war wieder eingeschlafen.

Um sieben Uhr am folgenden Morgen kam sie nach unten, um ihren üblichen Tageslauf zu beginnen, und als sie zur Haustür ging, um Milch und Sahne hereinzuholen, hatte sie Bensons Leiche gefunden. Alle Vorhänge im Wohnzimmer waren geschlossen gewesen.

Zuerst hatte sie gedacht, Benson sei in seinem Sessel eingeschlafen, doch als sie dann das Einschußloch sah und ihr auffiel, daß das elektrische Licht ausgeschaltet war, da wußte sie, daß er tot war. Sie war sofort zum Telefon in der Eingangshalle gegangen, hatte sich die Polizeiwache geben lassen und den Mord gemeldet. Dann hatte sie an Bensons Bruder gedacht, Major Anthony Benson, und hatte auch ihn telefonisch verständigt. Er war fast gleichzeitig mit den Beamten von der Wache in der 47. Straße eingetroffen. Er hatte ihr ein paar Fragen gestellt, mit den Zivilbeamten gesprochen und war dann wieder gegangen, bevor die Männer aus dem Präsidium anlangten.

»Und nun, Mrs. Platz«, sagte Markham mit einem Blick auf die Notizen, die er sich gemacht hatte, »noch ein oder zwei Fragen, dann werden wir Sie nicht mehr weiter belästigen … Ist Ihnen an Mr. Bensons Verhalten in letzter Zeit etwas aufgefallen, das Sie vermuten ließ, er könnte Sorgen haben – oder, anders ausgedrückt, daß er fürchtete, es könne ihm etwas zustoßen?«

»Nein, Sir«, antwortete die Haushälterin ohne zu zögern. »Die letzten Tage war er sogar in besonders guter Laune – seit einer Woche vielleicht.«

»Mir ist aufgefallen, daß die meisten Fenster auf dieser Etage vergittert sind. Hatte er eine übermäßige Furcht vor Einbrechern oder anderen Eindringlingen?«

»Nein – im Grunde nicht«, entgegnete sie nachdenklich. »Aber er hat immer gesagt, auf die Polizei kann man sich nicht verlassen – bitte um Verzeihung, Sir – und in dieser Stadt müsse man schon selber auf sich achten, wenn man nicht unter die Verbrecher fallen wolle.«

Markham wandte sich grinsend an Heath.

»Schreiben Sie sich das hinter die Ohren, Sergeant.« Dann wieder an Mrs. Platz gewandt: »Wissen Sie von jemandem, der einen Groll gegen Mr. Benson gehegt hätte?«

»Keine Menschenseele, Sir«, versicherte die Haushälterin mit Nachdruck. »Er war ja manchmal ein merkwürdiger Mensch, aber anscheinend mochten die Leute ihn. Immer ging er auf Gesellschaften oder gab selbst welche. Ich kann das nicht verstehen, warum jemand ihn umbringen sollte.«

Markham blätterte noch einmal in seinen Notizen.

»Ich glaube, das wäre für den Augenblick alles … Wie ist es mit Ihnen, Sergeant? Wollen Sie noch eine Frage stellen?«

Heath überlegte einen Moment lang.

»Nein, mir fällt nichts Weiteres mehr ein … Aber, Mrs. Platz« – er sah sie mit finsterer Miene an –, »Sie werden hier im Haus bleiben, bis Sie Erlaubnis bekommen zu gehen. Sie werden später noch einmal vernommen. Und Sie dürfen mit niemand anderem darüber reden – ist das klar? Zwei von meinen Leuten werden noch eine Weile hierbleiben.«

Vance hatte während der Befragung etwas auf das Vorsatzblatt eines kleinen Adreßbuchs geschrieben, und während Heath noch sprach, riß er das Blatt heraus und reichte es Markham. Markham las es mit gerunzelter Stirn und schürzte die Lippen. Dann, nachdem er etliche Minuten gezögert hatte, richtete er das Wort noch einmal an die Haushälterin.

»Mrs. Platz, Sie sagten vorhin, jeder habe Mr. Benson gemocht. Mochten *Sie* ihn?«

Die Frau senkte den Blick.

»Nun, Sir«, antwortete sie widerwillig, »ich habe ja nur für ihn gearbeitet, und ich habe keinen Grund, mich über sein Verhalten zu mir zu beklagen.«

Entgegen ihren Worten machte sie den Eindruck, daß sie Benson außerordentlich unsympathisch gefunden oder etwas an ihm tief mißbilligt hatte. Doch Markham ließ es dabei bewenden.

»Und noch etwas, Mrs. Platz«, sagte er als nächstes. »Hatte Mr. Benson Feuerwaffen im Haus? Wissen Sie zum Beispiel, ob er einen Revolver besaß?«

Zum ersten Mal während der Befragung wirkte die Frau erregt, ja, sogar erschrocken.

»Ja, Sir«, gab sie mit zitternder Stimme zu, »ich – ich glaube, den hatte er.«

»Wo bewahrte er ihn auf?«

Die Frau blickte furchtsam auf und rollte ein wenig mit den Augen, so als ob sie abwäge, ob es ratsam war, offen zu sprechen. Dann antwortete sie mit leiser Stimme:

»In der Geheimschublade da im Wohnzimmertisch. Man – man drückt den kleinen Messingknopf dort, um sie zu öffnen.«

Heath sprang auf und drückte den Knopf, auf den sie gewiesen hatte. Eine kleine, flache Schublade kam herausgesprungen, und darin lag ein Revolver mit einem intarsienverzierten Perlmuttgriff, eine 38er Smith and Wesson. Er griff danach, klappte die Trommel aus und sah hinein.

»Alle da«, verkündete er lakonisch.

Ein Ausdruck außerordentlicher Erleichterung breitete sich über die Züge der Frau, und sie stieß einen lauten Seufzer aus.

Markham hatte sich erhoben und betrachtete den Revolver über Heath' Schulter hinweg.

»Den nehmen Sie lieber in Verwahrung, Sergeant«, sagte er; »obwohl ich nicht recht sehe, was er mit der Sache zu tun haben könnte.«

Er setzte sich wieder, warf einen Blick auf Vance' Zettel und wandte sich von neuem an die Haushälterin.

»Noch eine letzte Frage, Mrs. Platz. Sie sagen, Mr. Benson kam früh nach Hause und verbrachte die Zeit bis zum Abendessen hier in diesem Raum. Ist während dieser Zeit jemand ins Haus gekommen?«

Ich beobachtete die Frau genau und hatte das Gefühl, daß sie plötzlich die Lippen zusammenpreßte. Jedenfalls rückte sie sich auf ihrem Stuhl noch ein wenig gerader, bevor sie antwortete.

»Niemand, soviel ich weiß.«

»Aber das hätten Sie doch sicher gehört, wenn es geklingelt hätte«, beharrte Markham. »Sie hätten doch geöffnet, nicht wahr?«

»Da war niemand«, wiederholte sie mit einem schon ein wenig mürrischen Tonfall.

»Und gestern abend: Hat es da vielleicht an der Tür geklingelt, nachdem Sie nach oben gegangen waren?«

»Nein, Sir.«

»Hätte es Sie denn geweckt, wenn Sie geschlafen hätten?«

»Ja, Sir. Ich habe eine Glocke vor meiner Zimmertür, die gleiche wie in der Küche. Es klingelt immer an beiden Stellen. Mr. Benson hat es so einrichten lassen.«

Markham dankte ihr und ließ sie gehen. Als sie die Tür hinter sich geschlossen hatte, sah er Vance fragend an.

»Worauf wollten Sie mit Ihren Fragen hinaus?«

»Mag sein, daß ich damit meine Befugnisse überschreite«, antwortete Vance, »aber als die gute Frau sich über die Beliebtheit des Verstorbenen ausließ, hatte ich doch das Gefühl, sie übertreibt. Unbewußt setzte sie sich in ihrer Lobrede gegen Widerspruch zur Wehr, und das gab mir die Vermutung ein, daß sie selbst alles andere als angetan von ihrem Herrn war.«

»Und wie sind Sie auf Waffen gekommen?«

»Das war nur eine Weiterführung Ihrer eigenen Frage nach den vergitterten Fenstern und Bensons Furcht vor Einbrechern«, erklärte Vance. »Wenn er überall Diebe oder sonstige Bösewichter witterte, dann war es doch wahrscheinlich, daß er auch eine Waffe parat hatte – oder etwa nicht?«

»Na jedenfalls«, meinte Heath, »hat Ihre Neugier einen hübschen kleinen Revolver ans Tageslicht gebracht, Mr. Vance, aus dem wahrscheinlich noch nie ein Schuß abgefeuert wurde.«

»Nebenbei, Sergeant«, erwiderte Vance, ohne daß er auf den gutmütigen Spott des anderen einging, »was halten Sie denn von diesem hübschen kleinen Revolver?«

»Also ich denke mir«, konterte Heath mit elefantösem Humor, »man könnte daraus folgern, daß Mr. Benson eine Smith and Wesson mit Perlmuttgriff in einer Geheimschublade seines Wohnzimmertisches hatte.«

»Was Sie nicht sagen!« rief Vance mit gespielter Bewunderung. »Welch eine Erkenntnis!«

Markham machte dem Geplänkel ein Ende.

»Wieso haben Sie nach Besuchern gefragt, Vance? Es ist doch offensichtlich, daß niemand hier war.«

»Oh, nur so eine Laune von mir. Plötzlich wurde ich überwältigt von dem Verlangen zu erfahren, was La Platz daraufhin sagen würde.«

Heath studierte Vance aufmerksam. Sein erster Eindruck war vertrieben, und allmählich gewann der Verdacht die Oberhand, daß hinter der schnippischen Erscheinung ein soliderer Charakter steckte, als er anfangs vermutet hatte. Die Erklärungen, die Vance an Markham lieferte, stellten ihn nicht recht zufrieden, und allem Anschein nach zerbrach er sich den Kopf, was wohl der wirkliche Grund dafür war, daß Vance bei der Befragung der Haushälterin durch den Bezirksstaatsanwalt nachgehakt hatte. Heath war ein scharfsinniger Beobachter, und wie alle, die viel in der Welt herumkommen, hatte er gelernt, hinter die Fassade der Menschen zu sehen; doch Vance, der anders war als die Leute, mit denen er sonst zusammenkam, blieb ihm ein Rätsel.

Nach einer Weile gab er seine Versuche auf und zog seinen Lehnstuhl mit energischer Geste näher an den Tisch heran.

»Und nun, Mr. Markham«, sagte er forsch, »sollten wir unsere nächsten Schritte absprechen, damit keine Kräfte vergeudet werden. Je früher ich meine Männer losschicken kann, desto besser.«

Markham stimmte ihm rundheraus zu.

»Die Ermittlungen liegen ganz in Ihren Händen, Sergeant. Ich bin nur hier, um zu helfen, wo Sie mich brauchen können.«

»Sehr freundlich von Ihnen, Sir«, erwiderte Heath. »Aber ich habe das Gefühl, hier wird keiner zu wenig Arbeit haben … Wie wäre es, wenn ich als erstes die Besitzerin der Handtasche ausfindig machen würde? Und dazu schicke ich noch ein paar Männer aus, die sich unter Bensons Kumpanen aus dem Nachtleben umhören – von der Haushälterin werde ich ein paar Namen in Erfahrung bringen, das ist ein guter Anfang. Ich werde mich auch um den Cadillac kümmern … Dann müssen wir uns bei seinen Damenbekanntschaften umhören – ich nehme an, er hatte eine ganze Reihe davon.«

»Da könnte ich vielleicht aus dem Major etwas herausbekommen«, schlug Markham vor. »Er wird keine Hemmungen haben, mir zu sagen, was ich wissen will. Auf diesem Wege werde ich auch etwas über die Leute erfahren, mit denen Benson seine Geschäfte gemacht hat.«

»Das hatte ich mir auch schon überlegt, daß das eher etwas für Sie ist als für mich«, übernahm Heath wieder. »Irgend etwas müßte sich doch ziemlich rasch ergeben, von wo aus wir dann weitermachen. Und ich könnte mir vorstellen, wenn wir erst einmal die Dame ausfindig gemacht haben, die er gestern abend zum Essen ausgeführt und dann mit hierher genommen hat, dann wissen wir eine Menge mehr, als wir jetzt wissen.«

»Oder eine Menge weniger«, murmelte Vance.

Heath blickte gereizt auf und schnaubte ärgerlich.

»Lassen Sie sich eins gesagt sein, Mr. Vance«, sagte er. »Wenn ich recht verstehe, wollen Sie ja etwas über solche Sachen lernen. Wenn auf dieser Welt etwas wirklich Schlimmes geschieht, dann tut man meistens gut daran, sich nach der Frau umzusehen, um die sich alles dreht.«

»Ah ja«, erwiderte Vance mit einem Lächeln. »*Cherchez la femme* – so alt wie die Welt. Schon die Römer erlagen diesem Aberglauben – *Dux femina facti*, wie es bei ihnen hieß.«

»Ganz egal, wie es bei ihnen hieß«, konterte Heath, »jedenfalls kannten sie sich aus. Und lassen Sie sich von niemandem etwas anderes erzählen.«

Wiederum griff Markham diplomatisch ein.

»Diesen Punkt werden wir ja hoffentlich binnen kurzem geklärt haben … Und nun, Sergeant, wenn Sie nichts Weiteres mehr vorzuschlagen haben, mache ich mich auf den Weg. Ich bin zum Mittagessen mit Major Benson verabredet, und vielleicht habe ich heute abend schon Neuigkeiten für Sie.«

»Gut«, stimmte Heath zu. »Ich bleibe noch eine Weile hier, bis ich sicher bin, daß ich nichts übersehen habe. Ich lasse einen Mann draußen Wache stehen, und ein weiterer bleibt hier und behält diese Platz im Auge. Dann gehe ich raus zu den Reportern und erzähle ihnen von dem verschwundenen Cadillac und Mr. Vance' mysteriösem Revolver im Geheimfach. Da haben sie erstmal genug Futter. Wenn ich irgendwas rausbekomme, rufe ich Sie an.«

Er schüttelte dem Bezirksstaatsanwalt die Hand, dann wandte er sich an Vance.

»Auf Wiedersehen, Sir«, sagte er zu meiner und, glaube ich, auch zu Markhams Überraschung in den freundlichsten Tönen. »Ich hoffe, Sie haben heute morgen bei uns etwas lernen können.«

»Sie würden staunen, Sergeant«, erwiderte Vance gleichgültig, »wenn Sie wüßten, was ich alles gelernt habe.«

Wieder fiel mir Heath' aufmerksam forschender Blick auf; doch schon im nächsten Moment war seine Miene wieder normal.

»Na, das freut mich«, sagte er nur noch.

Markham, Vance und ich gingen nach draußen, und der Schutzmann, der dort Wache stand, hielt ein Taxi für uns an.

»Und das sind also die Methoden, mit denen unsere noble Gendarmerie die verborgenen Tiefen der Verbrecherseele erforscht?« sinnierte Vance, als wir uns in Bewegung setzten. »Markham, mein Alter, wie können denn solche Einfaltspinsel je auch nur einen einzigen Ganoven zur Strecke bringen?«

»Was Sie gesehen haben, waren ja nur die allerersten Ermittlungen«, erklärte Markham. »Manche Sachen müssen einfach routinemäßig getan werden – *ex abundanti cautelae*, wie wir Juristen sagen.«

»Aber liebe Güte – wie sie es anstellen!« seufzte Vance. »Nun gut, *quantum est in rebus inane*, wie wir Laien sagen.«

»Ich weiß, Sie trauen Heath nicht viel zu« – Markham sagte es mit ruhiger Stimme –, »aber er ist ein kluger Mann; einer, den man leicht unterschätzt.«

»Nicht zu glauben«, murmelte Vance. »Na, jedenfalls bin ich Ihnen wirklich dankbar, daß Sie mich miterleben lassen, wie soviel Gutes getan wird. Ich fühle mich bestens unterhalten, wenn auch nicht gerade erbaut. Ihr amtlicher Äskulap gefiel mir – effektiv, vernünftig, vollkommen unbeeindruckt von der Leiche.

Er hätte das Verbrechen zu seinem Beruf machen sollen, statt daß er Medizin studierte.«

Markham verfiel in ein finsteres Brüten und starrte nachdenklich zum Fenster hinaus, bis wir bei Vance' Haus anlangten.

»Die ganze Sache gefällt mir nicht«, sagte er, als das Taxi am Bordstein hielt. »Ich habe so ein merkwürdiges Gefühl.«

Vance beobachtete ihn einen Moment lang aus den Augenwinkeln.

»Hören Sie, Markham«, sagte er mit ungewohnt ernster Stimme, »haben Sie denn wirklich keine Ahnung, wer Benson erschossen hat?«

Markham zwang sich zu einem milden Lächeln.

»Ich wünschte, das hätte ich. Aber solche willkürlichen Morde sind meist nicht leicht aufzuklären. Und in diesem Falle kommt es mir sogar ganz außerordentlich kompliziert vor.«

»Was Sie nicht sagen!« rief Vance im Aussteigen noch. »Und ich hätte gedacht, es ist ein ganz einfacher Fall.«

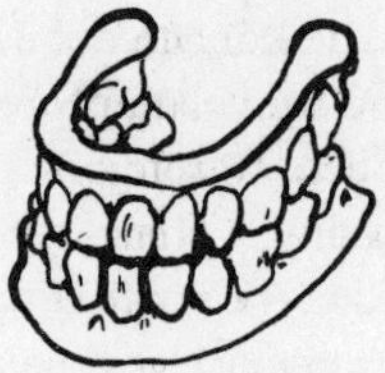

Man hört sich um

(Samstag, 15. Juni, vormittags)

Der Leser wird sich erinnern, welches Aufsehen der Mord an Alvin Benson erregte. Es war eines jener Verbrechen, die unweigerlich die Phantasie des Publikums beflügeln. Das Geheimnis ist die Grundlage jeder Abenteuergeschichte, und der Mordfall Benson war von einer Aura des undurchdringlich Geheimnisvollen umgeben. Es dauerte Tage, bis sich auch nur die ersten eindeutigen Erkenntnisse über die Umstände des Todesschusses einstellten; doch zahlreiche *ignes fatui* ergaben sich und heizten die Stimmung auf, und man hörte von allen Seiten die wildesten Spekulationen.

Zwar konnte man sich Alvin Benson beim besten Willen nicht als den Helden eines Abenteuerromans vorstellen, aber er war doch überall bekannt gewesen, eine schillernde, spektakuläre Persönlichkeit. Er war ein typischer wohlhabender New Yorker Bohemien gewesen – sportbegeistert, ein waghalsiger Spieler, professioneller Partylöwe; er hatte ein Leben immer am Rande der Halbwelt geführt und war in manchen Skandal verstrickt gewesen. Sein Treiben in den Nachtclubs und Kabaretts der Stadt hatte den diversen Zeitungen und Zeitschriften, die von den Skandalen des Broadway leben, oft genug Stoff für ihre reißerischen Artikel und Kommentare gegeben.

Benson hatte zum Zeitpunkt seines plötzlichen Todes mit seinem Bruder Anthony ein Börsenmaklergeschäft betrieben, das unter dem Namen Benson and Benson in der Wall Street Nummer 21 residierte. Beide galten unter den anderen Maklern der Straßc als gewiefte Geschäftsleute, wenn auch, nach dem Kodex und den Gebräuchen der New Yorker Börse beurteilt, nicht ganz seriös. In Temperament und Lebenswandel hätte man sich zwischen den beiden Brüdern keinen größeren Unterschied vorstellen können, und sie sahen sich außerhalb des Büros nur selten. In der Freizeit lebte Alvin Benson nur seinem Vergnügen und war regelmäßig in den großen Bars der Stadt anzutreffen; Anthony hingegen, der Ältere von beiden, der im Weltkrieg als Major gedient hatte, führte ein ruhiges, konventionelles Leben und verbrachte den Großteil der Abende in seinen Clubs. Jeder war jedoch in seinem jeweiligen Zirkel ein beliebter Mann, und gemeinsam hatten sie einen beträchtlichen Klientenstamm aufgebaut.

Daß der Glamour des Bankenviertels hineinspielte, prägte die Art, in der die Zeitungen über das Verbrechen berichteten. Außerdem war der Mord in eine relative Flaute an Sensationsmeldungen gefallen, und die Geschichte wurde in einer Fülle über die Titelseiten ausgebreitet, wie man sie bei solchen Meldungen selten findet.* Einfallsreiche Reporter interviewten Kriminalexperten im ganzen Land. Die Geschichte berühmter ungelöster Mordfälle wurde neu erzählt, und bei den Sonntagszeitungen ließen sich Hellseher und Astrologen gar über die Möglichkeit aus, den Fall mit den verschiedensten metaphysischen Mitteln zu lösen. Fotografien und detaillierte Zeichnungen vervollständigten Tag für Tag diese journalistischen Glanzleistungen noch.

In allen diesen Berichten kamen der graue Cadillac und die Smith and Wesson mit dem Perlmuttgriff vor. Es wurden Fotos von Cadillac-Wagen veröffentlicht, so retuschiert, daß sie der Beschreibung des Streifenpolizisten McLaughlin entsprachen, manche sogar samt Angelruten, die aus dem Kofferraum herausschauten. Eine Fotografie von Bensons Wohnzimmertisch war angefertigt worden, und eine Vergrößerung der Geheimschublade war als Nebenbild einmontiert. Eine Sonntagszeitung heu-

* Selbst der berühmte Mordfall Elwell, der einige Jahre später kam und der eine Reihe von Ähnlichkeiten zum Fall Benson aufweist, erregte kein größeres Aufsehen, obwohl Elwell bekannter war als Benson und die Personen, die in die Affäre verwickelt waren, gesellschaftlich höher standen. In den Berichten über den Elwell-Mord wurde sogar mehrmals auf den Mordfall Benson zurückverwiesen, und eines der oppositionellen Blätter drückte sogar im Leitartikel Bedauern darüber aus, daß John F. X. Markham nicht mehr Bezirksstaatsanwalt in New York war.

erte gar einen Möbelsachverständigen an, der eine umfangreiche Abhandlung über Geheimfächer in Möbelstücken lieferte.

Für die Polizei war der Fall Benson vom ersten Augenblick an schwierig und nervenaufreibend. Schon eine Stunde nachdem Vance und ich vom Tatort aufgebrochen waren, hatten die Männer von der Mordkommission unter der Leitung von Sergeant Heath mit ihren systematischen Ermittlungen begonnen. Bensons Haus wurde noch einmal gründlich durchsucht und seine private Korrespondenz gelesen; doch nichts kam zutage, was noch Licht auf die tragischen Ereignisse geworfen hätte. Keine Waffe außer Bensons eigener Smith and Wesson fand sich, und auch eine neuerliche Untersuchung der Fenstergitter ergab nur, daß sie fest verankert waren und daß der Mörder entweder einen Schlüssel gehabt haben mußte oder daß Benson ihn selbst ins Haus ließ. Diese letztere Möglichkeit schloß Heath kategorisch aus, obwohl Mrs. Platz nachdrücklich versicherte, daß niemand außer ihr und Benson einen Schlüssel gehabt habe.

Da es außer der Handtasche und den Handschuhen keine eindeutigen Indizien gab, blieb als einziger Ansatz die Befragung von Bensons Freunden und Bekannten, in der Hoffnung, daß sich dabei eine Spur finden ließ. Heath hoffte auch, daß er dabei schließlich auf die Besitzerin der Handtasche stoßen würde. Deshalb konzentrierte sich zunächst alles darauf herauszufinden, wo Benson seinen letzten Abend verbracht hatte; doch so viele seiner Bekannten auch befragt wurden und in so vielen Lokalen, in denen er zu verkehren pflegte, man nachhörte, fand sich doch zunächst niemand, der ihn an diesem Abend gesehen hatte; auch hatte er, soweit das in Erfahrung zu bringen möglich war, mit niemandem über seine Pläne für den Abend gesprochen. Auch sonst kam zunächst nichts ans Licht, was weitergeholfen hätte, auch wenn die Polizei ihre Untersuchung mit der größten nur denkbaren Sorgfalt führte. Benson hatte allem Anschein nach keine Feinde gehabt, er hatte sich mit niemandem nennenswert gestritten, und sein Geschäft schien gesund.

Es lag auf der Hand, daß man sich auf der Suche nach Anhaltspunkten vor allem an Major Anthony Benson wandte, da er die Angelegenheiten seines Bruders am besten überblickte, und dies war der Bereich, in dem das Büro des Bezirksstaatsanwalts in der frühen Phase der Ermittlungen seinen wertvollsten Beitrag leistete. Schon am Tag, an dem der Mord entdeckt wurde, hatte Markham mit dem Major zu Mittag gegessen, wobei dieser zwar gern bereit gewesen war zu helfen – selbst mit Auskünften, die dem Andenken seines Bruders schadeten –, aber nicht viel Nützliches zu sagen hatte. Er kenne zwar den größten Teil der Bekanntschaft seines Bruders, erklärte er Markham, doch sei niemand darunter, der für seine Begriffe Anlaß zu einer solchen Gewalttat gehabt haben könnte, und er könne auch niemanden nennen, der vielleicht etwas darüber wisse, was der Polizei weiterhelfen könnte. Er gab allerdings auch ohne Umschweife zu, daß es Aspekte am Leben seines Bruders gab, über die er nichts wußte, und zu seinem Bedauern könne er auch nicht sagen, wie über diese Bereiche Näheres in Erfahrung zu bringen wäre. Er deutete jedoch an, daß die Beziehungen seines Bruders zum schönen Geschlecht ein wenig unkonventionell gewesen seien, und er gestand auch gern ein, daß es nicht unwahrscheinlich war, daß in dieser Richtung das Tatmotiv zu suchen war.

Nach diesen wenigen vagen und unbefriedigenden Hinweisen von Major Benson hatte Markham sogleich zwei fähige Kriminalbeamte, die der Bezirksstaatsanwaltschaft überstellt waren, mit dem Auftrag auf den Weg gebracht, sich ganz den Frauenbekanntschaften Bensons zu widmen, damit nicht der Eindruck entstünde, daß sie der Mordkommission bei deren eigenen Ermittlungen Konkurrenz machten. Angespornt von Vance' Interesse bei der ersten Befragung, hatte er darüber hinaus einen dritten Mann auf die Vorgeschichte und Lebensumstände der Haushälterin angesetzt.

Es stellte sich heraus, daß Mrs. Platz in einer Kleinstadt in Pennsylvania zur Welt gekommen war, das Kind deutscher Eltern, die inzwischen beide tot waren, und daß sie seit sechzehn Jahren Witwe war. Bevor sie zu Benson kam, war sie zwölf Jahre lang bei derselben Familie angestellt gewesen und hatte diese Stellung nur verlassen, weil ihre Dienstherrin den eigenen Haushalt aufgegeben hatte und in ein Hotel gezogen war. Bei der Befragung sagte diese, ihres Wissens gebe es eine Tochter, aber sie wisse nichts weiter darüber und habe sie nie gesehen. Nichts an diesen Ergebnissen lieferte einen Anhaltspunkt, und Markham nahm sie nur der Form halber zu den Akten.

Heath ließ in der ganzen Stadt nach dem grauen Cadillac fahnden, auch wenn er nicht daran glaubte, daß eine direkte Verbindung zwischen dem Wagen und dem Verbrechen bestand; die Zeitungen halfen kräftig mit und brachten immer wieder neue Bilder. Ein kurioses Faktum ergab sich noch, das der Polizei neue Hoffnung gab, der Cadillac könne vielleicht wirklich eine Rolle bei der Aufklärung des Verbrechens spielen. Ein Straßenkehrer, der von den Angelruten im Kofferraum gehört oder gelesen hatte, meldete, daß er zwei Ruten in gutem Zustand an einem Weg im Central Park gefunden habe, nicht weit vom Columbus Circle. Die Frage war nur: Waren sie das Angelgerät, das Streifenpolizist McLaughlin im Cadillac hatte liegen sehen? Es war denkbar, daß der Fahrer sie auf seiner Flucht aus dem Wagen geworfen hatte; doch ebenso denkbar war, daß jemand anderes sie bei der Fahrt durch den Park verloren hatte. Weitere Fakten ließen sich nicht ermitteln, und am Morgen des Tages, der auf die Entdeckung des Verbrechens folgte, deutete alles darauf hin, daß die Ermittlungen in eine Sackgasse geraten waren.

Am Morgen hatte Vance sich von Currie sämtliche verfügbaren Zeitungen besorgen lassen und mehr als eine Stunde mit dem Studium ihrer Berichte über den Mord zugebracht. Das war sehr ungewöhnlich für ihn, denn sonst würdigte er Zeitungen nicht einmal eines flüchtigen Blickes, und ich konnte nicht umhin, meine Verwunderung darüber zum Ausdruck zu bringen, daß er sich mit etwas abgab, das so ganz und gar außerhalb seines normalen Tageslaufes lag.

»Nein, Van, mein Lieber«, antwortete er träge, »ich bin nicht sentimental geworden, oder gar menschlich, in dem Sinne, in dem das Wort heute so irreführend gebraucht wird. Ich kann nicht mit Terenz sagen: ›*Homo sum, humani nihil a me alienum puto*‹, denn ich denke schon, daß das meiste, was als menschlich gilt, mir in der Tat sehr fremd ist. Aber ich muß schon sagen, dieser kleine Ausflug in die Welt des Verbrechens hat sich als hochinteressant erwiesen, faszinierend, wie die Leitartikler das Wort mißbrauchen würden ... Van, Sie müssen dieses wunderbare Interview mit Sergeant Heath lesen. Er braucht eine ganze Spalte, um ›Ich weiß nichts‹ zu sagen. Ein Prachtbursche! Inzwischen hege ich geradezu freundschaftliche Gefühle für ihn.«

»Vielleicht weiß Heath ja etwas und will es den Zeitungen nicht mitteilen«, schlug ich vor. »Etwas, das er aus taktischen Gründen zurückhält.«

»Nein«, erwiderte Vance mit einem melancholischen Kopfschütteln, »niemand ist so frei von Eitelkeit, daß er sich gegenüber aller Welt als jemand hinstellen würde, der keines klaren Gedankens fähig ist – und so wirkt er in sämtlichen Morgenzeitungen –, nur um einen Mörder zur Strecke zu bringen. Das wäre ein Märtyrertum, das über jedes Ziel hinausschießt.«

»Aber wenigstens Markham könnte etwas wissen oder einen Verdacht haben, den er für sich behält«, wandte ich ein.

Vance dachte einen Moment lang darüber nach.

»Das ist nicht unmöglich«, gab er zu. »Er hält sich bei all dem journalistischen Palaver bescheiden im Hintergrund. Der Frage sollten wir vielleicht auf den Grund gehen, was?«

Er ging zum Telefon und ließ sich mit dem Büro des Bezirksstaatsanwalts verbinden, und ich hörte, wie er sich mit Markham zum Mittagessen im Stuyvesant-Club verabredete.

»Was ist nun mit der Nadelmann-Statuette bei Stieglitz?« brachte ich das Gespräch wieder auf den Grund meines Besuches an jenem Vormittag.

»Ich bin heute nicht in der Stimmung für die edle Einfalt der Griechen«, erklärte er nur und wandte sich wieder seinen Zeitungen zu.

Wenn ich sage, daß seine Einstellung mich überraschte, dann

ist das noch milde ausgedrückt. In all den Jahren, die ich ihn kannte, war es nie vorgekommen, daß er sein Interesse an der Kunst einer anderen Zerstreuung untergeordnet hätte, und bisher hatte er Dingen, die mit dem Gesetz und dessen Durchsetzung zu tun hatten, niemals Beachtung geschenkt. Ich begriff, daß in seinen Gedanken etwas Ungewöhnliches vorgehen mußte, und enthielt mich jeden Kommentars.

Markham kam ein wenig zu spät zu der Verabredung im Club, und Vance und ich hatten bereits an unserem Lieblings-Ecktisch Platz genommen, als er eintraf.

»Nun, mein lieber Lykurg«, begrüßte Vance ihn, »einmal abgesehen davon, daß eine Reihe neuer und wichtiger Indizien ans Tageslicht gekommen ist und mit konkreten Ergebnissen schon binnen kurzem gerechnet wird und so weiter und so fort, wie sieht es denn nun wirklich aus?«

Markham lächelte.

»Ich sehe schon, Sie haben die Zeitungen gelesen. Was halten Sie denn von den Berichten?«

»Ganz das Übliche, würde ich vermuten«, erwiderte Vance. »In ihrer sorgfältigen und aufwendigen Art lassen sie nichts aus außer dem Wesentlichen.«

»Tatsächlich?« fragte Markham gutgelaunt. »Und was wäre, wenn ich mir erlauben darf zu fragen, in diesem Falle das Wesentliche?«

»Ich in meiner dummen, amateurhaften Art«, konterte Vance, »ich war mir zum Beispiel sicher, daß das Toupet des armen Alvin eine wichtige Rolle spielen würde.«

»Für Benson, könnte ich mir vorstellen, war das gewiß der Fall … Sonst noch etwas?«

»Nun, da wären der Kragen und die Krawatte auf dem Nachttisch.«

»Nicht zu vergessen«, spottete Markham, »das Glas mit den falschen Zähnen.«

»Sie übertreffen sich selbst!« rief Vance. »Jawohl, die hätte ich ebenfalls in diesem Falle zum Wesentlichen gezählt. Und ich wette, der unvergleichliche Heath hat sie nicht einmal gesehen. Aber die übrigen Weisen waren ja auch nicht viel aufmerksamer.«

»Sie waren also«, erwiderte Markham, »wenn ich es recht verstehe, nicht allzu beeindruckt von den gestrigen Ermittlungen?«

»Im Gegenteil«, versicherte Vance ihm. »Ich war so beeindruckt, daß man schon fast von Verblüffung sprechen kann. Das gesamte Procedere war geradezu ein Meisterwerk des Absurden. Es hätte ein gutes Dutzend *points de départ* gegeben, die alle in dieselbe Richtung deuteten, und die amtlichen *pourparleurs* haben allem Anschein nach nicht einen einzigen davon gesehen. Alle waren viel zu beschäftigt damit, nach Zigarettenstummeln zu suchen oder an Fenstergittern zu rütteln – sehr hübsche Gitter übrigens, nach florentinischem Vorbild.«

Markham war amüsiert, aber auch ein wenig gekränkt.

»Wissen Sie, Vance«, sagte er, »man kann sich auf die Polizei schon verlassen. Meistens kommt sie am Ende zum Ziel.«

»Bewundernswert, diese Vertrauensseligkeit«, murmelte Vance. »Sagen Sie mir die Wahrheit: Was wissen Sie über den Mord an Benson?«

Markham zögerte.

»Das bleibt natürlich unter uns«, hob er nach einer Weile an, »aber heute morgen, gleich nachdem Sie angerufen hatten, meldete einer der Männer, die ich auf Bensons Liebesleben angesetzt habe, daß er die Frau gefunden hat, die in der Mordnacht ihre Handtasche und Handschuhe im Haus ließ – das Monogramm auf dem Taschentuch lieferte den Hinweis. Und er hat auch schon einiges Interessante über sie herausgefunden. Wie ich schon vermutete, war sie an jenem Abend mit Benson zum Essen aus. Sie ist Schauspielerin – Musical, glaube ich. Eine gewisse Muriel St. Clair.«

»So ein Pech«, hauchte Vance. »Ich hatte gehofft, die Dame könne Ihren Myrmidonen entgehen. Ich habe leider nicht das Vergnügen, sie zu kennen, sonst hätte ich ihr in einem Briefchen mein Beileid bekundet … Und nun werden Sie der Ärmsten gewiß das Leben zur Hölle machen?«

»Ich werde sie mit Sicherheit vernehmen, wenn es das ist, worauf Sie anspielen.«

Markham war in Gedanken versunken, und wir verbrachten das Essen größtenteils schweigend.

Als wir uns anschließend in den Rauchsalon begaben, entdeckte uns Major Benson, der verloren an einem Fenster gestanden hatte, und kam herüber. Er war ein kräftiger Mann um die Fünfzig mit rundem Gesicht und ernsten, freundlichen Zügen, der sich sehr aufrecht hielt.

Er begrüßte Vance und mich mit einer leichten Verbeugung und wandte sich dann an den Staatsanwalt.

»Markham«, hob er an, »seit unserem gestrigen Essen habe ich mir den Kopf zerbrochen, und eines ist mir, glaube ich, noch eingefallen, was Ihnen weiterhelfen könnte. Es gibt einen Mann namens Leander Pfyfe, mit dem Alvin oft zusammen war; vielleicht werden Sie von dem noch etwas erfahren. Ich habe gestern nicht an ihn gedacht, weil er nicht in der Stadt wohnt; er lebt irgendwo auf Long Island – Port Washington, glaube ich. Nur so eine Idee. Aber wenn ich ehrlich bin, fällt mir sonst nicht das geringste mehr ein, was in dieser gräßlichen Sache weiterhelfen könnte.«

Er atmete einmal tief durch, so als müsse er eine Gefühlswallung unterdrücken, die nicht an die Oberfläche sollte. Es war ihm anzumerken, daß er im Innersten aufgewühlt war, auch wenn er von Natur aus ein leidenschaftsloser Mensch war.

»Danke für den Hinweis, Major«, sagte Markham und notierte sich den Namen auf einem Briefumschlag. »Ich werde mich der Sache gleich annehmen.«

Vance, der während dieses kurzen Wortwechsels teilnahmslos zum Fenster hinausgeblickt hatte, drehte sich um und wandte nun selbst das Wort an den Major.

»Was ist mit Colonel Ostrander? Ich habe ihn mehrfach in Gesellschaft Ihres Bruders gesehen.«

Major Benson machte eine wegwerfende Handbewegung.

»Nur ein Bekannter. Der könnte Ihnen nichts sagen.«

Dann wandte er sich wieder an Markham.

»Man darf wohl nicht hoffen, daß Sie bereits etwas herausgefunden haben?«

Markham nahm die Zigarre aus dem Mund und blickte sie nachdenklich an.

»Das würde ich nicht sagen«, entgegnete er nach einer Weile. »Wir haben die Frau gefunden, mit der Ihr Bruder am Donnerstag abend zum Essen aus war; und ich weiß, daß sie kurz nach Mitternacht mit ihm ins Haus kam.« Er hielt inne, als überlege er, ob es klug sei, noch mehr zu verraten. »Im Grunde brauche ich nicht viel mehr Beweismaterial, als ich jetzt schon habe, dann kann ich Anklage erheben.«

Überraschung, dann Bewunderung blitzte auf dem finsteren Gesicht des Majors auf.

»Gott sei Dank dafür, Markham!« sagte er. Dann reckte er sein kräftiges Kinn vor und legte dem Bezirksstaatsanwalt die Hand auf die Schulter. »Zeigen Sie keine Gnade«, beschwor er ihn, »tun Sie es für mich! Wenn Sie mich noch brauchen, ich werde bis spät abends im Club sein.«

Damit wandte er sich um und verließ den Raum.

»Es ist nicht gerade freundlich, dem Major so kurze Zeit nach dem Tod seines Bruders mit Fragen zuleibe zu rücken«, meinte Markham. »Aber die Welt dreht sich weiter.«

Vance unterdrückte ein Gähnen.

»Aber in Gottes Namen – warum?« murmelte er nur.

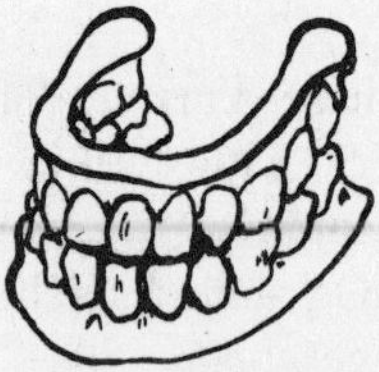

Vance äußert eine Vermutung

(Samstag, 15. Juni, 2 Uhr nachmittags)

Eine Weile saßen wir da und rauchten schweigend; Vance blickte versonnen hinaus zum Madison Square, Markham betrachtete mit gerunzelter Stirn das ausgebleichte Ölporträt des alten Peter Stuyvesant über dem Kamin.

Dann wandte Vance sich um und musterte den Bezirksstaatsanwalt mit einem leicht spöttischen Lächeln.

»Wissen Sie, Markham«, schnurrte er, »ich kann mich gar nicht genug wundern über die Leichtigkeit, mit der Kriminologen wie Sie sich von dem auf Irrwege führen lassen, was Sie Indizien nennen. Sie finden einen Fußabdruck oder ein abgestelltes Automobil oder ein Monogramm auf einem Taschentuch, und schon beginnt die wilde Jagd mit Ihrem ewigen *Ecce signum!* Man könnte wirklich denken, Ihre ganze Zunft hätte ihre Weisheit aus Groschenromanen bezogen. Wann werden Sie endlich einsehen, daß sich ein Verbrechen nicht mit Schlußfolgerungen aufklären läßt, die nur auf materiellen Spuren und zufälligen Indizien beruhen?«

Ich glaube, Markham war ebenso überrascht wie ich von diesem plötzlichen Ausbruch von Kritik; doch kannten wir beide Vance gut genug, um zu sehen, daß bei allem heiteren, beinahe leichtfertigen Ton doch ein ernsthaftes Anliegen hinter seinen Worten steckte.

»Wollen Sie denn allen Ernstes bei den Ermittlungen alle greifbaren Spuren außer acht lassen?« fragte Markham, ein wenig ungläubig.

»Unbedingt«, erklärte Vance in aller Ruhe. »Sie sind nicht nur wertlos, sondern sogar gefährlich … Das Schlimme an Leuten wie Ihnen ist, daß Sie an jedes Verbrechen mit der festen Überzeugung herangehen, daß der Täter entweder ein Schwachkopf oder ein völliger Versager ist. Ist Ihnen denn nie in den Sinn gekommen, daß ein Indiz, das ein Kriminalbeamter sehen kann, der

Täter ebenso sehen kann, und daß er die Spur entweder verwischt oder verborgen hätte, es sei denn, er wollte ausdrücklich, daß sie gefunden wird? Und haben Sie sich nie durch den Kopf gehen lassen, daß jeder, der heutzutage in der Lage ist, ein Verbrechen mit Erfolg durchzuführen, *ipso facto* auch in der Lage sein wird, Indizien nach Belieben zu fabrizieren? Ihre Beamten ziehen die Möglichkeit überhaupt nicht in Betracht, daß der Tatort eines Verbrechens vielleicht so aussehen *soll*, wie sie ihn vorfinden, und die Spuren und Indizien mit Absicht hinterlassen wurden, um sie in die Irre zu führen.«

»Wir würden wohl nur sehr wenige zu fassen bekommen, wenn wir alle Hinweise am Ort des Geschehens, die Tatumstände und die Schlüsse mißachteten, die sich daraus zwangsläufig ergeben. Denn in der Regel«, meinte Markham und machte eine ironische Miene dazu, »sind bei Verbrechen ja keine unbeteiligten Zeugen dabei.«

»Genau das ist Ihr großer Irrtum«, erwiderte Vance gelassen. »Jedes Verbrechen wird von Außenstehenden betrachtet, genau wie jedes Kunstwerk. Daß niemand den Künstler oder den Täter tatsächlich bei der Arbeit sieht, spielt dabei keine Rolle. Ein heutiger Kriminalbeamter würde sich zum Beispiel zweifellos weigern zu glauben, daß Rubens die *Kreuzabnahme* in der Kathedrale von Antwerpen malte, wenn es genügend Indizien gäbe, daß der Künstler zur Entstehungszeit auf diplomatischer Mission im Ausland war. Und doch, mein Lieber, wäre eine solche Schlußfolgerung grotesk. Selbst wenn die Beweislage für das Gegenteil so erdrückend wäre, daß dies, juristisch gesehen, außer Frage stünde, wäre das Bild doch nach wie vor von Rubens. Das Bild selbst würde es beweisen. Und warum? Aus dem einfachen Grunde, daß niemand außer Rubens es gemalt haben könnte. Die Zeichen seiner Persönlichkeit, seines Genies sind unverkennbar – und unverwechselbar.«

»Ich bin kein Kunstwissenschaftler«, rief Markham ihm, nun schon ein wenig ärgerlich, ins Gedächtnis. »Ich bin ein Jurist mit praktischem Sinn, und wenn es darum geht, die Täterschaft eines

Verbrechens festzustellen, dann ziehe ich greifbare Beweise den metaphysischen Hypothesen vor.«

»Ihre Vorlieben, mein Lieber«, erwiderte Vance gelassen, »werden Ihnen die unangenehmsten Irrtümer bescheren.«

Bedächtig zündete er sich eine neue Zigarette an und blies eine Rauchwolke hinauf zur Decke.

»Sehen Sie sich zum Beispiel Ihre Schlußfolgerungen beim vorliegenden Mordfall an«, fuhr er in seinem gleichmäßigen, emotionslosen Tonfall fort. »Sie leben in dem schweren Irrglauben, daß Sie den Mörder des unaussprechlichen Benson kennen. Das haben Sie gegenüber dem Major zugegeben; und Sie haben auch gesagt, Sie hätten beinahe schon genug Beweismaterial für die Anklage beisammen. Ich zweifle nicht, daß Sie über das verfügen, was ein gelehrter Solon unserer Tage schlüssige Beweise nennen würde. Aber die Wahrheit ist: Die Person, die Sie im Auge haben, kann nicht die Täterin sein. Sie werden ein armes Mädchen in Verlegenheit bringen, das nicht das geringste mit dem Verbrechen zu tun hat.«

Markham setzte sich mit einem Ruck auf.

»So, so!« erwiderte er. »Ich bringe eine Unschuldige in Verlegenheit! Da meine Mitarbeiter und ich die einzigen sind, die wissen, welches Beweismaterial wir gegen sie in Händen halten, würde mich interessieren, aus welchen okkulten Kanälen Sie die Gewißheit über die Unschuld dieser Frau beziehen.«

»Ach, das ist im Grunde ganz einfach«, antwortete Vance mit einem spöttischen Zucken der Mundwinkel. »Sie haben die Falsche im Visier, weil der wahre Mörder klug und umsichtig genug war, dafür zu sorgen, daß keine Spur, die Sie oder die Polizei finden würden, auch nur im mindesten auf seine Täterschaft verweist.«

Er sagte das mit der Selbstsicherheit eines Mannes, der eine offensichtliche Tatsache vorlegt – eine Tatsache, über die nicht diskutiert werden kann.

Markham stieß ein verächtliches Lachen aus.

»Kein Krimineller«, versicherte er ihm in den Tönen eines Orakels, »ist klug genug, daß er sämtliche Folgen seines Tuns überblicken kann. Selbst der unbedeutendste Handgriff steht, wie allgemein bekannt ist, in einem so vielfältigen Geflecht von Beziehungen zu jenen, die ihm vorausgingen, und jenen, die folgen werden, daß jeder Verbrecher, ganz gleich, wie lange und sorgfältig er seine Tat vorausplant, dabei lose Enden hinterläßt, die ihn schließlich verraten werden.«

»Allgemein bekannt?« entgegnete Vance. »Nein, mein Lieber – nur ein weitverbreiteter Irrglauben, eine kindische Vorstellung von einem gerechten Schicksal, das jede Übeltat ans Licht bringt. Ich kann zwar verstehen, daß ein solch esoterischer Glaube von der Unausweichlichkeit der göttlichen Strafe die populäre Phantasie beflügelt, etwa in der Art von Wahrsagerinnen oder Ouija-Brettern, aber ich muß schon sagen, mein Alter, die Vorstellung bedrückt mich, daß selbst Sie an solch mystische Märchen glauben!«

»Lassen Sie sich davon nicht den Tag verderben«, erwiderte Markham pikiert.

»Sehen Sie sich doch die unaufgeklärten, die erfolgreichen Verbrechen an, die von Tag zu Tag geschehen«, fuhr Vance unbeirrt von der Ironie des anderen fort, »Verbrechen, an denen selbst die besten Ihrer Kriminalbeamten verzweifeln, nicht wahr? Tatsache ist: Die einzigen Verbrechen, die aufgeklärt werden, sind die, die von Dummköpfen begangen werden. Deshalb wird, wo auch immer sich jemand von auch nur einigermaßener Intelligenz zu einer Untat entschließt, ihm diese ohne große Schwierigkeiten gelingen, in der schönen Gewißheit, daß ihm dabei nie jemand auf die Schliche kommen wird.«

»Wenn ein Verbrechen unentdeckt bleibt«, knurrte Markham, »dann liegt das fast immer an Pech bei den Ermittlungen und nicht an der großen Intelligenz der Täter.«

»Was Sie Pech nennen« – Vance säuselte es geradezu –, »ist nichts weiter als ein beschönigender Ausdruck für Unfähigkeit. Wer Verstand hat, läßt sich von einem kleinen Mißerfolg nicht aufhalten ... Nein, Markham, mein Alter: Unaufgeklärte Verbrechen sind einfach nur Verbrechen, die gut geplant und gut ausgeführt wurden. Und glauben Sie mir, in diese Kategorie gehört auch der Benson-Mord. Wenn Sie da nach ein paar Stunden Ermittlung verkünden, Sie könnten mit einiger Sicherheit sagen, wer der Täter sei, da müssen Sie mir schon verzeihen, daß ich mich mit Ihnen anlege.«

Er hielt inne und nahm ein paar nachdenkliche Züge aus seiner Zigarette.

»Die lächerlichen, kasuistischen Methoden, mit denen Sie Ihre Untersuchungen anstellen, können nur zu willkürlichen Ergebnissen führen. Als Beleg für diese Behauptung weise ich triumphierend auf die unglückliche junge Dame, der Sie schon bald die Freiheit rauben wollen.«

Markham, der bisher seinen Ärger hinter einem wissenden und verächtlichen Lächeln verborgen hatte, blickte Vance nun finster ins Gesicht.

»Wie der Zufall es will, und ich spreche *ex cathedra*«, schnauzte er, »habe ich die Beweise gegen Ihre ›unglückliche junge Dame‹ so gut wie zusammen.«

Vance ließ sich nicht beeindrucken.

»Und doch«, beharrte er, »kann die Tat unmöglich von einer Frau begangen sein.«

Ich konnte sehen, wie wütend Markham war. Seine Stimme überschlug sich fast.

»So, eine Frau kann es nicht gewesen sein – ganz gleich, wie die Beweise aussehen, was?«

»Ganz recht«, erwiderte Vance friedlich. »Nicht einmal wenn sie selbst beschwören würde, daß sie die Mörderin ist, und eine ganze Schachtel voller Indizien beibrächte, die Sie in Ihrer juristischen Überheblichkeit für eindeutige Beweise halten.«

»Ah ja!« Markhams Sarkasmus war nicht zu überhören. »Das soll wohl heißen, daß Sie sogar ein Geständnis für wertlos halten würden.«

»In der Tat, mein lieber Justinian«, bestätigte Vance gelassen, »genau das wollte ich Ihnen zu verstehen geben. Ja, ein Geständnis ist schlimmer als nur wertlos – es wird Sie in die Irre führen.

Und daß Geständnisse sich bisweilen als korrekt erweisen – so wie die sprichwörtliche Intuition einer Frau –, macht sie ja nur noch unzuverlässiger.«

Markham schnaubte verächtlich.

»Warum sollte denn irgendwo auf der Welt ein Mensch etwas gestehen, was zu seinem Schaden ist, es sei denn, er sieht ein, daß man die Wahrheit herausgefunden hat oder ihr zumindest auf die Spur gekommen ist?«

»Ich muß schon sagen, Markham, Sie verblüffen mich! Lassen Sie mich Ihnen, *privatissime et gratis*, ins unschuldige Ohr flüstern, daß eine Großzahl anderer Motive für ein Geständnis denkbar ist. Jemand könnte aus Furcht gestehen, aus Erschöpfung, aus Berechnung, aus Mutterliebe, Ritterlichkeit, es könnte eine Wahnvorstellung dahinterstecken oder das, was die Psychologen einen Minderwertigkeitskomplex nennen, ein falsch verstandenes Pflichtgefühl, pervertierte Egozentrik oder schiere Eitelkeit und noch hundert weitere Gründe dazu. Geständnisse sind die trügerischste und unzuverlässigste Art von Beweismaterial, die sich überhaupt denken läßt; selbst die einfältige und unwissenschaftliche Justiz läßt sie in Mordfällen nur gelten, wenn sie durch andere Belege untermauert werden.«

»Sie präsentieren Ihre Sache geschickt, das muß ich sagen«, erwiderte Markham. »Aber wenn die Gerichte alle Geständnisse verwerfen und alle Indizien ignorieren wollten, wie Sie es ja anscheinend empfehlen, dann könnten wir ebensogut den Gerichtsbetrieb einstellen und die Gefängnisse abschaffen.«

»Ein typisches *non sequitur* des Juristenverstandes«, entgegnete Vance.

»Aber darf ich fragen, wie Sie die Schuldigen dann überführen wollen?«

»Es gibt eine unfehlbare Methode, die Schuld und Verantwortlichkeit eines Menschen zu bestimmen«, erklärte Vance; »doch bisher hat die Polizei nicht nur keinerlei Vorstellungen von den Möglichkeiten, die sie bietet, sondern auch keinen Begriff von ihrer praktischen Funktion. Auf die Spur der Wahrheit gelangt man nur durch die Analyse der psychologischen Faktoren eines Verbrechens und durch deren Übertragung auf die betroffenen Personen. Die einzig wahren Indizien sind psychologischer Natur – nicht materieller. Ein wirklich guter Kunstkenner wird zum Beispiel die Echtheit eines Bildes nicht nach einer Untersuchung des Malgrundes oder einer chemischen Analyse der Farben beurteilen, sondern nach der schöpferischen Persönlichkeit, die sich ihm aus der Konzeption und Ausführung des Bildes offenbart. Er fragt sich: Verkörpert dieses Bild die Eigenheiten von Form und Technik und die geistige Einstellung, die das Genie – anders ausgedrückt, die Persönlichkeit – von Rubens oder Michelangelo, von Veronese, Tizian, Tintoretto oder wer es sonst sein mag, dem das Bild zugeschrieben wird, bestimmten?«

»Ich fürchte«, gestand Markham, »mein Verstand ist wohl doch noch so primitiv, daß er sich von trivialen Fakten beeindrucken läßt, und in diesem konkreten Falle besitze ich – so leid mir das für Ihre hochoriginellen und äußerst künstlerischen Ausführungen tun mag – ein recht ansehnliches Inventar an Fakten, die mir verraten, daß – wie soll ich es ausdrücken – eine gewisse junge Dame die Künstlerin ist, die jenes kriminelle Opus mit dem Titel *Der Mord an Alvin Benson* schuf.«

Vance zuckte kaum merklich mit den Schultern.

»Würden Sie mir – unter uns, selbstverständlich – anvertrauen, um welche Fakten es sich handelt?«

»Aber gewiß«, entgegnete Markham. »*Imprimis*: Die junge Dame war im Haus, als der Schuß abgefeuert wurde.«

Vance spielte den Ungläubigen.

»Was Sie nicht sagen! Meine Güte! Sie stand tatsächlich dabei?«

»Die Belege für ihre Gegenwart sind zwingend«, ließ Markham sich nicht beirren. »Wie Sie wissen, fanden sich die Handschuhe, die sie am Abend trug, und die Handtasche, die sie bei sich hatte, auf dem Kaminsims in Bensons Wohnzimmer.«

»Oh!« murmelte Vance und setzte eine enttäuschte Miene auf. »Es war also gar nicht die junge Dame, die zugegen war, sondern es waren ihre Handschuhe und ihre Tasche – gewiß vom juristischen Standpunkt ein unbedeutender Unterschied, kaum der Rede wert ... Und doch«, fuhr er fort, »weigert sich, so leid mir das tut, mein Laienverstand, die beiden Aussagen als identisch anzusehen. Meine Hosen sind in der Reinigung, da bin ich selbst auch in der Reinigung, was?«

Markham antwortete recht hitzig.

»Ist das denn kein Indiz, auch nicht für Ihren Laienverstand, daß intime Artikel einer Frau, Sachen, die sie braucht und die sie den ganzen Abend bei sich gehabt hat, am nächsten Morgen in der Wohnung ihres Begleiters gefunden werden?«

»Darauf sage ich nein«, entgegnete Vance in aller Ruhe, »und finde die Schlüsse, die hinter Ihrer Annahme stehen, beklagenswert nutzlos.«

»Aber da die junge Dame diese Dinge ja gewiß nicht am Nachmittag bei sich hatte und da sie nicht am Abend während Bensons Abwesenheit im Haus gewesen sein kann, ohne daß die Haushälterin es bemerkt hätte – wie, wenn ich fragen darf, wie wollen Sie denn erklären, daß diese Dinge am nächsten Morgen dort waren, wenn die Frau sie nicht am späten Abend selbst dort abgelegt hat?«

»Glauben Sie mir, ich habe nicht die geringste Ahnung«, erwiderte Vance. »Wenn Sie die junge Dame persönlich fragten, könnte sie gewiß Ihre Neugier stillen. Aber eine ganze Reihe von Erklärungen ist denkbar. Unser verstorbener Chesterfield könnte sie in der Manteltasche mit nach Hause gebracht haben – Frauen geben Männern doch mit einem Augenaufschlag und einem ›würden Sie wohl so nett sein‹ immer alle möglichen Gerätschaften und Kleinigkeiten, die sie für sie einstecken sollen. Denkbar wäre auch, daß der wirkliche Mörder sich die Sachen irgendwie verschaffte und mit Absicht auf den Kaminsims legte, um *la polizia* in die Irre zu führen. Frauen benutzen ja selten so praktische, ordentliche Dinge wie Simse oder Kleiderständer, um ihre Sachen abzulegen. Unweigerlich nehmen sie den besten Sessel oder den Wohnzimmertisch dafür.«

»Und ich nehme an«, unterbrach Markham, »die Zigarettenstummel brachte Benson ebenfalls in seiner Manteltasche mit?«

»Es ist schon Seltsameres vorgekommen«, erwiderte Vance gleichmütig, »obwohl ich ihm das in diesem Falle nicht unterstellen will … Schließlich könnten die Stummel ja gut von einer früheren *conversazione* stammen.«

»Selbst Heath, den Sie so verachten«, klärte Markham ihn auf, »hatte Grips genug, sich bei der Haushälterin zu vergewissern, daß sie den Kamin jeden Morgen auskehrt.«

Vance strahlte ihn an.

»Was sind Sie doch für ein gründlicher Mensch! … Aber sagen Sie, das wird doch nicht etwa der einzige Beweis sein, den Sie gegen die junge Dame in der Hand haben?«

»Ganz und gar nicht«, versicherte Markham ihm. »Und auch wenn Sie es noch so sehr bezweifeln, sind es gute, schlüssige Beweise.«

»Das will ich gern glauben«, erwiderte Vance. »Ich sehe ja, mit welch schöner Regelmäßigkeit in unseren Gerichten Unschuldige verurteilt werden … Aber erzählen Sie weiter.«

Markham sprach mit ruhiger, selbstbewußter Stimme.

»Zunächst einmal brachte mein Ermittler in Erfahrung, daß Benson mit dieser Frau – und zwar nur die beiden – im Marseille zu Abend aß, einem kleinen Szene-Restaurant an der 40. Straße; zum zweiten erfuhr er, daß sie sich dabei stritten, und zum dritten, daß sie um Mitternacht aufbrachen, und zwar gemeinsam im Taxi … Also, der Mord geschah um halb eins; da aber die junge Dame am Riverside Drive wohnt, um die 80. Straße, ist es unmöglich, daß Benson sie nach Hause begleitete – was er ja unzweifelhaft getan hätte, hätte er sie nicht mit zu sich genommen – und noch rechtzeitig zur Tatzeit wieder zu Hause war. Und wir haben noch einen weiteren Beweis, daß sie bei Benson war. In ihrem Apartmenthaus erfuhr unser Mann, daß sie erst kurz nach eins dort eintraf. Sie kam ohne Handschuhe und ohne Handtasche und mußte mit dem Hauptschlüssel in die Wohnung eingelassen werden, weil sie, wie sie erklärte, den ihren verloren hatte. Sie werden sich erinnern, daß der Schlüssel in ihrer Handtasche war. Und – als krönender Abschluß – die Zigarettenstummel aus dem Kamin entsprechen exakt der, die Sie im Etui fanden.«

Markham hielt inne und zündete sich seine Zigarre wieder an.

»Soviel zu jenem speziellen Abend«, fuhr er fort. »Als ich heute morgen erst einmal wußte, wer die Frau war, setzte ich sofort zwei weitere Männer auf ihr Privatleben an. Gerade vorhin, als ich zum Mittagessen aufbrach, bekam ich noch ihren telefonischen Bericht. Sie haben festgestellt, daß das Mädchen verlobt ist, mit einem Burschen namens Leacock, einem ehemaligen Captain der Armee, der gut genau die Art von Waffe besitzen könnte, mit der Benson erschossen wurde. Und weiter noch: Captain Leacock aß mit der Frau am Tag des Mordes zu Mittag und suchte sie am Morgen danach in ihrer Wohnung auf.«

Markham lehnte sich ein wenig vor und gab den nächsten Worten noch mit einem leichten Fingertippen auf die Lehne seines Sessels Nachdruck.

»Sie sehen also, wir haben das Motiv, die Gelegenheit und das Mittel … Sagen Sie jetzt immer noch, ich hätte kein belastendes Material?«

»Mein lieber Markham«, entgegnete Vance in aller Ruhe, »Sie haben nicht einen einzigen Punkt aufgeführt, den ein halbwegs heller Schuljunge nicht auf der Stelle entkräften könnte.« Mit kummervoller Miene schüttelte er den Kopf. »Und auf solche Beweise hin werden Menschen ihres Lebens und ihrer Freiheit beraubt! Ich muß sagen, Sie machen mir angst. Ich fürchte um meine eigene Sicherheit.«

Markham schnaubte.

»Würden Sie denn dann so freundlich sein und mir von den schwindelnden Höhen Ihrer Weisheit herab erläutern, wo meine Denkfehler liegen?«

»Soweit ich sehen kann«, erwiderte Vance ungerührt, »sind Ihre Vermutungen über die junge Dame frei von dem, was man gemeinhin Denken nennt. Sie haben einfach nur einige unzusammenhängende Fakten genommen und falsche Schlüsse daraus gezogen. Daß die Schlüsse falsch sind, ersehe ich daraus, daß sie nicht zu dem passen, was ich über die psychologischen Aspekte des Falles weiß – oder, anders ausgedrückt, ich ersehe es daraus, daß das einzige echte Beweismaterial in diesem Falle eindeutig in eine andere Richtung weist.«

Er machte eine beschwörende Handbewegung, und seine Stimme nahm einen ungewohnt ernsten Ton an.

»Wenn Sie eine Frau wegen des Mordes an Alvin Benson verhaften, dann fügen Sie lediglich dem schon begangenen Verbrechen ein weiteres hinzu – ein Verbrechen bewußter und unverzeihlicher Dummheit. Und wenn die Frage ist, ob man einen Windhund wie Benson erschießt oder ob man das Ansehen einer Unschuldigen ruiniert, dann würde ich sagen, das letztere ist das größere Verbrechen.«

Ich sah den Ärger in Markhams Augen blitzen, doch er widersprach nicht. Man darf nicht vergessen, daß die beiden gute Freunde waren und sich bei aller Unterschiedlichkeit ihrer Naturen verstanden und respektierten. Dieser Respekt machte die Offenheit, mit der sie miteinander umgingen – hart und bisweilen gar verletzend, wie sie war –, erst möglich.

Einen Moment lang herrschte Schweigen; dann rang Markham sich ein Lächeln ab.

»Sie nehmen mir alle meine Gewißheiten!« rief er theatralisch; doch bei allem Spott war zu spüren, daß tatsächlich ein Zweifel an ihm nagte. »Allerdings hatte ich auch nicht vor, die Betreffende schon jetzt hinter Gitter zu stecken.«

»Eine lobenswerte Zurückhaltung«, erkannte Vance an. »Aber ich bin sicher, Sie haben schon einen Termin festgesetzt, an dem Sie sich die junge Dame vornehmen und ihr vielleicht ein oder zwei jener Widersprüche entlocken wollen, die das Herz jedes Juristen höher schlagen lassen – als ob ein verängstigter oder aufgeregter Mensch es verhindern könnte, daß er auf den ersten Blick Widersprüchliches sagt, wenn er zu einem Verbrechen ins Kreuzverhör genommen wird, mit dem er nicht das mindeste zu tun hat … ›In den Schwitzkasten‹, wie Sie es so treffend nennen. Nur noch ein kleiner Schritt bis zum Scheiterhaufen, was?«

»Nun, vernehmen werde ich sie mit Sicherheit«, erwiderte Markham unbeirrt und mit einem Blick auf die Uhr. »Einer meiner Männer bringt sie in einer halben Stunde ins Büro; deshalb werde ich dieser lehrreichen und herzerfrischenden Plauderei nun auch ein Ende machen.«

»Und Sie meinen tatsächlich, bei dem Verhör kommt etwas Belastendes an den Tag?« fragte Vance. »Ich wäre ja zu gern dabei und würde Ihre verlegene Miene sehen. Aber ich nehme an, zur Folter der Verdächtigen ist die Öffentlichkeit nicht zugelassen?«

Markham hatte sich bereits erhoben und zur Tür gewandt, doch bei diesen Worten hielt er noch einmal inne und dachte nach.

»Ich wüßte eigentlich keinen Grund, warum Sie nicht dabeisein sollten«, sagte er. »Wenn Sie das wirklich wollen.«

Ich glaube, er malte sich aus, daß die Verlegenheit, von der Vance gesprochen hatte, bald eher in dessen eigenem Gesicht zu sehen sein würde; und binnen kurzem saßen wir im Taxi zum Strafgerichtshof.

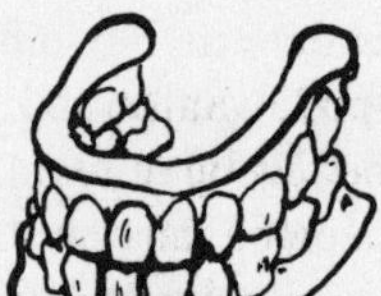

Rapports und ein Verhör

(Samstag, 15. Juni, 3 Uhr nachmittags)

Wir betraten den alten Bau mit seinen Säulen und Balustraden aus bleichem Marmor und den verschnörkelten schmiedeeisernen Gittern durch den Eingang in der Franklin Street und fuhren direkt zum Büro des Bezirksstaatsanwalts im dritten Stock hinauf. Das Büro verbreitete, wie das ganze Gebäude, den Hauch vergangener Zeiten. Die hohen Decken, die massiven Wandvertäfelungen aus goldbrauner Eiche, die kunstvollen, tief herabhängenden Bronze- und Porzellankandelaber, die vergilbten Nischen mit ihren Stuckmalereien – all das sprach von einer Ära der Baukunst und der Einrichtungskultur, die längst vorüber war.

Der Boden war mit einem großen Samtteppich ausgelegt, dessen undefinierbarer Ockerton sich in den Veloursvorhängen der Fenster fortsetzte. Entlang der Wände und um den langen Eichentisch, der vor dem Schreibtisch des Staatsanwalts aufgestellt war, standen mehrere schwere Sessel. Der Schreibtisch blickte, die Fenster im Rücken, zum Raum hin und war groß und flach, mit geschnitzten Seitenteilen und zwei Schubladensäulen, die bis zum Boden hinabreichten. Zur Rechten des hochlehnigen Drehstuhls gab es einen weiteren Tisch, ebenfalls aus geschnitzter Eiche. Außerdem fanden in dem Zimmer noch mehrere Aktenschränke und ein großer Safe Platz. In der Mitte der Ostwand führte eine lederbezogene und mit schweren Messingnägeln beschlagene Tür in einen langen, schmalen Raum, an dessen anderem Ende das Vorzimmer lag und in dem der Sekretär des Bezirksstaatsanwalts sowie mehrere Angestellte ihre Schreibtische hatten. Dieser Tür gegenüber führte eine weitere in das Allerheiligste, das Privatbüro des Staatsanwalts, und durch eine dritte, den Fenstern gegenüber, gelangte man auf den Hauptgang.

Vance blickte sich müßig im Zimmer um.

»Und das wäre also die Schaltzentrale unserer städtischen Justiz?« Er trat an eines der Fenster und blickte hinaus auf den grauen runden Turm des Gefängnisses. »Und das, nehme ich an, sind die *oubliettes*, wo Sie die Opfer unserer Justiz einkerkern, auf daß für die verbliebene Stadtbevölkerung der kriminelle Konkurrenzdruck gemildert werde. Ein höchst deprimierender Anblick, Markham.«

Der Bezirksstaatsanwalt nahm an seinem Schreibtisch Platz und warf einen Blick auf mehrere Notizen, die dort lagen.

»Zwei von meinen Männern wollen mich sprechen«, sagte er ohne aufzublicken, »seien Sie so nett und setzen Sie sich hierher, und ich tue derweil meine bescheidene Arbeit und untergrabe die Gesellschaft noch ein wenig weiter.«

Er drückte einen Knopf unter der Tischplatte, und ein aufgeweckter junger Mann mit dicken Brillengläsern erschien in der Tür.

»Swacker, schicken Sie Phelps herein«, ordnete Markham an. »Und wenn Springer schon vom Essen zurück ist, sagen Sie ihm auch Bescheid, daß ich ihn gleich sehen will.«

Der Sekretär ging hinaus, und kurz darauf betrat ein großer, adlergesichtiger Mann gebückt und mit merkwürdig ruckhaften Bewegungen das Büro.

»Was gibt's Neues?« fragte Markham.

»Folgendes, Chef«, erwiderte der Mann mit leiser, rauher Stimme. »Ich habe gerade was rausgefunden, von dem ich dachte, das können Sie jetzt gleich brauchen. Nachdem ich heute mittag Meldung gemacht hatte, habe ich mich noch ein bißchen vor dem Haus von Captain Leacock rumgedrückt, weil ich noch versuchen wollte, aus dem Personal was rauszubekommen, und da sehe ich, wie der Captain aus dem Haus kommt. Ich habe mich drangehängt, und er ist direkt zum Haus der Lady am Drive gegangen und war über eine Stunde lang da. Danach ging er wieder nach Hause, und er sah ziemlich niedergeschlagen aus.«

Markham überlegte einen Moment lang.

»Vielleicht hat es nichts weiter zu bedeuten, aber ich bin froh, daß Sie es mir gesagt haben. Miss St. Clair wird in ein paar Minuten hier sein, und dann werden wir hören, was sie zu sagen hat. Das wäre alles für heute ... Sagen Sie Swacker, er soll Tracy herschicken.«

Tracy war das Gegenstück zu Phelps. Er war klein, eher stämmig, und verbreitete eine etwas bemühte gute Laune. Das Gesicht war rund und freundlich; er hatte einen Zwicker auf der Nase, und seine Kleider waren nach der neuesten Mode und saßen gut. »Morgen, Chef«, grüßte er Markham munter. »Wie ich höre, kommt die St. Clair heute nachmittag hierher, und ich habe ein paar Sachen rausgefunden, die Ihnen vielleicht beim Verhör nützlich sind.«

Er holte ein kleines Notizbuch hervor und rückte den Zwicker zurecht.

»Ich dachte, ich erfahre vielleicht etwas von ihrem Gesangslehrer – ein Italiener, der früher für die Metropolitan gearbeitet hat und jetzt eine Art Akademie betreibt. Er bildet angehende Primadonnen für ihre Rollen aus, mit Chor und Kulissen und allem, und Miss St. Clair ist eine seiner Lieblingsschülerinnen. Er hat mir alles erzählt, was ich wissen wollte, und offenbar kannte er auch Benson gut. Benson kam mehrfach zu den Proben der St. Clair, und öfter holte er sie auch im Taxi ab. Rinaldo – so heißt der Mann – meint, er hätte ein Auge auf das Mädchen geworfen gehabt. Letzten Winter sang sie einen kleinen Part im Criterion, und Rinaldo war hinter der Bühne und gab Anweisungen. Er sagt, Benson habe ihr so viele teure Blumen geschickt, daß die ganze Garderobe voll davon war, und es standen sogar noch welche draußen. Ich habe versucht herauszubekommen, ob Benson ihre Auftritte subventionierte, aber entweder wußte Rinaldo es nicht, oder er hat es mir nicht verraten.« Tracy schlug sein Notizbuch zu. »Hilft das was, Chef?«

»Wunderbar«, entgegnete Markham. »Machen Sie in dieser Richtung weiter und berichten Sie mir am Montag um dieselbe Zeit, was sich ergeben hat.«

Tracy verneigte sich, und als er hinausging, erschien wieder der Sekretär in der Tür.

»Springer ist jetzt da, Sir«, verkündete er. »Soll ich ihn reinschicken?«

Springer erwies sich als eine ganz andere Art von Detektiv als Phelps oder Tracy. Er war älter und hatte die freudlose, doch fähige Art eines treuen Buchhalters in einer Bank. Nichts in seinem Wesen strahlte Initiative aus, und doch traute man ihm zu, daß er jede schwierige Aufgabe mit großem Geschick bewältigte.

Markham zog den Umschlag aus der Tasche, auf dem er sich den Namen, den Major Benson uns genannt hatte, notiert hatte.

»Springer, es gibt da einen Mann draußen auf Long Island, mit dem ich so schnell wie möglich sprechen möchte. Es geht um den Benson-Fall, und Sie sollen den Mann ausfindig machen und dann dafür sorgen, daß er umgehend herkommt. Wenn er im Telefonbuch steht, brauchen Sie nicht persönlich hin. Er heißt Leander Pfyfe und wohnt, glaube ich, in Port Washington.«

Markham schrieb den Namen auf eine Karte und reichte sie dem Beamten.

»Heute ist Samstag; wenn er morgen in der Stadt ist, soll er im Stuyvesant-Club nach mir fragen. Ich bin am Nachmittag dort.«

Als Springer gegangen war, läutete Markham von neuem und trug dem Sekretär auf, Miss St. Clair sofort hereinzuführen, wenn sie eintraf.

»Sergeant Heath ist hier«, erklärte Swacker, »und möchte Sie sprechen, wenn Sie nicht zu beschäftigt sind.«

Markham warf einen Blick auf die Uhr über der Tür.

»Ich denke, die Zeit reicht noch. Schicken Sie ihn rein.«

Heath war überrascht, Vance und mich im Büro des Bezirksstaatsanwalts zu finden, doch nachdem er Markham mit dem üblichen Handschlag begrüßt hatte, wandte er sich mit einem gutmütigen Lächeln an Vance.

»Na, Mr. Vance, lernen Sie fleißig dazu?«

»Leider nicht, Sergeant«, erwiderte Vance leichthin. »Aber immerhin lerne ich ein paar hochinteressante Irrtümer kennen ... Wie geht's mit der Detektivarbeit?«

Heath' Gesicht wurde mit einem Schlage ernst.

»Darüber wollte ich mit dem Chef sprechen.« Er wandte sich Markham zu. »Wir kommen einfach auf keinen grünen Zweig, Sir. Meine Männer und ich haben mit einem ganzen Dutzend von Bensons Kumpeln gesprochen und nicht einen einzigen nützlichen Hinweis aus ihnen herausbekommen. Entweder wissen sie wirklich nichts, oder sie schweigen wie das Grab. Alle scheinen sie schwer schockiert – entsetzt, bestürzt, wie vor den Kopf geschlagen – von der Nachricht, daß Benson tot ist. Und haben sie vielleicht eine Ahnung, wieso jemand ihn umgebracht hat? Nein. Wen immer man fragt, der antwortet, daß er sich das überhaupt nicht erklären kann. Sie wissen schon: Wer hätte denn einen Grund gehabt, unseren lieben Al zu erschießen? Das kann doch nur ein Einbrecher gewesen sein, der den guten Al überhaupt nicht gekannt hat. Wenn er Al gekannt hätte, hätte selbst ein Einbrecher das nicht übers Herz gebracht … Teufel noch mal! Manchen von diesen Vögeln hätte ich am liebsten selbst den Hals umgedreht, damit sie wieder mit ihrem lieben alten Al zusammen sind.«

»Etwas Neues von dem Wagen?« fragte Markham.

Heath stieß einen ärgerlichen Laut aus.

»Kein Wort. Und das ist auch nicht ganz geheuer, wenn man bedenkt, was für einen Rummel die Presse darum gemacht hat. Die Angelruten sind nach wie vor das einzige, was wir haben … Übrigens habe ich heute morgen vom Inspektor den Obduktionsbericht bekommen, aber da steht auch nichts drin, was wir nicht schon wußten. In menschliche Sprache übersetzt, stellt er nur fest, daß Benson durch einen Kopfschuß getötet wurde; alle Organe waren intakt. Aber es ist schon ein Wunder, daß sich nicht noch rausgestellt hat, daß er an einer vergifteten Bohne gestorben ist oder an einem Schlangenbiß, nur damit die Geschichte noch ein bißchen geheimnisvoller wird als ohnehin schon.«

»Nehmen Sie es sich nicht so zu Herzen, Sergeant«, munterte Markham ihn auf. »Mir ist es nicht ganz so schlecht ergangen. Tracy hat die Eigentümerin der Handtasche ausfindig gemacht und auch schon festgestellt, daß sie am Abend mit Benson zum

Essen aus war. Und es gibt noch ein paar Kleinigkeiten, die er und Phelps herausgefunden haben und die gut dazu passen. Ich erwarte die Dame jeden Augenblick hier, und dann werden wir hören, was sie zu sagen hat.«

Einen Moment machte Heath bei diesen Worten des Staatsanwalts ein ärgerliches Gesicht, doch er verbarg es sogleich und fragte genauer nach. Markham teilte ihm alles mit, was er wußte, und erzählte ihm auch von Leander Pfyfe.

»Ich lasse Sie sofort wissen, was sich bei dem Verhör ergibt«, sagte er zum Schluß.

Als sich die Tür hinter Heath schloß, blickte Vance mit einem verschmitzten Lächeln zu Markham auf.

»Nicht gerade einer von Nietzsches Übermenschen, was? Ich fürchte, manches an unserer komplexen Welt geht doch über seine Begriffe … Und er enttäuscht mich, das muß ich sagen. Mein Herz schlug höher, als Ihre muntere Brillenschlange sein Eintreffen meldete. Ich war sicher, daß er mindestens ein halbes Dutzend Benson-Mörder hinter Schloß und Riegel hat.«

»Sie erwarten zuviel«, meinte Markham.

»Und doch ist das der übliche Gang der Dinge, wenn man den Meldungen in unseren großen Gazetten glauben darf. Ich hatte immer den Eindruck, daß die Polizei zuerst einmal großzügig Leute verhaftet, sobald ein Mord bekannt wird – einfach um die Stimmung anzuheizen, wissen Sie. Wieder um eine Illusion ärmer! … Traurig, traurig«, murmelte er. »Das kann ich unserem Heath nicht verzeihen – ich hatte so große Hoffnung auf ihn gesetzt.«

Das war der Punkt, an dem Markhams Sekretär in der Tür erschien und die Ankunft von Miss St. Clair meldete.

Ich glaube, wir waren alle ein wenig überrascht vom Auftritt der jungen Frau, die nun ohne jede Hast mit festen, eleganten Schritten eintrat, den Kopf in einer hochmütig fragenden Geste ein wenig zur Seite geneigt. Sie war klein und außerordentlich hübsch, obwohl »hübsch« eigentlich nicht das richtige Wort ist, um sie zu beschreiben. Sie war eher von jener leicht exotischen

Schönheit, die wir in den Porträts der Carracci finden, wo die Strenge Leonardos gemildert ist, so daß ihre Bilder intim und dekadent zugleich sind. Die weit auseinanderstehenden Augen waren dunkel, die Nase fein und gerade, die Stirn kräftig. Die vollen, sinnlichen Lippen waren wie gemeißelt in ihrer Präzision, und ein geheimnisvolles Lächeln, der Anflug eines Lächelns, umspielte sie. Das feste, runde Kinn war für sich betrachtet ein wenig schwer, fügte sich jedoch wunderbar ins Ensemble der übrigen Züge. Sie ging aufrecht, und ihre ganze Haltung verriet einen starken Charakter; doch war ebenso zu spüren, daß Leidenschaft sich hinter der äußeren Ruhe verbarg. Ihre Kleider waren im Einklang mit ihrer Persönlichkeit; sie waren dezent und auf den ersten Blick konventionell, doch ein paar Farbtupfer oder eine originelle Kleinigkeit hie und da sorgten für eine faszinierende, unverwechselbare Erscheinung.

Markham erhob sich und wies ihr mit einer Verbeugung einen bequemen Lehnstuhl unmittelbar vor seinem Schreibtisch an. Mit einem kaum wahrnehmbaren Nicken warf sie einen Blick auf den Stuhl und setzte sich dann auf einen einfachen Holzstuhl unmittelbar daneben.

»Ich bin sicher, Sie haben nichts dagegen, daß ich mir selbst aussuche, wo ich bei dem Verhör sitzen möchte«, sagte sie.

Ihre Stimme war tief und volltönend – die Sprechstimme einer ausgebildeten Sängerin. Sie lächelte bei diesen Worten, doch es war kein herzliches Lächeln: es war kalt, teilnahmslos, spöttisch.

»Miss St. Clair«, begann Markham höflich, doch streng, »Sie sind tief in den Mord an Mr. Alvin Benson verwickelt. Ich habe Sie hergebeten, um Ihnen einige Fragen zu stellen, bevor ich definitive Schritte unternehme, und ich kann Ihnen in aller Aufrichtigkeit nur raten, daß Offenheit Ihren Interessen am besten dienen wird.«

Er hielt inne, und die Frau betrachtete ihn mit ironisch fragendem Blick.

»Soll ich Ihnen für diesen großzügigen Rat nun danken?«

Markhams Miene wurde zusehends grimmiger, und er vertiefte sich in ein maschinengeschriebenes Blatt auf seinem Tisch.

»Sie wissen wahrscheinlich, daß am Morgen nach dem Mord Ihre Handschuhe und die Handtasche in Mr. Bensons Haus gefunden wurden?«

»Ich kann verstehen, daß die Spur der Handtasche Sie zu mir geführt hat«, sagte sie, »aber wie kommen Sie darauf, daß die Handschuhe mir gehören?«

Markham blickte überrascht auf.

»Soll das heißen, das sind nicht Ihre?«

»Oh, so war das nicht gemeint.« Wiederum bedachte sie ihn mit ihrem eisigen Lächeln. »Ich habe mich nur gefragt, wie Sie wissen können, daß es die meinigen sind, obwohl Sie weder meinen Geschmack in puncto Handschuhen noch meine Größe kennen.«

»Die Handschuhe gehören also Ihnen?«

»Wenn sie von Tréfousse sind, Größe 5, weißes Glacéleder, ellenbogenlang, dann werden es wohl meine sein. Und ich hätte sie gern zurück, wenn Ihnen das nichts ausmacht.«

»Tut mir leid«, erwiderte Markham, »aber bis auf weiteres muß ich die Sachen hierbehalten.«

Mit einem leichten Schulterzucken tat sie das Thema ab.

»Ist es gestattet zu rauchen?« fragte sie.

Markham öffnete sogleich eine Schreibtischschublade und holte eine Schachtel Benson and Hedges hervor.

»Danke, ich habe meine eigenen«, lehnte sie ab. »Aber meine Zigarettenspitze vermisse ich sehr, das muß ich schon sagen.«

Markham zögerte. Daß ihn das Benehmen der Frau ärgerte, war nicht zu übersehen.

»Es wird mir ein Vergnügen sein, sie Ihnen zu leihen«, sagte er dann, griff in eine andere Schublade, nahm die Spitze heraus und legte sie vor sie auf den Tisch.

»Also, Miss St. Clair«, fuhr er dann, nun wieder mit ernster Stimme, fort, »sind Sie bereit mir zu sagen, wie diese Gegenstände aus Ihrem persönlichen Besitz in Mr. Bensons Wohnzimmer gelangten?«

»Nein, Mr. Markham, das bin ich nicht«, antwortete sie.

»Ist Ihnen klar, welch schwerwiegenden Schluß Sie durch diese Weigerung nahelegen?«

»Ich kann nicht sagen, daß ich mir groß Gedanken darum gemacht hätte.« Ihr Ton war gleichgültig.

»Das wäre aber ratsam für Sie«, ermahnte Markham sie. »Ihre Position ist nicht gerade beneidenswert, und die Gegenwart Ihrer Sachen in Mr. Bensons Zimmer ist keineswegs die einzige unmittelbare Beziehung zwischen Ihnen und dem Verbrechen.«

Die Frau sah ihn fragend an, und wieder erschien das geheimnisvolle Lächeln in den Mundwinkeln.

»Womöglich reicht Ihr Beweismaterial, mich des Mordes zu beschuldigen?«

Markham ignorierte die Frage.

»Sie waren, soviel ich weiß, gut mit Mr. Benson bekannt?«

»Wenn meine Handtasche und die Handschuhe sich in seiner Wohnung fanden, könnte man das vermuten, finden Sie nicht auch?« gab sie zurück.

»Er interessierte sich sehr für Sie, nicht wahr?« hakte Markham nach.

Sie verzog das Gesicht und stieß einen Seufzer aus.

»Das kann man sagen, leider! Er interessierte sich mehr für mich, als mir lieb war … Hat man mich hergebracht, damit ich mit Ihnen die Aufmerksamkeiten dieses Gentleman diskutiere?«

Wiederum ging Markham nicht auf die Frage ein.

»Wo waren Sie, Miss St. Clair, zwischen Mitternacht, als Sie das ›Marseille‹ verließen, und der Ankunft in Ihrer Wohnung – wo Sie, wie ich höre, erst nach ein Uhr eintrafen?«

»Sie sind einfach großartig!« rief sie. »Sie scheinen aber auch wirklich alles zu wissen! … Nun, ich kann nur sagen, daß ich in dieser Zeit auf dem Weg nach Hause war.«

»Sie brauchten eine ganze Stunde, um von der 40. Straße zur Ecke 81. und Riverside zu kommen?«

»Ungefähr, würde ich sagen – es können ein paar Minuten mehr oder weniger gewesen sein.«

»Und wie erklären Sie das?« Markham verlor allmählich die Geduld.

»Ich erkläre es«, erwiderte sie, »durch das Verstreichen der Zeit. Zeit fliegt, Mr. Markham, finden Sie nicht auch?«

»Mit Ihrer Einstellung schaden Sie sich nur selbst«, warnte Markham sie und zeigte seinen Ärger nun offen. »Verstehen Sie denn den Ernst der Lage nicht? Es ist belegt, daß Sie mit Mr. Benson zu Abend gegessen haben, daß Sie das Restaurant um Mitternacht verließen und daß Sie erst nach ein Uhr in Ihrer Wohnung anlangten. Um halb eins geschah der Mord an Mr. Benson, und Dinge aus Ihrem persönlichen Besitz fanden sich am nächsten Morgen im selben Zimmer.«

»Ich weiß, das klingt furchtbar verdächtig«, entgegnete sie mit gespieltem Ernst. »Und eins kann ich Ihnen verraten, Mr. Markham: Wenn Gedanken töten könnten, dann hätte Mr. Benson längst das Zeitliche gesegnet. Ich weiß, man soll nicht schlecht von Toten sprechen – wie heißt das gleich, ›*de mortuis*‹, da gibt es so einen Spruch –, aber um die Wahrheit zu sagen, hatte ich Grund genug, Mr. Benson zu verabscheuen.«

»Warum sind Sie dann mit ihm ausgegangen?«

»Das habe ich mich seither schon ein dutzendmal gefragt«, erwiderte sie kummervoll. »Wir Frauen sind ja so impulsive Geschöpfe – immer tun wir Dinge, die wir hinterher bereuen ... Aber ich kann mir schon vorstellen, was Sie denken: Wenn ich vorgehabt hätte, ihn zu erschießen, dann wäre das eine gute Art gewesen, es einzufädeln. Stellen Sie sich das nicht so vor? Alle Mörderinnen gehen vorher mit ihrem Opfer essen, nehme ich an.«

Bei diesen Worten zog sie eine Puderdose hervor und betrachtete sich in deren Spiegel. Sie zupfte einige Strähnen ihres dunkelbraunen Haars zurecht, obwohl die Frisur perfekt war, und fuhr sich mit dem kleinen Finger sanft über die gehobenen Augenbrauen, als wolle sie die winzigste Unregelmäßigkeit ihrer scharfen Konturen beseitigen. Dann legte sie den Kopf schief, musterte sich noch einmal anerkennend und sah den Staatsanwalt erst wieder an, als sie ans Ende ihres Vortrags gekommen war.

Perfekt hatte sie uns Zuhörern den Eindruck vermittelt, daß dem Thema dieser Unterhaltung für ihre Begriffe weit weniger Bedeutung zukam als der Frage ihrer äußeren Erscheinung. Keine Worte hätten ihre Verachtung so deutlich zum Ausdruck bringen können wie diese kleine Pantomime.

Markham verlor allmählich die Geduld. Ein anderer Typ von Staatsanwalt hätte gewiß versucht, sie mit der Kraft seines Amtes zu einer ernsteren Einstellung zu bringen. Doch Markham schreckte instinktiv vor den rohen Methoden konventioneller Verhöre zurück, und ganz besonders, wenn es dabei um Frauen ging. Im vorliegenden Falle hätte er jedoch sicherlich mehr Druck ausgeübt, hätte nicht Vance ihn im Club so angegriffen. Nun war offensichtlich, daß Vance' Worte ihn verunsichert hatten, und das undurchsichtige Verhalten der Frau verstärkte seine Unschlüssigkeit noch.

Nach einem kurzen Schweigen fragte er grimmig:

»Sie haben über die Firma Benson and Benson mit beträchtlichen Geldbeträgen spekuliert, nicht wahr?«

Sie nahm die Frage mit einem melodischen, wenn auch gedämpften Lachen auf.

»Ich sehe schon, der Major hat geplaudert ... Ja, es ist wahr, ich habe weit über meine Verhältnisse gespielt. Das hätte ich nicht tun dürfen. Die reine Geldgier, fürchte ich.«

»Und stimmt es nicht, daß Sie in letzter Zeit schwere Verluste gemacht haben? Daß Mr. Alvin Benson, genauer gesagt, zusätzliche Einschußzahlungen forderte und schließlich Ihre Sicherheiten veräußerte?«

»Ich wünschte bei Gott, es wäre nicht wahr«, sagte sie klagend und setzte dazu eine tragische Miene auf. Und fuhr fort: »Soll ich denn Mr. Benson nur um des schnöden Mammons willen um die Ecke gebracht haben, oder war ich der empörte Racheengel?« Sie lächelte artig und sah uns erwartungsvoll an, wie die Kandidatin in einem Quizspiel.

Markham kniff die Augen zusammen, als er mit kalter Stimme seine nächste Frage vorbrachte.

»Trifft es nicht zu, daß Captain Philip Leacock eine Pistole der gleichen Bauart besaß wie jene, mit der Mr. Benson erschossen wurde – eine 45er Colt Automatik, Armeeausführung?«

Als der Name des Verlobten fiel, spannten sich ihre Züge sichtlich, und sie hielt den Atem an. Die Rolle, die sie gespielt hatte, fiel von ihr ab, und eine leichte Röte breitete sich über ihre Wangen und bis hinauf zur Stirn aus. Doch binnen kurzem kehrte die gespielte lässige Gleichgültigkeit zurück.

»Ich habe mich nie darum gekümmert, von welcher Marke Captain Leacocks Feuerwaffen sind oder welches Kaliber sie haben«, erwiderte sie leichthin.

»Und trifft es nicht zu«, fuhr Markham mit unerschütterlicher Stimme fort, »daß Captain Leacock Ihnen diese Pistole lieh, als er Sie am Morgen des Mordtages in Ihrer Wohnung aufsuchte?«

»Das ist nicht gerade galant von Ihnen, Mr. Markham«, tadelte sie ihn kokett, »Ihre Nase in die privaten Beziehungen eines angehenden Paares zu stecken; denn ich bin mit Captain Leacock verlobt – aber das wissen Sie sicher schon.«

Markham erhob sich, und es fiel ihm sichtlich schwer, noch ruhig zu bleiben.

»Verstehe ich es recht, daß Sie sich weigern, auf meine Fragen zu antworten, und daß Sie keinen Versuch unternehmen wollen, sich aus der ernsten Lage, in der Sie sich befinden, zu befreien?«

Darüber schien sie nachzudenken.

»Ja«, antwortete sie dann zögernd. »Ich wüßte nicht, was ich im Augenblick noch sagen sollte.«

Markham stützte sich mit beiden Händen auf den Tisch und beugte sich zu ihr herab.

»Ist Ihnen bewußt, welche Folgen Ihre Einstellung für Sie haben kann?« fragte er finster. »Die Fakten, die ich über Ihre Verwicklung in diesen Mordfall habe, und dazu Ihre Weigerung, auch nur die kleinste Erklärung zu geben, die Sie entlasten könnte, rechtfertigen es mehr als genug, Sie in Untersuchungshaft zu nehmen.«

Ich beobachtete sie genau bei diesen Worten, und es schien

mir, daß sie unwillkürlich die Augenlider um eine Winzigkeit niederschlug. Doch ansonsten gab es keinerlei Anzeichen, daß diese Aussicht sie einschüchterte, und sie betrachtete den Bezirksstaatsanwalt lediglich mit einem trotzigen, amüsierten Blick.

Plötzlich biß Markham die Zähne zusammen, wandte sich ab und streckte die Hand zum Klingelknopf unter seiner Schreibtischplatte aus. Doch als er Vance dabei anblickte, hielt er unschlüssig inne. Die Miene, die er auf Vance' Gesicht sah, war verblüfft und tadelnd; nicht nur zeigte sich darauf eine vollkommene Überraschung über das, was Markham im Begriff war zu tun, sondern der Ausdruck dazu gab ihm beredter, als Worte es gekonnt hätten, zu verstehen, daß er es für eine Dummheit hielt, die nicht wiedergutzumachen war.

Ein paar Augenblicke lang herrschte angespanntes Schweigen. Dann klappte Miss St. Clair in aller Ruhe ihre Puderdose auf und puderte sich die Nase. Als sie damit fertig war, sah sie den Staatsanwalt spöttisch an.

»Na, wollen Sie mich denn nun verhaften?« fragte sie.

Markham betrachtete sie einen Moment lang unschlüssig. Statt zu antworten ging er hinüber zum Fenster und blickte eine ganze Minute lang hinaus zu der Seufzerbrücke, die das Gebäude des Strafgerichtshofs mit dem Gefängnis verband.

»Nein, ich glaube, heute noch nicht«, sagte er zögernd.

Er blieb noch eine Weile gedankenverloren stehen; dann, als ob er seine Unschlüssigkeit abschütteln wollte, drehte er sich mit einem Ruck um und blickte der Frau ins Gesicht.

»Ich lasse Sie gehen – vorerst«, erklärte er recht schroff. »Aber mit der Auflage, daß Sie bis auf weiteres in New York bleiben. Sollten Sie versuchen, die Stadt zu verlassen, *werden* Sie verhaftet. Ich hoffe, das war eindeutig genug.«

Er drückte einen Knopf, und sein Sekretär erschien.

»Swacker, bitte begleiten Sie Miss St. Clair nach unten und rufen Sie ein Taxi für sie ... Danach können Sie Feierabend machen.«

Sie erhob sich mit der Andeutung eines Nickens in Richtung Markham.

»Es war sehr freundlich von Ihnen, daß Sie mir meine Zigarettenspitze geliehen haben«, sagte sie artig und legte sie vor ihn auf den Schreibtisch.

Ohne ein weiteres Wort ging sie gemessenen Schrittes hinaus.

Im selben Moment, in dem sich die Tür hinter ihr schloß, drückte Markham einen weiteren Kopf. Binnen weniger Augenblicke öffnete sich die Tür zum äußeren Gang, und ein flachshaariger Mann mittleren Alters erschien.

»Ben«, kommandierte Markham hastig, »lassen Sie die Frau beschatten, die Swacker gerade nach unten bringt. Es bleibt immer jemand in der Nähe, und verlieren Sie sie ja nicht aus den Augen. Sie darf die Stadt nicht verlassen – klar? Das ist die St. Clair, der Tracy auf die Schliche gekommen ist.«

Als der Mann wieder draußen war, wandte Markham sich um und funkelte Vance an.

»Und – was halten Sie jetzt von Ihrer unschuldigen jungen Dame?« fragte er mit grimmigem Triumph.

»Ist doch ein Prachtstück«, erwiderte Vance gelassen. »Außerordentliche Selbstbeherrschung. Und so jemand will einen Militär heiraten! Nun ja. *De gustibus* … Einen Moment lang dachte ich, Sie würden tatsächlich nach dem Büttel rufen. Und wenn Sie das getan hätten, mein Alter, dann hätten Sie es bereut bis zu Ihrem letzten Stündlein.«

Markham blickte ihn ein paar Sekunden lang forschend an. Er wußte, daß mehr als eine Laune dahinterstecken mußte, wenn Vance mit solcher Gewißheit auftrat, und das Vertrauen auf dieses verborgene Wissen war auch der Grund dafür gewesen, daß er es sich, als er schon im Begriff gewesen war, die Frau in Gewahrsam zu nehmen, noch einmal anders überlegt hatte.

»Ihr Verhalten war ja nun nicht gerade dazu angetan, das Vertrauen in ihre Unschuld zu stärken«, wandte Markham ein. »Auch wenn sie den Part verdammt clever gespielt hat. Aber es war genau der Part, den sich eine gerissene Frau zurechtgelegt hätte, die weiß, daß sie schuldig ist.«

»Aber sind Sie denn nie auf die Idee gekommen, daß es ihr

vollkommen gleichgültig war, ob sie in Ihren Augen schuldig war oder nicht«, fragte Vance, »und daß sie ja sogar ein wenig enttäuscht war, als Sie sie gehen ließen?«

»Nein, so hätte ich es wohl kaum gedeutet«, erwiderte Markham. »Ob schuldig oder unschuldig, in der Regel bittet niemand darum, daß er ins Gefängnis gesteckt wird.«

»Nebenbei«, erkundigte sich Vance, »wo war denn der beneidenswerte Galan zur Stunde, zu der Alvin das Zeitliche segnete?«

»Denken Sie etwa, das hätten wir nicht überprüft?« antwortete Markham verächtlich. »Nach acht Uhr hat Captain Leacock an jenem Abend seine Wohnung nicht mehr verlassen.«

»Was Sie nicht sagen!« erwiderte Vance überschwenglich. »Ein Musterknabe!«

Wieder sah Markham ihn grimmig an.

»Ich wüßte ja zu gern«, meinte er nachdenklich, »was Sie sich heute im Laufe des Tages für eine verrückte Theorie zurechtgelegt haben. Nun wo ich die junge Dame vorerst habe gehen lassen – woran Ihnen ja offensichtlich sehr viel lag – und dabei entschieden gegen mein eigenes besseres Wissen handle, wollen Sie mir da nicht offen sagen, welches As Sie im Ärmel haben?«

»Im Ärmel? Das ist aber kein netter Vergleich. Man könnte denken, Sie halten mich für einen Taschenspieler, was?«

Wenn Vance solche Töne anschlug, war es immer ein Zeichen, daß er nicht mit einer offenen Antwort herauswollte, und Markham bohrte nicht weiter.

»Jedenfalls hat sich Ihre Prophezeiung nicht erfüllt«, resümierte er nur noch, »und das Vergnügen, bei meiner großen Demütigung dabeizusein, muß noch warten.«

Vance blickte mit gespielter Überraschung auf.

»Meinen Sie?« Und kummervoll fügte er hinzu: »Tja, das Leben ist voller Enttäuschungen.«

Vance nimmt eine Herausforderung an

(Samstag, 15. Juni, 4 Uhr nachmittags)

Nachdem Markham noch Heath per Telefon über die Ergebnisse des Verhörs unterrichtet hatte, kehrten wir zum Stuyvesant-Club zurück. In der Regel schließt das Büro des Bezirksstaatsanwalts samstags um ein Uhr, doch heute waren wegen der Wichtigkeit von Miss St. Clairs Besuch Überstunden angeordnet worden. Markham war in ein finsteres Brüten verfallen und schwieg, bis wir wieder in unserem Alkoven im Salon des Clubs saßen. Dann machte er seinem Ärger Luft.

»Verdammt! Hätte ich sie doch nur nicht gehen lassen ... Sie ist es gewesen, das habe ich im Gefühl.«

Vance tat, als sei er schwer beeindruckt.

»Was Sie nicht sagen! Einfach großartig, diese übersinnliche Begabung. Bestimmt haben Sie das schon von Kindesbeinen an. Und haben Sie nicht immer wieder Träume, die in Erfüllung gehen? Ich bin sicher, Sie haben schon oft von jemandem Telefonanrufe im selben Moment bekommen, in dem Sie an ihn dachten. Ein beneidenswertes Talent. Lesen Sie auch aus der Hand? ... Vielleicht sollten wir das Horoskop der jungen Dame deuten lassen.«

»Bisher habe ich keinerlei Beleg dafür«, schoß Markham zurück, »daß Ihr eigener Glaube an die Unschuld des Mädchens in etwas Soliderem gründet als dem subjektiven Eindruck.«

»Oh doch«, beteuerte Vance. »Ich *weiß*, daß sie unschuldig ist. Und zwar weil ich weiß, daß kein weibliches Wesen diesen Schuß abgegeben hat.«

»Täuschen Sie sich nicht – eine Frau könnte einen 45er Colt ohne weiteres abfeuern.«

»Ach, das?« Vance tat den Einwand mit einem Schulterzucken ab. »Glauben Sie mir, die physische Ausführung des Verbrechens spielt für meine Überlegungen keine Rolle – das überlasse ich ganz der Justiz und den Jungs mit den breiten Schultern. Ich habe andere und verläßlichere Wege, auf denen ich zu meinen Schlüssen komme. Deshalb habe ich Ihnen ja auch zu verstehen gegeben, daß Sie sich unsterblich blamieren werden, wenn Sie eine Frau des Mordes an Benson beschuldigen.«

Markham brummte ärgerlich.

»Offenbar ist Ihnen neuerdings jedes logische Denken, mit dem sich der wahre Sachverhalt erschließen ließe, fremd. Haben Sie denn am Ende Ihren Glauben an den menschlichen Verstand ganz und gar verloren?«

»Ah«, rief Vance, »da spricht Volkes Stimme, der Mann auf der Straße! Ihr Denken ist so wunderbar normal, Markham. Es geht davon aus, daß es da, wo Sie nichts wissen, auch nichts zu wissen gibt, und daß es da, wo Sie etwas nicht verstehen, keine Erklärung gibt. Eine angenehme Einstellung. Man braucht sich um nichts Gedanken zu machen, und es gibt keinerlei Ungewißheit. Finden Sie da nicht auch, daß das Leben auf Erden die reine Freude ist?«

Markham versuchte es mit geduldiger Freundlichkeit.

»Sie sprachen, wenn ich mich recht entsinne, beim Mittagessen von einer Methode, mit der sich Verbrechen unfehlbar aufklären lassen. Würden Sie denn dieses tiefsinnige Geheimnis von unschätzbarem Wert einem Mann anvertrauen, der es nur bis zum Bezirksstaatsanwalt gebracht hat?«

Vance verneigte sich mit einer theatralischen Geste.*

»Mit dem größten Vergnügen«, erwiderte er. »Ich bezog mich dabei auf die wissenschaftliche Charakterforschung und die Psychologie der menschlichen Natur. Dazu muß man wissen, daß jeder von uns die Dinge auf ganz eigene Weise sieht, jeder nach seinem jeweiligen Temperament. Jede Handlung eines Menschen – und sei sie auch noch so groß oder noch so klein – ist der unmittelbare Ausdruck seiner Persönlichkeit und ist unverwech-

* Die folgende Unterhaltung, in der Vance seine psychologische Methode der Verbrechensaufklärung erläutert, ist natürlich nach dem Gedächtnis aufgezeichnet. Jedoch habe ich einen Fahnenabzug dieser Passage mit der Bitte an ihn gesandt, ihn durchzusehen und nach Belieben zu korrigieren; so wie sie jetzt hier steht, beschreibt sie im Grunde Vances Theorie mit seinen eigenen Worten.

selbar geprägt von seiner Wesensart. Ein Musiker, der auf ein Notenblatt schaut, kann zum Beispiel auf Anhieb sagen, ob es eine Komposition von Beethoven, von Schubert, von Debussy oder Chopin ist. Und ein Maler erkennt sofort seinen Corot, Harpignies, Rembrandt oder Frans Hals. Und so wie keine zwei Gesichter vollkommen identisch sind, sind auch keine zwei Naturen vollkommen gleich; die Verteilung der Substanzen, aus denen eine Persönlichkeit zusammengesetzt ist, ist bei jedem anders. Wenn man zwanzig Maler denselben Gegenstand malen ließe, würde jeder das Bild anders auffassen und ausführen. In jedem einzelnen Falle ist das Ergebnis ein klarer, unmißverständlicher Ausdruck der Persönlichkeit des Malers ... Im Grunde ist es ganz einfach.«

»Ihre Theorie würde gewiß jedem Künstler einleuchten«, wandte Markham freundlich, doch ironisch ein, »aber ich fürchte, Ihre metaphysischen Höhenflüge gehen über die Auffassungsgabe eines einfachen Mannes, wie ich es bin, hinaus.«

»Doch jene, die im Finst'ren wandeln«, murmelte Vance mit einem Seufzer, »sehen nicht das Licht.«

»Zwischen einem Verbrechen und einem Kunstwerk gibt es doch schließlich einen Unterschied«, beharrte Markham.

»Psychologisch, mein Lieber, nicht den geringsten«, erklärte Vance seelenruhig. »Alle Grundzüge hat ein Verbrechen mit dem Kunstwerk gemein – Ansatz, Konzeption, Technik, Phantasie, Konsequenz, Methode und Organisation. Und Verbrechen sind in Ausführung, Ausprägung, in ihrer ganzen Wesensart genauso unterschiedlich wie Werke der bildenden Kunst. Ja, ein gut geplantes Verbrechen ist ebenso ein Ausdruck der Persönlichkeit wie zum Beispiel ein Gemälde. Und das ist die große Chance für den Detektiv. Genauso wie ein Kunstwissenschaftler ein Bild analysieren kann und sagen kann, wer es gemalt hat, oder zumindest Persönlichkeit und Temperament des Malers bestimmen kann, so kann ein Psychologe ein Verbrechen analysieren und dann den Täter benennen – sofern er mit dem Betreffenden bekannt ist; sonst kann er Ihnen immerhin mit geradezu mathematischer Gewißheit die Natur und den Charakter des Kriminellen beschreiben … Und das, mein lieber Markham, ist das einzige wirklich verläßliche Mittel, die Schuld eines Menschen zu bestimmen. Alles andere ist nur geraten, unwissenschaftlich, unzuverlässig und – gefährlich.«

All das hatte Vance in einer Art Plauderton erklärt, doch gerade das Entspannte und Beiläufige verlieh seinen Worten eine seltsame Autorität. Markham hatte mit Interesse zugehört, auch wenn ihm anzumerken war, daß er Vance' Theorien nicht ernstnahm.

»Bei Ihrem System vernachlässigen Sie ganz und gar das Motiv«, wandte er ein.

»Und das mit Absicht«, erwiderte Vance, »denn für die meisten Verbrechen spielt es keine Rolle. Jeder von uns, mein Lieber, hätte gute Motive, ein Dutzend Leute umzubringen, wenn nicht mehr, und diese Motive unterscheiden sich in nichts von jenen, die hinter neunundneunzig von hundert Morden stehen. Und wenn ein Mord geschieht, dann gibt es Dutzende von Unschuldigen, die ein ebenso gutes Motiv für die Tat gehabt hätten wie der tatsächliche Mörder. Glauben Sie mir: Daß jemand ein Motiv hat, ist nicht der geringste Beweis für seine Schuld – dazu sind solche Motive ein viel zu selbstverständlicher Teil der menschlichen Natur. Einen Mann des Mordes zu verdächtigen, weil er ein Motiv hat, das ist, als wollten Sie jemanden verdächtigen, daß er mit der Frau eines anderen durchbrennt, nur weil er zwei Beine hat. Daß manche Menschen zu Mördern werden und andere nicht, ist ausschließlich eine Frage des Temperaments – der jeweiligen Psyche. Alles läuft immer wieder darauf hinaus … Und noch eins: Wenn jemand ein wirklich starkes Motiv hat – etwas, das ganz und gar Besitz von ihm ergreift –, dann wird er das doch in der Regel für sich behalten und eifersüchtig hüten, meinen Sie nicht auch? Er hat dieses Motiv vielleicht sogar in jahrelanger Vorbereitung verborgen oder verkleidet; oder das Motiv hat sich erst fünf Minuten vor der Tat ergeben, als der Täter unvermutet auf Fakten stieß, die schon ein Jahrzehnt alt sind … Ja, man könnte sagen, daß auf den ersten Blick kein Motiv zu erkennen ist, sollte mehr Verdacht erregen als ein offensichtliches.«

»Aber die Frage des *cui bono*, die werden Sie aus der Betrachtung eines Verbrechens nicht so schnell ausschließen können.«

»Da haben Sie recht«, pflichtete Vance ihm bei. »Die ganze Idee des *cui bono* ist so abstrus, daß man so schnell nicht damit fertig wird. Und doch gibt es bei fast jedem Mord Menschen, denen der Tod des Opfers gelegen kommt. Bringen Sie Sumner um, und Sie könnten nach dieser Theorie den ganzen Schriftstellerverband verhaften.«

»Was Sie auf keinen Fall leugnen können«, beharrte Markham, »ist die große Rolle, die bei einem Verbrechen die Gelegenheit spielt – und ich meine damit jene Verbindung aus bestimmten Umständen und Bedingungen, die eine bestimmte Tat für eine bestimmte Person möglich, durchführbar und erfolgversprechend machen.«

»Nur ein weiterer Faktor, der keine Rolle spielt«, versicherte ihm Vance. »Denken Sie doch nur an die Möglichkeiten, die wir Tag für Tag hätten, Menschen, die wir nicht mögen, um die Ecke zu bringen! Erst vorgestern abend hatte ich zehn unerträgliche Langweiler zum Abendessen in meiner Wohnung – eine gesellschaftliche Verpflichtung. Und doch widerstand ich – auch wenn es mich, wie ich zugeben muß, beträchtliche Anstrengung kostete – der Versuchung, ihnen Arsen in den Pontet Canet zu mischen. Die Borgias und ich sind eben, psychologisch gesehen, grundverschieden. Hätte ich es jedoch auf Mord abgesehen gehabt, so hätte ich – ganz wie es jene phantasievollen Patrizier des *cinquecento* taten – mir meine Gelegenheit selbst geschaffen … Und das ist der Witz – entweder schafft man die Gelegenheit, oder man verbirgt die Tatsache, daß man eine vorhandene ergriff, hinter falschen Alibis und was es sonst noch an Tricks gibt. Denken Sie an den Fall, bei dem ein Mörder die Polizei rief, um bei seinem Opfer die Haustür aufzubrechen, noch bevor dieses überhaupt ermordet war; er gab vor, er befürchte, daß etwas im Haus nicht in Ordnung sei, stürmte dann vor den Polizisten hinein und erstach das Opfer, als diese schon auf der Treppe waren.«*

»Und wie steht es mit dem Beleg, daß eine Person tatsächlich zur Tatzeit am Ort des Geschehens war?«

»Ebenfalls irreführend«, verkündete Vance. »Die Gegenwart eines Unschuldigen wird nur zu oft vom wirklichen Mörder, der gar nicht am Tatort ist, als Schutzschild benützt. Ein kluger Mörder kann aus der Ferne operieren und die eigentliche Tat über ein Hilfsmittel vollziehen. Ebenso kann ein kluger Täter ein Alibi arrangieren und dann verkleidet und unerkannt am Tatort sein. Es gibt viel zu viele gute Möglichkeiten anwesend zu sein, wenn man als abwesend gilt – und umgekehrt … Doch seine Persönlichkeit, seine Natur, kann niemand ablegen. Und deshalb führt jede Beschäftigung mit dem Verbrechen unweigerlich zur Psychologie des Menschen – dem einen Grundzug, der sich nicht verfälschen läßt und der die Grundlage jeder Analyse sein muß.«

»Wenn ich Ihre Theorien höre«, sagte Markham, »dann wundert es mich, daß Sie nicht vorschlagen, neun Zehntel der Polizeitruppe zu entlassen und sie durch ein paar Dutzend dieser Lügendetektoren zu ersetzen, von denen die Sonntagszeitungen so gern schreiben.«

Vance saß ein Weilchen nachdenklich da und rauchte.

»Ich habe davon gehört. Hübsche Spielzeuge. Ohne Zweifel sind sie in der Lage, eine gewisse emotionale Belastung anzuzeigen, wenn der Patient seine Aufmerksamkeit von den frommen Platitüden eines Dr. Frank Crane einer Aufgabe in sphärischer Trigonometrie zuwendet. Doch wenn ein Unschuldiger an all die Schläuche, Galvanometer, Elektromagneten, Glasplatten und Messingknöpfe eines solchen Apparates angeschlossen würde und man ihn dann wegen eines aufzuklärenden Verbrechens verhörte, dann würden die Anzeigenadeln flattern wie ein russischer

* Ich weiß nicht, auf welchen speziellen Fall Vance sich hier bezieht, doch findet sich das Grundmuster mehrfach in den Akten und häufig bei Kriminalschriftstellern. Das jüngste Beispiel ist in G. K. Chestertons *The Innocence of Father Brown* die Geschichte mit dem Titel »The Wrong Shape«.

Tänzer, einfach nur, weil der Patient in solche Aufregung geriete.«

Markham lächelte verächtlich.

»Und natürlich würde die Nadel ruhig bleiben, wäre der wahre Täter angeschlossen.«

»Oh nein, im Gegenteil«, erwiderte Vance unbeirrt. »Die Nadel würde genauso auf- und abhüpfen wie bei dem anderen – aber nicht deswegen, weil er schuldig ist. Ein Dummkopf könnte zum Beispiel empört sein, daß seine Peiniger ihm mit neumodischen Foltermethoden zuleibe rücken. Bei einem intelligenten Menschen würde die Nadel hüpfen, weil er sich im Zaum halten müßte, um nicht über die Gesetzeshüter zu lachen, die sich mit solchem Unsinn abgeben.«

»Ich bin tief beeindruckt«, entgegnete Markham. »Die Räder meines Kopfes surren wie eine Turbine. Aber unter uns einfachen Erdenmenschen gibt es immer noch jene, die glauben, Kriminalität sei ein Defekt des Verstandes.«

»Das trifft ja auch zu«, erwiderte Vance bereitwillig. »Aber leider ist es ein Defekt, den jeder einzelne von uns in sich trägt. Wer tugendhaft ist, hat, könnte man sagen, nicht den Mut, sich zu seinen Defekten zu bekennen ... Wenn Sie aber glauben, es gebe so etwas wie einen kriminellen Typus, dann sind wir leider geschiedene Leute. Lombroso war es, der Liebling der Regenbogenpresse, der jene Vorstellung von der ererbten Kriminalität aufgebracht hat. Echte Wissenschaftler wie DuBois, Karl Pearson und Goring haben seine schwachköpfigen Theorien längst ad absurdum geführt.«*

»Ihr Wissen überwältigt mich«, verkündete Markham, winkte zugleich einem vorüberkommenden Kellner und bestellte eine

* Pearson und Goring stellten vor etwa zwanzig Jahren eine ausführliche statistische Untersuchung an englischen Berufsverbrechern an, bei der sie zu folgenden Erkenntnissen kamen: (1.) eine Laufbahn als Krimineller beginnt meistens zwischen dem 16. und dem 21. Lebensjahr; (2.) über 90 Prozent aller Kriminellen sind geistig normal; (3.) ein älterer Bruder, der ebenfalls kriminell ist, kommt häufiger vor als ein straffälliger Vater.

neue Zigarre. »Immerhin tröste ich mich damit, daß in der Regel ein Mord über kurz oder lang ans Tageslicht kommt.«

Vance rauchte schweigend seine Zigarette und blickte nachdenklich zum Fenster hinaus in den dunstigen Junihimmel.

»Markham«, sagte er schließlich, »die Zahl an abstrusen Vorstellungen, die zum Thema Verbrechen im Umlauf sind, ist schier unglaublich. Wie ein vernunftbegabter Mensch jener altertümlichen Vorstellung vom ›Mord, der ans Tageslicht kommt‹ anhängen kann, geht über meinen Verstand. Nur in den seltensten Fällen kommt da etwas ›heraus‹, mein Lieber. Wozu bräuchten wir denn sonst die Mordkommission? Warum sollte sich die Polizei denn dann aufführen wie tanzende Derwische, jedesmal, wenn eine Leiche gefunden wird? ... Die Dichter sind schuld an diesem Aberglauben. Wahrscheinlich war Chaucer der erste, der ›*Mordre wol out*‹ rief, und Shakespeare schlug in dieselbe Kerbe, als er jedem Mord ein geheimnisvolles Organ zuschrieb, das anstelle der Zunge spricht. Und es muß ja ein Dichter gewesen sein, der sich den Unsinn ausgedacht hat, daß eine Leiche blutet, wenn der Mörder sie berührt ... Wollen Sie, der Beschützer der Unschuldigen, denn wirklich der Polizei sagen, daß sie in aller Ruhe in ihrem Büro warten soll, im Club, in ihrem liebsten Schönheitssalon – was weiß ich, wo Polizisten warten –, bis der Mord ›herauskommt‹? Oh weh! – wenn Sie das täten, würden die Leute vom Bürgermeister erwarten, daß er Sie selbst als *particeps criminis* hinter Gitter steckt oder nach dem *de lunatico inquirendo* rufen.«*

* Sir Basil Thomson, K. C. B., ein ehemaliger Assistant Commissioner der Londoner Metropolitan Police, schrieb etliche Jahre nach dieser Unterhaltung in der *Saturday Evening Post*: »Nehmen wir zum Beispiel das Sprichwort, daß ›Übeltat sich selbst verrat'‹ – ein Wort, das unweigerlich zu hören ist, wenn einer unter vielen Tausenden von davongekommenen Mördern durch einen Zufall, der die Phantasie der Massen beschäftigt, doch noch gefaßt wird. Gerade weil eine Übeltat sich *nicht* verrät, ist es eine freudige Überraschung, wenn es doch einmal geschieht, und gerade das Wunderliche der Begebenheit ist der Ursprung des Sprichworts. Wenn die Justiz einen Giftmörder schließlich doch noch zu fassen bekommt, stellt sich fast immer heraus, daß er zuvor schon unbemerkt andere getötet hat, bevor er sich durch Achtlosigkeit verriet.«

Markham brummte gutmütig. Er war ganz mit dem Präparieren und Anzünden seiner Zigarre beschäftigt.

»Es gibt, glaube ich, noch eine abwegige Vorstellung, die Leute wie Sie vom Verbrechen haben«, fuhr Vance fort, »nämlich die, daß der Täter stets an den Ort seines Verbrechens zurückkehrt. Für diese irrwitzige Idee gibt es sogar tiefgründige und nebulöse psychologische Erklärungen. Aber glauben Sie mir, nirgends in der Psychologie wird ein solcher Unsinn gelehrt. Wenn je ein Mörder aus einem anderen Grund zu seinem Opfer zurückkehrte als dem, einen Fehler, der ihm unterlaufen war, auszumerzen, dann ist er ein Fall für Broadmoor – oder Bloomingdale ... Was hätte die Polizei für ein leichtes Leben, wenn diese schöne Phantasie die Wahrheit wäre! Sie müßten sich einfach nur an den Tatort setzen, Dame oder Mühle spielen, bis der Täter sich wieder einfindet, und ihn dann zur Bastille eskortieren, was? In Wirklichkeit wird bei jedem, der ein Verbrechen begangen hat, seine Psyche ihn dazu treiben, so weit vom Ort des Geschehens zu fliehen, wie die Grenzen dieser Welt überhaupt nur zulassen.«*

»Zumindest im vorliegenden Fall«, rief Markham ihm ins Gedächtnis, »warten wir ja nun weder untätig, daß der Mord ans Tageslicht kommt, noch sitzen wir in Bensons Wohnzimmer in der Hoffnung, daß der Mörder zurückkehrt.«

»Obwohl in beiden Fällen die Erfolgsaussichten nicht geringer wären als bei dem Kurs, den Sie statt dessen steuern«, sagte Vance.

»Da ich nun einmal nicht mit Ihren hellseherischen Fähigkeiten begabt bin«, schoß Markham zurück, »bleiben mir nur die armseligen Verfahren des gesunden Menschenverstandes.«

»Wie wahr«, pflichtete Vance ihm mit trauriger Miene bei. »Und Ihre bisherigen Schritte zwingen mich zu dem Schluß, daß jeder, der auch nur den geringsten Begriff von den Bahnen hat, in denen ein Juristenhirn denkt, auch den heroischsten und hartnäk-

* Auch hier war Sir Basil Thomson in seinem Artikel »Popular Fallacies About Crime« (*Saturday Evening Post*, 21. April 1923, S. 8) derselben Meinung.

kigsten Attacken des gesunden Menschenverstandes mühelos widerstehen kann.«

Markham war gekränkt.

»Nach wie vor von der Unschuld der reizenden Miss St. Clair überzeugt, hm? Doch da es nun einmal nicht das geringste Indiz gibt, das in eine andere Richtung wiese, bleibt mir, das müssen Sie zugeben, keine andere Wahl.«

»Ich werde nichts dergleichen zugeben«, erwiderte Vance, »denn glauben Sie mir, es gibt eine ganze Reihe von Indizien, die in eine andere Richtung weisen. Sie sehen sie nur einfach nicht.«

»Was Sie nicht sagen!« Vance' unerschütterlicher Gleichmut brachte Markham nun doch allmählich aus der Fassung. »Nun gut, mein Lieber; ich widerspreche all Ihren schönen Theorien aufs entschiedenste und wette, daß Sie nicht ein einziges der Indizien, die Sie angeblich kennen, wirklich vorzuweisen haben.«

Er sagte das mit heftigen Worten und machte dazu eine abrupte, wegwerfende Handbewegung, die unmißverständlich zum Ausdruck brachte, daß für ihn das Thema damit erledigt war.

Ich glaube, nun war auch Vance ein wenig pikiert.

»Mein lieber Markham, ich fühle mich nicht zum Rächer geboren, und ebensowenig liegt mir daran, die Ehre der Gesellschaft zu verteidigen. Das würde mich langweilen.«

Markham lächelte großmütig, erwiderte jedoch nichts.

Vance saß eine Weile lang schweigend da und widmete sich ganz seiner Zigarette. Dann wandte er sich an Markham und sprach zu meiner Verblüffung mit ruhigen und besonnenen Worten:

»Ich nehme Ihre Herausforderung an. Ich komme mir in dieser Rolle zwar ein wenig fremd vor, aber wissen Sie, die Sache interessiert mich; im Grunde geht es um die gleiche Frage wie seinerzeit bei der Auseinandersetzung um das *Concert Champêtre* – die umstrittene Urheberschaft, wenn man so will.«*

* Jahrelang galt das berühmte *Concert Champêtre* im Louvre als ein Werk Tizians. Vance setzte jedoch alles daran, den Kustos, M. Lepelletier, von seiner Ansicht zu überzeugen, daß es sich um einen Giorgione handelte, und heute wird das Gemälde jenem letzteren Künstler zugeschrieben.

Markham, der eben die Zigarre zum Munde führte, hielt abrupt in dieser Bewegung inne. So wörtlich hatte er seine Herausforderung wohl kaum gemeint – es war eher eine trotzige Bemerkung gewesen –, und nun sah er Vance ein wenig unsicher an. Damals hätte er sich wohl kaum träumen lassen, daß diese nonchalante Annahme seiner leichtfertigen und nur halb ernst gemeinten Herausforderung der gesamten New Yorker Polizeigeschichte eine neue Wendung geben sollte.

»Und wie wollen Sie vorgehen?« fragte er.

Vance machte eine unbekümmerte Geste.

»Wie Napoleon, *je m'engage, et puis je vois*. Sie müssen mir aber versprechen, daß Sie mich nach Kräften unterstützen, und ich will keine grundsätzlichen juristischen Widersprüche mehr hören.«

Markham schürzte die Lippen. Es war nicht zu übersehen, wie verblüfft er von Vance' Reaktion war. Doch gleich darauf kam ein gutmütiges Lachen, so als sei alles letzten Endes ja nur halb so wichtig.

»Nun denn«, stimmte er zu. »Ich gebe Ihnen mein Wort ... Und wie geht es weiter?«

Vance schwieg einen Moment lang, dann zündete er sich eine neue Zigarette an und erhob sich träge.

»Zuerst«, verkündete er, »werde ich die Körpergröße des Täters ermitteln. Da haben Sie doch sogar etwas davon – noch ein Indizienbeweis, nicht wahr?«

Markham starrte ihn ungläubig an.

»Wie um alles in der Welt wollen Sie das denn herausfinden?«

»Mit jener einfältigen deduktiven Methode, in die Sie ein so rührendes Vertrauen setzen«, antwortete er munter. »Aber kommen Sie, lassen Sie uns an den Ort des Geschehens zurückkehren.«

Er begab sich zur Tür, und Markham folgte ihm perplex.

»Aber Sie wissen doch, daß die Leiche nicht mehr da ist«, wandte er ein, »und inzwischen ist sicher auch alles aufgeräumt.«

»Na Gott sei Dank!« murmelte Vance. »Ich bin ja nicht gerade gern in der Gegenwart von Leichen; und Unordnung stört mich fürchterlich.«

Wir traten hinaus auf die Madison Avenue, er gab dem Portier ein Zeichen, daß er ein Taxi herbeiwinken solle, und als es hielt, schob er uns ohne ein weiteres Wort hinein.

»Das ist doch alles Unsinn«, protestierte Markham ärgerlich, als wir unsere Fahrt stadtauswärts begannen. »Wie wollen Sie denn jetzt noch Indizien finden? Inzwischen sind alle Spuren längst in Luft aufgelöst.«

»Mein lieber Markham«, klagte Vance mit gespieltem Mitleid, »wie ärmlich ist doch Ihr philosophisches Instrumentarium! Wenn etwas, und sei es auch noch so klein, sich in Luft auflösen könnte, dann würde ja das ganze Universum aufhören zu existieren – alle Sorgen des Kosmos wären gelöst, und der Schöpfer schriebe *Q. E. D.* quer über das leere Firmament. Unsere einzige Chance, mit jener Illusion, die wir Leben nennen, fortzufahren, ist ja gerade die Tatsache, daß unser Bewußtsein eine winzig kleine Dezimalstelle ist. Haben Sie als Kind nicht auch einmal versucht, die Zahl ›ein Drittel‹ dezimal zu schreiben, und ein ganzes Blatt mit Dreien gefüllt? Es bleibt trotzdem immer noch ein Drittel übrig. Wenn Sie das winzige Drittel beseitigen könnten, das immer noch da ist, selbst wenn Sie zehntausend Dreien geschrieben haben, erst dann wäre die Aufgabe bewältigt. Und genauso geht es mit dem Leben, mein Lieber. Nur weil sich nichts in Luft auflösen läßt, weil wir nichts beseitigen können, existieren wir weiter.«

Er stach mit dem Finger in die Luft, als wolle er einen deutlichen Schlußpunkt hinter seine Bemerkungen setzen, und blickte verträumt durchs Fenster hinauf zum flammenden Himmel.

Markham hatte sich in die Wagenecke gelehnt und kaute mißmutig an seiner Zigarre. Ich sah ihm an, daß die machtlose Wut darüber, daß er sich zu dieser Wette mit Vance hatte hinreißen lassen, in ihm brodelte. Doch es gab kein Zurück mehr. Und das, obwohl er, wie er mir später eingestand, ganz und gar überzeugt davon war, daß er sich ohne jeden Sinn und Verstand aus seinem bequemen Lehnstuhl hatte zerren lassen, nur um sich vor Vance zum Narren zu machen.

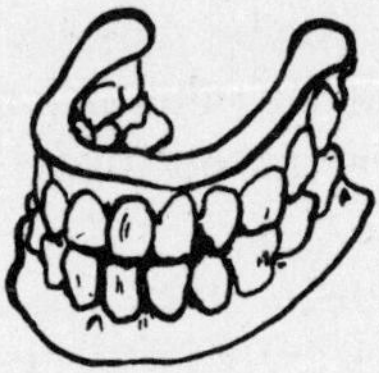

Wie groß war der Mörder?

(Samstag, 15. Juni, 5 Uhr nachmittags)

Als wir an Bensons Haus vorfuhren, nahm der Polizist, der dösend an den Eisenzaun des Vorgartens gelehnt stand, schlagartig Haltung an und salutierte. Er sah Vance und mich erwartungsvoll an und hielt uns gewiß für Tatverdächtige, die der Bezirksstaatsanwalt zum Verhör an den Tatort brachte. Ein Mann von der Mordkommission, den ich auch schon am Morgen des Verbrechens im Haus gesehen hatte, ließ uns ein.

Markham begrüßte ihn mit einem Nicken.

»Alles in Ordnung?«

»Sicher«, erwiderte der Mann gutgelaunt. »Die alte Dame schnurrt wie ein Kätzchen – und kocht ganz wunderbar.«

»Wir möchten eine Weile ungestört bleiben, Sniffin«, sagte Markham, als wir ins Wohnzimmer traten.

»Unser Gourmet heißt Snitkin, nicht Sniffin«, korrigierte Vance ihn, nachdem die Tür sich hinter uns geschlossen hatte.

»Was für ein Gedächtnis!« brummte Markham.

»Mein schwacher Punkt«, erwiderte Vance, »ich weiß. Sie hingegen zählen gewiß zu denen, die nie ein Gesicht vergessen und sich nur nicht mehr an den Namen erinnern, nicht wahr?«

Doch Markham war nicht in der Stimmung für Sticheleien.

»Jetzt haben Sie mich also hierher geschleppt. Und was nun?« Er machte eine ärgerliche Handbewegung und ließ sich mit mürrischer, resignierter Miene in einen Sessel fallen.

Das Wohnzimmer sah nicht viel anders aus als bei unserem ersten Besuch, nur daß nun alles aufgeräumt war. Die Vorhänge waren offen, und die Spätnachmittagssonne durchflutete den Raum. In dem gleißenden Licht wirkte die Einrichtung noch greller.

Vance sah sich um und erschauderte.

»Ich überlege fast, ob wir nicht doch wieder gehen sollten«, meinte er. »Die Lösung liegt ohnehin auf der Hand – exkulpierende Notwehr eines empörten Innenarchitekten.«

»Auch wenn es dem Ästheten noch so schwerfällt«, drängte Markham, »lassen Sie doch *ein*mal andere Leute anders sein und kommen Sie zu dem, dessentwegen wir hier sind … es sei denn, Sie fürchten das Ergebnis«, fügte er mit einem maliziösen Lächeln hinzu. »Dann will ich Ihnen noch gestatten, sich zurückzuziehen und Ihre bezaubernden Theorien in ihrem gegenwärtigen jungfräulichen Zustand zu belassen.«

»Soll ich mit ansehen, wie Sie ein unschuldiges Kind auf den elektrischen Stuhl bringen?« rief Vance mit gespielter Empörung. »Schämen Sie sich! Allein schon *la politesse* verbietet meinen Rückzug. Möge ich nie, wie es dem Prinzen Heinrich erging, beklagen müssen, daß ich ›im Rittertum ein Müßiggänger‹ war.«

Markham biß die Zähne zusammen. Seine Augen schossen Blitze.

»Ich glaube allmählich, an Ihrem Argument, daß jeder ein Motiv hätte, den anderen umzubringen, ist doch etwas dran.«

»Wo Sie nun allmählich anfangen, meinen Blickwinkel zu verstehen«, erwiderte Vance gutgelaunt, »würden Sie mir da wohl erlauben, Mr. Snitkin zu einer Besorgung auszuschicken?«

Markham stieß einen lauten Seufzer aus und zuckte mit den Schultern.

»Ich rauche während der *opera buffa* eine Zigarre, wenn das Ihren Auftritt nicht stört.«

Vance ging zur Tür und rief Snitkin herbei.

»Könnten Sie uns den Gefallen tun und zu Mrs. Platz gehen und ein langes Maßband und dazu einen Knäuel Bindfaden ausleihen? … Der Bezirksstaatsanwalt braucht sie«, fügte er mit einer ergebenen Verbeugung in Richtung Markham hinzu.

»Ich darf wohl nicht hoffen, daß Sie sich damit aufhängen werden, oder?« fragte Markham.

Vance bedachte ihn mit einem tadelnden Blick.

»Erlauben Sie mir«, entgegnete er, »Ihre Aufmerksamkeit auf *Othello* zu lenken:

›Wie arm sind die, die nicht Geduld besitzen!
Wie heilten Wunden, als nur nach und nach?‹

Oder lassen Sie mich – um vom Poeten zum Poetaster hinabzusteigen – einen Pentameter Longfellows zu Ihrer Betrachtung zitieren: ›Belohnt wird stets, wer in Geduld sich übt.‹ Unsinn natürlich, aber doch ein Trost. Milton hat es weit trefflicher formuliert: ›Schickt er der Diener tausend ruhlos fort…‹ Aber den Nagel auf den Kopf trifft doch Cervantes: ›Geduld, mein Freund, die Karten neu gemischt.‹ Ein vernünftiger Ratschlag, Markham, und amüsant verpackt, wie alle guten Ratschläge es sein sollten … Gewiß, Geduld ist eine Art letzter Zuflucht – etwas, das man braucht, wenn man nichts anderes mehr tun kann. Doch wie die Tugend wird sie bisweilen dem, der sich darin übt, Erfolg bescheren; obwohl ich sagen muß, daß sie in der Regel – was sie ebenfalls mit der Tugend gemein hat – keine Früchte tragen wird. Anders ausgedrückt: Der Lohn der Geduld ist sie selbst. In schöne Worte ist sie dabei oft genug gekleidet worden. ›Des Kummers Knecht‹ heißt sie und ›der Schlüssel zur Freude‹. ›Geduld will bei dem Werke sein‹, sagt der Dichter. *La patience est amère, mais son fruit est doux*, schrieb Rousseau. Obwohl Sie als Jurist vielleicht das Lateinische bevorzugen. Um Vergil zu zitieren: *Superanda omnis fortuna erendo est.* Und auch Horaz hat sich zu dem Thema geäußert. *Durum!* heißt es bei ihm, *sed levius fit patientia* …«

»Wo zum Teufel bleibt denn Snitkin so lange?« knurrte Markham.

Wie zur Antwort öffnete sich die Tür, und der Beamte reichte Vance Maßband und Faden.

»Und nun, Markham, der Lohn für Ihre Geduld!«

Vance warf einen Blick auf den Teppich und rückte den großen Korbsessel wieder in exakt die gleiche Position, in der er gestanden hatte, als Benson erschossen wurde. Die Stellung war leicht zu finden, denn die Laufrollen hatten in dem dicken Flor des Teppichs tiefe Eindrücke hinterlassen. Dann zog er den Bindfaden durch das Loch, das die Kugel in der Lehne hinterlassen hatte, und wies mich an, das eine Ende an die Stelle zu halten, an der sie in die Wandvertäfelung eingeschlagen war. Als nächstes griff er zum Maßband und maß am anderen Ende fünf Fuß sechs Zoll ab, beginnend von der Stelle, an der sich Bensons Stirn befunden hatte, als er im Sessel saß. Er markierte die Stelle mit einem Knoten, dann zog er den Faden straff, so daß er sich in gerader Linie von der Einschlagstelle in der Wand durch das Loch in der Sessellehne bis zu einem Punkt gut anderthalb Meter vor Bensons Kopf erstreckte.

»Dieser Knoten in der Schnur«, erklärte er, »steht für die exakte Position der Revolvermündung, aus der die schicksalhafte Kugel kam. Die Logik ist zwingend, nicht wahr? Wir kennen zwei Punkte der Schußbahn – nämlich das Loch im Sessel und die Einschlagstelle im Holz –, und wir kennen den ungefähren Ausgangspunkt des Schusses, der zwischen hundertfünfzig und hundertachzig Zentimeter vom Schädel des Gentleman entfernt lag, und wenn wir an dieser Stelle eine vertikale Linie ziehen, müssen wir nur noch die gerade Linie der Schußbahn verlängern, und der Schnittpunkt der beiden bezeichnet den Punkt, von dem der Schuß ausging.«

»Theoretisch sehr schön«, meinte Markham, »obwohl ich keine Ahnung habe, warum Ihnen soviel daran liegt, diesen Punkt zu bestimmen … Da spielt es dann auch keine Rolle mehr, daß Sie ein mögliches Abprallen des Geschosses nicht berücksichtigt haben.«

»Da muß ich Ihnen widersprechen«, erwiderte Vance lächelnd, »danach habe ich gestern morgen Captain Hagedorn ausgiebig befragt und habe erfahren, daß es keine Abweichung gab. Hagedorn hatte sich vor unserer Ankunft die Wunde angesehen, und das Ergebnis in diesem Punkt war eindeutig. Zum einen traf die Kugel den Schädelknochen in einem Winkel, der keine Seitenabweichung verursachen könnte, selbst bei einer Waffe mit kleinerem Kaliber. Und zum zweiten war die Pistole, mit der Benson erschossen wurde, von so großem Kaliber – eine 45er – und die

Mündungsgeschwindigkeit so hoch, daß die Flugbahn selbst aus größerem Abstand noch vollkommen gerade gewesen wäre.«

»Und woher«, wollte Markham wissen, »kannte Hagedorn die Mündungsgeschwindigkeit?«

»Ein Punkt, der auch mich in Staunen versetzte«, antwortete Vance, »er erklärte mir, daß Größe und Art der Kugel und die ausgeworfene Hülse ihm alles verrieten. Deshalb wußte er auch gleich, daß es ein Colt aus Armeebeständen war – U. S. Government-Colt nannte er ihn, glaube ich – und nicht die handelsübliche Colt Automatik. Die beiden Ausführungen verwenden unterschiedlich schwere Kugeln: Die normale Colt-Kugel wiegt dreizehn Gramm, die Armeekugel fünfzehn Gramm. Hagedorn spürte den Unterschied auf Anhieb – er muß über außerordentliche taktile Fähigkeiten verfügen, obwohl ich nicht weiter in ihn drang, um mehr über dieses physiologische Phänomen in Erfahrung zu bringen; Sie kennen ja meine zurückhaltende Natur ... Jedenfalls wußte er sofort, daß es sich um eine Kugel aus einer 45er Colt Automatik handelte, Militärausführung; und als das erst einmal klar war, wußte er auch, daß die Mündungsgeschwindigkeit 809 Fuß pro Sekunde war, mit einer Aufschlagkraft von 329 – was auf eine Distanz von 25 Metern immerhin genügt, sechs Zoll tief in ein Stück Kiefernholz einzuschlagen ... Unglaublicher Mann, dieser Hagedorn. Wenn man sich das vorstellt, daß jemand den ganzen Kopf voll hat mit solch faszinierender Weisheit! Die alten Welträtsel, warum ein Mensch sich das Spiel auf der Baßgeige zur Lebensaufgabe macht oder wo nur immer die ganzen Büroklammern bleiben, sind ja reinste Bagatellen verglichen mit der Frage, warum ein Mensch sein ganzes Leben der Welt der Ballistik widmen sollte.«

»Ich kann nicht behaupten, daß die Frage mich fesselt«, erwiderte Markham gelangweilt, »lassen Sie uns der Einfachheit halber annehmen, daß Sie hiermit den exakten Punkt gefunden haben, an dem die Waffe abgefeuert wurde. Wie geht es nun weiter?«

»Ich halte weiterhin den Faden gerade«, erklärte Vance, »und Sie sind bitte so freundlich und messen den genauen Abstand zwischen Knoten und Fußboden. Dann ist mein Geheimnis gelüftet.«

»Auch nicht gerade mein Lieblingsspiel«, wandte Markham ein. »Können wir nicht ›Die Reise nach Jerusalem‹ spielen?«

Trotzdem führte er die Messung durch.

»Vier Fuß achteinhalb Zoll«, verkündete er teilnahmslos.

Vance legte eine Zigarette auf den Teppich und markierte damit die Stelle unmittelbar unterhalb des Knotens.

»Damit kennen wir die exakte Höhe, in der die Pistole gehalten wurde, als der Schuß fiel … Sie haben gewiß mitverfolgt, wie diese Schlußfolgerung zustandekam.«

»Das lag ja auf der Hand«, antwortete Markham.

Wiederum ging Vance zur Tür und rief Snitkin herbei.

»Der Bezirksstaatsanwalt möchte gern für einen Augenblick Ihre Waffe borgen«, sagte er. »Er will etwas ausprobieren.«

Snitkin ging hinüber zu Markham und hielt ihm mit verwunderter Miene seine Dienstwaffe hin.

»Sie ist gesichert, Sir – soll ich entsichern?«

Markham wollte sich weigern, die Waffe zu nehmen, doch Vance kam ihm zuvor.

»Nein, lassen Sie sie, wie sie ist. Mr. Markham will nicht damit schießen – hoffe ich.«

Als der Beamte wieder draußen war, setzte Vance sich in den Korbsessel, den Kopf vor dem Einschußloch.

»Und nun stellen Sie sich bitte exakt an die Stelle, an welcher der Mörder stand«, forderte er Markham auf, »halten die Waffe genau über die Zigarette am Fußboden und zielen auf meine linke Schläfe … Aber vorsichtig«, warnte er ihn mit einem bezaubernden Lächeln, »nicht daß Sie abdrücken – dann werden Sie nie erfahren, wer Benson umgebracht hat.«

Widerwillig tat Markham wie ihm geheißen. Als er Aufstellung genommen hatte, die Waffe im Anschlag, bat Vance mich, den Abstand zwischen Pistolenlauf und Fußboden zu messen.

Es waren hundertfünfundzwanzig Zentimeter.

»Ganz genau«, sagte er und erhob sich. »Und nun sind Sie ja

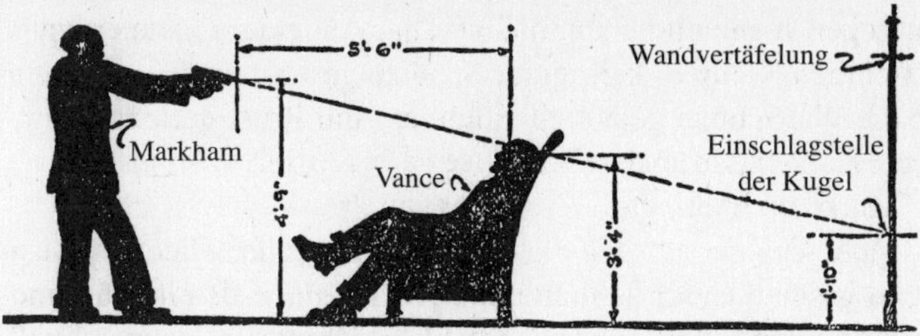

immerhin fast ein Meter achtzig groß, Markham; der Mörder Bensons müßte also etwa so groß gewesen sein wie Sie – auf keinen Fall kleiner als ein Meter fünfundsiebzig … Auch das eine ziemlich offensichtliche Schlußfolgerung, oder?«

Er hatte es uns mit einfachen und klaren Mitteln vor Augen geführt. Markham war sichtlich beeindruckt und sah ihn mit ernster Miene an; einen Moment lang runzelte er nachdenklich die Stirn, dann sagte er:

»Alles schön und gut, aber der Täter hätte die Pistole ja auch höher halten können als ich.«

»Damit kommen Sie nicht durch«, entgegnete Vance. »Ich habe ja selbst meine Schießübungen gemacht und weiß, daß ein guter Schütze, der mit einem Revolver ein kleines Ziel anvisiert, das mit ausgestrecktem Arm und ein wenig erhöhter Schulter tut, so daß eine gerade Sichtlinie zwischen seinem Auge und dem Ziel, das er anpeilt, entsteht. Aus der Höhe, in der jemand in einer solchen Situation einen Revolver hält, läßt sich seine Körpergröße genau genug abschätzen.«

»Und dabei gehen Sie also von der Annahme aus, daß Bensons Mörder ein guter Schütze war, der ein kleines Ziel anvisierte?«

»Nicht von der Annahme – von der Tatsache«, erklärte Vance. »Überlegen Sie doch: Wäre der Betreffende kein guter Schütze gewesen, hätte er sich nicht aus knapp zwei Metern Entfernung die Stirn als Ziel genommen, sondern etwas Größeres – nämlich die Brust. Und da er nun einmal die Stirn treffen wollte, wird er auch genau gezielt haben, nicht wahr? Außerdem hätte er wahrscheinlich, wenn er kein guter Schütze gewesen wäre und wenn er die Waffe ohne genau zu zielen auf die Brust gerichtet hätte, mehrere Schüsse abgegeben.«

Markham überlegte.

»Ich gebe zu, auf den ersten Blick klingt Ihre Theorie plausibel«, gestand er schließlich ein. »Aber *größer* als eins fünfundsiebzig könnte der Mörder allemal gewesen sein, denn schließlich hätte er sich beliebig tief bücken und immer noch genau zielen können.«

»Gut«, stimmte Vance zu. »Aber vergessen Sie nicht, daß die Haltung des Täters in unserem Falle völlig natürlich gewirkt haben muß. Sonst hätte er Bensons Aufmerksamkeit erregt und hätte nicht schießen können, ohne daß Benson sah, was geschah. Und daß Benson von dem Schuß überrascht wurde, sah man an seiner Haltung. Natürlich kann der Täter sich ein wenig vorgebeugt haben, ohne daß Benson deswegen aufblickte ... Sagen wir also, daß die betreffende Person zwischen eins fünfundsiebzig und eins fünfundachtzig groß war. Könnten Sie das akzeptieren?«

Markham schwieg.

»Und bei unserer bezaubernden Miss St. Clair«, fügte Vance mit breitem Grinsen hinzu, »können es ja höchstens eins fünfundsechzig sein.«

Markham brummte und paffte dann weiter nachdenklich seine Zigarre.

»Dieser Captain Leacock«, fuhr Vance fort, »der ist doch sicher seine eins achtzig groß, was?«

Markham kniff die Augen zusammen.

»Woher wollen Sie das wissen?«

»Sie haben es mir gerade verraten.«

»*Ich* habe es verraten?«

»Nicht mit Worten«, erklärte Vance. »Doch nachdem ich Ihnen die ungefähre Körpergröße des Mörders errechnet hatte und sie nicht mit der Statur der jungen Dame, die Sie verdächtigten, vereinbar war, da wußte ich, daß Ihr Verstand auf der Suche nach anderen war, die in Frage kamen. Und da der *inamorato* der jungen Dame der einzige war, der auch nur am Horizont auftauchte, schloß ich, daß Sie Ihren Gedanken gestatteten, in Richtung des Captain zu wandern. Hätte er die vorgegebene Größe gehabt, hätten Sie vermutlich nichts dazu gesagt; doch als Sie mutmaßten, der Täter könne sich geduckt haben, als er den Schuß abfeuerte, schloß ich, daß der Captain ungewöhnlich groß gewachsen sein mußte ... Und so hielt, mein Lieber, in Ihrem finsteren Schweigen Ihr Geist traute Zwiesprache mit dem meinen und verriet mir das stolze Gardemaß des jungen Herrn.«

»Ich sehe schon, das Gedankenlesen gehört auch zu Ihrer langen Reihe von Talenten«, sagte Markham. »Als nächstes kommt die Geisterschrift auf der Schiefertafel, nehme ich an.«

Sein Ton war gereizt, doch es war die Gereiztheit eines Mannes, der nicht wahrhaben will, daß er seine Meinung ändern muß. Er mußte eingestehen, daß er Vance' Zügel nachgab, und wollte doch eisern den Kurs seiner alten Überzeugungen beibehalten.

»Sie werden doch meine Betrachtungen zur Statur des Täters nicht in Zweifel ziehen wollen?« fragte Vance honigsüß.

»Nicht rundheraus«, erwiderte Markham. »Es scheint mir schlüssig genug ... Aber wenn es so einfach ist, wieso ist dann Hagedorn nicht darauf gekommen?«

»Wie Anaxagoras sagte: Jene, welche eine Lampe brauchen, füllen sie mit Öl. Ein profundes Wort, Markham – einer jener scheinbar so leicht hingeworfenen Aussprüche, die eine tiefe Wahrheit bergen. Eine Lampe ohne Öl ist zu nichts nütze. Die Polizei hat stets Lampen en masse – in allen Farben und Formen –, aber sie hat, könnte man sagen, kein Öl. Deshalb findet sie nur die, die im hellen Sonnenlicht stehen.«

Markhams Gedanken bewegten sich nun in eine andere Richtung, und er sprang auf und ging im Zimmer auf und ab.

»Bisher hatte ich Captain Leacock nicht als Täter erwogen.«

»Und wieso nicht? Nur weil einer Ihrer Bluthunde Ihnen berichtet hatte, er sei an jenem Abend zu Hause geblieben, ganz der brave Junge?«

»Wahrscheinlich.« Markham marschierte weiter, in seine Gedanken vertieft. Plötzlich drehte er sich um. »Nein, das war es nicht. Es lag daran, daß die Indizien so eindeutig gegen Miss St. Clair sprachen … Und, Vance, diese Indizien haben Sie auch mit Ihrem schönen Experiment nicht entkräftet. Wo war sie zwischen zwölf und eins? Warum ist sie mit Benson ausgegangen? Wie kam ihre Handtasche hierher? Wieso lagen zwei Zigarettenstummel von ihr im Kamin? – die Stummel sind der springende Punkt; und ich muß auch sagen, daß Ihre Vorführung mich nicht endgültig überzeugt, solange ich diese Zigarettenstummel habe – obwohl sie ja wirklich überzeugend genug war; aber die Stummel sind als Indizien nicht minder überzeugend.«

»Liebe Güte!« seufzte Vance. »Nicht mit anzusehen, die Zwickmühle, in der Sie da sind. Aber vielleicht kann ich ein wenig Licht auf die Zigarettenstummel werfen, die Sie so quälen.«

Wiederum ging er zur Tür, rief Snitkin und gab ihm seine Pistole zurück.

»Der Dank des Bezirksstaatsanwalts ist Ihnen gewiß«, sagte er. »Und würden Sie nun wohl so gut sein und Mrs. Platz für uns holen? Wir möchten ein wenig mit ihr plaudern.«

Er wandte sich wieder zu uns um und lächelte Markham freundlich an.

»Wenn es Ihnen recht ist, werde ich heute das Gespräch führen. Von den Weisheiten, die in Mrs. Platz schlummern, haben Sie gestern nicht einmal eine Spur ans Licht gebracht.«

Markham war aufmerksam, wenn auch skeptisch.

»Ich überlasse Ihnen die Bühne«, sagte er.

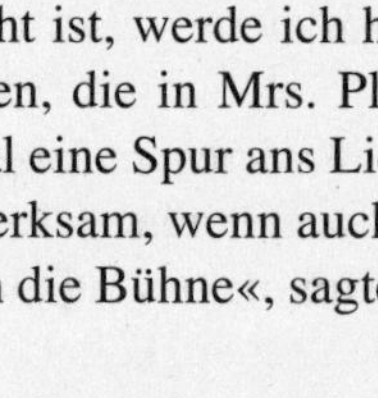

Das Ende eines Indizienbeweises

(Samstag, 15. Juni, 5.30 Uhr nachmittags)

Die Haushälterin trat ein, und sie wirkte nun gar noch gefaßter als bei Markhams erster Unterhaltung mit ihr. Es lag etwas Mürrisches und zugleich Unbeugsames in ihrer Haltung, und der Blick, mit dem sie mich ansah, war geradezu herausfordernd. Markham nickte nur zur Begrüßung, dann erhob Vance sich und wies ihr einen kleinen Lehnstuhl am Kamin an, gegenüber den Vorderfenstern. Sie setzte sich vorn auf die Kante, die Ellbogen auf die breiten Lehnen gestützt.

»Ich habe Ihnen einige Fragen zu stellen, Mrs. Platz«, hob Vance an und fixierte sie mit seinem Blick, »und es wird das beste für alle sein, wenn Sie mir gleich die Wahrheit sagen. Sie verstehen mich – nicht wahr?«

Die lässige, fast launige Art, in der er mit Markham umgegangen war, war verschwunden. Streng und unerbittlich stand er vor der Frau.

Bei diesen Worten blickte sie zu ihm auf. Ihr Gesicht war ausdruckslos, doch die Lippen hatte sie fest zusammengepreßt, und ein Funkeln in den Augen verriet die unterdrückte Furcht.

Vance wartete einen Moment, dann fragte er, wobei er jedes einzelne Wort betonte:

»An dem Tag, an dem Mr. Benson umgebracht wurde, um wieviel Uhr war die junge Dame hier?«

Sie blickte ihn weiterhin trotzig an, doch die Pupillen ihrer Augen weiteten sich.

»Es war niemand hier.«

»Oh doch, Mrs. Platz.« Vance' Ton ließ keinen Zweifel zu. »Wann kam sie?«

»Ich sage Ihnen doch, es war niemand hier«, beharrte sie.

Mit quälender Langsamkeit zündete Vance sich eine Zigarette an und ließ sie dabei keine Sekunde lang aus den Augen. Er rauchte in aller Ruhe, bis sie schließlich den Blick senkte.

Dann trat er noch einen Schritt näher an sie heran und sagte streng:

»Wenn Sie die Wahrheit sagen, haben Sie nichts zu befürchten. Aber wenn Sie verschweigen, was Sie wissen, werden Sie es bereuen. Sie machen sich strafbar, wenn Sie Beweismaterial unterschlagen, und die Justiz wird keine Gnade mit Ihnen kennen.«

Er machte eine listige Grimasse in Richtung Markham, der die Entwicklung mit Interesse verfolgte.

Mittlerweile war der Frau ihre Erregung anzusehen. Sie drückte die Ellenbogen an den Körper und atmete heftiger.

»Ich schwöre es, bei Gott! – Es war niemand hier.« Ihre Stimme klang rauh, ein weiteres Zeichen der Erregung.

»Lassen wir den lieben Gott lieber aus dem Spiel«, entgegnete Vance lässig. »Wann kam die junge Dame her?«

Sie preßte die Lippen zusammen, und eine ganze Minute lang herrschte Schweigen. Vance rauchte friedlich, doch Markham hielt seine Zigarre reglos und erwartungsvoll zwischen Daumen und Zeigefinger.

Wieder fragte Vance mit ruhiger Stimme: »Um wieviel Uhr kam sie?«

Die Frau ballte in einer plötzlichen Bewegung die Fäuste, dann reckte sie das Kinn vor.

»Ich sage Ihnen doch – ich schwöre ...«

Vance gebot ihr mit einer Handbewegung Einhalt und lächelte kühl.

»Geben Sie es auf«, sagte er. »Das ist dumm, was Sie tun. Wir sind hier, weil wir die Wahrheit hören wollen – und Sie werden sie uns sagen.«

»Aber das habe ich.«

»Muß denn der Bezirksstaatsanwalt Sie wirklich erst in Untersuchungshaft nehmen lassen?«

»Ich habe Ihnen die Wahrheit gesagt«, wiederholte sie.

Mit einer entschiedenen Geste drückte Vance seine Zigarette in einem Aschenbecher aus, der auf dem Tisch stand.

»Nun gut, Mrs. Platz. Da Sie mir nichts über die junge Frau

erzählen wollen, die an jenem Nachmittag hier war, werde ich *Ihnen* etwas erzählen.«

Er sagte das munter und zynisch, und die Frau beobachtete ihn mißtrauisch.

»Am späten Nachmittag des Tages, an dessen Ende Ihr Arbeitgeber erschossen wurde, klingelte es an der Haustür. Vielleicht hatte Mr. Benson Ihnen ja sogar Bescheid gegeben, daß Besuch zu erwarten war, nicht wahr? Wie dem auch sei, Sie öffneten und ließen eine bezaubernde junge Dame ein. Sie führten sie hier hinein … und – stellen Sie sich das vor, gute Frau! – sie wählte genau den Sessel, auf dem Sie nun so unbequem sitzen.«

Er bedachte sie mit seinem schönsten Lächeln.

»Dann«, fuhr er fort, »servierten Sie Mr. Benson und der jungen Dame Tee. Nach einer Weile verabschiedete sie sich, und Mr. Benson begab sich nach oben, um sich zum Abendessen umzukleiden … Sie sehen, Mrs. Platz, vor mir können Sie nichts verbergen.«

Er zündete sich eine neue Zigarette an.

»Haben Sie einen Blick auf die junge Dame geworfen? Wenn nicht, dann will ich sie Ihnen beschreiben. Sie war eher klein – *petite*, wie man sagt. Haar und Augen waren dunkel, die Kleidung dezent.«

Eine Veränderung ging mit der Frau vor; sie starrte vor sich hin, die Wangen waren grau geworden, und sie rang hörbar nach Luft.

»Nun, Mrs. Platz«, fragte Vance scharf, »was haben Sie dazu zu sagen?«

Sie atmete tief durch.

»Es war niemand hier«, antwortete sie verbissen. Sie war von einer solchen Hartnäckigkeit, daß es schon beinahe bewundernswert war.

Vance zögerte einen Moment lang. Markham wollte offenbar etwas sagen, überlegte es sich dann jedoch anders und starrte die Frau lediglich an.

»Wir haben ja Verständnis für Ihre Haltung«, sagte Vance schließlich. »Sie kannten die junge Dame natürlich gut und haben gute Gründe dafür, uns zu verschweigen, daß sie hier war.«

Sie setzte sich noch steifer auf, ihr Gesicht ein Zeichen des Schreckens.

»Ich hatte sie nie im Leben gesehen!« rief sie – und hielt dann abrupt inne.

»Ah!« Vance quittierte es mit einem breiten Grinsen. »Sie hatten die junge Dame also noch nie zuvor gesehen ... Durchaus denkbar. Obwohl es keine Rolle spielt. Aber sie ist ein anständiges Mädel, da bin ich mir sicher – auch wenn sie allein mit Ihrem Dienstherrn bei ihm zu Hause ein Täßchen Tee getrunken hat.«

»Wissen Sie es von ihr, daß sie hier war?« Die Stimme der Frau klang matt. Nun wo ihr Widerstand gebrochen war, sank sie in sich zusammen.

»Nicht ausdrücklich«, erwiderte Vance. »Aber das war auch nicht nötig – ich wußte es, ohne daß sie es sagen mußte ... Um welche Zeit kam sie denn nun, Mrs. Platz?«

»Etwa eine halbe Stunde nachdem Mr. Benson aus dem Büro heimgekehrt war.« Sie hatte eingesehen, daß alles Ausweichen zwecklos war. »Aber er erwartete sie nicht – das heißt, er hatte mir nicht angekündigt, daß jemand kommen würde; und den Tee bestellte er erst, als sie da war.«

Markham beugte sich vor.

»Warum haben Sie mir davon nichts gesagt, als ich Sie gestern morgen gefragt habe?«

Die Frau blickte unglücklich in die Ferne.

»Ich könnte mir vorstellen«, eilte Vance ihr galant zu Hilfe, »daß Mrs. Platz fürchtete, Sie könnten die junge Dame zu Unrecht verdächtigen.«

Sie griff nach seinen Worten wie eine Ertrinkende.

»Ja, Sir, genauso war es. Ich hatte Angst, Sie glauben, sie – hätte es getan. Und sie war so ein liebes Mädchen, so freundlich ... Das war der einzige Grund, Sir.«

»Nur zu verständlich«, tröstete Vance sie. »Aber sagen Sie, hat es Sie nicht schockiert zu sehen, daß ein so liebes, freundliches Mädchen rauchte?«

Ihre Furcht wandelte sich zu Verblüffung.

»Ja – also, doch, Sir, das war ich … Aber sie war kein schlechtes Mädchen – das habe ich gleich gesehen. Und die meisten rauchen ja heutzutage. Sie finden das nicht mehr unanständig, so wie es früher war.«

»Da haben Sie ganz recht«, versicherte Vance ihr. »Aber trotzdem ist das doch nicht nett, wenn die jungen Damen ihre Stummel in einen so schönen gefliesten Kamin mit Gasbrenner werfen, oder?«

Die Frau sah ihn unsicher an; sie wußte nicht, ob es ein Scherz sein sollte.

»Hat sie das?« Sie beugte sich vor und musterte den Kamin. »Ich habe keine Stummel gesehen, als ich heute morgen saubermachte.«

»Das konnten Sie auch nicht«, erwiderte Vance. »Einer der Spürhunde des Staatsanwalts hat sie nämlich gestern schon für Sie aufgelesen.«

Sie blickte Markham fragend an. Sie war unschlüssig, ob sie Vance' Worte ernstnehmen sollte; aber seine gutgelaunte Art und freundliche Stimme beruhigten sie.

»Nun wo wir uns verstehen, Mrs. Platz«, sagte er, »ist Ihnen da sonst noch etwas aufgefallen, als die junge Dame hier war? Sie tun ihr einen Gefallen, wenn Sie es uns verraten; der Bezirksstaatsanwalt und ich wissen längst, daß sie unschuldig ist.«

Sie betrachtete Vance mit einem langen, forschenden Blick, so als überlege sie, ob sie ihm trauen konnte. Offenbar fiel das Ergebnis positiv aus, denn ihre nächste Auskunft ließ keinen Zweifel daran, daß sie nun offen sprach.

»Ich weiß nicht, ob das etwas hilft, doch als ich den Toast brachte, sah es aus, als ob Mr. Benson sich mit ihr stritt. Sie schien sich Sorgen um etwas zu machen, das bevorstand, sie bat ihn, nicht auf dem Versprechen zu bestehen, das sie ihm gegeben hatte. Ich war ja nur einen Augenblick lang im Zimmer und habe nicht viel gehört. Aber als ich hinausging, lachte er und sagte, es sei nur ein Spiel gewesen und es werde ihr nichts geschehen.«

Sie hielt inne und wartete mit angehaltenem Atem. Sie fürchtete wohl, daß ihre Enthüllung dem Mädchen am Ende doch noch schaden könnte.

»Und sonst haben Sie nichts gehört?« Vance' Tonfall schien nahezulegen, daß das nicht weiter von Belang sei.

Die Frau zögerte.

»Gehört habe ich nichts mehr; aber … es stand ein kleines blaues Kästchen mit Schmuck auf dem Tisch.«

»Donnerwetter – ein Kästchen mit Schmuck! Haben Sie eine Ahnung, wem das gehörte?«

»Nein, Sir. Die junge Dame hatte es nicht mitgebracht, und im Haus hatte ich es auch noch nie gesehen.«

»Woher wußten Sie, daß es Schmuck war?«

»Als Mr. Benson zum Umkleiden nach oben gegangen war, kam ich her, um das Teegeschirr abzuräumen, und das Kästchen stand immer noch auf dem Tisch.«

Vance lächelte.

»Und Sie haben Pandora gespielt und einen Blick hineingeworfen, nicht wahr? Nur zu verständlich – hätte ich selbst nicht anders gemacht.«

Er trat einen Schritt zurück und verneigte sich höflich.

»Das wäre alles, Mrs. Platz … Und machen Sie sich keine Sorgen wegen der jungen Dame. Sie hat nichts zu befürchten.«

Als sie gegangen war, lehnte Markham sich vor und wies mit der Zigarre auf Vance.

»Wieso haben Sie mir Informationen vorenthalten, die Sie über den Fall hatten?«

»Aber mein Lieber!« Vance hob protestierend die Augenbrauen. »Welche Informationen sollten das gewesen sein?«

»Woher wußten Sie, daß Miss St. Clair am Nachmittag hier war?«

»Das wußte ich nicht; ich habe es nur vermutet. Es lagen Zigarettenstummel von ihr im Kamin, und da mir klar war, daß sie am Abend, als Benson erschossen wurde, nicht mehr hiergewesen war, kombinierte ich, daß es vorher am Tag gewesen sein mußte.

Und da Benson erst um vier aus dem Büro gekommen war, flüsterte mir eine innere Stimme, daß es zwischen vier Uhr und dem Zeitpunkt war, zu dem er zum Abendessen das Haus verließ … Nicht gerade profunde Gedanken, oder?«

»Woher wußten Sie, daß sie am Abend nicht mehr hier war?«

»Die psychologischen Umstände der Tat waren für meine Begriffe eindeutig. Wie gesagt, der Täter kann keine Frau gewesen sein – natürlich wiederum nur eine meiner metaphysischen Hypothesen, aber lassen wir das jetzt … Außerdem stand ich gestern morgen an der Stelle, an der auch der Mörder stand, und peilte über Bensons Kopf die Einschlagstelle in der Vertäfelung an. Schon da und auch ohne Messungen erkannte ich, daß der Täter recht groß gewesen sein mußte.«

»Nun gut … Aber woher wußten Sie, daß sie gestern nachmittag das Haus vor Benson verlassen hat?« bohrte Markham weiter.

»Wie hätte sie sich sonst für den Abend umziehen können? Eine Dame geht doch nicht am hellichten Nachmittag im Abendkleid spazieren.«

»Sie gehen also davon aus, daß Benson selbst am Abend die Handschuhe und die Handtasche mit hierher brachte?«

»Jemand brachte sie her – und mit Sicherheit war es nicht Miss St. Clair.«

»Meinetwegen«, gab Markham nach. »Und was ist mit dem Sessel? Woher wußten Sie, daß sie da und nicht in einem anderen saß?«

»Von welchem anderen Platz aus hätte sie die Stummel in den Kamin werfen können? Frauen sind ja selten begnadete Werferinnen, selbst jene, die auf die Idee kommen, ihre Kippen quer durchs Zimmer zu schnippen.«

»Ein zwingender Schluß«, gab Markham zu. »Aber jetzt verraten Sie mir, wie Sie wissen konnten, daß sie hier Tee getrunken hat, wenn Sie es nicht schon vorher aus anderer Quelle erfahren hatten?«

»Ich schäme mich geradezu, das zu erklären. Aber Tatsache ist, daß ich es aus dem Zustand des Samowars schloß. Gestern fiel mir auf, daß er benutzt worden war und daß niemand ihn ausgeleert oder abgewischt hatte.«

Markham nickte mit einem verächtlichen Lachen.

»Da wären Sie also in die Welt der schnöden Indizien hinabgestiegen, wie wir armen Juristenseelen sie suchen.«

»Deswegen treibt es mir ja die Schamesröte ins Gesicht … Aber psychologische Erkenntnisse bestimmen ja noch nicht die Fakten *in esse*, sondern lediglich *in posse*. Man muß natürlich auch andere Faktoren berücksichtigen. Im vorliegenden Fall lieferte mir der Zustand des Samowars lediglich den Ausgangspunkt für eine Annahme, mit der ich die Haushälterin aus der Reserve locken konnte.«

»Was Ihnen zweifellos gelungen ist«, sagte Markham. »Jetzt wüßte ich noch gern, wie Sie auf Ihre Andeutung kamen, die Frau hätte ein persönliches Interesse an dem Mädchen. Das war doch nun wirklich ein Zeichen, daß Sie bereits etwas wußten.«

Vance' Gesicht wurde ernst.

»Markham, ich gebe Ihnen mein Wort«, sagte er mit Nachdruck, »ich habe keine Ahnung. Ich habe diesen Vorwurf aus dem Blauen heraus gemacht, weil ich dachte, ich kann einen Widerspruch aus ihr herauslocken. Und sie ist mir ja auch prompt in die Falle gegangen. Aber – Teufel noch mal! – allem Anschein nach hatte ich ja den Nagel auf den Kopf getroffen, nicht wahr? Ich habe keine Ahnung, warum sie deswegen so erschrocken ist. Aber letzten Endes spielt es ja auch keine Rolle.«

»Das weiß man nie«, meinte Markham nachdenklich. »Was sagen Sie zu dem Schmuckkästchen und dem Streit zwischen Benson und dem Mädchen?«

»Vorerst nichts. Paßt nicht zu dem, was wir wissen, oder?«

Eine Weile schwieg er. Dann sprach er die nächsten Worte mit ungewöhnlich ernsthaftem Tonfall.

»Markham, lassen Sie sich einen Rat geben: Halten Sie sich nicht mit solchen Nebensächlichkeiten auf. Ich sage Ihnen, das Mädchen hatte nichts mit dem Mord zu tun. Lassen Sie sie in Frieden – dann werden Sie im Alter ruhiger schlafen.«

Markham saß mit gerunzelter Stirne da, den Blick in die Ferne gerichtet.

»Ich bin überzeugt, Sie wissen etwas. Oder *denken*, daß Sie etwas wissen.«

»*Cogito, ergo sum*«, murmelte Vance. »Wissen Sie, ich habe schon immer eine Schwäche für Descartes' Art von Rationalismus gehabt. Er war eine Absage an die Absolutheit des Zweifels – die Suche nach definitivem Wissen in der eigenen Bewußtheit. Spinoza in seinem Pantheismus und Berkeley, der Idealist, haben den schönsten Schluß ihres illustren Vorgängers gründlich mißverstanden. Selbst in seinen Irrtümern war Descartes brillant. Seine Logik, so unvollständig sie im wissenschaftlichen Sinne auch war, gab den Zeichen für den Analytiker neue Bedeutung. Denn schließlich muß der Verstand, wenn er vernünftig denken will, die mathematische Präzision der Naturwissenschaften mit der reinen Spekulation verbinden, etwa in der Astronomie. Descartes' Begriff des Materiewirbels zum Beispiel ...«

»Ach, halten Sie doch den Mund«, knurrte Markham. »Wenn Sie Ihre kostbaren Informationen unbedingt für sich behalten wollen, dann behalten Sie sie eben. Aber fallen Sie mir nicht auch noch mit einer philosophischen Dissertation auf die Nerven.«

»Aber immerhin werden Sie zugeben«, fuhr Vance munter fort, »daß ich, indem ich jene lästigen Zigarettenstummel aus unseren Überlegungen ausgeschlossen habe, auch sozusagen Miss St. Clair als Tatverdächtige ausgeschlossen habe. Oder etwa nicht?«

Markham antwortete nicht sogleich. Daß die Entwicklungen der letzten Stunde ihn schwer beeindruckt hatten, stand außer Frage. Er unterschätzte Vance nicht, auch wenn er ihm noch so hartnäckig widersprach, und er wußte, daß Vance bei aller Leichtfertigkeit des Tons im Grunde ernsthaft war. Außerdem hatte Markham ein sehr ausgeprägtes Gerechtigkeitsgefühl. Er war kein engstirniger Mensch, auch wenn er bisweilen starrsinnig war, und ich habe es nie erlebt, daß er sich der Wahrheit verschloß, so ungelegen sie ihm für seine eigenen Interessen auch kommen mußte. Deshalb wunderte es mich auch nicht im mindesten, als er schließlich mit einem liebenswürdigen Lächeln aufblickte und sich geschlagen gab.

»Ich sehe es ein«, sagte er, »und schließe mich Ihrer Meinung mit der gebührenden Demut an. Ich bin Ihnen sehr dankbar.«

Vance spazierte unbeeindruckt zum Fenster und sah hinaus.

»Es freut mich zu hören, daß Sie bereit sind, Beweise zu akzeptieren, deren Schlüssigkeit kein Menschenverstand leugnen könnte.«

Es war mir am Umgang der beiden miteinander schon oft aufgefallen, daß, wenn immer einer etwas sagte, das auch nur im mindesten großzügig war, der andere etwas darauf entgegnete, das jedes weitere Gefühlezeigen unmöglich machte. Es war, als wollten sie diese privatere Seite ihrer Freundschaft vor der Welt verborgen halten.

Deshalb erwiderte Markham auch auf die Spitze Vance' nichts.

»Hätten Sie denn vielleicht einen Vorschlag zu machen, wo wir Bensons Mörder statt dessen suchen sollten?« fragte er. »Einen konstruktiven vielleicht?«

»Aber gewiß!« rief Vance. »So viele Sie wollen.«

»Würden Sie denn ein schönes Exemplar mit mir teilen?« Markham griff den spielerischen Tonfall des anderen auf.

Vance machte eine nachdenkliche Miene.

»Nun, ich würde raten, daß Sie als erstes Ausschau nach einem eher groß gewachsenen Mann halten, mit guten Nerven, im Umgang mit Waffen geübt, ein guter Schütze und dem Verstorbenen recht gut bekannt – jemand, der wußte, daß Benson mit Miss St. Clair ausgehen wollte oder der Grund hatte, das anzunehmen.«

Markham blickte Vance mit zusammengekniffenen Augen an.

»Ich weiß, worauf Sie hinauswollen … Und keine schlechte Theorie. Ich werde gleich Heath Bescheid sagen, daß er die Aktivitäten von Captain Leacock in der Mordnacht ein wenig genauer unter die Lupe nimmt.«

»Oh, unbedingt«, sagte Vance leichthin und ging hinüber zum Klavier.

Markham sah ihm mit verblüffter, fragender Miene nach. Er wollte eben etwas sagen, da schlug Vance die ersten Akkorde eines munteren französischen Kaffeehausliedes an, das, glaube ich, mit den Worten beginnt:

»Ils sont dans les vignes, les moineaux.«

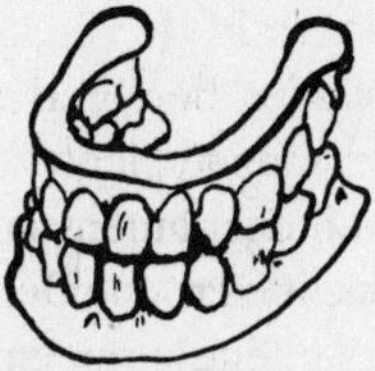

Ein Motiv und eine Drohung

(Sonntag, 16. Juni, nachmittags)

Am folgenden Tag, dem Sonntag, aßen wir mit Markham im Stuyvesant-Club zu Mittag. Vance hatte die Verabredung am Abend noch angeregt, denn er wollte, wie er mir erklärte, dort sein für den Fall, daß Leander Pfyfe von Long Island herüberkam.

»Es ist doch immer wieder ein Quell der Heiterkeit«, hatte er gesagt, »wie Menschen mit Absicht selbst die alltäglichsten Dinge komplizieren. Sie haben einen regelrechten Abscheu vor allem Einfachen und Unmittelbaren. Der gesamte heutige Wirtschaftsbetrieb ist nichts weiter als ein gewaltiger Mechanismus, um Dinge auf die umständlichste und komplizierteste Weise zu tun. Wenn man heutzutage etwas in einem Kaufhaus erwirbt, wird die komplette Geschichte dieses Kaufakts mit zwei Durchschlägen aufgeschrieben, von einem Dutzend Verkäufern und Aufsehern geprüft, signiert und gegengezeichnet, in zahllosen Kontobüchern mit verschiedenfarbiger Tinte vermerkt und schließlich säuberlich in stählernen Aktenschränken archiviert. Und nicht einmal mit soviel überflüssiger *chinoiserie* sind unsere Geschäftsleute zufrieden, sondern haben noch eine ganze Armee von teuren Rationalisierungsexperten aufgebaut, deren einzige Aufgabe darin besteht, das System noch umständlicher und komplizierter zu machen … Und so geht es überall im Leben unserer Tage. Sehen Sie sich doch nur diese unglaubliche Manie des Golfspielens an. Im Grunde geht es um nichts anderes als darum, einen Ball mit einem Stock in ein Loch zu stoßen. Doch die Anhänger dieses Freizeitvergnügens haben eine eigene, aufwendige Uniform entwickelt, in der sie spielen. Zwanzig Jahre ihres Lebens verbringen sie damit, den korrekten Winkel zu lernen, in dem sie ihre Füße halten, und die richtige Art, den Finger um den Schläger zu legen. Und dazu haben sie, um die Pseudogeheimnisse dieses schwachsinnigen Sports zu diskutieren, ein so exotisches Vokabular erfunden, daß selbst Sprachexperten es nicht mehr verstehen.«

Angewidert wies er auf einen Stapel Sonntagszeitungen.

»Und dann dieser Benson-Mord – eine einfache und unwichtige Sache. Und trotzdem läuft der gesamte Polizei- und Justizapparat auf Hochtouren und läßt eine Dampfwolke nach der anderen ab, wo die ganze Sache sich doch in aller Stille mit ein wenig vernünftigem Überlegen binnen fünf Minuten erledigen ließe.«

Beim Mittagessen sprach er jedoch nicht von dem Verbrechen; als hätten wir es stillschweigend verabredet, wurde das Thema gemieden. Markham hatte lediglich, als wir zu Tisch gingen, angedeutet, daß Heath später vorbeikommen würde.

Als wir nach der Mahlzeit in den Salon kamen, wartete der Sergeant dort schon auf uns, und seiner Miene nach zu urteilen war er nicht zufrieden mit dem bisherigen Erfolg der Ermittlungen.

»Ich habe es Ihnen ja gesagt, Mr. Markham«, hob er an, als wir Platz genommen hatten, »an diesem Fall werden wir noch zu beißen haben … Sind Sie bei der St. Clair weitergekommen?«

Markham schüttelte den Kopf.

»Sie war es nicht.« Er faßte ihm kurz zusammen, was sich am Nachmittag zuvor in Bensons Haus ergeben hatte.

»Na, wenn Sie das zufriedenstellt«, meinte Heath noch ein wenig zweifelnd, »dann soll es mir auch recht sein. Aber wie sieht es mit diesem Captain Leacock aus?«

»Darüber wollte ich mit Ihnen sprechen«, erklärte Markham. »Wir haben zwar keine direkten Beweise gegen ihn, aber es gibt etliche verdächtige Umstände, die ihn mit dem Mord in Verbindung bringen. Er hätte die richtige Körpergröße, und wir dürfen auch nicht außer acht lassen, daß Benson mit genau der Art von Waffe erschossen wurde, die Leacock vermutlich besitzt. Er ist mit dem Mädchen verlobt, und daß Benson ihr zuviel Aufmerksamkeit schenkte, könnte ein Tatmotiv sein.«

»Und seit die drüben in den Schützengräben waren«, fügte Heath noch hinzu, »finden diese Burschen ja überhaupt nichts mehr dabei, zu schießen, wenn ihnen danach zumute ist. Die haben da soviel Blut gesehen, für die ist das normal.«

»Der einzige schwache Punkt«, fuhr Markham fort, »ist, daß Phelps, der den Captain abklopfen sollte, ja berichtet hat, er sei am Abend der Tat nach acht Uhr nicht mehr aus dem Haus gegangen. Natürlich kann es noch irgendwo ein Schlupfloch geben, und ich wollte vorschlagen, daß Sie einen von Ihren Leuten noch einmal genau nachforschen lassen, damit wir klarer sehen. Phelps hatte seine Information von einem Pagen im Haus, und vielleicht sollten Sie sich den Jungen noch einmal mit ein wenig mehr Nachdruck vornehmen. Wenn sich herausstellen sollte, daß Leacock um halb eins in jener Nacht doch nicht zu Hause war, dann hätten wir die Fährte, die wir brauchen.«

»Ich kümmere mich persönlich darum«, sagte Heath. »Ich gehe heute abend hin, und wenn der Bengel was weiß, dann wird er das ausgeplaudert haben, bis ich mit ihm fertig bin.«

Wir unterhielten uns noch etwas, doch schon wenige Minuten später näherte sich ein livrierter Diener und verkündete mit einer Verbeugung gegenüber dem Bezirksstaatsanwalt, Mr. Pfyfe wünsche ihn zu sprechen.

Markham gab Anweisung, seinen Besucher in ein Clubzimmer zu führen, dann fügte er an Heath gewandt hinzu:

»Sie bleiben besser dabei und hören sich an, was er zu sagen hat.«

Leander Pfyfe erwies sich als ebenso perfekte wie spektakuläre Erscheinung. Er näherte sich uns mit den gezierten Schritten des Narziß. Auf seinen sehr langen, sehr dünnen Beinen, die an den Knien ein wenig nach innen geknickt schienen, saß ein kurzer, runder Leib, und seine Brust wölbte sich in großzügigem Bogen nach vorn wie bei einer Turteltaube. Das Gesicht war füllig, und die Kinnbacken hingen in zwei Wülsten über dem zu engen Kragen. Das schüttere blonde Haar war glatt nach hinten gekämmt, und die Enden des schmalen, flaumigen Schnurrbarts waren zu feinen Spitzen gezwirbelt. Er trug einen Anzug aus hellgrauem Sommerflanell, dazu ein blaß türkisgrünes Seidenhemd, eine kräftig gemusterte Foulardkrawatte und graue wildlederne Halbschuhe. Das exakt gefaltete Batisttaschentuch in seiner Brusttasche strömte den starken Geruch eines orientalischen Parfüms aus.

Er begrüßte Markham mit überschwenglicher Gewandtheit; uns würdigte er, als wir ihm vorgestellt wurden, mit einer herablassenden Verbeugung. Nachdem er sich in einem Sessel, den ein Diener ihm zurechtrückte, elegant in Szene gesetzt hatte, putzte er das goldgefaßte Monokel, das er am Bande trug, und betrachtete Markham mit melancholischem Blick.

»Ein tieftrauriger Anlaß, der uns zusammenführt«, seufzte er.

»Ich weiß, daß Sie mit Mr. Benson befreundet waren«, erwiderte Markham, »und kann nur sagen, daß ich es bedaure, wenn ich Ihnen zu diesem Zeitpunkt Fragen stellen muß. Nebenbei bemerkt sehr freundlich von Ihnen, heute in die Stadt zu kommen.«

Pfyfe machte eine abwehrende Geste mit seinen perfekt manikürten Fingern. Mit unbeschreiblich selbstgefälliger Miene versicherte er, wie gern er bereit sei, eine kleine Unannehmlichkeit auf sich zu nehmen, wenn er damit dem Wohle seiner Mitbürger dienen könne. Keine Freude, das gewiß nicht; doch sein Benehmen ließ keinen Zweifel daran, daß er wußte, was der Ausdruck *noblesse oblige* bedeutet, und daß er diese Verpflichtung ernst nahm.

Er betrachtete Markham mit selbstgefälliger Miene, und seine Augenbrauen fragten: »Was kann ich für Sie tun?«, auch wenn die Lippen sich nicht bewegten.

»Von Major Anthony Benson hörte ich«, hob er an, »daß Sie und sein Bruder sich gut kannten, und deshalb erhoffen wir uns von Ihnen Auskunft über seine persönlichen Angelegenheiten und privaten Beziehungen – etwas, das uns einen Ansatz für unsere Ermittlungen geben könnte.«

Pfyfe senkte kummervoll den Blick.

»Ah ja. Alvin und ich waren sehr gut miteinander bekannt – wir waren, könnte man sogar sagen, gute Freunde. Sie können sich gar nicht vorstellen, wie erschüttert ich war, als die Nachricht von seinem tragischen Ende kam.« Man hätte glauben können, sie seien die Aeneas und Achates der Neuen Welt gewesen. »Und es bekümmerte mich, daß ich nicht in der Lage war, sogleich nach New York zu eilen, um meine Dienste jenen anzubieten, die ihrer bedurften.«

»Ich bin sicher, es wäre ein Trost für seine anderen Freunde gewesen«, meinte Vance kühl und höflich. »Doch unter den gegebenen Umständen wird man Ihnen verzeihen.«

Pfyfe klimperte traurig mit den Wimpern.

»Oh, aber ich! Ich werde es mir niemals verzeihen – obwohl ich sagen muß, daß ich nicht allein die Schuld trage. Just am Tage vor den tragischen Ereignissen war ich zu einem Ausflug in die Catskills aufgebrochen. Ich hatte den armen Alvin sogar gefragt, ob er nicht mitkommen wolle; aber er hatte zuviel zu tun.« Pfyfe schüttelte den Kopf, als beklage er die unerforschliche Ironie allen Lebens. »Oh, wieviel glücklicher – wie unendlich viel glücklicher …«

»Lange waren Sie ja nicht weg«, unterbrach Markham das, was eine längere Predigt über die Ungerechtigkeit des Schicksals zu werden versprach.

»Leider nein«, gab Pfyfe selbstmitleidig zu. »Ich wurde das Opfer eines bedauernswerten Zwischenfalles.« Er polierte einen Augenblick lang sein Monokel. »Ich hatte eine Panne mit meinem Wagen und war gezwungen umzukehren.«

»Welche Route haben Sie genommen?« fragte Heath.

Mit zarten Fingern rückte Pfyfe sein Monokel zurecht und betrachtete den Sergeant mit einem Blick, der wohl Langeweile suggerieren sollte.

»Wenn ich Ihnen raten darf, Mr. – ähm – Sneed …«

»Heath«, korrigierte dieser ihn ärgerlich.

»Ah ja – Heath … Wenn ich Ihnen raten darf, Mr. Heath – sollten Sie einen Ausflug mit dem Wagen in die Catskills erwägen, dann können Sie sich gewiß vom Automobilclub eine Landkarte schicken lassen. Ich könnte mir gut vorstellen, daß die von mir gewählte Route nicht Ihren Geschmack träfe.«

Er wandte sich wieder dem Bezirksstaatsanwalt zu, mit einer Miene, die zum Ausdruck brachte, daß er sich lieber mit seinesgleichen unterhielt.

»Sagen Sie, Mr. Pfyfe«, erkundigte sich Markham, »hatte Mr. Benson Feinde?«

Darüber mußte sein Gegenüber offenbar erst nachdenken.

»N-nein. Jedenfalls keinen, der ihn wirklich aus Feindseligkeit umgebracht hätte.«

»Das klingt aber doch, als hätte es Feinde gegeben. Könnten Sie uns nicht ein wenig mehr darüber erzählen?«

Pfyfe fuhr sich in einer eleganten Handbewegung über die Spitzen des goldenen Schnurrbarts und gestattete dann seinem Zeigefinder, in einer Haltung meditativer Unentschlossenheit eine Weile an der Wange zu ruhen.

»Mr. Markham, Ihre Bitte« – er sprach zögernd, wie unter Qualen – »führt mich zu Dingen, die vorzubringen ich mich scheue. Aber es wird wohl das beste sein, ich vertraue mich Ihnen an – von Gentleman zu Gentleman. Alvin hatte, wie manch anderer ehrenwerter Mann, eine – wie soll ich sagen? – eine Schwäche – ja, lassen Sie es mich Schwäche nennen – für das schöne Geschlecht.«

Er sah Markham an und suchte Anerkennung für den außerordentlichen Takt, mit dem er eine delikate Angelegenheit zur Sprache gebracht hatte.

»Vergessen Sie nicht«, fuhr er auf dessen anteilnehmendes Nicken hin fort, »Alvin war ja nicht die Art von Mann, die Frauen attraktiv finden.« (Ich hatte sehr den Eindruck, daß Pfyfe sich selbst in dieser Hinsicht in einem gänzlich anderen Licht als Benson sah.) »Alvin wußte, daß er kein attraktiver Mann war, und die Folge war, daß er zu – ähm – gewissen Mitteln griff – und ich bin sicher, Sie werden verstehen, daß ich zögere, dies in solcher Offenheit zu sagen –, Mitteln im Umgang mit Frauen, die für Männer wie Sie und mich undenkbar wären. Man muß sagen – auch wenn es mich noch so quält –, daß er im Umgang mit Frauen vor einer gewissen Unanständigkeit nicht zurückschreckte. Er setzte sie, könnte man sagen, unter Druck.«

Er hielt inne, offenbar schockiert von diesem gräßlichen Charaktermangel seines Freundes, den zu enthüllen gerade er als

Werkzeug ausersehen war, sosehr er es damit auch an Loyalität mangeln ließ.

»Und an eine jener Frauen, die Benson unfair behandelte, mußten Sie eben denken?« fragte Markham.

»Nein, nicht an die Frau selbst«, erwiderte Pfyfe, »aber an einen Mann, der selbst ein Interesse an ihr hatte. Genauer gesagt drohte dieser Mann damit, Alvin umzubringen. Sie werden verstehen, daß ich zögere, Ihnen das anzuvertrauen; doch ich kann zu meiner Entschuldigung anführen, daß die Drohung in aller Öffentlichkeit ausgesprochen wurde. Es waren außer mir mehrere weitere Zeugen zugegen.«

»Dann brauchen Sie sich ja, was die Etikette angeht, nicht des Vertrauensbruchs zu zeihen«, merkte Markham an.

Pfyfe drückte seine Anerkennung für dieses Verständnis mit einer leichten Verbeugung aus.

»Es geschah auf einer kleinen Party, bei der ich, wie das Unglück es wollte«, gestand er bescheiden, »auch noch der Gastgeber war.«

»Wer war der Mann?« Markhams Ton war höflich, doch nachdrücklich.

»Sie können sich denken, daß ich mich scheue ...« hob Pfyfe an. Doch dann, in einer Geste der Aufrichtigkeit und Offenheit, beugte er sich vor. »Es wäre vielleicht Alvin gegenüber unrecht, wenn ich den Namen des Herrn verschwiege ... Es handelte sich um Captain Philip Leacock.«

Angesichts der emotionalen Belastung gestattete er sich ein Seufzen.

»Ich hoffe nur, Sie werden nicht von mir verlangen, daß ich den Namen der jungen Dame preisgebe.«

»Das wird nicht nötig sein«, versicherte Markham ihm. »Aber ich wüßte es zu schätzen, wenn Sie uns noch ein wenig mehr über den Vorfall berichteten.«

Pfyfe kam dieser Aufforderung mit einer geduldigen, resignierten Miene nach.

»Alvin war sehr angetan von der fraglichen jungen Dame und

überhäufte sie mit Aufmerksamkeiten, welche, wie ich leider sagen muß, unwillkommen waren. Captain Leacock waren diese Aufmerksamkeiten ein Dorn im Auge, und bei der kleinen Zusammenkunft, zu der ich ihn wie Alvin geladen hatte, fielen einige unhöfliche und, das muß ich schon sagen, ungehobelte Worte zwischen beiden. Ich fürchte, der Wein war zu großzügig geflossen, denn Alvin war stets peinlich korrekt – ein Mann, der die Regeln des gesellschaftlichen Umgangs in allen Feinheiten beherrschte; doch in einem Augenblick der Unbeherrschtheit drohte der Captain, wenn Alvin die junge Dame nicht ein für allemal in Ruhe lasse, werde er mit seinem Leben dafür zahlen. Der Captain zog sogar einen Revolver zur Hälfte aus der Tasche.«

»War es ein Revolver, oder war es eine automatische Pistole?« fragte Heath.

Pfyfe sah den Bezirksstaatsanwalt mit leicht gequälter Miene an; den Sergeant würdigte er keines Blickes.

»Eine Nachlässigkeit meinerseits; ich bitte um Verzeihung. Es war kein Revolver. Es war, glaube ich, eine automatische Armeepistole, obwohl ich sie, wie gesagt, nur zur Hälfte gesehen habe.«

»Sie sagen, es gab andere Zeugen des Vorfalls?«

»Etliche meiner Gäste standen dabei«, erklärte Pfyfe, »aber glauben Sie mir, ich kann nicht mehr sagen, wer es war. Ehrlich gesagt habe ich der Drohung keine große Aufmerksamkeit geschenkt – ich hatte sie sogar vollkommen vergessen, bis ich in der Zeitung vom Tod des armen Alvin las. Da fiel mir der unglückliche Zwischenfall sofort wieder ein, und ich sagte mir: Solltest du das nicht dem Bezirksstaatsanwalt erzählen … ?«

»Gedanken atmen Worte, werden Flammen«, murmelte Vance, der während des ganzen Gesprächs überdrüssig und bedrückt dabeigesessen hatte.

Wieder rückte Pfyfe sein Monokel zurecht und bedachte Vance mit einem vernichtenden Blick.

»Wie bitte, Sir?«

Vance lächelte entwaffnend.

»Nur ein Zitat von Gray. Es gibt Stimmungen, da kommen mir die Dichter in den Sinn … Sie sind nicht zufällig mit Colonel Ostrander bekannt?«

Pfyfe funkelte ihn eisig an, stieß jedoch nur auf Gelassenheit.

»Ich kenne den Gentleman«, erwiderte er hochmütig.

»Zählte Colonel Ostrander womöglich auch zu den Gästen Ihrer hübschen kleinen Geselligkeit?« Vance' Tonfall war die Unschuld selbst.

»Jetzt wo Sie es erwähnen«, gestand Pfyfe und hob fragend die Augenbrauen, »ich glaube, er war dabei.«

Doch Vance starrte nun wieder gleichgültig zum Fenster hinaus.

Markham, verstimmt über die Unterbrechung, versuchte, dem Gespräch wieder eine freundlichere und praktischere Richtung zu geben. Doch Pfyfe, so viele Worte er auch machte, hatte nicht mehr viel Weiteres zu sagen. Immer und immer wieder kehrte er zu Captain Leacock zurück, und je vehementer er es bestritt, desto offensichtlicher wurde, daß er dieser Drohung weit mehr Bedeutung beimaß, als er zugeben wollte. Markham befragte ihn eine ganze Stunde lang, aber wir erfuhren doch nichts mehr, was uns weitergeholfen hätte.

Als Pfyfe sich erhob und zum Gehen anschickte, riß Vance sich aus seiner Betrachtung des städtischen Treibens los, verbeugte sich freundlich und betrachtete Pfyfe mit einem Blick, der das reinste Wohlwollen war.

»Nun wo Sie in New York sind, Mr. Pfyfe – und wo das Unglück es wollte, daß Sie nicht früher kommen konnten –, da werden Sie sicher in der Stadt bleiben, bis die Ermittlungen abgeschlossen sind.«

Pfyfes aufgesetzte Gelassenheit wich einer nicht minder schmierenhaften Verblüffung.

»Ich hatte nichts dergleichen vor.«

»Das wäre äußerst wünschenswert – wenn es sich einrichten ließe«, drängte Markham – obwohl ich sicher bin, daß er nicht vorgehabt hatte, darum zu bitten, bevor Vance es vorschlug.

Pfyfe zögerte, dann fügte er sich mit einer eleganten Geste in sein Schicksal.

»Selbstverständlich werde ich bleiben. Wenn Sie meine Dienste noch einmal benötigen, finden Sie mich im Ansonia.«

Er sprach mit übertriebener Herablassung und gönnte Markham dann zum Abschied noch großmütig ein Lächeln. Aber es war kein Lächeln, das von innen kam. Man hatte den Eindruck, daß ein Bildhauer seine Züge zum Bild des Lächelns geformt hatte, und die einzigen Muskeln, die sich regten, waren jene rund um den Mund.

Als er fort war, warf Vance Markham einen schalkhaften Blick zu.

»›Eleganz, Geschmeidigkeit und gold'ner Zungenschlag‹ … Doch trauen Sie nicht dem Dichter, mein Alter. Unser ciceronischer Freund ist ein Meister der Verstellung.«

»Wenn Sie damit sagen wollen, daß er ein aalglatter Lügner ist«, meinte Heath, »da bin ich nicht Ihrer Meinung. Ich denke mir, daß diese Geschichte mit der Drohung wirklich passiert ist.«

»Ach, das! Gewiß, das ist die Wahrheit … Und wissen Sie was, Markham, unser ritterlicher Mr. Pfyfe war fürchterlich enttäuscht, als Sie ihn nicht drängten, Miss St. Clairs Namen preiszugeben. Dieser Leander, fürchte ich, würde nie für eine Dame den Hellespont durchschwimmen.«

»Meinetwegen kann er schwimmen, wo er will«, sagte Heath ungeduldig, »jedenfalls hat er uns Informationen gegeben, mit denen wir etwas anfangen können.«

Markham pflichtete ihm bei, daß Pfyfes Bericht den Verdacht gegen Leacock erhärtet hatte.

»Ich denke mir, ich werde den Captain für Montagmorgen in mein Büro bestellen«, sagte er, »und hören, was er zu sagen hat.«

Einen Augenblick später trat Major Benson ein, und Markham lud ihn ein, sich zu uns zu setzen.

»Ich habe gerade Pfyfe in ein Taxi steigen sehen«, sagte er, als er Platz genommen hatte. »Ich nehme an, Sie haben ihn nach Alvin gefragt … Konnte er etwas Nützliches beisteuern?«

»Ich hoffe es, für uns alle«, erwiderte Markham freundlich. »Übrigens, Major, was wissen Sie über einen gewissen Captain Philip Leacock?«

Major Benson sah Markham mit überraschter Miene an.

»Wußten Sie das nicht? Leacock war Captain in meinem Regiment – ein erstklassiger Mann. Er und Alvin kannten sich recht gut, soviel ich weiß; obwohl ich nicht gerade den Eindruck hatte, daß sie sich mochten ... Sie glauben doch nicht etwa, daß er mit der Sache zu tun hat?«

Markham ging nicht auf die Frage ein.

»Waren Sie Gast auf einer Party bei Pfyfe, auf der Captain Leacock Ihren Bruder bedrohte?«

»Ich weiß, daß ich ein- oder zweimal auf solchen Gesellschaften bei Pfyfe war«, antwortete der Major. »Normalerweise meide ich diese Art von Geselligkeit, doch Alvin überzeugte mich, daß es gut fürs Geschäft sei.«

Er hob den Kopf und blickte stirnrunzelnd in die Ferne, wie jemand, der sich eine flüchtige Erinnerung ins Gedächtnis rufen will.

»Allerdings entsinne ich mich nicht – Oder warten Sie! Doch, jetzt weiß ich es wieder ... Aber wenn das, woran Sie denken, das Ereignis ist, das ich vor Augen habe, dann sollten Sie kein großes Gewicht darauf legen. Wir waren alle ein wenig betrunken an jenem Abend.«

»Hat Captain Leacock eine Waffe gezogen?« fragte Heath.

Der Major schürzte die Lippen.

»Wenn Sie mich so fragen ... ich glaube, er machte tatsächlich eine Handbewegung in dieser Art.«

»Haben Sie die Waffe gesehen?« beharrte Heath.

»Nein, das eigentlich nicht.«

Markham stellte die nächste Frage.

»Können Sie sich vorstellen, daß Captain Leacock einen Mord beginge?«

»Kaum«, erwiderte Major Benson mit Nachdruck. »So kaltblütig ist Leacock nicht. Die Frau, um die der Streit sich drehte, könnte es eher gewesen sein als er.«

Ein kurzes Schweigen trat ein, dann meldete Vance sich zu Wort.

»Major, was wissen Sie über Pfyfe, jenen Spiegel der Mode, den Vorreiter der Form? Das scheint ja ein seltener Vogel zu sein. Weiß man etwas über seine Geschichte, oder ist seine schiere Gegenwart der einzige Beweis seines Lebens?«

»Leander Pfyfe«, antwortete der Major, »ist das typische Beispiel der jungen Müßiggänger unserer Zeit – ich sage jung, obwohl er um die Vierzig sein muß. Seine Jugend war sorgenfrei – ich glaube, kein Wunsch blieb ihm je versagt; doch eine innere Unruhe trieb ihn um, und er hing bald dieser, bald jener Strömung des Tages an, bis er ihrer überdrüssig war. Zwei Jahre lang war er als Großwildjäger in Südafrika und hat, glaube ich, ein Buch über seine dortigen Abenteuer verfaßt. Seitdem tut er überhaupt nichts, jedenfalls nichts, wovon ich wüßte. Vor ein paar Jahren hat er eine wohlhabende Xanthippe geheiratet – des Geldes wegen, nehme ich an. Aber das Vermögen verwaltet der Schwiegervater und hält ihn recht knapp … Pfyfe ist ein Nichtsnutz und ein Verschwender; ich weiß nicht, was Alvin an ihm fand.«

Der Major hatte lässig gesprochen, wie jemand, der über etwas Nebensächliches plaudert; doch ich glaube, wir hatten allesamt den Eindruck, daß er eine starke persönliche Abneigung gegen Pfyfe hegte.

»Nicht gerade eine einnehmende Persönlichkeit, nicht wahr?« meinte Vance. »Und er nimmt entschieden zuviel *Jicky*.«

»Obwohl«, fügte Heath noch mit gerunzelter Stirn hinzu, »ein Großwildjäger ja gute Nerven haben muß … Und wenn man sich das mal überlegt, Major, dann muß der Bursche, der Ihren Bruder umgebracht hat, ganz schön Nerven gehabt haben. Von vorn, dem Opfer ins Gesicht geblickt, und oben die Haushälterin. Da braucht man schon Nerven.«

»Sergeant«, rief Vance, »Sie übertreffen sich selbst!«

Der Eigentümer eines 45er Colt

(Montag, 17. Juni, vormittags)

Obwohl Vance und ich am folgenden Morgen schon um kurz nach neun im Büro des Bezirksstaatsanwalts eintrafen, wartete der Captain bereits seit zwanzig Minuten, und Markham schickte Swacker, um ihn unverzüglich einzulassen.

Captain Philip Leacock war das Bild eines Offiziers: stattlich – er maß sicherlich über eins fünfundachtzig –, glattrasiert, aufrechte Haltung, schlank. Sein Gesicht war ernst und unbeweglich, und er nahm vor dem Staatsanwalt Haltung an wie ein Soldat vor dem Ranghöheren, wenn er seine Order erhält.

»Setzen Sie sich, Captain«, forderte Markham ihn mit einer förmlichen Verbeugung auf. »Ich habe Sie, wie Sie sich vermutlich schon denken können, hergebeten, um Ihnen ein paar Fragen zu Mr. Alvin Benson zu stellen. Es gibt da einige Punkte in Ihrer Beziehung zu ihm, über die ich gern mehr wüßte.«

»Haben Sie den Verdacht, daß ich etwas mit dem Verbrechen zu tun habe?« Leacock sprach mit einem leichten Südstaaten-Akzent.

»Das wird sich noch zeigen«, erwiderte Markham kühl. »Deswegen wollte ich ja mit Ihnen sprechen, weil ich mir in diesem Punkt Klarheit verschaffen will.«

Der andere saß steif auf seinem Stuhl und wartete.

Markham blickte ihm unverwandt ins Gesicht.

»Sie haben, wenn ich recht informiert bin, kürzlich eine Morddrohung gegen Mr. Alvin Benson ausgestoßen?«

Leacock fuhr zusammen, und die Finger, die er um die Knie gelegt hatte, versteiften sich. Doch bevor er etwas entgegnen konnte, fuhr Markham fort:

»Ich kann Ihnen auch sagen, bei welcher Gelegenheit Sie ihn bedrohten – es war auf einer Party bei Mr. Leander Pfyfe.«

Leacock zögerte; dann reckte er das Kinn vor.

»Nun gut, Sir; ich gebe zu, daß ich ihm drohte. Benson war ein Schwein – er verdiente es nicht anders … An jenem Abend war er noch aufdringlicher als gewöhnlich. Er hatte zuviel getrunken – und ich selbst vermutlich auch.«

Er lächelte gequält und blickte nervös am Bezirksstaatsanwalt vorbei zum Fenster hinaus.

»Aber ich habe ihn nicht erschossen, Sir. Ich habe erst am nächsten Tag aus der Zeitung davon erfahren.«

»Er wurde mit einem Colt erschossen, Militärausführung – der Waffe, mit der Männer wie Sie in den Weltkrieg gezogen sind«, sagte Markham und beobachtete ihn genau.

»Ich weiß«, erwiderte Leacock. »Das stand auch in der Zeitung.«

»Sie haben eine solche Waffe in Ihrem Besitz, nicht wahr, Captain?«

Wieder zögerte dieser.

»Nein, Sir.« Es war kaum mehr als ein Flüstern.

»Was ist daraus geworden?«

Der Mann sah Markham an, dann wandte er rasch den Blick wieder ab.

»Ich – ich habe sie verloren … bereits drüben in Frankreich.«

Markham lächelte milde.

»Wie erklären Sie es dann, daß Mr. Pfyfe an jenem Abend, an dem Sie die Drohung ausstießen, die Waffe bei Ihnen sah?«

»Sah?« Er blickte den Staatsanwalt ungläubig an.

»Jawohl, er sah sie und erkannte auch, daß es sich um einen Armeecolt handelte«, fuhr Markham fort, ohne die Stimme zu heben. »Und auch Major Benson sah, wie Sie eine Bewegung machten, als wollten Sie eine Waffe ziehen.«

Leacock atmete tief durch, die Lippen zusammengepreßt.

»Glauben Sie mir, Sir, ich habe keine Waffe … ich habe sie im Krieg verloren.«

»Vielleicht haben Sie sie aber auch nicht verloren, Captain. Vielleicht haben Sie sie jemandem geliehen.«

»Das habe ich nicht, Sir!« erwiderte er trotzig.

»Denken Sie nach, Captain … Gab es nicht doch jemanden, dem Sie sie geliehen haben?«

»Nein – das habe ich nicht!«

»Sie haben einen Ausflug gemacht – gestern war es –, an den Riverside Drive … Vielleicht hatten Sie sie dort dabei?«

Vance hatte aufmerksam zugehört.

»Oh – verdammt clever!« flüsterte er mir ins Ohr.

Captain Leacock rutschte auf seinem Stuhl hin und her. Selbst unter der Sonnenbräune schien sein Gesicht bleicher geworden, und er versuchte dem unerbittlichen Blick seines Inquisitors zu entgehen, indem er sich auf die Objekte auf der Tischplatte konzentrierte. Als er wieder das Wort ergriff, sprach aus seiner zuvor schneidenden Stimme die Angst. »Ich hatte die Waffe nicht bei mir … Und ich habe sie niemandem geliehen.«

Markham saß über den Tisch gebeugt, das Kinn in die Hand gestützt, wie ein grimmiges Götzenbild.

»Vielleicht haben Sie sie dann schon zu einem früheren Zeitpunkt jemandem geliehen?«

»Früher?« Leacock blickte auf und stutzte, so als müsse er erst verarbeiten, was der andere gesagt hatte.

Markham machte sich seine Verwirrung zunutze.

»Seit Ihrer Rückkehr aus dem Krieg, haben Sie Ihre Waffe da jemandem geliehen?«

»Ich habe sie zu keinem Zeitpunkt…« hob er an, doch dann brach er abrupt ab und errötete. »Ich habe Ihnen doch gerade gesagt…« fügte er hastig hinzu. »Wie hätte ich sie denn da verleihen sollen?«

»Lassen wir das!« sagte Markham schroff. »Sie hatten also sehr wohl eine Waffe, nicht wahr, Captain? … Haben Sie sie immer noch?«

Leacock machte den Mund auf und wollte etwas sagen, doch dann preßte er wieder die Lippen zusammen.

Markham lehnte sich zufrieden zurück.

»Sie wußten natürlich, daß Benson Miss St. Clair mit seinen Aufmerksamkeiten zur Last gefallen war, nicht wahr?«

Als der Name des Mädchens fiel, spannte sich die ganze Gestalt des Captains, sein Gesicht wurde puterrot, und seine Augen schossen Blitze; langsam und tief holte er Luft, dann sprach er mit zusammengebissenen Zähnen.

»Miss St. Clair sollten wir aus dem Spiel lassen.« Man hätte denken können, er würde sich jeden Moment auf Markham stürzen.

»Das wird leider nicht möglich sein.« Markhams Worte waren freundlich, doch unerbittlich. »Dazu ist sie zu tief in den Fall verwickelt. Zum Beispiel fand sich am Morgen nach dem Mord ihre Handtasche in Bensons Wohnzimmer.«

»Sir, das ist gelogen!«

Markham sah ihm die Impertinenz nach.

»Miss St. Clair hat es selbst zugegeben.« Er hob abwehrend die Hand, als der andere etwas darauf entgegnen wollte. »Mißverstehen Sie mich nicht. Ich will nicht behaupten, daß Miss St. Clair etwas mit dem Mord zu tun hat. Ich versuche nur dahinterzukommen, wo *Sie* bei der ganzen Angelegenheit stehen.«

Der Captain musterte Markham mit einer Miene, die deutlich genug verriet, daß er dieser Versicherung keinen Glauben schenkte. Nach einer Weile verhärteten sich seine Züge wieder, und er verkündete mit aller Entschiedenheit:

»Ich habe zu diesem Thema nichts weiter zu sagen, Sir.«

»Sie wußten, nicht wahr«, fuhr Markham fort, »daß Miss St. Clair noch in der Mordnacht mit Benson im Marseille zu Abend aß?«

»Ja und?« erwiderte Leacock mürrisch.

»Und Sie wußten auch, nicht wahr, daß sie das Restaurant um Mitternacht verließen und daß Miss St. Clair erst nach ein Uhr zu Hause eintraf?«

Ein seltsamer Ausdruck trat in die Augen des Mannes. Die Sehnen seines Halses spannten sich, und er holte noch einmal tief und entschieden Luft. Doch er sah den Bezirksstaatsanwalt nicht mehr an und sprach kein Wort mehr.

»Und natürlich wußten Sie«, fuhr Markham mit gleichmäßiger Stimme fort, »daß der Mord an Benson um halb eins verübt wurde?«

Er wartete, und eine ganze Minute lang herrschte Schweigen im Raum.

»Sie haben nichts mehr weiter zu sagen, Captain?« fragte er schließlich, »keine Erklärungen, die Sie mir noch geben möchten?«

Leacock antwortete nicht. Er saß wie versteinert da und starrte vor sich hin, und es war offensichtlich, daß er vorerst nichts mehr sagen würde.

Markham erhob sich.

»Wenn das so ist, dann sollten wir unsere Unterhaltung als beendet betrachten.«

Im selben Augenblick, in dem Captain Leacock zur Tür heraus war, läutete Markham nach einem seiner Untergebenen.

»Sagen Sie Ben, er soll den Mann beschatten lassen. Finden Sie heraus, wohin er geht und was er tut. Heute abend erstatten Sie mir im Stuyvesant-Club Bericht.«

Als wir wieder allein waren, betrachtete Vance Markham mit einem übermütig bewundernden Blick.

»Ein Meisterstück – bravourös ... Obwohl ich schon sagen muß, Ihre Fragen nach der jungen Dame waren von einer schokkierenden Taktlosigkeit.«

»Zweifellos«, stimmte Markham zu. »Aber es sieht doch aus, als ob wir jetzt auf der richtigen Fährte wären. Leacock machte ja nun wirklich nicht den Eindruck, als hätte er eine weiße Weste.«

»Tatsächlich?« fragte Vance. »Und welche Flecken haben Sie auf seiner Weste gefunden?«

»Sie haben doch gesehen, wie bleich er wurde, als ich ihn nach der Waffe fragte. Er war mit den Nerven am Ende – die Furcht stand ihm im Gesicht geschrieben.«

Vance seufzte.

»Was für wunderbar konventionelle Vorstellungen Sie doch haben, Markham! Wissen Sie denn nicht, daß ein Unschuldiger, wenn er in Verdacht gerät, nervöser sein wird als ein Schuldiger, dessen Nerven ja schließlich stark genug waren, das Verbrechen überhaupt zu begehen, und der zum zweiten weiß, daß Gesetzesmänner wie Sie die kleinste Nervosität als Zeichen von Schuld auslegen? ›Ich bin klein, mein Herz ist rein‹ – das gibt es nur in der Sonntagsschule. Fassen Sie einen Unschuldigen an der Schulter und sagen Sie: ›Sie sind verhaftet‹, und in neun von zehn Fällen werden sich die Pupillen des Mannes vergrößern, der kalte Schweiß wird ihm ausbrechen, er wird bleich im Gesicht sein, er wird zittern und nach Atem ringen. Wenn er hysterisch ist oder ein schwaches Herz hat, wird er wahrscheinlich ganz zusammenbrechen. Nur der Schuldige wird, wenn man ihn so anspricht, in überdrüssiger Langeweile die Augenbrauen heben und sagen: ›Das ist doch nicht Ihr Ernst, oder? – hier, nehmen Sie eine Zigarre‹.«

»Bei einem gewieften Gauner mag das sein«, gestand Markham zu, »aber ein ehrlicher Mann, der unschuldig ist, der klappt nicht so zusammen, nicht einmal, wenn man ihn der Tat bezichtigt.«

Vance schüttelte den Kopf, als hätte er alle Hoffnung aufgegeben.

»Mein Lieber, wenn man Sie so hört, könnte man denken, Crile und Voronoff hätten vergebens gelebt. Anzeichen von Furcht sind die Folge von Hormonausschüttungen – nichts weiter. Das einzige, was Sie davon ablesen können, ist, daß der Betreffende eine schwache Schilddrüse oder nicht genug Adrenalin hat. Beschuldigen Sie einen Menschen eines Verbrechens oder zeigen Sie ihm die blutige Waffe, mit der es verübt wurde, und er wird freundlich lächeln oder laut aufschreien, einen hysterischen Anfall bekommen, ohnmächtig werden, teilnahmslos dreinblicken – je nach Zusammensetzung seiner Hormone und unabhängig von der Frage nach seiner Schuld. Ihre Vorstellungen hätten ihren Sinn, wenn jeder von uns das gleiche Maß an solchen Stoffen hätte. Aber das ist nicht so … Sie sollten wirklich niemanden nur wegen seiner Drüsen auf den elektrischen Stuhl schicken. Das ist nicht fair.«

Bevor Markham etwas darauf erwidern konnte, erschien Swacker in der Tür und verkündete, daß Sergeant Heath eingetroffen sei.

Der Sergeant, strahlend vor Zufriedenheit, riß beinahe die Tür aus den Angeln, als er eintrat. Er vergaß sogar das Händeschütteln.

»Ich glaube, jetzt haben wir wirklich eine heiße Fährte. Gestern abend bin ich zu dem Apartmenthaus gegangen, wo Captain Leacock wohnt, und kurz gesagt habe ich folgendes herausbekommen: Es stimmt schon, daß Leacock am Abend des Dreizehnten zu Hause war; doch um kurz nach Mitternacht verließ er noch einmal das Haus, fuhr Richtung Westen – wohlgemerkt! – und kehrte erst gegen viertel vor eins zurück!«

»Was ist mit der ursprünglichen Aussage des Pagen?« fragte Markham.

»Das ist das Schönste an der ganzen Geschichte. Leacock hatte ihn geschmiert. Hatte ihm Geld gegeben, damit er beschwört, er sei die ganze Nacht nicht aus dem Haus gewesen. Wie finden Sie das, Mr. Markham? Anfängerarbeit – hm? ... Der Kleine wurde sehr gesprächig, als ich ihm ausgemalt habe, wie wir ihn einbuchten werden, wenn wir ihm selbst die Sache anhängen.« Die Art, wie Heath lachte, war nicht schön anzuhören. »Und der wird auch Leacock nichts verraten.«

Markham nickte nachdenklich.

»Was Sie da zu berichten haben, Sergeant, bestätigt einige Schlüsse, zu denen ich bereits gekommen war, als ich mich heute morgen mit Captain Leacock unterhielt. Als er von hier fortging, habe ich Ben dafür sorgen lassen, daß ein Mann sich an seine Fersen heftet, und ich erwarte am Abend einen Bericht. Vielleicht werden wir morgen schon Erfolge sehen. Ich melde mich am Morgen bei Ihnen, und wenn etwas zu tun ist – Sie wissen schon –, dann werde ich es Ihnen überlassen.«

Als Heath wieder fort war, verschränkte Markham die Hände hinter dem Kopf und streckte sich zufrieden.

»Das dürfte die Lösung sein«, sagte er. »Das Mädchen aß mit Benson zu Abend und ging dann mit ihm zurück zu seinem Haus.

Der Captain, der schon seine Vermutungen hatte, fuhr hin, fand sie dort und erschoß Benson. Das würde nicht nur erklären, warum sie Handschuhe und Handtasche dort zurückließ, sondern auch, warum sie eine ganze Stunde vom Marseille bis zu ihrer Wohnung brauchte. Und es würde die Art erklären, wie sie sich am Samstag hier benahm, und den Versuch des Captains, uns wegen der Waffe zu belügen … Ich glaube, damit habe ich meine Anklage beisammen. Das falsche Alibi des Captains ist das Tüpfelchen auf dem i.«

»Gewiß doch«, meinte Vance lässig. »›Triumph erhebt sich auf der Hoffnung Schwingen.«‹

Markham sah ihn einen Moment lang an.

»Haben Sie denn jetzt das vernünftige Denken als Mittel zur Erkenntnis ganz und gar aufgegeben? Wir haben eine eingestandene Drohung, ein Motiv, wir haben Tatzeit, Ort, Gelegenheit, Anwesenheit am Tatort, Tatwaffe.«

»Das kommt mir merkwürdig bekannt vor«, erwiderte Vance mit einem Lächeln. »Hatte das meiste nicht auch schon für die junge Dame gegolten? … Und die Tatwaffe haben Sie nicht. Obwohl sie sicher irgendwo im Getriebe der Stadt unterwegs ist – aber das ist nur ein kleines Detail.«

»Ich halte sie vielleicht nicht in Händen«, konterte Markham. »Aber von jetzt an wird Leacock auf Schritt und Tritt von einem guten Mann beobachtet, und er wird nicht viel Gelegenheit finden, die Waffe beiseitezuschaffen.«

Vance zuckte gleichgültig mit den Schultern.

»Setzen Sie nicht zuviel Hoffnung darauf«, warnte er. »Nach meiner bescheidenen Meinung sind Sie lediglich auf ein Komplott gestoßen.«

»Komplott? … Liebe Güte! Und welcher Art?«

»Ein Komplott aus Zufällen.«

»Na, jedenfalls bin ich froh, daß es nichts mit internationaler Politik zu tun hat«, gab Markham gutgelaunt zurück.

Er warf einen Blick auf die Uhr.

»Sie werden mir verzeihen, wenn ich mich jetzt meiner Arbeit widme, nicht wahr? Ich habe ein Dutzend Dinge, um die ich mich kümmern muß, mehrere Komiteesitzungen … Warum gehen Sie nicht in das Büro am anderen Ende des Flurs und plaudern eine Weile mit Ben Hanlon, und dann kommen Sie um halb eins wieder her? Wir könnten zusammen im Bankers' Club zu Mittag essen. Ben ist unser größter Fachmann für Auslandsermittlungen und hat sein halbes Leben damit zugebracht, Flüchtige rund um den Erdball zu verfolgen. Der hat immer eine kuriose Geschichte zu erzählen.«

»Wie außerordentlich faszinierend!« rief Vance und gähnte.

Doch statt auf den Vorschlag einzugehen, spazierte er zum Fenster und zündete sich eine Zigarette an. Er stand eine Weile lang da und paffte vor sich hin, rollte sie zwischen den Fingern und inspizierte sie kritisch.

»Wissen Sie, Markham«, meinte er, »heutzutage geht aber auch alles den Bach hinunter. Das liegt an dieser albernen Demokratie. Selbst der Adel degeneriert. Nehmen Sie zum Beispiel die *Régie*-Zigaretten – um wieviel schlechter die geworden sind! Es gab eine Zeit, da hätte kein Potentat, der etwas auf sich hielt, solch minderwertigen Tabak geraucht.«

Markham lächelte.

»Und um welchen Gefallen wollten Sie mich bitten?«

»Gefallen? Was hat das denn mit dem Niedergang der europäischen Aristokratie zu tun?«

»Mir ist aufgefallen, daß Sie jedesmal, wenn Sie mich um etwas bitten wollen, das nicht ganz den Regeln der Etikette entspricht, mit einer Betrachtung darüber beginnen, daß der Adel auch nicht mehr ist, was er einmal war.«

»Gut beobachtet«, erwiderte Vance trocken. Doch dann lächelte auch er. »Hätten Sie etwas dagegen, daß ich zu unserem Mittagessen Colonel Ostrander einlade?«

Markham sah ihn mißtrauisch an.

»Bigsby Ostrander meinen Sie? … Ist das der geheimnisvolle Colonel, nach dem Sie die letzten zwei Tage alle Welt gefragt haben?«

»Das ist er. Alter Windbeutel und so weiter. Aber es könnte erbaulich sein, sich mit ihm zu unterhalten. Der Grandseigneur von Bensons Bande, wenn ich so sagen darf; auf allen Parties dabei. Ein schreckliches Klatschmaul.«

»Laden Sie ihn ein, unbedingt«, stimmte Markham zu.

Dann griff er zum Telefon.

»Und jetzt sage ich Ben Bescheid, daß Sie ihn für ein gutes Stündchen besuchen.«

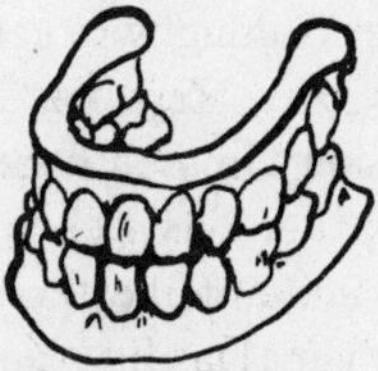

Der graue Cadillac

(Montag, 17. Juni, 12 Uhr 30)

Als Markham, Vance und ich um halb eins den Grillroom des Bankers' Club im Equitable Building betraten, saß Colonel Ostrander bereits an der Bar und hatte einen von Charlies Prohibitionscocktails aus Muschelsaft und Worcestershiresoße vor sich stehen. Vance hatte ihn angerufen, gleich nachdem wir das Büro des Bezirksstaatsanwalts verlassen hatten, und ihn um ein Treffen im Club gebeten, und der Colonel war gern bereit gewesen.

»Hier hätten wir ihn also, New Yorks größten Partylöwen«, stellte Vance ihn Markham vor (ich hatte ihn schon früher kennengelernt), »ein Mann, der das Leben zu genießen weiß. Er schläft bis Mittag, und seine frühesten Verabredungen trifft er zum Gabelfrühstück. Ich mußte ihn aus den Federn zerren und mit Ihrem langen Arm des Gesetzes drohen, bevor er bereit war, zu so früher Stunde in die Stadt zu kommen.«

»Stehe Ihnen mit Freuden zur Verfügung«, versicherte der Colonel mit großer Geste, an Markham gewandt. »Schockierende Sache! Entsetzlich! Konnte es gar nicht glauben, als ich es in der Zeitung las. Habe – keine Hemmungen, das zu sagen – aber schon ein oder zwei Ideen zum Thema. Kurz davor gewesen, Sie von mir aus anzurufen, Sir.«

Als wir Platz genommen hatten, begann Vance ihn ohne weitere Präliminarien auszufragen.

»Sie kennen doch alle, mit denen Benson bekannt war, Colonel. Erzählen Sie uns etwas über Captain Leacock. Was ist das für ein Bursche?«

»Ha! Haben den braven Captain schon im Visier, was?«

Colonel Ostrander zupfte sich umständlich an seinem weißen Schnurrbart. Er war ein schwerer, rotgesichtiger Mann mit langen Wimpern und kleinen blauen Augen, und in seiner Haltung und seinem Benehmen wirkte er wie ein grandioser Operettengeneral.

»Keine schlechte Idee. Könnte es gewesen sein. Heißblütig, der Junge. Bis über beide Ohren in eine Miss St. Clair verliebt – Muriel, prachtvolles Mädchen. Benson hatte sie es ja auch angetan. Also wenn ich zwanzig Jahre jünger wäre …«

»Nicht auszudenken, Colonel«, unterbrach Vance ihn. »Schon so sind Sie ja eine Gefahr für das schöne Geschlecht. Aber erzählen Sie uns mehr über den Captain.«

»Ah ja – der Captain. Ursprünglich aus Georgia. War im Feld – auch dekoriert. Mochte Benson nicht – konnte ihn nicht ausstehen, genauer gesagt. Jähzorniger Mensch, engstirnig. Eifersüchtig auch. Sie kennen die Sorte – die steife Etikette südlich der Mason-Dixon-Linie bringt sie hervor. Vergöttert die Frauen – nicht daß sie das nicht auch verdienten, unsere Schönen! Aber er würde für die Ehre einer Frau ins Gefängnis gehen. Stets der Kavalier. Sentimentaler Bursche, ritterliche Ideale, genau der Typ, der einem Rivalen eine Kugel in den Kopf jagen würde – nicht lange gefackelt – *popp* – und schon ist's vorbei. Läßt man sich lieber nicht mit ein. Der reine Irrsinn von Benson, dem Mädel den Hof zu machen, obwohl er wußte, daß sie mit Leacock verlobt war. Spiel mit dem Feuer. Kann ruhig zugeben, ich war in Versuchung, ihn zu warnen. Aber es ging mich ja nichts an – kein Recht, mich da einzumischen. Tut man nicht.«

»Wie gut war Captain Leacock mit Benson bekannt?« fragte Vance. »Was ich wissen will: Wie vertraut waren sie miteinander?«

»Überhaupt nicht«, erwiderte der Colonel.

Mit einer großen Geste, die ausdrücken sollte, wie wenig sie miteinander vertraut waren, fügte er hinzu:

»Kein bißchen! Ausgesprochen förmlich. Obwohl sie öfter zusammentrafen. Kannte sie ja beide recht gut und habe sie oft zu geselligen Abenden eingeladen, die ich bisweilen in meiner bescheidenen Bleibe ausrichte.«

»Würden Sie sagen, daß Captain Leacock ein guter Spieler wäre – kühler Kopf und was sonst noch dazugehört?«

»Spieler – pah!« Die Verachtung des Colonels war geradezu

körperlich. »Schlechteste, den ich je gesehen habe. Selbst Frauen pokern besser als er. Viel zu leicht erregbar – konnte seine Gefühle nie für sich behalten. Zu impulsiv, alles in allem.«

Und dann, nach kurzer Pause:

»Alle Achtung! Sehe jetzt erst, worauf Sie hinauswollen ... Und Sie haben ganz recht. Unbeherrschte junge Spunde wie er – genau diejenigen, die hingehen und Leute, deren Nase ihnen nicht paßt, über den Haufen schießen.«

»In dieser Hinsicht unterscheidet sich der Captain ja, nach allem, was ich weiß, gründlich von Ihrem Freund Leander Pfyfe«, meinte Vance.

Der Colonel dachte nach.

»Ja und nein«, schloß er. »Pfyfe ist kühl genug – das sicher. Hat eine Zeitlang eine private Spielhölle draußen auf Long Island betrieben – Roulette, Monte, Bakkarat, solche Sachen. Und ja auch eine Weile in Afrika den Tigern und wilden Ebern das Leben schwergemacht. Aber Pfyfe hat eine sentimentale Ader – würde auch mal mit zwei Zweien spielen, obwohl alle Chancen gegen ihn stehen. Kein rationaler Spieler. Zuviel Phantasie, könnte man sagen. Könnte mir allerdings vorstellen, daß er einen Mann erschießt und es fünf Minuten später schon vergessen hat. Obwohl man ihn schon sehr reizen müßte ... Aber womöglich hat das jemand getan – weiß man nie.«

»Pfyfe und Benson waren recht gute Freunde, nicht wahr?«

»Sehr gute Freunde – sehr. Man sah sie immer zusammen, wenn Pfyfe in New York war. Kannten sich seit Jahren. Busenfreunde, wie man früher gesagt hat. Haben sogar zusammen gewohnt, vor Pfyfes Heirat. Die hat Haare auf den Zähnen, Pfyfes Frau; hält ihn an der kurzen Leine. Aber massenhaft Geld.«

»Wo wir schon bei den Damen sind«, sagte Vance, »wie standen denn Benson und Miss St. Clair zueinander?«

»Wer könnte das sagen?« war die formelhafte Antwort. »Muriel war nicht gerade angetan von ihm – das steht fest. Andererseits ... unergründlich, wie die Frauen sind ...«

»Oh, die reinsten Abgründe«, stimmte Vance ihm zu, ein wenig müde. »Aber ich wollte nicht meine Nase in die persönliche Beziehung zwischen Benson und der jungen Dame stecken. Ich dachte, Sie wüßten vielleicht etwas darüber, was sie von ihm hielt.«

»Ah – verstehe. Kurz gesagt, wäre sie jemand, bei dem man sich vorstellen könnte, daß sie zu drastischen Mitteln gegen ihn greift? … Muß schon sagen! Das ist eine Idee!«

Der Colonel dachte darüber nach.

»Also, Muriel ist ein Mädchen, das weiß, was es will. Arbeitet hart für ihre Kunst. Sängerin, und – glauben Sie mir – eine ganz ausgezeichnete. Und sie hat Verstand – Grips. Nicht auf den Kopf gefallen. Auch keine Angst zuzugreifen, wenn sie ihre Chance sieht. Selbständig. Ich wollte nicht in ihrer Nähe sein, wenn sie eine Wut auf mich hätte. Könnte mir vorstellen, daß die vor nichts zurückschreckt.«

Er nickte wissend dazu.

»Frauen sind seltsam in dieser Hinsicht. Immer wieder überrascht. Keine Wertvorstellungen. Die Lammfrommsten schießen einen Mann plötzlich nieder, ohne Vorwarnung …«

Plötzlich richtete er sich auf, und seine blauen Äuglein funkelten wie Porzellan.

»Heiliges Kanonenrohr!« Er brüllte es beinahe. »Muriel war allein mit Benson zum Essen aus, an dem Abend, an dem er erschossen wurde. Habe sie mit eigenen Augen im Marseille gesehen.«

»Was Sie nicht sagen!« murmelte Vance ungläubig. »Aber irgendwo muß man ja essen … Übrigens, wie gut kannten Sie selbst eigentlich Benson?«

Der Colonel blickte verdutzt drein, doch Vance' Unschuldsmiene beruhigte ihn offenbar sogleich.

»Ich? Aber mein Lieber! Ich habe Alvin Benson seit fünfzehn Jahren gekannt. Mindestens fünfzehn – wenn nicht noch länger. Habe ihm gezeigt, wo's hier in der Stadt rundgeht, bevor sie den Deckel draufgemacht haben. Was herrschte damals für ein Leben in der Stadt! Was für eine Ungezwungenheit! Alles, was man wollte. Liebe Güte, was haben wir uns amüsiert! Das waren die Zeiten des alten Haymarket. Da ist überhaupt keiner auf die Idee gekommen, nach Hause zu torkeln, bevor es Frühstückszeit ...«

Wieder unterbrach Vance ihn abrupt in seinen Reminiszenzen.

»Wie steht es mit Ihren Beziehungen zu Major Benson?«

»Dem Major? ... Da sieht es anders aus. Nicht die gleiche Schule wie ich. Unvereinbar im Geschmack. Haben uns nie verstanden. Sehen uns kaum.«

Er fand offenbar, daß eine Erklärung angebracht war, denn bevor Vance etwas erwidern konnte, fügte er hinzu:

»Wissen Sie, der Major war nie einer von uns, wie man sagt. Hielt nichts von unserer Fröhlichkeit. War nicht gern mit unserem kleinen Grüppchen zusammen. Fand mich und Alvin zu frivol. Bierernst, der Mann.«

Vance aß eine Weile schweigend, dann fragte er beiläufig:

»Haben Sie eigentlich viel bei Benson and Benson spekuliert?«

Zum ersten Mal schien der Colonel zu zögern, bevor er antwortete. Ausgiebig wischte er sich den Mund mit seiner Serviette.

»Oh, ein wenig mein Glück versucht«, tat er die Frage schließlich ab. »Ohne großen Erfolg, muß ich sagen ... Aber jeder von uns hat dann und wann einmal in Bensons Agentur mit Fortuna geflirtet.«

Noch das ganze Essen hindurch bombardierte Vance ihn mit Fragen dieser Art, doch nach einer Stunde schien er nicht näher an einem greifbaren Ergebnis, als er schon zu Anfang gewesen war. Colonel Ostrander gab bereitwillig Auskunft, doch er war unpräzise und sprunghaft. Er sprach in Gedankenstrichen und legte zu jeder Antwort ausgiebig seine Meinungen dar, bis die wenigen Informationen, die seine Worte enthielten, darunter verlorengingen.

Vance ließ sich jedoch offenbar nicht entmutigen. Er verweilte lange bei Captain Leacocks Charakter, und ganz besonders interessierte ihn die Frage nach Leacocks persönlicher Beziehung zu

Benson. Auch Pfyfes Spielernatur beschäftigte ihn, und er ließ den Colonel endlose Geschichten über Pfyfes Spielhölle auf Long Island und dessen Jagderfahrungen in Südafrika erzählen. Er stellte noch eine Reihe von Fragen zu Bensons anderen Freunden, hörte jedoch bei den Antworten kaum zu.

Mir kam das ganze Gespräch sinnlos vor, und ich fragte mich, was Vance sich davon erhoffte. Markham, davon war ich überzeugt, erging es nicht anders. Er heuchelte höflich Interesse und nickte beifällig während der unendlich ausufernden Reminiszenzen des Colonels, doch machte er einen abwesenden Eindruck, und ein paarmal sah ich, wie er Vance fragend-tadelnde Blicke zuwarf. Daß Colonel Ostrander seine Leute kannte, war allerdings nicht zu bestreiten.

Als wir, nachdem wir uns am Eingang der U-Bahn-Station von unserem gesprächigen Gast verabschiedet hatten, wieder im Büro des Bezirksstaatsanwalts angelangt waren, ließ Vance sich mit zufriedener Miene in einen der Sessel fallen.

»Höchst unterhaltsam, nicht wahr? Wenn es darum geht, Verdächtige von der Liste zu streichen, dann hat der Colonel durchaus seine Meriten.«

»Von der Liste streichen!« rief Markham. »Ich bin heilfroh, daß er bei der Polizei nichts zu sagen hat; er würde die halbe Stadt wegen des Mordes an Benson einsperren.«

»Ein wenig blutrünstig ist er schon«, gab Vance zu. »Einer muß für das Verbrechen hinter Gitter, das steht für ihn fest.«

»Wenn man dem alten Kämpen glauben wollte, war Bensons Zirkel ja die reinste Mördergrube – die Frauen eingeschlossen. Je mehr er redete, desto mehr bekam ich das Gefühl, daß es wirklich ein Wunder ist, daß wir Benson nicht schon vor langem von Kugeln durchlöchert gefunden haben.«

»Offenbar haben Sie«, kommentierte Vance, »die Blitze der Erkenntnis über dem Donner des Colonels übersehen.«

»Gab es denn welche?« fragte Markham. »Jedenfalls kann ich nicht sagen, daß sie mich mit ihrer Brillanz geblendet hätten.«

»Und seine Worte waren Ihnen kein Trost?«

»Nur jene, mit denen er sich so freundlich von mir verabschiedete. Ich kann nicht sagen, daß die Trennung mir das Herz gebrochen hätte … Was der alte Knabe über Leacock sagt, stützt allerdings unsere Vermutungen noch. Es bestätigt – wenn eine solche Bestätigung denn noch vonnöten war – den Verdacht gegen den Captain.«

Vance lächelte spöttisch.

»Oh, ganz bestimmt. Und was er über Miss St. Clair zu sagen hatte, hätte den Verdacht gegen sie ebenfalls bestätigt – letzten Samstag. Und was er uns über Pfyfe anvertraute, hätte doch auch geholfen, unseren Beau Sabreur hinter Schloß und Riegel zu bringen, wenn Sie zufällig gerade einen Verdacht gegen ihn gehegt hätten – nicht wahr?«

Vance hatte seinen Satz noch kaum zu Ende gesprochen, da trat Swacker ein und meldete, daß Emery von der Mordkommission im Auftrag Heath' gekommen sei und den Staatsanwalt, wenn möglich, sprechen wolle.

Als der Beamte eintrat, erkannte ich ihn sogleich als jenen wieder, der in Bensons Kamin die Zigarettenstummel gefunden hatte.

Er warf Vance und mir nur einen kurzen Blick zu und wandte sich dann direkt an Markham.

»Wir haben den grauen Cadillac, Sir, und Sergeant Heath meinte, das werden Sie sicher gleich wissen wollen. Er steht in einer kleinen Garage an der 74. Straße, nicht weit von der Amsterdam Avenue, und ist schon seit drei Tagen dort. Ein Mann vom Revier an der 68. Straße hat ihn gefunden und im Präsidium Bescheid gegeben; ich bin dann gleich hingefahren. Das ist der richtige Wagen, mit Angelzeug und allem, nur daß die Ruten nicht mehr da sind; das heißt also, die, die sich im Central Park fanden, sind wohl wirklich die aus dem Wagen hier; rausgefallen wahrscheinlich … Ein Mann hat ihn am Freitag gegen Mittag gebracht und dem Garagenbesitzer zwanzig Dollar dafür gegeben, daß er den Mund hält. Ist 'n Itaker und sagt, er liest keine Zeitung. Jedenfalls hat er *pronto* alles ausgeplaudert, als ich erst mal die Daumenschrauben angesetzt hatte.«

Der Beamte zog ein kleines Notizbuch hervor.

»Ich habe das Kennzeichen herausgesucht ... Der Wagen ist auf einen gewissen Leander Pfyfe zugelassen, 42 Elm Boulevard, Port Washington, Long Island.«

Markham nahm diese unerwartete Neuigkeit mit einem verblüfften Stirnrunzeln auf. Er entließ Emery mit beinahe schon unhöflichen Worten, dann setzte er sich an seinen Schreibtisch und trommelte nachdenklich auf die Tischplatte.

Vance beobachtete ihn mit einem amüsierten Lächeln.

»In Wirklichkeit ist es kein Tollhaus«, tröstete er ihn. »Es kommt Ihnen nur so vor. Aber sagen Sie, lassen denn da nicht die Worte des Colonels Ihr Herz höher schlagen, nun wo Sie wissen, daß Leander in der Gegend lungerte, zu der Zeit, als Benson in die ewigen Jagdgründe einging?«

»Ihr Colonel kann mir gestohlen bleiben!« fuhr Markham ihn an. »Ich muß sehen, wie diese unerwartete Wendung zu unserer Lage paßt.«

»Sie paßt wunderbar«, versicherte Vance ihm. »Sie komplettiert unser Mosaik, könnte man sagen ... Kam es denn wirklich so unerwartet für Sie, daß der mysteriöse Cadillac Pfyfe gehört?«

»Da ich ja nicht mit Ihren hellseherischen Fähigkeiten begabt bin, bringt es mich, wie ich gestehen muß, schon aus der Fassung.«

Markham holte eine Zigarre hervor, bei ihm stets ein Zeichen innerer Unruhe.

»Sie«, fügte er sarkastisch hinzu, »wußten natürlich schon bevor Emery kam, daß es Pfyfes Wagen war.«

»Ich wußte es nicht«, beteuerte Vance, »aber ich hatte einen starken Verdacht. Pfyfe übertrieb doch gar zu sehr, als er uns von seiner Autopanne in den Catskills erzählte. Und als Heath ihn fragte, welche Route er genommen habe, war er fürchterlich in Verlegenheit. Seine Arroganz war entschieden zu melodramatisch.«

»So eine Weisheit *ex post facto* ist doch eine feine Sache!«

Markham rauchte eine Weile lang schweigend.

»Ich glaube, ich werde der Sache mal nachgehen lassen.«
Er läutete nach Swacker.

»Rufen Sie im Ansonia an«, kommandierte er mißmutig, »lassen Sie sich Leander Pfyfe geben und sagen Sie ihm, ich will ihn um sechs Uhr im Stuyvesant-Club sehen. Und zwar pünktlich.«

»Wenn ich mir das überlege«, meinte Markham, als Swacker wieder draußen war, »wird uns diese Sache mit dem Cadillac vielleicht doch noch nützlich sein. Pfyfe war offensichtlich an jenem Abend in New York, und aus einem uns unbekannten Grunde wollte er es geheimhalten. Weswegen? frage ich mich. Er hat uns den Hinweis auf Leacocks Drohung gegen Benson gegeben und uns ja geradezu gedrängt, uns an die Fersen des Burschen zu heften. Natürlich könnte er einen Groll gegen Leacock gehegt haben, denn schließlich hatte der Captain seinen Freund bei Miss St. Clair ausgestochen, und hätte dann dieses Mittel genutzt, ihm eins auszuwischen. Andererseits könnte Pfyfe, wenn er in der Mordnacht an Bensons Haus war, auch etwas über den Mord wissen. Und ich denke mir, jetzt, wo wir ihm bei dem Wagen auf die Schliche gekommen sind, wird er uns sagen, was er weiß.«

»Etwas wird er Ihnen bestimmt erzählen«, sagte Vance. »Solche gewohnheitsmäßigen Lügner erzählen jedem alles, was ihnen gerade in den Sinn kommt, solange es nur für sie persönlich nicht unangenehm wird.«

»Sie und die Sibylle von Cumae könnten mir gewiß schon im voraus sagen, was er erzählen wird.«

»Die Sibylle müssen Sie schon selbst fragen«, erwiderte Vance gutgelaunt, »doch ich für meinen Teil würde vermuten, daß er Ihnen erzählen wird, er habe in der fraglichen Nacht den wutentbrannten Captain bei Bensons Haus gesehen.«

Markham lachte.

»Das wäre mir nur recht. Sie wollen es sicher mit eigenen Ohren hören?«

»Ein unerträglicher Gedanke, das zu verpassen.«

Vance war schon an der Tür, um sich vorerst zu verabschieden, da wandte er sich noch einmal an Markham.

»Ich hätte noch einen kleinen Gefallen, um den ich Sie bitten möchte. Sammeln Sie noch ein paar Informationen über Pfyfe – machen Sie mir die Freude. Senden Sie einen Ihrer zahllosen Sherlocks nach Port Washington und lassen Sie ihn sich nach dem Betragen und den gesellschaftlichen Gewohnheiten des Gentleman umhören. Sagen Sie Ihrem Spürhund, er soll sich vor allem auf das feminine Element konzentrieren … Ich verspreche Ihnen, Sie werden es nicht bereuen.«

Es war Markham anzusehen, daß er sich nicht vorstellen konnte, wozu diese Informationen gut sein sollten, doch nach kurzem Zögern lächelte er und drückte einen Knopf auf seinem Schreibtisch.

»Alles, um Sie bei Laune zu halten«, sagte er. »Ich schicke gleich einen Mann los.«

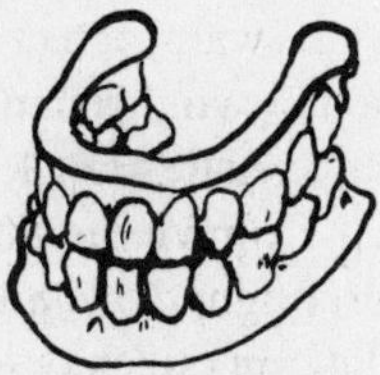

Ein Glied in der Kette

(Montag, 17. Juni, 6 Uhr nachmittags)

Vance und ich verbrachten eine gute Stunde des Nachmittags in den Anderson Galleries und sahen uns Gobelins an, die am folgenden Tag zur Auktion kommen sollten, und danach tranken wir Tee bei Sherry's. Kurz vor sechs langten wir am Stuyvesant-Club an. Einige Minuten darauf trafen Markham und Pfyfe ein, und wir zogen uns sogleich in eines der Konferenzzimmer zurück.

Pfyfe trat nicht minder elegant und überheblich auf als bei unserer ersten Begegnung. Er trug eine Norfolkjacke mit Knickerbockern und dazu Halbstiefel mit Leinenschaft, und wiederum umhüllte ihn eine gewaltige Parfümwolke.

»Welch unerwartetes Vergnügen, die Herren schon binnen so kurzem wiederzusehen«, begrüßte er uns wie ein Priester, der den Segen austeilt.

Markham war alles andere als freundlich und erwiderte den Gruß beinahe brüsk. Vance hatte ihm lediglich zugenickt, und nun saß er da und betrachtete Pfyfe mit kummervoller Miene, so als wolle er eine Erklärung finden, warum dieser Mann existierte, und bliebe doch letzten Endes ratlos.

Markham kam ohne Umschweife zur Sache.

»Ich habe erfahren, daß Sie Ihr Automobil am Freitag mittag in einer Garage abgestellt haben, Mr. Pfyfe, und dem Garagisten zwanzig Dollar dafür gegeben haben, daß er Stillschweigen bewahrt.«

Pfyfe blickte mit gequälter Miene auf.

»Das ist eine üble Verleumdung«, klagte er jämmerlich. »Es waren fünfzig Dollar.«

»Es freut mich, daß Sie die Sache so unumwunden zugeben«, erwiderte Markham. »Sie wußten natürlich aus den Zeitungen, daß Ihr Wagen in der Mordnacht vor Bensons Haus gesehen wurde.«

»Warum hätte ich sonst so großzügig dafür zahlen sollen, daß niemand erfährt, daß er in der Stadt ist?« Sein Ton gab zu verstehen, daß Markhams Begriffsstutzigkeit ihn quälte.

»Und weshalb haben Sie ihn dann überhaupt in New York gelassen?« fragte dieser. »Sie hätten ihn doch zurück nach Long Island fahren können.«

Pfyfe schüttelte traurig das Haupt und blickte mitleidig in die Runde. Dann lehnte er sich vor, als koste es ihn ungeheure Geduld – aber er würde freundlich zu diesem schwachköpfigen Staatsanwalt sein, wie ein guter Lehrer zu einem zurückgebliebenen Kind, und würde alles tun, ihn aus dem Dunkel seines Unverstands hinauszuleiten.

»Ich bin ein verheirateter Mann, Mr. Markham.« Er sagte es, als hebe ihn das weit über andere hinaus. »Ich brach zu meiner Fahrt in die Catskills am Donnerstag nach dem Abendessen auf, wollte aber zuvor einen Tag in New York bleiben und mich dort noch von jemandem verabschieden. Ich traf recht spät ein – schon nach Mitternacht – und kam auf die Idee, daß ich noch bei Alvin vorbeischauen könnte. Doch als ich vor dem Hause hielt, waren alle Fenster dunkel. So klingelte ich denn gar nicht erst, sondern machte mich zu Fuß auf zu Pietro in der 43. Straße, wo ich mir noch einen Schlummertrunk genehmigen wollte – er hebt mein persönliches Fläschchen Haig and Haig für mich auf –, doch leider war schon geschlossen, und ich schlenderte zurück zum Wagen … Wenn man sich das vorstellt, daß in der Zwischenzeit der arme Alvin erschossen wurde!«

Schweigend polierte er sein Monokel.

»Was für eine Ironie … Ich konnte ja nicht wissen, daß dem Guten etwas zugestoßen war – wie hätte ich das ahnen sollen? Ohne von den tragischen Ereignissen zu wissen, fuhr ich zu einem Türkischen Bad und blieb dort den Rest der Nacht. Am nächsten Morgen las ich von dem Mord, und in späteren Ausgaben sah ich, daß von meinem Wagen die Rede war. Das war der Punkt, von dem ab ich begann – mir Sorgen zu machen? Nein, Sorgen ist nicht das richtige Wort. Sagen wir, mir ging auf, in welchem Licht ich zu Unrecht dastehen würde, wenn der Wagen gefunden würde. Also stellte ich ihn in jener Garage ab und zahlte dem Mann etwas für sein Stillschweigen, damit die Entdeckung nicht unnötig die Ermittlungen zu Alvins Tod komplizierte.«

Aus seinem Ton und der selbstgerechten Art, in der er Markham dabei ansah, hätte man denken können, er habe den Garagisten nur aus Rücksicht auf den Bezirksstaatsanwalt und die Polizei bestochen.

»Warum haben Sie nicht Ihre Fahrt fortgesetzt wie geplant?« fragte Markham. »Dann wäre die Entdeckung des Wagens noch unwahrscheinlicher gewesen.«

Pfyfe setzte eine mitleidig überraschte Miene auf.

»Während mein bester Freund ermordet daliegt? Wer hätte denn das Herz, in solch einem Augenblick an Zerstreuung zu denken? … Ich kehrte nach Hause zurück und erklärte es Mrs. Pfyfe damit, daß ich eine Panne mit dem Wagen gehabt hätte.«

»Ich finde nach wie vor, Sie hätten ebensogut mit dem Wagen zurückfahren können«, beharrte Markham.

Der Blick, den Pfyfe ausgiebig zur Schau stellte, kündete von grenzenloser Nachsicht, und der tiefe Seufzer, mit dem er ihn untermalte, gab zu verstehen, daß er, auch wenn er leider nichts tun konnte, um der Welt mehr Verstand zu geben, doch wenigstens den bedauerlichen Mangel an Einsicht gebührend beklagen konnte.

»Wenn ich in den Catskills gewesen wäre, fernab von der Zivilisation – wo meine Frau mich vermutete –, wie hätte ich denn da von Alvins Tod hören sollen? Ich hätte es vielleicht erst Tage später erfahren. Denn ich hatte, wie ich leider sagen muß, Mrs. Pfyfe verschwiegen, daß ich noch eine Nacht in New York verbringen wollte. Um ehrlich zu sein, Mr. Markham, ich hatte meine Gründe dafür, es so einzurichten, daß meine Frau nichts davon erfuhr. Wäre ich sogleich zurückgekehrt, so hätte sie leicht kombinieren können, daß ich gar nicht bis in die Berge gefahren war. Deshalb schlug ich einen Kurs ein, der mir der einfachste schien.«

Markham verlor allmählich die Geduld mit der glatten und heuchlerischen Art des Mannes. Nach kurzem Schweigen fragte er abrupt:

»Hatte die Tatsache, daß Ihr Wagen in jener Nacht vor Bensons Haus stand, etwas damit zu tun, daß Sie offenbar bemüht sind, Captain Leacock in die Sache hineinzuziehen?«

Pfyfe hob die Augenbrauen in gekränktem Erstaunen, und eine Handbewegung zeigte höflichen Protest.

»Mein lieber Herr!« Aus seiner Stimme sprach tiefste Empörung über eine so ungerechte Anschuldigung. »Wenn Sie gestern in meinen Worten einen unterschwelligen Verdacht gegen Captain Leacock spürten, dann kann ich das nur damit erklären, daß ich den Captain tatsächlich vor Alvins Haus gesehen habe, als ich in jener Nacht dort ankam.«

Markham warf Vance einen schrägen Blick zu; dann sagte er zu Pfyfe:

»Sind Sie sicher, daß es Leacock war?«

»Ich habe ihn deutlich gesehen, und ich hätte es auch gestern schon gesagt, hätte ich damit nicht zugleich eingestehen müssen, daß auch ich zugegen war.«

»Und das wäre zuviel verlangt gewesen?« fragte Markham. »Es waren wichtige Informationen, und ich hätte sie heute morgen gut brauchen können. Sie haben Ihre eigene Bequemlichkeit höher gestellt als die rechtmäßigen Forderungen der Justiz; und Ihre Haltung läßt auch die Auskünfte zu Ihrem eigenen Verhalten in jener Nacht in höchst fragwürdigem Licht erscheinen.«

»Sie sind streng mit mir, Sir«, erwiderte Pfyfe voller Selbstmitleid. »Doch ich habe mich in eine falsche Position gebracht, und ich kann Ihre Kritik nur akzeptieren.«

»Ist Ihnen eigentlich bewußt«, fuhr Markham fort, »daß manch anderer Bezirksstaatsanwalt, der über Ihr Verhalten wüßte, was ich inzwischen weiß, und der behandelt worden wäre, wie Sie mich behandelt haben, Sie in Untersuchungshaft nehmen würde?«

»Dann kann ich nur sagen«, kam die Antwort in den verbindlichsten Tönen, »daß ich mich sehr glücklich schätze, Sie zum Inquisitor zu haben.«

Markham erhob sich.

»Das wäre alles für heute, Mr. Pfyfe. Aber Sie werden in New York bleiben, bis ich Ihnen die Rückkehr nach Hause gestatte. Andernfalls müßte ich Sie als wichtigen Zeugen festhalten.«

Mit einer schockierten Geste gab Pfyfe zu verstehen, daß er zu solchen Mitteln niemals zu greifen brauche, und wünschte uns nach allen Regeln der Kunst einen guten Nachmittag.

Als wir allein waren, betrachtete Markham Vance mit ernster Miene.

»Ihre Prophezeiung hat sich erfüllt, obwohl ich nicht gewagt hatte, auf solches Glück zu hoffen. Pfyfes Aussage ist das letzte Glied in der Kette unserer Beweise gegen den Captain.«

Vance blies versonnen seine Rauchwolken in die Luft.

»Ich gebe zu, Ihre Deutung des Verbrechens ist höchst überzeugend. Doch leider bleibt der psychologische Einwand. Alles paßt, mit einer einzigen Ausnahme, und das ist der Captain; der paßt ganz und gar nicht hinein ... Alberner Gedanke, ich weiß. Aber er paßt genausowenig zur Rolle des Benson-Mörders wie seinerzeit dieser Koloß Tetrazzini zur Rolle der schwindsüchtigen Mimi paßte.«*

»Unter anderen Umständen würde ich ehrfürchtig Ihren bezaubernden Theorien Gehör schenken«, entgegnete Markham. »Doch bei den Indizien, die wir jetzt haben, und den Schlußfolgerungen, die wir daraus ziehen können, käme es meinem armseligen Juristenverstand als schierer Unsinn vor zu sagen: ›Das kann nicht der Täter sein, er hat Mittelscheitel und steckt immer seine Serviette in den Kragen‹. Es spricht einfach zuviel Logisches dagegen.«

»Ich gebe zu, Ihre Logik ist zwingend – was ja gewiß alle Logik ist. Wahrscheinlich haben Sie schon manch Unschuldigen durch schiere Logik davon überzeugt, daß er in Wirklichkeit der Täter war.«

Vance streckte sich müde.

* Es kann sich nur um eine Anspielung auf Tetrazzinis Auftritt in *La Bohème* im Manhattan Opera House handeln, 1908.

»Wie wäre es mit einer leichten Mahlzeit im Dachrestaurant? Der unaussprechliche Pfyfe hat mich all meiner Kräfte beraubt.«

In dem Restaurant, das der Stuyvesant-Club im Sommer auf dem Dach des Hauses betrieb, fanden wir Major Benson allein, und Markham lud ihn ein, sich zu uns zu setzen.

»Ich habe gute Nachrichten für Sie, Major«, verkündete er, nachdem wir unsere Bestellung aufgegeben hatten. »Ich habe mit einiger Sicherheit den Täter gefunden; alles deutet in seine Richtung. Morgen werden wir die Sache zu Ende bringen, hoffe ich.«

Der Major sah Markham fragend an.

»Das verstehe ich nicht. Nach dem, was Sie kürzlich erzählten, hatte ich den Eindruck, es handle sich um eine Frau.«

Markham lächelte verlegen und mied Vance' Blick.

»Seitdem ist viel Wasser den Bach hinuntergeflossen«, sagte er. »Die Frau, die ich im Sinn hatte, schied binnen kurzem als Täterin aus, als wir erst einmal begannen, sie näher unter die Lupe zu nehmen. Aber diese Ermittlungen führten mich zu einem Mann. Es gibt kaum noch Zweifel, daß er der Schuldige ist. Ich war mir der Sache schon heute morgen recht sicher, und gerade eben habe ich erfahren, daß er von einem glaubwürdigen Zeugen vor dem Haus Ihres Bruders gesehen wurde, nur wenige Minuten bevor der Schuß fiel.«

»Spricht etwas dagegen, daß Sie mir sagen, wer es war?« Der Major hatte noch immer die Stirn gerunzelt.

»Überhaupt nicht. Morgen weiß es wahrscheinlich die ganze Stadt ... Es war Captain Leacock.«

Der Major sah ihn mit großen, ungläubigen Augen an.

»Unmöglich! Das kann ich Ihnen nicht abnehmen. Der Junge war mit mir drei Jahre lang drüben im Feld, und ich habe ihn dabei gut kennengelernt. Das muß ein Irrtum sein ... Die Polizei«, fügte er eilig hinzu, »ist auf der falschen Fährte.«

»Nicht die Polizei«, korrigierte Markham ihn. »Meine eigenen Ermittlungen haben mich zum Captain geführt.«

Der Major antwortete nichts, doch sein Schweigen verriet seine Zweifel.

»Wissen Sie«, meldete Vance sich zu Wort, »mir geht es beim Captain genauso wie Ihnen, Major. Es freut mich, daß jemand, der ihn schon so lange kennt, meinen Eindruck bestätigt.«

»Und was hatte Leacock dann mitten in der Nacht vor dem Haus zu suchen?« fragte Markham gereizt.

»Vielleicht«, meinte Vance, »wollte er Benson ein Ständchen singen?«

Bevor Markham etwas entgegnen konnte, kam der Oberkellner und reichte ihm eine Visitenkarte. Als er den Namen las, brummte er zufrieden und gab Order, den Besucher sogleich nach oben kommen zu lassen. Wieder an uns gewandt, verkündete er:

»Vielleicht erfahren wir gleich noch etwas Neues über die Sache. Ich hatte schon gewartet, daß Higginbotham sich meldet. Das ist der Beamte, der Leacock, seit er heute morgen bei mir war, beschattet hat.«

Higginbotham war ein schmaler, blaßgesichtiger junger Mann mit verschlagenen Augen und einer sinistren Art. Mit schlurfenden Schritten kam er an den Tisch und blieb dann zögernd vor dem Bezirksstaatsanwalt stehen.

»Setzen Sie sich, Higginbotham, und berichten Sie«, wies Markham ihn an. »Die Herren arbeiten mit mir an dem Fall.«

»Ich habe mich drangehängt, als der Knabe am Aufzug wartete«, begann der Mann und beobachtete dabei Markham aus den Augenwinkeln. »Er ging zur U-Bahn und fuhr stadtauswärts zur Ecke 79. Straße und Broadway. Er ging die 80. hinunter zum Riverside Drive und ging in das Apartmenthaus Nummer 94. Meldete sich nicht an der Rezeption an – stieg gleich in den Aufzug. Er blieb zwei Stunden oben, kam dann um ein Uhr zwanzig wieder runter und sprang in ein Taxi. Ich nahm das nächste und folgte ihm. Er fuhr den Drive hinunter zur 72., durch den Central Park und ostwärts auf der 59. Stieg an der Avenue A aus und spazierte hinaus auf die Queensborough Bridge. Ungefähr auf halbem Wege zu Blackwell's Island blieb er stehen und stand fünf oder sechs Minuten über das Geländer gebeugt. Dann zog er ein kleines Päckchen aus der Tasche und warf es in den Fluß.«

»Wie groß war das Päckchen?« Markham unterdrückte seinen Eifer nur mit Mühe.

Higginbotham deutete die Maße mit den Händen an.

»Wie dick?«

»Vier Zentimeter vielleicht.«

Markham beugte sich vor.

»Könnte es eine Waffe gewesen sein – eine Colt Automatik?«

»Sicher. Käme von der Größe genau hin. Und es war schwer – das sah man daran, wie er es hielt, und auch an der Art, wie es aufs Wasser aufschlug.«

»Gut.« Markham war zufrieden. »Sonst noch etwas?«

»Nein, Sir. Nachdem er die Waffe beseitigt hatte, fuhr er nach Hause und blieb da. Er war noch da, als ich abgelöst wurde.«

Als Higginbotham wieder fort war, nickte Markham mit gespielter Melancholie zu Vance hinüber.

»Da hätten Sie Ihre Tatwaffe ... Was wollen Sie mehr?«

»Oh, eine ganze Menge«, brummte Vance.

Major Benson blickte unschlüssig in die Runde.

»Ich verstehe das nicht ganz. Wieso mußte Leacock seine Waffe denn am Riverside Drive holen?«

»Ich habe Grund zu der Annahme, daß er sie am Tag nach dem Mord zu Miss St. Clair brachte«, sagte Markham – »vermutlich weil sie dort sicherer war. Er wollte ja nicht, daß sie bei ihm zu Hause gefunden wurde.«

»Könnte er sie Miss St. Clair nicht auch schon am Tag vor dem Mord gegeben haben?«

»Ich weiß, was Sie meinen«, antwortete Markham. (Auch mir fielen die Worte des Majors vom Vortag wieder ein, daß Miss St. Clair zu dem Mord an seinem Bruder eher fähig gewesen wäre als der Captain.) »Ich habe das ebenfalls erwogen. Aber es gibt bestimmte Indizien, die sie als Tatverdächtige ausscheiden lassen.«

»Sie werden sich zweifellos in diesem Punkt vergewissert haben«, erwiderte der Major, wobei sein Ton nahelegte, daß er selbst noch seine Zweifel hatte. »Aber Leacock als Alvins Mörder, das kann ich mir nicht vorstellen.«

Er schwieg und legte dem Staatsanwalt die Hand auf den Arm.

»Das soll nicht anmaßend klingen, und Sie sollen nicht denken, daß ich Ihre Arbeit nicht zu schätzen weiß; aber ich wünschte wirklich, Sie würden noch ein wenig warten, bevor Sie den Jungen hinter Gitter stecken. Auch der Sorgfältigste und Gewissenhafteste macht einmal einen Fehler, und selbst Fakten führen bisweilen in die Irre; und ich kann nicht anders, ich bin einfach überzeugt, daß in diesem Fall die Fakten Sie getäuscht haben.«

Es war nicht zu übersehen, wie gerührt Markham von dieser Bitte seines alten Freundes war; doch instinktiv entschied er sich stets für die Pflicht seines Amtes, und das gab ihm die Kraft zu widerstehen.

»Ich muß nach meinen Überzeugungen handeln, Major«, sagte er mit Bestimmtheit, doch großer Freundlichkeit.

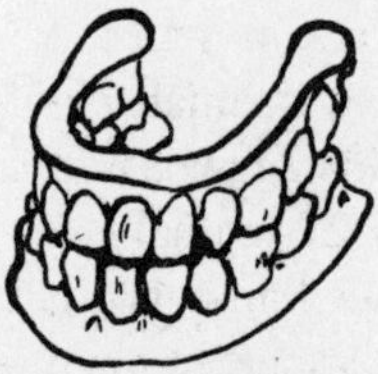

»Pfyfe – persönlich«

(Dienstag, 18. Juni, 9 Uhr morgens)

Der nächste Tag – der vierte der Ermittlungen – war ein wichtiger und in mancher Hinsicht entscheidender für die Lösung des Rätsels, das der Mord an Alvin Benson uns gestellt hatte. Zwar kam an diesem Tag nichts Eindeutiges ans Licht, doch zu dem bisher Bekannten trat ein neues Element, und dieses neue Element führte uns schließlich zur Person des Täters.

Als wir uns nach dem Abendessen mit Major Benson von Markham trennten, hatte Vance darum gebeten, daß er den Bezirksstaatsanwalt am folgenden Morgen noch einmal in seinem Büro aufsuchen dürfe. Markham, erstaunt und verwirrt von der ungewöhnlichen Ernsthaftigkeit, mit der er das vorbrachte, hatte sich bereit erklärt; obwohl er, glaube ich, seine Vorbereitungen für die Verhaftung von Captain Leacock lieber getroffen hätte, ohne jemandem, der diese Maßnahme mißbilligte, weitere Gelegenheit zum Widerspruch zu geben. Nach Higginbothams Bericht konnte kein Zweifel mehr bestehen, daß Markham beschlossen hatte, den Captain in Haft zu nehmen und Anklage gegen ihn vor dem Schwurgericht zu erheben.

Vance und ich trafen um Punkt neun im Büro ein, doch Markham war bereits da. Als wir eintraten, hatte er eben zum Telefonhörer gegriffen und verlangte eine Verbindung mit Sergeant Heath.

In diesem Augenblick tat Vance etwas Unglaubliches. Mit raschen Schritten ging er zum Schreibtisch des Bezirksstaatsanwalts, riß Markham den Telefonhörer aus der Hand und warf ihn auf die Gabel. Dann stellte er das Telefon beiseite und legte dem anderen beide Hände auf die Schultern. Markham war zu verblüfft, um sich zu wehren, und bevor er sich besonnen hatte, sagte Vance mit leiser, fester Stimme, die um so eindringlicher war, weil sie so sanft war:

»Ich lasse es nicht zu, daß Sie Leacock ins Gefängnis stecken – deswegen bin ich heute morgen hergekommen. Sie werden seine Verhaftung nicht anordnen, solange ich in diesem Büro bin und es verhindern kann, ganz gleich mit welchen Mitteln. Diese bodenlose Dummheit werden Sie erst dann begehen, wenn Sie Ihre Büttel rufen und mich hinauswerfen lassen. Und rufen Sie nicht zu wenige, denn ich werde kämpfen bis zum letzten Blutstropfen!«

Das Unglaubliche daran war, daß Vance es wörtlich meinte. Und Markham wußte das.

»Wenn Sie jetzt Ihre Henkersknechte rufen«, fuhr Vance fort, »dann wird binnen einer Woche die ganze Stadt über Sie lachen, denn länger dauert es nicht, bis Bensons wahrer Mörder gefunden ist. Und ich werde Volksheld und Märtyrer sein – der Himmel bewahre mich davor! –, der Mann, der sich dem Bezirksstaatsanwalt entgegenstellte, der seine süße Freiheit opferte auf dem Altar von Wahrheit und Gerechtigkeit und so weiter und so fort …«

Das Telefon klingelte, und Vance nahm ab.

»Nein, jetzt nicht«, sagte er und legte sofort wieder auf. Dann trat er einen Schritt zurück und verschränkte die Arme vor der Brust.

Einen Moment lang herrschte Ruhe, dann sprach Markham, und seine Stimme bebte vor Wut.

»Wenn Sie nicht augenblicklich gehen, Vance, und mich meine Arbeit tun lassen, wie ich es für richtig halte, dann bleibt mir nichts anderes übrig, als wirklich die Wache zu rufen.«

Vance lächelte. Er wußte, daß Markham so weit nie gehen würde. Schließlich war es ein rein intellektueller Streit zwischen Freunden, und auch wenn Vance vorübergehend zu körperlichen Mitteln gegriffen hatte, bestand doch keine Gefahr, daß die Auseinandersetzung auf dieser Ebene blieb.

Die Wut in Markhams Miene wich allmählich einer tiefen Ratlosigkeit.

»Warum liegt Ihnen denn nur so viel an diesem Leacock?« fragte er barsch. »Warum dieses unvernünftige Beharren darauf, daß er auf freiem Fuß bleibt?«

»Markham, Sie unverbesserlicher Esel!« Vance mühte sich, jeden Unterton von Freundlichkeit aus seiner Rede zu verbannen. »Glauben Sie wirklich, es kümmert mich, was aus einem kleinen Südstaatenoffizier wird? Leacocks gibt es zu Hunderten, und sie sind alle gleich – mit ihren breiten Schultern und dem kantigen Kinn, mit ihren protzigen Uniformen und dem barbarischen Ritual der Ritterlichkeit. Nur ihre Mütter können den einen vom anderen unterscheiden … Es geht um *Sie*, mein Alter. Ich will nicht, daß Sie eine Dummheit machen, die Ihnen mehr schaden wird als Leacock.«

Alle Härte verflog aus Markhams Blick; erst jetzt verstand er Vance' Motive, und er verzieh ihm auf der Stelle. Doch das änderte nichts an seiner Überzeugung, daß der Captain der Mörder war. Er überlegte eine Weile. Dann war er offenbar zu einer Entscheidung gekommen; er läutete nach Swacker und bat ihn, Phelps hereinzuschicken.

»Ich habe da eine Idee, wie wir etwas Eindeutiges in die Hände bekommen könnten«, sagte er. »Und es wäre ein Beweis, den nicht einmal Sie wegleugnen könnten, Vance.«

Phelps trat ein, und Markham gab ihm seine Anweisungen.

»Sie werden jetzt gleich hinüber zu Miss St. Clair gehen. Lassen Sie sich etwas einfallen, wie Sie vorgelassen werden, und fragen Sie sie, was in dem Päckchen war, das Captain Leacock gestern bei ihr abholte und in den East River warf.« Er faßte ihm kurz Higginbothams Bericht vom Vorabend zusammen. »Bestehen Sie darauf, daß sie Auskunft gibt, und deuten Sie an, daß Sie wissen, daß es die Waffe war, mit der Benson erschossen wurde. Sie wird sich vermutlich weigern zu antworten und wird Sie hinauswerfen. Dann gehen Sie nach unten und warten ab, was geschieht. Wenn sie telefoniert, hören Sie an der Hausvermittlung mit. Sollte sie jemandem etwas Schriftliches schicken, fangen Sie das ab. Und wenn sie das Haus verläßt – was ich allerdings nicht glaube –, gehen Sie ihr nach und sehen zu, was Sie herausfinden können. Und sagen Sie mir auf der Stelle Bescheid, wenn sich etwas ergibt.«

»Verstanden, Chef.« Es schien ein Auftrag nach Phelps' Geschmack, und er machte sich mit Eifer auf den Weg.

»Findet denn die gelehrte Juristerei solche Methoden, dieses Eindringen in die Privatsphäre, dieses Aushorchen, nicht unanständig?« fragte Vance. »Das paßt überhaupt nicht zu den Werten, die Sie sonst hochhalten.«

Markham lehnte sich zurück und blickte hinauf zur Lampe.

»Die ethischen Vorstellungen des Privatmanns haben damit nichts zu tun. Oder wenn doch, dann werden sie durch wichtigere, schwerwiegendere Erwägungen an den Rand gedrängt – durch das Streben nach Gerechtigkeit. Die Gesellschaft muß geschützt werden, und die Bürger dieser Gemeinde erwarten von mir, daß ich sie vor Gaunern und Scharlatanen bewahre. Bisweilen muß ich, um meine Pflicht zu tun, zu Mitteln greifen, die meinen persönlichen Idealen widerstreben. Ich habe nicht das Recht, die Gesellschaft insgesamt in Gefahr zu bringen, nur um einer von mir so empfundenen ethischen Verpflichtung gegenüber einem Individuum nachzukommen ... Natürlich würde ich Informationen, die ich auf so unfeinem Wege erhalte, nur dann verwenden, wenn sie auf eine kriminelle Tätigkeit der betreffenden Person verweisen. Und in solchen Fällen hätte ich alles Recht, sie zu verwenden, weil es zum Wohle der Gemeinschaft ist.«

»Da haben Sie wohl recht«, meinte Vance mit einem Gähnen. »Aber mein Interesse an der Gemeinschaft ist begrenzt. Und gute Manieren sind mir allemal wichtiger als Gerechtigkeit.«

Bei diesen letzten Worten öffnete sich die Tür, und Swacker kündigte Major Benson an, der Markham dringend zu sprechen wünsche.

Der Major kam in Begleitung einer hübschen jungen Frau von vielleicht zweiundzwanzig Jahren, mit kurzem, hellblondem Haar, gekleidet in einfaches, doch anmutiges hellblaues Crêpe de Chine. So jugendlich und unbekümmert sie auch wirkte, hatte sie doch zugleich etwas Diskretes und Selbstbewußtes, das sofort Vertrauen erweckte.

Major Benson stellte sie als seine Sekretärin vor, und Markham brachte noch einen Stuhl, damit sie vor seinem Schreibtisch Platz nehmen konnte.

»Ich habe eben von Miss Hoffman etwas erfahren, das auch für Sie von großem Interesse sein dürfte«, sagte der Major, »deshalb bin ich gleich mit ihr hergekommen.«

Der Major schien außerordentlich ernst und blickte erwartungsvoll drein, wenn auch mit einer Spur Zweifel.

»Erzählen Sie Mr. Markham noch einmal genau das, was Sie mir erzählt haben, Miss Hoffman.«

Das Mädchen blickte auf und berichtete in wohlgesetzten Worten und mit wohlmodulierter Stimme.

»Vor etwa einer Woche – ich glaube, am Mittwoch war es – suchte Mr. Pfyfe Mr. Alvin Benson in seinem Privatbüro auf. Ich war im Raum nebenan, wo meine Schreibmaschine steht. Es ist nur eine Trennwand aus Glas, und wenn jemand in Mr. Bensons Büro laut redet, kann ich das hören. Binnen etwa fünf Minuten gerieten Mr. Pfyfe und Mr. Benson in Streit. Ich fand das merkwürdig, weil sie doch so gute Freunde waren; aber ich kümmerte mich nicht weiter darum und wandte mich wieder meiner Arbeit zu. Die Stimmen wurden allerdings sehr laut, und einiges war zu verstehen. Major Benson hat mich heute morgen gefragt, was die beiden sagten, und da werden Sie es wohl auch wissen wollen. Nun, es war immer wieder von einem Schuldschein die Rede, und ein- oder zweimal auch von einem Scheck. Mehrere Male fiel das Wort ›Schwiegervater‹, einmal hörte ich Mr. Benson sagen: ›Kommt nicht in Frage‹ … Dann rief Mr. Benson mich in sein Büro und trug mir auf, aus seinem Privatfach im Safe einen Umschlag mit der Aufschrift zu holen: ›Pfyfe – persönlich‹. Ich brachte ihn ihm, doch dann kam unser Buchhalter mit einem Auftrag, und ich hörte nichts Weiteres mehr. Etwa eine Viertelstunde später, als Pfyfe wieder gegangen war, rief Mr. Benson mich und ließ den Umschlag zurückbringen. Und er schärfte mir ein, daß ich Mr. Pfyfe, wenn er noch einmal käme, unter keinen Umständen in sein Privatbüro lassen dürfe, es sei denn, er sei selbst bereits dort. Und er sagte auch, daß ich den Umschlag niemandem aushändigen dürfe – nicht einmal auf schriftliche Anweisung … Tja, das wäre alles, Mr. Markham.«

Während des gesamten Berichtes fand ich Vance' Reaktionen nicht minder interessant als das, was Miss Hoffman zu erzählen hatte. Als sie den Raum betrat, war aus Vance' erstem flüchtigem Blick binnen kurzem lebhaftes Interesse geworden, und er hatte sie aufmerksam studiert. Als Markham ihr den Stuhl hingestellt hatte, war er aufgestanden und hatte ein Buch geholt, das in ihrer Nähe auf dem Tisch lag, und dabei hatte er sich unnötig nahe an sie herangebeugt, offenbar um – so kam es mir vor – ihr Profil zu studieren. Auch während sie ihre Geschichte erzählte, hatte er sie weiter beobachtet und bisweilen sogar ein wenig den Kopf nach links oder rechts gereckt, damit er sie besser sehen konnte. So unerklärlich dieses Benehmen war, wußte ich doch, daß ein guter Grund dahinterstecken mußte.

Als sie mit ihrem Bericht zu Ende war, griff Major Benson in die Tasche und warf einen langen braunen Umschlag vor Markham auf den Tisch.

»Da ist er«, sagte er. »Ich habe ihn mir sofort bringen lassen, nachdem Miss Hoffman mir die Geschichte erzählt hatte.«

Markham griff zögernd danach, als sei er unschlüssig, ob er wirklich das Recht hatte, ihn zu öffnen.

»Sehen Sie ihn sich nur an«, ermunterte der Major ihn. »Was in diesem Umschlag steckt, könnte womöglich dem ganzen Fall eine neue Wendung geben.«

Markham nahm das Gummiband ab und legte den Inhalt vor sich auf den Tisch. Es handelte sich um drei Schriftstücke – einen eingelösten Scheck über $ 10.000, ausgestellt auf Leander Pfyfe und unterzeichnet von Alvin Benson, einen Schuldschein über $ 10.000, zu zahlen an Alvin Benson und unterzeichnet von Pfyfe, sowie ein kurzes Geständnis, ebenfalls von Pfyfe, auf dem dieser bestätigte, daß die Unterschrift auf dem Scheck gefälscht sei. Der Scheck war auf den 20. März des laufenden Jahres datiert, Geständnis und Schuldschein waren zwei Tage darauf geschrieben. Der Schuldschein, der eine Frist von neunzig Tagen einräumte, lief am Freitag, dem 21. Juni ab – in nur drei Tagen also.

Volle fünf Minuten lang studierte Markham die Papiere ohne ein Wort. Die Art, wie sie so unvermittelt in diesen Fall eingriffen, machte ihn ratlos. Und die Verwunderung stand ihm noch immer im Gesicht geschrieben, als er sie schließlich wieder in den Umschlag legte.

Er befragte das Mädchen ausgiebig und ließ sie manche Teile ihrer Geschichte noch einmal erzählen, aber er erfuhr doch nichts Neues mehr von ihr und wandte sich schließlich wieder an den Major.

»Ich behalte den Umschlag vorerst hier, wenn Sie gestatten. Ich sehe im Augenblick nicht, welche Rolle er für den Fall spielen könnte, aber ich möchte darüber nachdenken.«

Als Major Benson und seine Sekretärin gegangen waren, erhob Vance sich und streckte die Beine.

»*À la fin!*« murmelte er. »Alles ist in Bewegung: Sonne und Mond, Morgen, Mittag, Nachmittag, die Nacht und all ihre Sterne. *Videlicet:* Allmählich machen wir Fortschritte.«

»Was zum Teufel soll das jetzt wieder heißen?« Markham ärgerte sich über die unerwartete Komplikation durch Pfyfes Kapriolen.

»Interessante junge Frau, diese Miss Hoffman – nicht wahr?« erwiderte Vance gleichmütig. »Mochte den dahingegangenen Benson nicht allzusehr. Und hat eine regelrechte Abneigung gegen den aromatischen Leander. Wahrscheinlich hat er ihr einmal gesagt, daß Mrs. Pfyfe ihn nicht versteht, und sie zum Abendessen eingeladen.«

»Hübsch genug ist sie ja«, meinte Markham gleichgültig. »Vielleicht hat Benson ebenfalls seine Annäherungsversuche unternommen – das könnte der Grund sein, weshalb sie ihn nicht mochte.«

»Oh, unbedingt.« Vance dachte einen Moment lang nach. »Hübsch – gewiß; aber lassen Sie sich nicht täuschen. Sie ist ein ehrgeiziges Mädel, und nicht dumm – eine, die weiß, was sie will. Die nicht alles mit sich machen läßt. Sie hat etwas Solides, Aufrechtes – Teutonenblut, würde ich vermuten.« Wieder hielt er nachdenklich inne. »Wissen Sie, Markham, ich habe den Verdacht, daß wir von dieser Miss Katinka noch hören werden.«

»Wieder in die Kristallkugel geschaut?« brummte Markham.

»Liebe Güte, nein!« Vance blickte müßig zum Fenster hinaus. »Aber ich hielt, wenn man so sagen darf, stumme Zwiesprache mit ihr und stellte einige kraniologische Studien an.«

»Hatte ich doch recht«, sagte Markham, »als ich das Gefühl hatte, Sie starren sie an. Aber bei dem Bubikopf und dem Hut, den sie aufhatte, wie konnten Sie da die Höcker am Schädelknochen zählen, oder was die Phrenologen sonst machen?«

»Wie schrieb Goldsmith doch gleich von jenem Prediger?« ermahnte Vance ihn. »Wahrheit von seinen Lippen floß, und wer zu spotten kam, der blieb *etcetera* ... Zunächst einmal bin ich kein Anhänger der Phrenologie. Aber ich bin überzeugt davon, daß Zeitalter, Rasse und persönliches Erbe Eigenheiten in der Schädelform hervorbringen. In dieser Hinsicht bin ich nichts weiter als ein altmodischer Darwinist. Jedes Kind weiß, daß der Neandertaler einen anderen Schädel als der Cro-Magnon-Mensch hatte, und selbst ein Jurist könnte die arische Kopfform von der ural-altaischen unterscheiden oder einen Asiaten von einem Pygmäen. Und wer auch nur über die kleinsten Kenntnisse der Mendelschen Gesetze verfügt, der sieht, wie Schädelformen vererbt werden ... Doch all meine Gelehrsamkeit stößt auf taube Ohren, fürchte ich. Halten wir nur fest, daß ich trotz Haar und Hut die Umrisse der Kopfform und die Grundzüge der Gesichtsknochen der jungen Dame erkennen konnte – und ich konnte sogar einen Blick auf ihr Ohr erheischen.«

»Und schlossen daraus, daß wir noch von ihr hören werden«, fügte Markham verächtlich hinzu.

»Nun – indirekt schon«, gestand Vance. Und dann, nach einer Pause: »Aber hören Sie, nach dem, was wir nun von Miss Hoffman wissen, erstrahlen da nicht Colonel Ostranders gestrige Kommentare in einem ganz neuen Glanz?«

»Genug jetzt!« schnauzte Markham. »Reden Sie nicht um die Sache herum und sagen Sie endlich, was Sie wollen.«

Vance wandte sich gemächlich vom Fenster um und sah ihn nachdenklich an.

»Markham – lassen Sie mich die Frage ganz akademisch stellen –, wären nicht Pfyfes falscher Scheck und das zugehörige Geständnis und der demnächst fällige Schuldschein ein recht gutes Motiv, Benson das Lebenslicht auszublasen?«

Markham richtete sich mit einem Ruck auf.

»Sie meinen, Pfyfe war es? Wollen Sie darauf hinaus?«

»Nun, führen Sie sich doch einmal die Lage vor Augen: Allem Anschein nach fälschte Pfyfe Bensons Unterschrift auf einem Scheck, gestand ihm die Sache und mußte – die Überraschung seines Lebens – erfahren, daß sein alter Freund nicht nur einen auf neunzig Tage befristeten Schuldschein über den gesamten Betrag forderte, sondern dazu ein schriftliches Geständnis, mit dem er die Zahlung erzwingen konnte … Bedenken Sie nun die folgenden Fakten. Erstens: Pfyfe suchte Benson in der vergangenen Woche auf, und es kam zu einem Streit, bei dem der Scheck erwähnt wurde – Damon flehte vermutlich Pythias an, die Frist zu verlängern, und wurde mit einem schnöden ›Kommt nicht in Frage‹ abgefertigt. Zweitens: Zwei Tage darauf wurde Benson erschossen, nur eine knappe Woche, bevor die Zahlung fällig war. Drittens: Pfyfe war zur Tatzeit vor Bensons Haus und hat bei der Frage danach nicht nur Sie belogen, sondern dazu noch einen Garagenbesitzer bestochen, den Verbleib seines Wagens zu verschweigen. Viertens: Die Erklärung, die er zu bieten hatte, als wir ihm auf die Schliche kamen – die vergebliche Suche nach Haig and Haig –, war, um es milde auszudrücken, weit hergeholt. Und vergessen Sie nicht, daß das, was er Ihnen ursprünglich anbieten wollte – die einsame Suche nach den Tröstungen der Natur in den Catskill-Bergen mit einem mysteriösen Zwischenstop in New York, wo er einer nicht näher bezeichneten Person das Händchen schütteln wollte –, ja auch nicht gerade der Gipfel an Plausibilität war. Fünftens: Er ist ein Spieler, und ein impulsiver dazu, der bereit ist, etwas zu riskieren; nicht zu vergessen die Großwildjagd in Südafrika, bei der er ja gewiß den Umgang mit Feuerwaffen erlernte. Sechstens: Mit bemerkenswertem Eifer versuchte er, den Verdacht auf Leacock zu lenken, und hat Ihnen zu diesem Zwecke ein paar unfeine Sachen erzählt, bis hin zu der Auskunft, er habe den Captain im entscheidenden Augenblick am Tatort erspäht. Siebtens – aber muß ich wirklich noch weitermachen? Habe ich Ihnen nicht schon all das geliefert, was Ihnen so lieb ist? Wie war das – Motiv, Zeit, Ort, Gelegenheit, Verhalten? Nur die Tatwaffe fehlt. Aber die Waffe des Captains liegt auf dem Grunde des East River; da wären Sie also in jenem Falle auch nicht viel besser dran, was?«

Markham hatte Vance' Resümee aufmerksam verfolgt. Nun saß er da und starrte gedankenverloren die Schreibtischplatte an.

»Wie wäre es mit einer kleinen Unterhaltung mit Pfyfe, bevor Sie entscheidende Schritte gegen den Captain unternehmen?« schlug Vance vor.

»Ich glaube, ich werde Ihren Rat annehmen«, antwortete Markham zögernd, nachdem er noch mehrere Minuten lang darüber nachgedacht hatte. »Ob er wohl jetzt in seinem Hotel ist?«

»Oh, darauf können Sie sich verlassen«, sagte Vance. »Einsam die Wacht und so weiter.«

Pfyfe war da, und Markham ließ ihm ausrichten, unverzüglich in sein Büro zu kommen.

»Da ist noch etwas, worum ich Sie bitten möchte«, sagte Vance, als Markham den Hörer aufgelegt hatte. »Ich brenne darauf zu erfahren, wo die anderen wohl in jener Stunde waren, in welcher Bensons Geist dies Jammertal verließ – zwischen Mitternacht und ein Uhr in der Nacht vom Dreizehnten auf den Vierzehnten oder, um es noch präziser auszudrücken, der ersten Stunde des Vierzehnten.«

Markham sah ihn verwundert an.

»Alberne Idee, nicht wahr?« fuhr Vance unbekümmert fort. »Aber Sie legen soviel Wert auf Alibis – obwohl sie ja oft genug nicht halten, was sie versprechen, nicht wahr? Denken Sie nur an

Leacock. Wenn jener Page zu Heath gesagt hätte, er könne ihm im Mondschein begegnen, hätten Sie nichts gegen den Captain in der Hand. Was Ihnen nur wieder zeigt, wie vertrauensselig Sie sind ... Lassen Sie uns doch einmal nachhören, wo die anderen waren. Pfyfe und der Captain waren bei Benson, und das sind bisher ja fast die einzigen, bei denen Sie dieser Frage nachgegangen sind. Wer weiß, wer sonst in jener Nacht noch bei Alvin war. Vielleicht standen Freunde und Bekannte in Scharen vor dem Haus – eine regelrechte Soiree womöglich ... Und unser bedauernswerter Sergeant hätte etwas zu tun, das ihm den Kummer vertreiben würde.«

Markham wußte ebensogut wie ich, daß Vance keinen solchen Vorschlag gemacht hätte, wenn nicht ein ernsthaftes Anliegen dahintergesteckt hätte, und er blickte ihm eine ganze Weile aufmerksam ins Gesicht, als wolle er in seinen Zügen ablesen, was er mit dieser unerwarteten Bitte bezwecken wollte.

»Und wen hätten Sie da im einzelnen vor Augen, wenn Sie von ›allen‹ sprechen?« Er hatte zu einem Stift gegriffen und hielt ihn über einem Blatt Papier bereit.

»Es darf niemand ausgelassen werden«, erwiderte Vance. »Schreiben Sie: Miss St. Clair – Captain Leacock – der Major – Pfyfe – Miss Hoffman ...«

»Miss Hoffman!«

»Ohne Ausnahme! ... Haben Sie Miss Hoffman? Jetzt schreiben Sie noch Colonel Ostrander hinzu ...«

»Also hören Sie!« rief Markham.

»...und vielleicht fallen mir später noch ein oder zwei ein. Aber das ist schon einmal ein schöner Anfang.«

Bevor Markham weitere Einwände machen konnte, trat Swakker ein und verkündete, daß Heath draußen warte.

»Was ist nun mit unserem Freund Leacock, Sir?« war des Sergeants erste Frage.

»Ich stelle das noch für einen Tag oder zwei zurück«, erklärte Markham. »Ich will mich erst noch einmal mit Pfyfe unterhalten, bevor ich etwas Definitives unternehme.« Er berichtete Heath von dem Besuch von Major Benson und Miss Hoffman.

Heath inspizierte den Umschlag und die drei Schriftstücke, dann reichte er sie zurück.

»Für meine Begriffe hat das nichts mit unserer Sache zu tun«, sagte er. »Das ist eine private Vereinbarung zwischen Benson und diesem Pfyfe. Wir sollten uns an Leacock halten, und je schneller wir den hinter Schloß und Riegel haben, desto ruhiger werde ich wieder schlafen.«

»Vielleicht schon morgen«, tröstete Markham ihn. »Lassen Sie sich von dieser kleinen Verzögerung nicht entmutigen … Sie lassen den Captain doch beobachten, nicht wahr?«

Heath grinste. »Worauf Sie sich verlassen können.«

Vance wandte sich an Markham.

»Vergessen Sie nicht die Liste mit Namen, die Sie für den Sergeant vorbereitet haben«, schnurrte er. »Es ging um Alibis, wenn ich mich recht entsinne.«

Markham zögerte und runzelte die Stirn. Dann reichte er Heath die Liste, die Vance ihm diktiert hatte.

»Nur zur Sicherheit, Sergeant«, sagte er mißmutig. »Ich möchte, daß Sie mir die Alibis der Leute hier für die Mordnacht beschaffen. Vielleicht kommt noch etwas Nützliches ans Licht. Überprüfen Sie auch die noch einmal, die Sie schon kennen, bei Pfyfe zum Beispiel; und lassen Sie mir die Ergebnisse so schnell wie möglich zukommen.«

Als Heath wieder fort war, wandte Markham sich mit ärgerlicher und überdrüssiger Miene an Vance.

»Was wollen Sie mir eigentlich noch alles an Steinen in den …« hob er an.

Doch Vance schnitt ihm nonchalant das Wort ab.

»Solche Undankbarkeit! Wenn Sie nur wüßten, Markham! Ich bin Ihr Schutzengel, Ihr *deus ex machina*, Ihre gute Fee.«

Einiges wird gestanden, anderes nicht

(Dienstag, 18. Juni, nachmittags)

Eine Stunde darauf meldete sich Phelps zurück, der Detektiv, den Markham zum Riverside Drive 94 geschickt hatte, und er strahlte vor Zufriedenheit.

»Ich glaube, ich habe, was Sie haben wollten, Chef.« Seine rauhe Stimme hatte, wenn auch dezent, etwas Triumphierendes. »Ich bin hinauf zur Wohnung dieser St. Clair gegangen und habe geklingelt. Sie kam selbst an die Tür, und ich trat auf den Wohnungsflur und stellte meine Fragen. Sie hatten ganz recht, sie weigerte sich zu antworten. Als ich Andeutungen machte, daß ich wüßte, daß in dem Päckchen die Pistole gewesen war, mit der Benson erschossen wurde, lachte sie nur und riß die Tür auf. ›Raus, du Ratte‹, verabschiedete sie mich.«

Er grinste.

»Ich wie der Wind nach unten, und da sehe ich an der Rezeption schon, wie ihre Nummer auf der Schalttafel leuchtet. Ich hab' den Jungen noch die Verbindung machen lassen, dann hab' ich übernommen und zugehört, was sie zu sagen hat … Sie sprach mit Leacock, und das erste, was sie sagte, war: ›Sie wissen, daß du gestern die Pistole geholt und ins Wasser geworfen hast‹. Muß ein ziemlicher Schock für ihn gewesen sein, denn eine ganze Weile lang hat er gar nichts gesagt. Dann antwortete er, ganz ruhig und irgendwie lieb: ›Mach dir keine Sorgen, Muriel; und am besten sprichst du den ganzen Tag über mit niemandem mehr. Morgen früh bringe ich alles in Ordnung.‹ Er nahm ihr das Versprechen ab, daß sie bis morgen Stillschweigen bewahrt, und dann verabschiedete er sich.«

Markham saß eine Weile lang nur da und ließ sich die Geschichte durch den Kopf gehen.

»Was für einen Eindruck hatten Sie von der Unterhaltung der beiden?«

»Wenn Sie mich fragen, Chef«, antwortete der Detektiv, »ich

würde zehn zu eins wetten, daß Leacock der Täter ist, und das Mädchen weiß es.«

Markham dankte ihm und entließ ihn.

»Diese Ritter von jenseits des Potomac«, war Vance' Kommentar, »eine furchtbare Plage ... Aber wird es nicht allmählich Zeit für unser Plauderstündchen mit dem lieblichen Leander?«

Fast im gleichen Augenblick wurde die Ankunft des Mannes gemeldet. Er trat in gewohnt weltmännischer Art ins Zimmer, doch auch die größte Gewandtheit konnte nicht ganz verbergen, daß ihm nicht wohl in seiner Haut war.

»Setzen Sie sich, Mr. Pfyfe«, kommandierte Markham streng. »Allem Anschein nach werden Sie uns noch ein wenig mehr erklären müssen.«

Er holte den braunen Umschlag hervor und legte die drei Schriftstücke auf den Tisch, so daß Pfyfe sie sehen konnte.

»Wären Sie wohl so freundlich, mir zu sagen, was es mit diesen Papieren auf sich hat?«

»Mit dem größten Vergnügen«, erwiderte Pfyfe, doch seine Stimme hatte ihre Selbstsicherheit verloren. Auch sein Gleichmut war nicht mehr ganz der alte, und als er innehielt, um sich eine Zigarette anzuzünden, entdeckte ich an der Art, wie er das Streichholz aus seinem goldenen Etui holte, eine gewisse Nervosität.

»Ich hätte schon viel früher davon sprechen sollen«, gestand er mit einer dezent wegwerfenden Handbewegung in Richtung der Papiere ein.

Er lehnte sich vor und stützte sich auf einen Ellenbogen, so daß seine Haltung etwas von einer Beichte hatte, nur daß die Zigarette beim Sprechen zwischen seinen Lippen auf- und abhüpfte.

»Es quält mich außerordentlich, daß ich diese Dinge offenbaren muß«, begann er, »doch da es der Wahrheit dienlich ist, will ich nicht darüber klagen ... Meine – ähm – häuslichen Verhältnisse sind nicht ganz das, was man sich wünschen würde. Mein Schwiegervater hat, so unverständlich das ist, eine ganz und gar irrationale Abneigung gegen mich entwickelt; und er gefällt sich darin, mir, von einer lächerlichen Summe abgesehen, alle finanzielle Unterstützung zu versagen, obwohl es sich bei dem Geld, das er mir vorenthält, in Wirklichkeit um das Vermögen meiner Frau handelt. Vor einigen Monaten machte ich Gebrauch von gewissen Mitteln – zehntausend Dollar, um genau zu sein –, auf die ich, wie man mir danach eröffnete, kein Anrecht gehabt hätte. Als mein Schwiegervater von meinem Irrtum erfuhr, war es unumgänglich, daß ich den vollen Betrag zurückerstattete, um zu verhindern, daß Mrs. Pfyfe die Angelegenheit mißdeutete – denn ein solches Mißverständnis hätte meiner Frau großen Kummer bereitet. Ich schrieb, muß ich leider eingestehen, einen Scheck in Alvins Namen aus. Aber verstehen Sie mich nicht miß – ich erklärte es ihm sogleich und bot ihm den Schuldschein und dies kleine Geständnis als Zeichen meines guten Willens an … Und das ist alles, Mr. Markham.«

»Das war auch der Gegenstand Ihres Streits mit ihm, letzte Woche?«

Pfyfe blickte überrascht auf.

»Oh, Sie haben von unserem kleinen *contretemps* gehört? … Ja, es ist wahr – wir hatten eine leichte Meinungsverschiedenheit zu den – wie soll ich sagen? – Modalitäten der Rückzahlung.«

»Bestand Benson darauf, daß die Schulden am Tag der Fälligkeit beglichen wurden?«

»Nein – so kann man es nicht sagen. Ich flehe Sie an, Sir«, beschwor Pfyfe ihn, »zwingen Sie mich nicht, die Einzelheiten meiner kleinen Unterhaltung mit Alvin zu enthüllen. Ich versichere Ihnen, sie haben keinerlei Belang für die augenblickliche Situation. Es war ein ausgesprochen privates und persönliches Gespräch.« Er lächelte vertraulich. »Ich will allerdings gestehen, daß ich in der Nacht, in der Alvin erschossen wurde, zu seinem Haus fuhr, um mit ihm über den Scheck zu reden; doch wie Sie bereits erfahren haben, fand ich alle Fenster dunkel und verbrachte die Nacht in einem Türkischen Bad.«

»Verzeihen Sie, wenn ich frage, Mr. Pfyfe«, schaltete Vance sich ein, »aber akzeptierte Mr. Benson denn Ihren Schuldschein ohne eine Sicherheit?«

»Aber natürlich!« Pfyfes Ton war empört. »Alvin und ich, das habe ich Ihnen doch erklärt, waren die besten Freunde.«

»Aber selbst ein Freund«, beharrte Vance, »könnte bei einer so großen Summe ein Pfand fordern. Woher wußte Benson, daß Sie in der Lage sein würden, ihm das Geld zurückzuzahlen?«

»Ich kann nur sagen, er wußte es eben«, erwiderte Pfyfe mit ausgesuchter Geduld.

Doch Vance war noch immer nicht zufrieden.

»Vielleicht genügte ihm das Geständnis, das Sie ihm gegeben hatten.«

Pfyfe belohnte ihn mit einem strahlend anerkennenden Blick.

»Genau so war es«, sagte er.

Danach schwieg Vance wieder, und auch wenn Markham noch fast eine halbe Stunde lang weiterfragte, kam nichts Neues mehr ans Tageslicht. Pfyfe beharrte bis ins kleinste Detail auf seiner Geschichte und weigerte sich höflich, näher auf seinen Streit mit Benson einzugehen; er bestand darauf, daß die Sache nichts mit dem Mordfall zu tun habe. Schließlich ließ Markham ihn laufen.

»Nicht sehr hilfreich«, war sein Kommentar. »Allmählich denke ich, Heath hatte doch recht und Pfyfes dubiose Geldgeschäfte sind nur eine falsche Fährte.«

»Sie lernen aber auch wirklich überhaupt nichts dazu, nicht wahr?« klagte Vance. »Pfyfe hat Ihnen gerade den ersten vernünftigen Anhaltspunkt für Ihre Ermittlungen gegeben – und Sie sagen, es war nicht hilfreich! ... Hören Sie mir zu, und *nota bene*. Wir haben keinen Grund, daran zu zweifeln, daß Pfyfe uns über die zehntausend Dollar die Wahrheit gesagt hat: Er stibitzte das Geld und fälschte Bensons Unterschrift auf einem Scheck, als er es zurückzahlen sollte. Aber keine Sekunde lang würde ich glauben, daß es nicht zusätzlich zum Geständnis auch noch eine Sicherheit gab. Benson war nicht der Mann, der jemandem – ob Freund oder nicht – einen solchen Betrag ohne Pfand überlassen hätte. Ihm lag ja daran, daß er sein Geld zurückbekam, und nicht daran, daß der Schuldner ins Gefängnis wanderte. Deshalb habe ich mich zu Wort gemeldet und nach der Sicherheit gefragt. Natürlich stritt Pfyfe es ab, doch auf die Frage, woher Benson denn wußte, daß er auch zahlen würde, gab er keine klare Antwort. Erst auf meinen Vorschlag kam er auf das Geständnis als mögliche Erklärung – was zeigt, daß er etwas anderes im Sinn hatte; etwas, das er für sich behalten wollte. Und daß er so bereitwillig auf meinen Vorschlag einging, bestätigt das nur.«

»Und was hat das mit uns zu tun?« fragte Markham ungeduldig.

»Oh, daß ich weinen könnte!« stöhnte Vance. »Sehen Sie denn nicht, daß es da noch jemanden im Hintergrund geben muß? Jemanden, der mit dem Pfand zu tun hat? Es kann nicht anders sein, sonst hätte Pfyfe keine Hemmungen gehabt, uns die Geschichte dieses Streites bis ins kleinste zu erzählen, und sei es auch nur, um sich selbst von jedem Verdacht reinzuwaschen. Doch er weiß, daß er in einer unglücklichen Lage ist, und deshalb will er verschweigen, was an jenem Tag im Büro zwischen ihm und Benson vorging … Pfyfe deckt jemanden – und die Ritterlichkeit in Person ist er ja nicht gerade. Ich frage also: Warum?«

Er lehnte sich zurück und blickte hinauf zur Decke.

»Ein Geistesblitz sagt mir«, fuhr er fort, »– ein ganzes Feuerwerk sogar –, daß wir, wenn wir wissen, was es mit diesem Pfand auf sich hat, auch den Mörder zu fassen bekommen.«

In diesem Augenblick klingelte das Telefon, und Markham hob ab und hörte mit verblüffter, doch amüsierter Miene zu. Er verabredete sich mit dem Anrufer für halb sechs am selben Nachmittag. Als er auflegte, lachte er laut.

»Ihre spiritistischen Eingebungen haben sich wieder einmal bestätigt«, sagte er, an Vance gewandt. »Es war ein Anruf von Miss Hoffman, aus einer Telefonzelle, und sie ließ mich wissen, daß sie zu ihrer Geschichte noch etwas nachzutragen habe. Sie kommt um halb sechs her.«

Vance war nicht beeindruckt.

»Ich hatte ja erwartet, daß sie sich schon in der Mittagspause meldet.«

Wiederum blickte Markham ihn forschend an.

»Etwas sehr Merkwürdiges geht hier vor«, sagte er.

»Oh, unbedingt«, erwiderte Vance lässig. »Merkwürdiger, als Sie sich überhaupt vorstellen können.«

Eine Viertelstunde oder zwanzig Minuten lang versuchte Markham noch, etwas über seine Vermutungen aus ihm herauszubekommen, doch Vance hatte offenbar plötzlich seine Gabe dafür entdeckt, mit den schönsten Worten rein gar nichts zu sagen. Schließlich gab Markham es auf.

»Ich komme immer mehr zu dem Schluß«, sagte er, »daß Sie entweder selbst etwas mit dem Mord an Benson zu tun haben oder daß Sie ein wirklich phänomenales Talent haben, Sachen zu erraten.«

»Es gibt da noch eine dritte Möglichkeit, wissen Sie«, entgegnete Vance. »Schließlich wäre doch denkbar, daß meine ästhetischen Hypothesen und metaphysischen Schlüsse – wie Sie es nennen – doch zum Erfolge führen – nicht wahr?«

Kurz vor der Mittagspause verkündete Swacker, daß Tracy von Long Island zurück und bereit sei, Bericht zu erstatten.

»Ist das der Bursche, der uns Einblicke in Pfyfes *affaires de cœur* vermitteln soll?« fragte Vance, an Markham gewandt. »Wenn ja, dann brenne ich darauf, ihn zu hören.«

»Das ist der Mann … Schicken Sie ihn rein, Swacker.«

Tracy trat ein, zufrieden lächelnd, sein Notizbuch in der einen Hand, den Zwicker in der anderen.

»War nicht schwer, etwas über Pfyfe herauszufinden«, sagte er. »Alle kennen ihn in Port Washington – ein ziemliches Original –, und es gibt jede Menge Klatschgeschichten.«

Er setzte zeremoniell seinen Zwicker auf und studierte dann die Notizen.

»Neunzehn-zehn hat er eine Miss Hawthorn geheiratet. Sie ist wohlhabend, aber Pfyfe profitiert nicht viel davon, weil ihr Vater auf der Geldkiste sitzt …«

»Lassen Sie die geborene Hawthorn und ihren treusorgenden Herrn Papa, Tracy«, unterbrach Vance ihn – »Mr. Pfyfe hat uns schon selbst von seinen traurigen ehelichen Verhältnissen berichtet. Kommen noch andere Damen ins Spiel?«

Tracy sah fragend den Staatsanwalt an – er wußte nicht, welchen Status Vance hatte. Auf ein Kopfnicken von Markham schlug er eine Seite in seinem Notizbuch um und fuhr fort.

»Einer weiteren Frau, die mit dem Fall zu tun haben könnte, bin ich auf die Spur gekommen. Sie wohnt in New York und ruft oft in einem Drugstore nicht weit von Pfyfes Haus an, wo sie Nachrichten für ihn hinterläßt. Er nimmt auch den Apparat dort, wenn er mit ihr telefoniert. Natürlich hat er eine Absprache mit dem Ladenbesitzer; aber ich konnte die Nummer herausbekommen. Als ich wieder hier war, habe ich mir flugs von der Auskunft Namen und Adresse geben lassen und ein paar Erkundigungen eingezogen … Es ist eine gewisse Mrs. Paula Banning, verwitwet – und eine lustige Witwe, nach allem, was man hört; sie hat ein Apartment an der 75. Straße West, Nummer 268.«

Mehr hatte Tracy nicht zu sagen; als er gegangen war, blickte Markham mit einem breiten Grinsen hinüber zu Vance.

»Na, viel hat er Ihnen nicht geliefert.«

»Aber hören Sie! Der Mann ist ein Meister«, entgegnete Vance. »Er hat genau die Information zutage gefördert, die wir brauchten.«

»Die *wir* brauchten?« echote Markham. »Ich habe Wichtigeres zu tun, als mich um Pfyfes Liebesleben zu kümmern.«

»Und doch wird diese Amoure Pfyfes, das können Sie mir glauben, den Mord an Benson aufklären«, erwiderte Vance; doch mehr wollte er nicht sagen.

Markham, auf den ein Berg anderer Arbeit wartete und der für den Nachmittag eine Reihe von Terminen hatte, beschloß, sich sein Mittagessen ins Büro bringen zu lassen, und so verabschiedeten Vance und ich uns zunächst von ihm.

Wir aßen im Elysée, warfen bei Knoedler einen Blick auf eine Ausstellung französischer Pointilisten und gingen dann in die Aeolian Hall, wo ein Streichquartett aus San Francisco ein Mozart-Programm bot. Kurz vor halb sechs fanden wir uns wieder im Büro des Bezirksstaatsanwalts ein, wo um diese Zeit niemand außer Markham mehr war.

Kurz nach uns kam Miss Hoffman, die mit knappen, sachlichen Worten den Rest ihrer Geschichte erzählte.

»Ich habe Ihnen heute morgen nicht alles gesagt«, erklärte sie, »und ich werde Ihnen die weiteren Einzelheiten auch jetzt nur berichten, wenn Sie bereit sind, sie als vertraulich anzusehen, denn was ich zu sagen habe, könnte mich meine Stellung kosten.«

»Ich verspreche Ihnen«, versicherte ihr Markham, »daß Sie sich auf meine Diskretion voll und ganz verlassen können.«

Sie zögerte einen Moment lang, dann fuhr sie fort.

»Als ich Major Benson heute morgen von Mr. Pfyfe und seinem Bruder erzählte, bestand er darauf, daß ich sogleich mit ihm in Ihr Büro kam und es Ihnen ebenfalls berichtete. Doch auf der Fahrt legte er mir nahe, daß ich einen bestimmten Teil der Geschichte auslassen solle. Er hat es mir nicht ausdrücklich verboten, aber er erklärte mir, daß es nichts mit dem Fall zu tun habe und Sie nur verwirren würde. Ich habe seinen Rat beherzigt; doch später im Büro begann ich darüber nachzudenken, und da der Mord an Mr. Benson ja schließlich eine schwerwiegende Sache ist, beschloß ich, es Ihnen doch zu sagen. Für den Fall, daß es doch etwas mit der Sache zu tun hatte, wollte ich nicht später als diejenige dastehen, die Ihnen Informationen vorenthalten hatte.«

Sie schien sich nach wie vor nicht ganz schlüssig, ob sie die richtige Entscheidung getroffen hatte.

»Ich hoffe, es ist kein Fehler. Aber um ehrlich zu sein, gab es noch etwas anderes, das Mr. Benson mich an jenem Tag, an dem er und Mr. Pfyfe sich stritten, aus dem Safe holen ließ. Es war ein schweres, quadratisches Päckchen und trug die gleiche Aufschrift wie der Umschlag: ›Pfyfe – persönlich‹. Und um dieses Päckchen drehte sich der Streit zwischen Mr. Benson und Mr. Pfyfe.«

»War es heute morgen noch im Safe?« fragte Vance. »Als Sie den Umschlag für den Major holten?«

»O nein. Als Mr. Pfyfe letzte Woche gegangen war, steckte ich das Päckchen zusammen mit dem Umschlag wieder in den Safe.

Aber vergangenen Donnerstag nahm Mr. Benson es mit nach Hause – an dem Tag, an dem er umgebracht wurde.«

Markham schien kein großes Interesse an diesen Eröffnungen zu haben und holte schon zur Schlußbemerkung aus, als Vance sich wieder zu Wort meldete.

»Das war sehr anständig von Ihnen, Miss Hoffman, daß Sie sich die Mühe gemacht haben, uns von dem Päckchen zu berichten; und nun, wo Sie hier sind, würde ich gern noch ein oder zwei Dinge fragen … Wie gut sind Mr. Alvin Benson und der Major miteinander ausgekommen?«

Sie blickte Vance mit einem seltsamen Lächeln an.

»Nicht allzugut«, antwortete sie. »Die beiden waren grundverschieden. Mr. Alvin Benson war kein allzu angenehmer Mensch und auch nicht gerade ehrenhaft, fürchte ich. Man wäre nie darauf gekommen, daß die beiden Brüder waren. Ständig gab es Auseinandersetzungen ums Geschäft, und jeder belauerte den anderen mißtrauisch.«

»Kaum anders zu erwarten«, meinte Vance, »wenn man bedenkt, wie unterschiedlich im Temperament die beiden waren … Wie hat sich dieses Mißtrauen gezeigt?«

»Nun, zum Beispiel haben sie sich manchmal belauscht. Die beiden Büros lagen nebeneinander, und jeder horchte an der Verbindungstür. Ich war ja Sekretärin für beide und habe sie oft genug dabei gesehen. Mehrfach haben sie auch versucht, mich über den anderen auszufragen.«

Vance lächelte sie mitfühlend an.

»Nicht gerade angenehm für Sie.«

»Oh, mir macht das nichts aus«, antwortete sie und lächelte zurück. »Ich habe mich amüsiert.«

»Wann war das letzte Mal, daß Sie einen von beiden beim Lauschen erwischt haben?« fragte er.

Das Mädchen war sogleich wieder ernst.

»Am allerletzten Tag, an dem Mr. Alvin Benson am Leben war, sah ich den Major an der Tür stehen. Jemand war bei Mr. Benson im Büro – eine Dame –, und der Major schien sehr interessiert. Das war am Nachmittag. Mr. Benson ging an jenem Tag früher nach Hause – nur ungefähr eine halbe Stunde nachdem die Dame gegangen war. Sie kam später noch einmal ins Büro, aber da war er natürlich nicht mehr da, und ich sagte ihr, daß er schon nach Hause gegangen war.«

»Wissen Sie, wer sie war?« erkundigte sich Vance.

»Nein«, antwortete sie. »Ihren Namen hat sie nicht gesagt.«

Vance stellte noch einige weitere Fragen, und danach nahmen wir gemeinsam mit Miss Hoffman die U-Bahn stadtauswärts und verabschiedeten uns an der 23. Straße von ihr.

Markham war während der Fahrt still und gedankenverloren. Und auch Vance sprach erst wieder, als wir es uns in unseren Sesseln im Salon des Stuyvesant-Clubs bequem gemacht hatten. Müßig zündete er sich eine Zigarette an und sagte:

»Sie verstehen die subtilen Gedankengänge, die mich dazu führten, einen zweiten Besuch von Miss Hoffman vorauszusagen – nicht wahr, Markham? Mir war klar, daß Freund Alvin diesen falschen Scheck nicht eingelöst hätte, ohne daß er eine Sicherheit gehabt hätte, und ich konnte mir ausmalen, daß es bei dem kleinen Streit um jenes Pfand gegangen sein mußte, denn Pfyfe befürchtete nicht wirklich, daß sein *alter ego* ihn ins Gefängnis stecken würde. Ich stelle mir eher vor, daß Pfyfe versucht hat, das Pfand zurückzubekommen, bevor er seine Schulden bezahlt hatte, und darauf seine Antwort ›Nichts zu machen‹ bekam ... Und unser Goldschopf mag ja ein nettes Mädel sein und so weiter, aber das widerspräche einfach aller weiblichen Natur, wenn sich nebenan zwei solche Lüstlinge gestritten hätten, und sie hätte nicht aufmerksam zugehört. Ich möchte das nicht entziffern müssen, was sie angeblich währenddessen getippt hat. Ich war mir sicher, daß sie mehr gehört hatte, als sie uns verriet, und ich fragte mich: Warum diese Zurückhaltung? Die einzige logische Antwort war: Weil der Major es so gewollt hatte. Und da das *gnädige Fräulein* ja eine wackere germanische Seele ist, mit dem typischen Hang zur im Grunde eigennützigen, von der Vorsicht diktierten Ehrlichkeit, konnte ich die Prophezeiung riskieren, daß sie, sobald sie dem Einfluß ihres wohlmeinenden Dienstherrn wieder entzogen war, uns auch den Rest beichten würde, damit sie, sollte die Sache später aufkommen, in jedem Falle aus dem Schneider wäre … Nicht so kryptisch, wenn man es erst einmal erklärt bekommt, was?«

»Schön und gut«, gestand Markham ärgerlich ein. »Aber was hilft uns das?«

»Ich finde nicht, daß der Schritt, den uns das vorwärtsbringt, gar so schwer zu sehen ist.«

Vance blies eine Rauchwolke in die Luft.

»Es wird Ihnen gewiß aufgegangen sein«, sagte er, »daß dies geheimnisvolle Päckchen besagtes Pfand enthielt.«

»Zu einem solchen Schluß könnte man kommen«, stimmte Markham zu. »Aber ich sitze deswegen nicht gerade starr vor Ehrfurcht da – wenn es das war, worauf Sie gehofft hatten.«

»Und natürlich«, fuhr Vance unbekümmert fort, »hat Ihr Juristenverstand, geübt in logischer Schlußfolgerung, wie er ist, dies Objekt bereits als das Schmuckkästchen identifiziert, das Mrs. Platz an jenem schicksalhaften Nachmittag auf Bensons Tisch erblickte.«

Markham setzte sich mit einem Ruck auf; dann sank er wieder zurück und zuckte mit den Schultern.

»Selbst wenn«, sagte er, »ich sehe nicht, wie uns das helfen könnte. Wenn der Major nicht gewußt hätte, daß das Päckchen nichts mit unserem Fall zu tun hat, dann wäre er doch gar nicht auf die Idee gekommen, seiner Sekretärin zu sagen, daß sie es unerwähnt lassen soll.«

»Ah! Aber wenn der Major weiß, was wichtig und was unwichtig für unseren Fall ist, dann muß er auch etwas über den Fall wissen – nicht wahr? Sonst hätte er ja keine Grundlage, auf der er urteilen könnte … Ich hatte von Anfang an das Gefühl, daß er mehr weiß, als er zugibt. Vergessen Sie nicht, daß er es war, der uns auf die Spur Pfyfes gebracht hat, und denken Sie auch an die Bestimmtheit, mit der er Captain Leacocks Unschuld beteuerte.«

Markham dachte etliche Minuten lang darüber nach.

»Ich sehe allmählich, worauf Sie hinauswollen«, sagte er zögernd. »Diese Schmuckstücke spielen vielleicht doch eine wichtige Rolle … Ich denke mir, ich werde mich noch einmal mit dem Major unterhalten.«

Kurz nach dem Abendessen, das wir diesmal im Club einnahmen, betrat Major Benson den Salon, wohin wir uns zum Rauchen zurückgezogen hatten, und Markham sprach ihn ohne weitere Umschweife an.

»Major, wollen Sie mir nicht ein wenig mehr helfen, die Wahrheit über den Mord an Ihrem Bruder herauszufinden?« fragte er.

Der andere blickte ihn forschend an: Die Ernsthaftigkeit, mit der Markham das sagte, strafte die muntere Formulierung lügen.

»Glauben Sie mir, ich will Ihnen weiß Gott keine Hindernisse in den Weg legen«, antwortete er und wog sorgsam jedes einzelne Wort ab. »Mit Freuden würde ich helfen, so gut ich nur kann. Aber es gibt ein oder zwei Dinge, die ich zum gegenwärtigen Zeitpunkt nicht sagen kann … Wenn es nur um mich selbst ginge«, fügte er hinzu, »und ich auf niemanden Rücksicht nehmen müßte, dann wäre es etwas anderes.«

»Aber Sie verdächtigen jemanden?« Die Frage kam von Vance.

»In gewisser Weise schon. Ich wurde Zeuge einer Unterhaltung in Alvins Büro, die nach seinem Tod eine gänzlich neue Dimension annahm.«

»Machen Sie sich nicht durch zuviel Ritterlichkeit das Leben schwer«, drängte Markham. »Wenn Ihr Verdacht unbegründet ist, stellt sich das schon heraus.«

»Aber wenn ich mir nicht *sicher* bin, sollte ich doch niemanden belasten«, beharrte der Major. »Ich glaube, es wird besser sein, wenn Sie diesen Fall ohne mich lösen.«

Sosehr Markham ihn auch drängte, gab er doch nichts mehr preis, und kurz darauf entschuldigte er sich und ging hinaus.

Markham saß bekümmerter denn je da, blies gewaltige Rauchwolken in die Luft und trommelte mit den Fingern auf die Sessellehne.

»Na, alter Junge, gar nicht so einfach, was?« meinte Vance.

»So lustig finde ich das nicht«, brummte Markham. »Jeder einzelne scheint mehr über den Fall zu wissen als die Polizei oder die Bezirksstaatsanwaltschaft.«

»Was ja nur halb so schlimm wäre, wenn sie nicht allesamt gar so verschwiegen wären«, fügte Vance munter hinzu. »Und das Rührende daran ist, daß anscheinend jeder nur deswegen den Mund hält, weil er Rücksicht auf jemand anderen nimmt. Mit Mrs. Platz fing es an: Sie behauptete, an jenem Nachmittag sei niemand bei Benson gewesen, weil sie die junge Dame, die zum Tee kam, nicht hineinziehen wollte. Miss St. Clair weigerte sich rundheraus, Ihnen überhaupt etwas zu sagen, offenbar weil es jemanden gab, auf den sie keinen Verdacht lenken wollte. Dem Captain verschlug es in dem Augenblick die Sprache, in dem Sie andeuteten, sein holde Verlobte könne etwas mit der Sache zu tun haben. Selbst Leander verschmähte die Chance, sich aus einer peinlichen Lage zu befreien, nur um einen anderen zu schonen. Und nun der Major! … Regelrecht lästig ist das. Andererseits ist es natürlich auch ein Trost – erbaulich geradezu –, daß man es mit so noblen, opferbereiten Seelen zu tun hat.«

»Teufel noch mal!« Markham legte seine Zigarre ab und erhob sich. »Die ganze Geschichte geht mir auf die Nerven. Ich werde erst einmal drüber schlafen, und morgen früh sehen wir weiter.«

»Diese alte Vorstellung, daß man eine Sache überschlafen soll«, sagte Vance, als wir auf die Madison Avenue traten, »ist eine Täuschung – nichts als eine Entschuldigung für die Tatsache, daß man keinen klaren Gedanken fassen kann. Eine poetische Vorstellung, wissen Sie. Die Dichter glauben daran – schlafen, vielleicht auch träumen, liebreiche Amme der Natur, der Müden süßes Labsal, Balsamschlaf und all das. Alles Unsinn. Wenn der Verstand wach und tätig ist, wird er weitaus besser denken als betäubt vom Schlaf. Der Schlaf ist ein Beruhigungsmittel – kein Tonikum.«

»Na, dann bleiben Sie eben wach und denken Sie nach«, brummte Markham.

»Was ich auch tun werde«, erwiderte Vance in den fröhlichsten Tönen, »aber nicht über den Mordfall Benson. Da habe ich mir alle Gedanken, die ich mir darum zu machen gedenke, schon vor vier Tagen gemacht.«

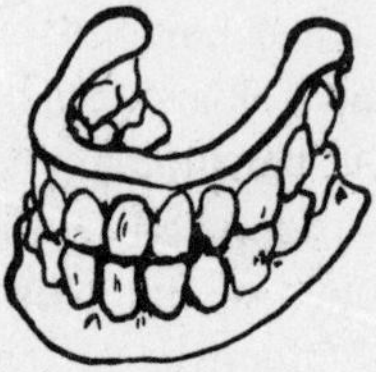

Der gefälschte Scheck

(Mittwoch, 19. Juni, vormittags)

Am nächsten Morgen fuhren wir mit Markham in die Stadt, und obwohl wir schon vor neun Uhr in seinem Büro eintrafen, wartete Heath bereits dort. Er wirkte besorgt, und als er sprach, war der Vorwurf an den Bezirksstaatsanwalt kaum zu überhören.

»Was ist nun mit diesem Leacock, Mr. Markham?« fragte er. »Ich finde, wir sollten nicht mehr länger warten. Wir beobachten ihn rund um die Uhr, und irgendwas ist da im Gange. Gestern morgen war er auf seiner Bank und blieb eine halbe Stunde im Büro des Filialleiters. Später war er noch einmal dort, wieder eine halbe Stunde. Zum Mittagessen war er im Astor-Grill, hat aber keinen Bissen gegessen – saß nur da und starrte den Tisch an. Gegen zwei Uhr ging er zu der Maklerfirma, die das Haus verwaltet, in dem er wohnt; wir haben nachgefragt und erfahren, daß er seine Wohnung ab morgen zur Untermiete angeboten hat. Er machte insgesamt sechs Besuche bei Freunden und ging dann nach Hause. Nach dem Abendessen klingelte mein Mann an der Wohnungstür und fragte, ob da Mr. XY wohnt – und sah, daß Leacock packte! … Für meine Begriffe sieht das aus, als ob der Bursche sich aus dem Staub machen will.«

Markham runzelte die Stirn. Heath' Bericht machte ihm sichtlich Sorgen; doch bevor er etwas antworten konnte, meldete sich Vance zu Wort.

»Warum die Unruhe, Sergeant? Sie haben den Captain doch unter Beobachtung. Ich bin sicher, er wird Ihren Argusaugen nicht entkommen.«

Markham studierte Vance einen Moment lang, dann wandte er sich an Heath.

»Lassen Sie es dabei. Aber wenn Leacock versucht, die Stadt zu verlassen, schnappen Sie ihn sich.«

Heath stapfte mürrisch davon.

»Übrigens, Markham«, sagte Vance, »verabreden Sie sich

nicht für heute um halb eins. Da haben Sie bereits eine Verabredung. Und mit einer Dame sogar.«

Markham legte seinen Stift nieder und starrte ihn an.

»Was ist denn das nun schon wieder für ein Unsinn?«

»Ich habe für Sie eine Verabredung getroffen. Heute morgen, telefonisch. Ich habe die Ärmste geweckt, fürchte ich.«

Markham wollte protestieren, doch er geriet vor Wut ins Stottern.

Vance hob beschwichtigend die Hand.

»Und Sie müssen diese Verabredung einhalten. Sehen Sie, ich habe mich mit Ihrem Namen gemeldet, und da wäre es nun wirklich schlechter Stil, wenn Sie sie versetzen würden ... Ich verspreche Ihnen, Sie werden es nicht bereuen«, fügte er noch hinzu. »Gestern abend waren die Aussichten so trübe – ich konnte es nicht ertragen, Sie so sehr leiden zu sehen. Also habe ich für Sie ein Treffen mit Mrs. Paula Banning arrangiert – Pfyfes Éloïse. Ich bin mir gewiß, sie wird vieles von der Düsternis vertreiben können, in die Sie gehüllt sind.«

»Hören Sie, Vance«, knurrte Markham, »das hier ist *mein* Büro ...« Er hielt abrupt inne, als er einsah, wie aussichtslos es war, gegen Vance' gute Laune etwas auszurichten. Außerdem war ihm wohl auch die Verabredung mit Mrs. Paula Banning gar nicht so unwillkommen. Sein Ärger verflog, und bei den nächsten Worten war seine Stimme schon fast wieder ruhig.

»Also, wenn Sie mich dazu verpflichtet haben, werde ich mich auch mit ihr treffen. Ich wünschte nur, Pfyfe stünde nicht auf so vertrautem Fuße mit ihr. Die beiden könnten sich verständigen, und dann käme er wie durch Zufall hinzu.«

»Lustig, daß Sie das sagen«, murmelte Vance. »Das ist mir auch schon durch den Kopf gegangen ... Deshalb habe ich ihn auch gestern abend noch angerufen und ihm erlaubt, zurück nach Long Island zu fahren.«

»Sie haben ihn angerufen ...!«

»Ich flehe um Verzeihung«, beteuerte Vance. »Aber Sie waren ja schon zu Bett gegangen. Sie ruhten sanft in Morpheus' Armen, und ich brachte es einfach nicht über mich, Sie zu stören … Und Pfyfe war so dankbar. Rührend geradezu. Auch seine Frau werde dankbar sein, versicherte er mir. Mustergültig, wie er um Mrs. Pfyfe besorgt war. Aber ich fürchte, er wird doch all seine samtene Beredsamkeit brauchen, um ihr zu erklären, wo er so lange war.«

»Und was haben Sie sonst noch über Nacht in meinem Namen unternommen?« fragte Markham bitter.

»Das war alles«, erwiderte Vance, erhob sich und schlenderte zum Fenster.

Dort blieb er stehen, sah hinaus und rauchte nachdenklich. Als er sich wieder zu uns umwandte, war aller Übermut verflogen. Er setzte sich auf einen Stuhl Markham gegenüber.

»Der Major hat uns ja praktisch eingestanden«, hob er an, »daß er mehr über die Sache weiß, als er uns verraten hat. Da er in solchen Dingen sehr förmlich ist, können Sie ihn natürlich nicht drängen. Aber er hat Ihnen auch zu verstehen gegeben, daß er nichts dagegen hat, daß Sie dem Geheimnis auf die Spur kommen, solange *er* es Ihnen nicht verraten muß – so war doch sein Verhalten am gestrigen Abend wohl aufzufassen. Ich glaube, ich weiß, wie Sie etwas herausbekommen können, ohne daß Sie ihn direkt fragen müssen und ihn damit nötigen, gegen seine Prinzipien zu verstoßen … Sie werden sich erinnern, daß Miss Hoffman erzählte, wie er gelegentlich an Türen lauscht; und Sie werden sich auch erinnern, daß er von einer Unterhaltung sprach, die er mit anhörte und die nach dem Mord an Benson in ganz anderem Licht erschien. Es ist also gut denkbar, daß jenes Wissen des Majors etwas mit den Geschäften der Firma zu tun hat, oder zumindest mit einem Klienten der Firma.«

Vance zündete sich bedächtig eine neue Zigarette an.

»Deshalb würde ich folgendes vorschlagen: Rufen Sie den Major an und bitten Sie ihn um die Erlaubnis, jemanden schicken zu dürfen, der einen Blick in seine Geschäftsbücher wirft. Sagen Sie, Sie wollen sich einen Überblick über die Transaktionen eines seiner Klienten verschaffen. Deuten Sie an, es sei Miss

St. Clair – oder Pfyfe, wenn Ihnen das lieber ist. Es ist nur eine meiner übersinnlichen Ahnungen, aber ich könnte mir vorstellen, daß Sie auf diese Weise der Person auf die Spur kommen, die er schützt. Und ebenso sagt mir eine Ahnung, daß ihm Ihr Interesse an seinen Büchern durchaus willkommen sein wird.«

Markham ging nicht eben mit Begeisterung auf den Plan ein; er versprach sich nicht viel davon, und es war offensichtlich, daß er sich nicht gern mit einer solchen Bitte an Major Benson wenden wollte. Doch Vance war überzeugt von seiner Idee und schilderte sie mit solcher Eindringlichkeit, daß Markham schließlich nachgab.

»Er war auf Anhieb einverstanden, daß ich jemanden schicke«, meinte Markham, als er den Hörer auflegte. »Er schien geradezu eifrig darauf bedacht, mich nach Kräften zu unterstützen.«

»Ich habe mir ja gleich gedacht, daß er den Vorschlag bereitwillig aufnehmen wird«, sagte Vance. »Denn wenn Sie von sich aus auf denjenigen kommen, den er verdächtigt, dann erspart es ihm die Unannehmlichkeit, ihn ans Messer zu liefern.«

Markham läutete nach Swacker.

»Rufen Sie Stitt an und sagen Sie ihm, ich will ihn noch vor Mittag hier sehen – ich habe einen dringenden Auftrag für ihn.«

»Stitt«, erklärte Markham, an Vance gewandt, »steht einer Firma von Wirtschaftsprüfern drüben im New York Life Building vor. Ich arbeite oft mit ihm bei solchen Sachen.«

Kurz vor Mittag kam Stitt herüber. Er war ein junger Mann, der vor der Zeit alt geworden war, mit scharfen, intelligenten Zügen, die Stirn in tiefe Falten gelegt. Die Aussicht auf einen Auftrag der Bezirksstaatsanwaltschaft schien ihn zu freuen.

Markham erklärte mit knappen Worten, worauf es ihm ankam, und enthüllte so viel von dem Fall, wie zum Verständnis notwendig war. Der Mann begriff die Situation auf Anhieb und machte sich ein oder zwei Notizen auf der Rückseite eines zerfetzten Briefumschlags.

Während Stitt seine Instruktionen bekam, hatte auch Vance etwas auf ein Blatt Papier geschrieben.

Markham erhob sich und griff nach seinem Hut.

»Und nun muß ich ja wohl die Verabredung halten, die Sie für mich getroffen haben«, meinte er vorwurfsvoll, an Vance gewandt. Und zu Stitt: »Kommen Sie, fahren Sie mit uns im Privataufzug der Richter nach unten.«

»Wenn es Ihnen nichts ausmacht«, schaltete Vance sich ein, »werden Mr. Stitt und ich auf die Ehre verzichten und uns mit dem gewöhnlichen Volk in den Hauptaufzug drängen. Wir treffen uns unten.«

Er faßte den Buchprüfer am Arm und führte ihn durch die Tür zum großen Warteraum davon. Es dauerte zehn Minuten, bis er wieder zu uns stieß.

Wir nahmen die U-Bahn zur 72. Straße und gingen die West End Avenue hinauf zu Mrs. Paula Bannings Adresse. Sie wohnte in einem kleinen Apartmenthaus gleich um die Ecke in der 75. Straße. Als wir vor der Wohnungstür standen und warteten, daß auf unser Klingeln jemand öffnete, wehte ein starkes Weihraucharoma heraus zu uns.

»Ah! Das macht die Sache leichter«, sagte Vance und schnüffelte. »Damen, die Räucherstäbchen anzünden, sind in jedem Falle sentimental.«

Mrs. Banning war eine stattliche, ein wenig zu füllige Frau unbestimmten Alters mit strohblondem Haar, heller Haut und roten Wangen. Das Gesicht hatte, wenn es entspannt war, etwas Jugendliches, fast Unschuldiges, doch dieser Eindruck war nur oberflächlich. Die sehr hellen blauen Augen blickten hart, und eine gewisse Aufgedunsenheit der Haut zeugte von jahrelangem müßigen Wohlleben. Auf ihre lebhafte, auffällige Art war sie jedoch nicht unattraktiv, und sie wirkte, als sie uns in ihr überreich ausstaffiertes Rokoko-Wohnzimmer führte, unkompliziert und freundlich.

Als wir Platz genommen hatten und Markham sich für unser Eindringen entschuldigt hatte, übernahm Vance sogleich die Leitung des Gesprächs. Er erklärte, weshalb wir gekommen waren, und musterte die Frau dabei aufmerksam, so als wolle er das beste Mittel abschätzen, mit dem ihr die gewünschte Auskunft zu entlocken sein würde.

Nach einigen Minuten Plauderei bat er um die Erlaubnis zu rauchen; er bot Mrs. Banning von seinen Zigaretten an, und sie nahm an. Er quittierte es mit einem anerkennenden Lächeln und lehnte sich dann bequem in seinen Sessel zurück. Er war das Bild eines Mannes, der bereit war, sich mit dem größten Wohlwollen alles anzuhören, was der andere vielleicht mitzuteilen hatte.

»Mr. Pfyfe hat alles getan, um Sie ganz aus dieser Angelegenheit herauszuhalten«, sagte Vance, »und sein Taktgefühl verdient die größte Anerkennung. Doch gewisse Umstände des Todes von Mr. Benson ziehen Sie doch unweigerlich in die Sache hinein, und am besten helfen Sie uns und sich selbst und Mr. Pfyfe – gerade Mr. Pfyfe –, indem Sie offen auf unsere Fragen antworten, wobei Sie sich auf unsere Diskretion und unser Verständnis verlassen können.«

Er hatte Pfyfes Namen ausdrücklich hervorgehoben, und die Frau senkte verlegen den Blick. Es war ihr anzumerken, daß sie sich fürchtete, und als sie aufblickte und Vance ansah, stand ihr die Frage: Wieviel weiß er? so deutlich im Gesicht geschrieben, daß sie sie ebensogut laut hätte aussprechen können.

»Ich kann mir nicht vorstellen, was ich Ihnen sagen könnte«, entgegnete sie und mühte sich, eine erstaunte Miene aufzusetzen. »Sie wissen, daß Andy in jener Nacht nicht in New York war.« (Daß sie den eleganten und weltmännischen Pfyfe als »Andy« titulierte, kam fast schon einer Majestätsbeleidigung gleich.) »Es war beinahe neun am nächsten Morgen, als er eintraf.«

»Haben Sie denn nicht in der Zeitung von dem grauen Cadillac gelesen, der vor Bensons Haus stand?« Vance antwortete ihr im selben verblüfften Ton.

Sie lächelte vertraulich.

»Das war nicht Andys Wagen. Er kam am nächsten Morgen mit dem Acht-Uhr-Zug in die Stadt. Ein Glück für ihn, sagte er, als er las, daß das gleiche Modell in der Nacht bei Mr. Benson gesehen wurde.«

Sie sprach das mit aller Selbstverständlichkeit. Offensichtlich hatte Pfyfe ihr dieses Märchen erzählt.

Vance ließ sie in ihrem Glauben; er gab ihr sogar zu verstehen, daß damit die Frage erledigt sei, und sprach nicht mehr weiter von Pfyfes Anwesenheit in der Stadt.

»Eigentlich hatte ich etwas anderes im Sinn, als ich vorhin davon sprach, daß Sie und Mr. Pfyfe in den Fall hineingezogen würden. Und zwar ging es mir um Ihr persönliches Verhältnis zu Mr. Benson.«

Nun setzte sie ein gleichgültiges Lächeln auf.

»Ich fürchte, auch da irren Sie sich. Mr. Benson und ich«, sagte sie wie beiläufig, »waren nicht einmal befreundet. Ich kannte ihn eigentlich kaum.«

Es lag ein wenig zuviel Nachdruck in dieser Beteuerung – eine leichte Beflissenheit, die, gerade weil sie das bewußte Bemühen um Glaubwürdigkeit verriet, der Bemerkung das Lässige nahm, das sie beabsichtigt hatte.

»Selbst eine Geschäftsbeziehung kann ihre persönliche Seite haben«, gab Vance zu bedenken, »gerade wenn der Zwischenträger ein guter Freund beider Parteien ist.«

Sie sah kurz auf; dann senkte sie den Blick.

»Ich weiß wirklich nicht, wovon Sie reden«, beteuerte sie – und einen Augenblick lang verloren ihre Züge alles Unschuldige und waren pure Berechnung. »Sie wollen doch nicht behaupten, daß ich Geschäftsbeziehungen zu Mr. Benson gehabt hätte?«

»Nicht unmittelbar«, erwiderte Vance. »Aber daß Mr. Pfyfe Geschäfte mit ihm machte, steht außer Zweifel, und ich war mir recht sicher, daß einer von beiden Sie recht tief in diese Beziehung hineingezogen hatte.«

»Mich hineingezogen?« Sie lachte verächtlich, doch es klang gezwungen.

»Es war eine etwas unglückliche Transaktion, fürchte ich«, fuhr Vance fort, »unglücklich insofern, als Mr. Pfyfe gezwungen war, mit Mr. Benson zu handeln, und doppelt unglücklich, weil ihm nichts anderes übrigblieb, als Sie um Unterstützung zu bitten.«

Seine Art war entspannt und selbstsicher, und die Frau spürte, daß keine noch so gut gespielte Verachtung und kein Spott ihn aus der Fassung bringen konnten. Deshalb versuchte sie es nun mit einem nachsichtigen, ungläubigen Amüsement.

»Und woher haben Sie all diese Weisheiten?« fragte sie lächelnd.

»Das ist es ja gerade!« erwiderte Vance im gleichen Ton. »Leider, leider sind es keine Weisheiten. Deshalb bin ich ja zu diesem bezaubernden kleinen Besuch gekommen. Ich nährte die aberwitzige Hoffnung, daß Sie Mitleid mit mir in meiner Unwissenheit haben könnten und mir alles darüber verraten.«

»Aber nie und nimmer würde ich das tun«, entgegnete sie – »selbst wenn es diese geheimnisvolle Transaktion tatsächlich gegeben hätte.«

»So ein Jammer!« seufzte Vance. »Welch eine Enttäuschung … Nun gut. Dann werde ich Ihnen das wenige erzählen müssen, was ich darüber weiß, und darauf vertrauen, daß Sie sich doch noch meiner erbarmen und ein wenig Licht in das Dunkel meiner Ahnungslosigkeit bringen.«

Obwohl ein gewisses Drohen mitschwang, nahm ihr doch die Leichtigkeit, mit der er das sagte, die Angst. Sie spürte, daß er ihr nichts Böses wollte, auch wenn sie noch immer nicht abschätzen konnte, wieviel er über sie wußte.

»Erzähle ich Ihnen etwas Neues, wenn ich sage, daß Mr. Pfyfe Mr. Bensons Unterschrift auf einem Scheck über zehntausend Dollar fälschte?« fragte er.

Sie zögerte und erwog die möglichen Konsequenzen ihrer Antwort.

»Nein, das wußte ich. Andy hat keine Geheimnisse vor mir.«

»Und wußten Sie auch, daß Mr. Benson, als er davon erfuhr, recht verstimmt war? – daß er sogar einen Schuldschein und ein schriftliches Geständnis forderte, bevor er den Scheck auszahlte?«

Die Augen der Frau blitzten wütend.

»Ja, das wußte ich auch. Und nach allem, was Andy für ihn getan hatte! Wenn es je einen Menschen gab, der es verdiente, daß ihn jemand erschossen hat, dann war es Alvin Benson. Ein Hund war das. Und dabei tat er immer, als ob er Andys bester Freund sei. Wenn man sich das vorstellt – daß er sich weigerte, Andy das Geld zu leihen, ohne schriftliches Geständnis! … Wollen Sie das etwa eine Geschäftsbeziehung nennen? Ein schmutziger, gemeiner, hinterhältiger Trick war das.«

Sie tobte. Alle guten Manieren und die freundliche Art fielen von ihr ab, und sie ließ eine Schimpfkanonade auf Benson los, die keine Rücksicht auf die Worte mehr kannte, die sie in den Mund nahm. Sie hatte alle Zurückhaltung vergessen, die sonst ein Gespräch zwischen Fremden mäßigt.

Vance begleitete die Tirade mit tröstendem Nicken.

»Ich weiß – ich kann Sie so gut verstehen.« Das Mitgefühl knüpfte die Bande zwischen beiden um so enger.

Als sie innehielt, lächelte er freundlich.

»Aber das Geständnis hätte man Benson ja beinahe noch verziehen, wenn er nicht auch noch das Pfand gefordert hätte.«

»Welches Pfand?«

Vance spürte sofort die Veränderung im Tonfall. Er hatte sich ihre Wut zunutze gemacht und war auf das Pfand zu sprechen gekommen, als sie die Schranken ihrer Pose heruntergelassen hatte. Die erschrockene, geradezu unwillkürliche Frage zeigte ihm, daß der richtige Moment gekommen war. Bevor sie ihr Gleichgewicht wiederfand oder die Furcht zerstreuen konnte, die so plötzlich von ihr Besitz ergriffen hatte, sagte er bedächtig und freundlich:

»Am Tag, an dem er erschossen wurde, nahm Mr. Benson aus dem Büro eine kleine blaue Schatulle mit Schmuck mit nach Hause.«

Sie hielt den Atem an, doch ansonsten zeigte sie kein äußerliches Zeichen der Erregung.

»Meinen Sie, er hatte sie gestohlen?«

Im selben Augenblick, in dem sie die Frage stellte, merkte sie, daß es ein taktischer Fehler gewesen war. Ein gewöhnlicher Mensch hätte sich dadurch vielleicht von der Wahrheit ablenken lassen. Doch an Vance' Lächeln erkannte sie, daß er es als Eingeständnis verstanden hatte.

»Das war ein schöner Zug von Ihnen, Mr. Pfyfe die Juwelen zu leihen, mit denen er seinen Schuldschein decken konnte.«

Sie warf den Kopf in den Nacken. Alles Blut war aus ihrem Gesicht gewichen, und das Rouge auf den Wangen hatte einen fleckigen, unnatürlichen Ton angenommen.

»*Ich* soll Andy meine Juwelen geliehen haben! Ich schwöre Ihnen …«

Vance brachte sie mit einer knappen Handbewegung und einem kurzen Blick zum Verstummen. Sie begriff, daß er ihr die Demütigung ersparen wollte, bei einer Behauptung ertappt zu werden, die sie nicht halten konnte, und das Ritterliche an dieser Geste mehrte, auch wenn er ihr Gegner war, ihr Vertrauen in ihn.

Sie lehnte sich in ihrem Sessel zurück und hielt die Hände wieder entspannter.

»Wie kommen Sie darauf, daß ich Andy meinen Schmuck geliehen haben könnte?«

Die Stimme war tonlos, doch Vance verstand, worauf sie hinauswollte. Es war das Ende ihrer Verstellungen. Die Pause, die folgte, war wie ein Waffenstillstand, und wurde von beiden so empfunden. Was sie als nächstes sagen würde, würde die Wahrheit sein.

»Andy mußte sie haben«, erklärte sie, »sonst hätte Benson ihn hinter Gitter gebracht.« Aus ihren Worten sprach eine seltsame, bis zur Selbstaufopferung gehende Zuneigung für den unwürdigen Pfyfe. »Und wenn Benson es nicht getan und sich einfach nur geweigert hätte, den Scheck einzulösen, dann hätte sein Schwiegervater es getan … Andy ist so sorglos, so leichtsinnig. Er tut Sachen, ohne daß er sich über die Folgen im klaren ist – andauernd muß ich ihn bremsen … Aber diesmal wird es ihm eine Lehre sein, da bin ich mir sicher.«

Ich hatte das Gefühl, daß, wenn es irgendwo etwas gab, woraus Pfyfe etwas fürs Leben lernen konnte, es die bedingungslose Loyalität dieser Frau war.

»Wissen Sie, worüber er sich letzten Mittwoch mit Mr. Benson in dessen Büro gestritten hat?« fragte Vance.

»Das war alles meine Schuld«, erklärte sie mit einem Seufzen. »Der Tag, an dem die Zahlung fällig wurde, rückte immer näher, und ich wußte, daß Andy das Geld nicht hatte. Deshalb bat ich ihn, zu Benson zu gehen und ihm anzubieten, soviel er hatte, und zu sehen, ob er nicht dafür meinen Schmuck zurückbekommen konnte ... Doch Benson lehnte ab – wie ich schon befürchtet hatte.«

Vance sah sie eine ganze Weile lang mitfühlend an.

»Ich will Ihnen nicht mehr Kummer bereiten, als unbedingt sein muß«, sagte er, »aber wollen Sie mir nicht den wahren Grund verraten, weswegen Sie vorhin so wütend auf Benson waren?«

Sie quittierte es mit einem anerkennenden Nicken.

»Sie haben ganz recht – ich hatte allen Grund, ihn zu hassen.« Ihre Augen verengten sich zu gefährlichen Schlitzen. »Am Tag nachdem er sich geweigert hatte, Andy die Juwelen zurückzugeben, rief er mich an – es war am Nachmittag – und lud mich ein, am nächsten Morgen mit ihm zu frühstücken. Er werde zu Hause sein und habe den Schmuck dort; und er gab mir zu verstehen – Sie wissen schon, er machte Andeutungen –, daß ich ihn vielleicht zurückhaben könnte, *vielleicht*. Diese Art von Schwein war er! ... Ich rief in Port Washington an und berichtete Andy davon, und er versicherte mir, er werde am nächsten Morgen in New York sein. Gegen neun Uhr traf er hier ein, und wir lasen in der Zeitung, daß Benson in der Nacht erschossen worden war.«

Vance schwieg lange Zeit. Dann erhob er sich und dankte ihr.

»Sie haben uns sehr geholfen. Mr. Markham ist mit Major Benson befreundet, und da wir den Scheck und das Geständnis in unseren Unterlagen haben, werde ich ihn bitten, seinen Einfluß auf den Major geltend zu machen und auf dessen Erlaubnis zu ihrer Vernichtung zu drängen – und das schon bald.«

Ein Geständnis

(Mittwoch, 19. Juni, 1 Uhr nachmittags)

Als wir wieder draußen waren, fragte Markham:

»Wie in drei Teufels Namen wußten Sie, daß sie ihre Juwelen geopfert hatte, um Pfyfe zu helfen?«

»Ach, wieder einmal meine charmanten metaphysischen Eingebungen«, antwortete Vance. »Ich habe Ihnen ja gleich gesagt, daß Benson nicht der großherzige, freigiebige Menschenfreund war, der jemandem Geld geliehen hätte, ohne dafür eine Sicherheit zu fordern; und der verarmte Pfyfe hatte auf keinen Fall etwas, das zehntausend Dollar wert war, sonst hätte er ja den Scheck nicht fälschen müssen. *Ergo:* Jemand lieh ihm etwas, das er als Pfand hergab. Und wer würde wohl so vertrauensvoll sein und Pfyfe etwas von solchem Wert leihen, wenn nicht eine sentimentale Frau, die seine himmelschreienden Schwächen nicht sieht? Es mag ja nicht fein von mir sein, aber ich hatte doch auf Anhieb den Verdacht, daß es eine Kalypso im Leben dieses Odysseus geben mußte, als er uns erzählte, er habe in New York Station gemacht, um jemandem *au revoir* zu sagen. Wenn ein Mann wie Pfyfe das Geschlecht einer Person im unklaren läßt, dann kann man sicher sein, daß es sich um eine Frau handelt. Deshalb mein Vorschlag, daß Sie einen Ihrer Pfadfinderburschen nach Port Washington schicken sollten, um sich nach trans-matrimoniellen Aktivitäten umzuhören – ich war sicher, daß wir dabei auf eine *bonne amie* stoßen würden. Dann, als das geheimnisvolle Päckchen, das ja wohl als Sicherheit hinterlegt war, immer mehr die Konturen jenes Schmuckkästchens annahm, das die neugierige Haushälterin erblickt hatte, sagte ich mir: ›Aha! Leanders törichte Dulcinea hat ihm ihre Klunker geliehen, damit er nicht im Verlies dahinschmachten muß.‹ Dazu war offensichtlich, daß er bei seinen Erläuterungen zum Thema Scheck jemanden hatte schützen wollen. Und als Tracy Namen und Adresse der Dame in Erfahrung gebracht hatte, traf ich sogleich die Verabredung für Sie ...«

Wir kamen am neogotischen Haus Schwab vorüber, das sich in der 73. Straße von der West End Avenue bis zum Riverside Drive erstreckt, und Vance hielt einen Augenblick inne, um es zu betrachten.

Markham wartete geduldig, bis Vance sich sattgesehen hatte und weiterging.

»... Und als ich Mrs. Banning dann erblickte, da wußte ich, daß meine Schlußfolgerungen korrekt waren. Sie war eine sentimentale Seele und genau die Art von gewohnheitsmäßig gutem Kumpel, die ihre Preziosen dem *amoroso* überlassen hätte. Außerdem hatte sie keinerlei Schmuck zu unserem Empfang angelegt – und eine Frau wie sie wird sich immer mit Juwelen behängen, wenn sie einen Eindruck auf Fremde machen will. Sie ist die Art von Frau, die noch Diamanten tragen würde, wenn die Speisekammer längst leer wäre. Die Frage war folglich nur, wie man sie zum Sprechen brachte.«

»Was Ihnen alles in allem gut gelungen ist«, meinte Markham.

Vance verbeugte sich theatralisch.

»Sehr großzügig, Euer Ehren. Aber sagen Sie, hat nicht meine kleine Plauderei mit der Lady einen Lichtstrahl in das Dunkel Ihres Verstandes geworfen?«

»Aber gewiß«, bestätigte Markham. »So beschränkt bin ich ja nun auch wieder nicht. Ohne es zu wissen, lieferte sie uns, was wir brauchten. Sie war im Glauben, Pfyfe sei erst am Morgen nach dem Mord nach New York gekommen, und verriet uns deshalb ohne Bedenken, daß sie ihn angerufen und ihm gesagt hatte, daß Benson den Schmuck bei sich zu Hause hatte. Die Situation wäre also jetzt folgende: Pfyfe wußte, daß die Juwelen sich bei Benson befanden, und war in der Nähe des Hauses, als der Schuß fiel. Außerdem sind die Juwelen verschwunden, und Pfyfe hat versucht, die Spuren jener Nacht zu verwischen.«

Vance seufzte, als lasse er alle Hoffnung fahren.

»Markham, dieser Fall hat einfach zu viele Bäume für Sie. Sie sehen den Wald vor Bäumen nicht.«

»Könnte es nicht vielleicht sein, daß Sie dermaßen mit einem einzelnen Baum beschäftigt sind, daß Sie alle anderen aus den Augen verloren haben?«

Vance' Züge verfinsterten sich.

»Ich wünschte, es wäre so«, sagte er.

Mittlerweile war es fast halb zwei, und wir gingen in den Fountain Room des Ansonia-Hotels zum Mittagessen. Markham war während der ganzen Mahlzeit unkonzentriert, und als wir zur U-Bahn hinabstiegen, blickte er ungeduldig auf die Uhr.

»Ich glaube, ich fahre weiter zur Wall Street und suche kurz den Major auf, bevor ich ins Büro zurückkehre. Ich verstehe einfach nicht, wieso er Miss Hoffman aufgefordert hat, das Päckchen mir gegenüber nicht zu erwähnen ... Vielleicht war es ja doch gar nicht das Schmuckkästchen.«

»Glauben Sie denn allen Ernstes«, erwiderte Vance, »daß Alvin dem Major die Wahrheit über das Päckchen erzählt hätte? Es war ja nicht gerade ein sauberes Geschäft, und der Major hätte ihm wahrscheinlich die Leviten gelesen.«

Die Erklärung, die Major Benson uns gab, bestätigte Vance' Vermutung. Markham berichtete von der Unterhaltung mit Paula Banning und betonte dabei die Frage des Schmucks ganz besonders, in der Hoffnung, daß der Major von sich aus auf das Päckchen zu sprechen käme, denn aus Rücksicht auf Miss Hoffman durfte er ja nicht zeigen, daß er längst davon wußte.

Der Major hörte mit einiger Verblüffung zu, und seine Augen funkelten zusehends zorniger.

»Ich fürchte, Alvin hat mich getäuscht«, sagte er. Er blickte einen Moment lang vor sich hin, und seine Züge wurden milde. »Nicht schön, wenn man das von einem Toten denken muß. Doch um die Wahrheit zu sagen: Als Miss Hoffman mir heute morgen von dem Umschlag erzählte, war auch die Rede von einem kleinen Päckchen, das sich in Alvins privatem Safefach befunden hatte, und ich bat sie, in ihrem Bericht bei Ihnen nichts davon zu erwähnen. Ich wußte, daß in dem Päckchen Mrs. Bannings Juwelen waren, aber ich dachte, es würde die Angelegenheit nur komplizieren, wenn Sie davon erführen. Sie müssen wissen, Alvin hatte mir erzählt, daß ein Konkursverfahren gegen Mrs. Banning eröffnet worden sei und daß Pfyfe kurz vor dem Offenbarungseid zu ihm gekommen sei und ihn gebeten habe, ihren Schmuck vorübergehend in Verwahrung zu nehmen.«

Auf dem Weg zurück zum Strafgerichtshof hakte Markham sich lächelnd bei Vance unter.

»Na, Ihre Glückssträhne hält weiter an, wie ich sehe.«

»Das will ich meinen!« stimmte Vance zu. »Scheint, daß der verblichene Alvin wie weiland Warren Hastings entschlossen war, bis zum letzten in der Festung seiner Lügen auszuharren … *Splendide mendax*, was?«

»Jedenfalls hat der Major«, erwiderte Markham, »ohne es zu wissen, der Kette unserer Beweise gegen Pfyfe ein weiteres Glied hinzugefügt.«

»Da sammelt sich eine ganze Kollektion von Ketten an«, meinte Vance heiter. »Was ist denn aus denen geworden, die Sie für Miss St. Clair und für Leacock geschmiedet hatten?«

»Täuschen Sie sich nicht«, antwortete Markham streng. »Ich habe sie alle zur Hand.«

Als wir das Büro betraten, erwartete Sergeant Heath uns schon mit einem verklärten Lächeln.

»Die Sache ist erledigt, Mr. Markham«, verkündete er. »Am Mittag, nachdem Sie aufgebrochen waren, kam Leacock her und wollte Sie sprechen. Als er erfuhr, daß Sie nicht da waren, rief er im Präsidium an, und da wurde er mit mir verbunden. Er wolle mich sehen, erklärte er, es sei sehr wichtig – also kam ich sofort her. Als ich anlangte, saß er im Warteraum; er rief mich zu sich und sagte: ›Ich möchte mich stellen. Ich habe Benson umgebracht.‹ Ich brachte ihn zu Swacker, er diktierte ihm sein Geständnis und unterzeichnete es … Hier ist es.« Er reichte Markham ein maschinengeschriebenes Blatt.

Markham ließ sich matt in einen Sessel sinken. Allmählich war ihm die Anstrengung der letzten Tage anzumerken. Er stieß einen langen Seufzer aus.

»Gott sei Dank! Damit wäre die Quälerei zu Ende.«

Vance blickte ihn spöttisch an und schüttelte den Kopf.

»Ich würde ja eher vermuten, daß Ihre Sorgen jetzt erst wirklich beginnen«, schnurrte er.

Markham überflog das Geständnis und reichte es dann Vance, der es sorgfältig und mit immer größerem Amüsement studierte.

»Also wissen Sie«, sagte er, »vor Gericht sollte dieses Dokument keine große Gnade finden. Jeder Richter, der den Namen verdient, müßte es im hohen Bogen aus dem Gerichtssaal werfen. Viel zu geradlinig, viel zu präzise. Es beginnt nicht mit ›An alle, die es angeht‹, es enthält nicht ein einziges ›habe ich mich denn entschlossen‹, ›sehe ich keine andere Möglichkeit‹, kein ›erkläre ich hiermit‹; Worte wie ›aus freiem Willen und bei klarem Verstand‹ fehlen, nirgends ist von ›Gewissen entlasten‹ die Rede, und der Captain bezeichnet sich auch nie als ›der Unterzeichnete‹ … Völlig wertlos, Sergeant. Ich an Ihrer Stelle würde dem keinerlei Bedeutung beimessen.«

Heath war viel zu sehr vom Siegestaumel ergriffen, als daß er sich geärgert hätte. Er lächelte großmütig und nachsichtig.

»Sie finden das komisch, nicht wahr, Mr. Vance?«

»Sergeant, wenn Sie wüßten, wie unglaublich komisch dieses Geständnis ist, würden Sie sich lachend am Boden rollen.«

Vance wandte sich an Markham.

»Wirklich, hören Sie – ich würde keine große Hoffnung auf dieses Papier setzen. Obwohl es vielleicht ein nützlicher Hebel sein wird, den wir ansetzen können, um die Wahrheit ans Tageslicht zu bringen. Ich bin sogar ausgesprochen froh, daß der Captain seine literarische Ader entdeckt hat. Ich glaube, mit dieser ergreifenden Fabel in der Hand können wir dafür sorgen, daß der Major seine Skrupel überwindet und uns verrät, was er weiß. Vielleicht täusche ich mich, aber einen Versuch ist es auf alle Fälle wert.«

Er ging an den Schreibtisch des Bezirksstaatsanwalts und beugte sich eindringlich zu ihm hinab.

»Bisher habe ich Sie doch nicht in die Irre geleitet, mein Alter; und jetzt hätte ich noch einmal einen Vorschlag zu machen. Rufen Sie den Major an und bitten Sie ihn, jetzt gleich hierher zu kommen. Sagen Sie ihm, Sie hätten ein Geständnis vorliegen – aber verraten Sie auf keinen Fall von wem. Lassen Sie ihn im Glauben, es sei Miss St. Clair oder Pfyfe oder Pontius Pilatus. Aber bringen Sie ihn dazu, daß er unverzüglich herkommt. Sagen Sie ihm, Sie wollten die Sache zuerst mit ihm besprechen, bevor Sie Anklage erheben.«

»Ich wüßte nicht, wozu das gut sein soll«, wandte Markham ein. »Wahrscheinlich sehe ich ihn am Abend im Club, und dann kann ich es ihm ja sagen.«

»Das wäre zu spät«, beharrte Vance. »Wenn der Major noch weiteres Licht in die Sache bringen kann, dann sollte Sergeant Heath dabeisein und es hören.«

»Ich brauche kein weiteres Licht«, wandte Heath ein.

Vance betrachtete ihn mit einer Mischung aus Überraschung und Bewunderung.

»Was für ein Mann! Selbst Goethe rief nach *mehr Licht*, und hier stehen Sie, erleuchtet zum Optimum! ... Unglaublich!«

»Hören Sie, Vance«, sagte Markham, »warum wollen Sie denn die Sache noch komplizierter machen? Für meine Begriffe ist das reine Zeitvergeudung, wenn wir den Major herbitten, um Leacocks Geständnis zu besprechen, und aufdringlich dazu. Was er noch an Beweismaterial haben mag, brauchen wir jetzt nicht mehr.«

Bei aller Ruppigkeit war doch ein Anflug von Zweifel in seiner Stimme; denn auch wenn sein erster Impuls gewesen war, die Bitte rundheraus abzulehnen, hatte die Erfahrung der letzten Tage ihn doch gelehrt, daß Vance' Einwände nie ohne tieferen Sinn kamen.

Vance, der das Zögern des anderen spürte, fügte hinzu:

»Es geht mir bei dieser Bitte um mehr als um das müßige Verlangen, die rosigen Züge des Majors zu sehen, wenn er die Neuigkeit erfährt. Ich versichere Ihnen mit dem wenigen Ernst, über den ich verfüge, daß seine Gegenwart hier und in diesem Augenblick uns außerordentlich nützlich sein würde.«

Markham wand sich noch eine ganze Weile, doch Vance brachte seine Bitte mit einer solchen Vehemenz vor, daß er am Ende zu dem Schluß kam, daß es besser war nachzugeben.

Heath machte einen geradezu angewiderten Eindruck, doch er blieb still in seinem Sessel sitzen und suchte Trost in einer Zigarre.

Major Benson traf mit verblüffender Schnelligkeit ein, und als Markham ihm das Geständnis reichte, griff er danach mit unverhohlenem Eifer. Doch als er es las, wurde sein Gesicht länger und seine Miene zusehends ungläubiger.

Schließlich blickte er ärgerlich auf.

»Ich verstehe das nicht, und ich muß schon sagen, ich bin sehr überrascht. Ich kann das einfach nicht glauben, daß Leacock Alvins Mörder sein soll ... Aber man kann sich natürlich irren.«

Er legte das Geständnis mit enttäuschter Miene auf Markhams Schreibtisch und ließ sich in seinen Sessel zurücksinken.

»Stellt *Sie* das denn zufrieden?« fragte er.

»Ich wüßte nicht, was wir noch tun sollten«, entgegnete Markham. »Wenn er nicht der Mörder ist, warum sollte er dann kommen und die Tat gestehen? Und es gibt ja nun weiß Gott genug, was gegen ihn spricht. Ich war schon vor zwei Tagen soweit, daß ich ihn verhaften wollte.«

»Da kann es gar keine Frage geben, daß er es war«, meldete sich Heath zu Wort. »Ich hatte ihn ja vom ersten Augenblick an im Verdacht.«

Major Benson sagte zunächst nichts; er schien seine nächsten Worte genau abzuwägen.

»Es wäre doch möglich – es wäre nicht völlig undenkbar –, daß Leacock ein höheres Motiv für sein Geständnis hatte.«

Ich glaube, wir alle begriffen sogleich, worauf er hinauswollte, auch wenn seine Worte es noch so sehr zu verbergen trachteten.

»Ich gebe zu«, gestand Markham, »daß ich zunächst Miss St. Clair für die Täterin hielt, und das gab ich Leacock auch zu verstehen. Doch später mußte ich einsehen, daß sie an dem Mord nicht unmittelbar beteiligt war.«

»Weiß Leacock das?« fragte der Major sogleich.

Markham dachte einen Moment lang darüber nach.

»Nein, ich glaube nicht. Ich halte es sogar für sehr wahrscheinlich, daß er nach wie vor denkt, ich verdächtigte sie.«

»Ah!«

Der Major rief es beinahe unwillkürlich.

»Aber was hat das denn mit der ganzen Sache zu tun?« fragte Heath ärgerlich. »Glauben Sie etwa, er geht auf den elektrischen Stuhl, nur um ihre Ehre zu verteidigen? – Blödsinn! So was gibt es in Filmen, aber in Wirklichkeit ist kein Mann dermaßen verrückt.«

»Da wäre ich mir nicht so sicher, Sergeant«, meinte Vance träge. »Frauen sind zu praktisch und vernünftig veranlagt für solche albernen Gesten; aber die Fähigkeit von Männern, Unsinniges zu tun, ist unbegrenzt.«

Er wandte sich mit forschendem Blick an Major Benson.

»Wollen Sie uns nicht doch verraten, warum Sie glauben, daß Leacock den edlen Ritter spielt?«

Aber der Major suchte Zuflucht in allgemeinen Bemerkungen und wollte sich nicht einmal weiter zu seiner vorherigen Andeutung bekennen, daß etwas anderes hinter dem Verhalten des Captains stecken müsse. Vance bohrte noch eine Weile, doch gegen die Verschlossenheit des Majors kam er nicht an.

Heath, der zusehends unruhiger wurde, ergriff schließlich das Wort.

»Sie können nicht wegleugnen, daß Leacock es war, Mr. Vance. Sehen Sie sich doch die Fakten an. Er hatte Benson damit gedroht, daß er ihn umbringen würde, wenn er ihn noch einmal mit dem Mädchen sähe. Das nächste Mal, daß Benson mit ihr ausgeht, wird er erschossen. Dann versteckt Leacock seine Waffe bei ihr im Haus, und als die Sache brenzlig wird, holt er sie von dort und wirft sie ins Wasser. Er schmiert den Portier in seinem Haus, damit er ein Alibi hat, aber um halb eins in jener Nacht wird er an Bensons Haus gesehen. Als er zum Verhör kommt, hat er keine Erklärung … Wenn das kein eindeutiger Fall ist, dann bin ich der Weihnachtsmann.«

»Die Umstände sprechen gegen ihn«, gab Major Benson zu. »Aber gäbe es denn nicht auch eine andere Erklärung?«

Für Heath war die Frage keiner Antwort wert.

»Ich stelle mir das so vor«, fuhr er fort. »Gegen Mitternacht wird Leacock mißtrauisch, greift zu seiner Waffe und verläßt das Haus. Er sieht Benson mit dem Mädchen, geht hinein und erschießt ihn, wie er es angedroht hatte. Ich denke mir, die waren beide dabei, aber geschossen hat Leacock. Und jetzt haben wir auch noch das Geständnis – im ganzen Land würden Sie kein Schwurgericht finden, das ihn da nicht verurteilen würde.«

»*Probi et legales homines*«, murmelte Vance. »Da haben Sie recht, keine Frage.«

Swacker erschien in der Tür.

»Die Reporter schreien nach Aufklärung«, verkündete er und verzog das Gesicht.

»Wissen sie von dem Geständnis?« fragte Markham, an Heath gewandt.

»Noch nicht. Ich habe ihnen noch überhaupt nichts gesagt – deswegen schreien sie wahrscheinlich so. Aber ich kann ihnen Sachen erzählen, da werden sie Augen machen. Ich warte nur auf das Zeichen von Ihnen.«

Markham nickte, und Heath war schon auf dem Sprung zur Tür. Doch Vance verstellte ihm mit einer raschen Bewegung den Weg.

»Könnten Sie noch bis morgen Stillschweigen bewahren, Markham?« fragte er.

Markham sah ihn ärgerlich an.

»Wenn ich das wollte – ja. Aber warum sollte ich?«

»Zu Ihrem eigenen Guten, wenn schon aus keinem anderen Grunde. Sie haben doch Ihren Fang hinter Schloß und Riegel. Halten Sie Ihre Eitelkeit noch vierundzwanzig Stunden lang im Zaum. Der Major und ich wissen beide, daß Leacock unschuldig ist, und morgen um diese Zeit wird das ganze Land es wissen.«

Wieder debattierten die beiden eine Weile darüber, doch wie bei der vorigen Debatte stand auch hier das Ergebnis längst fest.

Markham hatte schon vor längerem eingesehen, daß Vance offenbar guten Grund hatte, zu einer Überzeugung zu stehen, die er vorerst nicht preisgeben wollte. Ich hatte schon zuvor den Verdacht gehabt, daß er vor allem deswegen Widerspruch gegen Vance' Bitten einlegte, weil er hoffte, auf diese Weise etwas zu erfahren, und nun, wo er sich vorlehnte und sich mit aller Eindringlichkeit dafür einsetzte, das Geständnis des Captains publik zu machen, war ich mir dessen sicher.

Wiederum achtete Vance sorgsam darauf, nichts zu enthüllen, doch auch diesmal erreichte er durch schiere Hartnäckigkeit schließlich sein Ziel, und Markham bat Heath, noch bis zum nächsten Tag Stillschweigen zu bewahren. Mit einem leichten Kopfnicken tat der Major seine Anerkennung für diese Entscheidung kund.

»Aber«, meinte Vance, »erzählen Sie den rasenden Reportern ruhig, daß Sie morgen eine Sensation für sie haben werden, die sie umwerfen wird.«

Heath stapfte hinaus, enttäuscht und verbittert.

»Ein stürmischer Mann, der Sergeant – zuviel Temperament!«

Vance griff zu dem Blatt mit dem Geständnis und las es noch einmal.

»Und nun, Markham, möchte ich, daß Sie den Gefangenen vorführen lassen – *habeas corpus* und so weiter. Setzen Sie ihn in den Sessel dort gegenüber dem Fenster, spendieren Sie ihm eine von den guten Zigarren, die Sie für einflußreiche Politiker in der Schublade haben, und hören Sie dann aufmerksam zu, während ich mich freundlich mit ihm unterhalte … Der Major wird gewiß ebenfalls gern noch zu dieser Plauderstunde bleiben.«

»Das ist doch immerhin einmal eine Bitte, die ich Ihnen gern gewähre«, sagte Markham lächelnd. »Ich hatte ohnehin schon beschlossen, daß wir ein paar Worte mit Leacock reden sollten.«

Er drückte einen Knopf, und ein forscher, rotwangiger Büroangestellter trat ein.

»Eine Anordnung zur Vorführung eines Gefangenen«, kommandierte er. »Captain Philip Leacock.«

Ein Schein wurde gebracht, und er paraphierte ihn.

»Und jetzt ab damit zu Ben, und sagen Sie ihm, er soll sich beeilen.«

Der Mann verschwand durch die Tür zum äußeren Gang.

Zehn Minuten darauf trat ein Hilfssheriff des Gefängnisses mit dem Gefangenen ein.

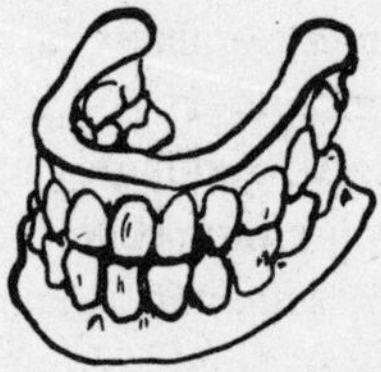

Vance' Kreuzverhör

(Mittwoch, 19. Juni, 3 Uhr 30 nachmittags)

Captain Leacock trat in jämmerlicher Haltung ein, ein Mann, dem alles gleichgültig geworden war. Die Schultern hatte er vorgezogen, die Arme hingen schlaff herab, und die Augen lagen in tiefen Höhlen, als habe er schon seit Tagen nicht mehr geschlafen. Als er Major Benson sah, richtete er sich ein wenig auf, ging auf ihn zu und streckte ihm die Hand entgegen. Ohne Frage sah er, so groß seine Abneigung gegen Alvin Benson auch gewesen sein mochte, den Major als Freund an. Doch dann ging ihm die Lage auf, in der er sich befand, und er wandte sich verlegen ab.

Der Major ging zu ihm hin und faßte ihn am Arm.

»Keine Angst, Leacock«, sagte er leise. »Ich glaube nie und nimmer, daß Sie Alvins Mörder sind.«

Der Captain blickte ihn mit furchtsamen Augen an.

»Doch, der bin ich.« Seine Stimme war teilnahmslos. »Ich habe ihn erschossen. Ich hatte ihm ja gedroht.«

Vance trat hinzu und wies auf einen Sessel.

»Setzen Sie sich, Captain. Der Bezirksstaatsanwalt möchte hören, wie es bei dem Mord zuging. Die Justiz, das wissen Sie, akzeptiert keine Mordgeständnisse ohne bestätigende Beweise. Und da im vorliegenden Falle gewisse Indizien auf eine andere Täterschaft als die Ihre deuten, möchten wir, daß Sie uns einige Fragen beantworten, um Ihr Geständnis zu untermauern. Andernfalls müßten wir unserem Verdacht weiter nachgehen.«

Er nahm gegenüber Leacock Platz und griff zu dem Geständnis.

»Sie sagen hier, Sie seien zu dem Schluß gekommen, daß Mr. Benson Sie gedemütigt habe, und Sie seien am Abend des Dreizehnten um halb eins zu seinem Haus gegangen ... Wenn Sie von Demütigung sprechen, dann geht es dabei um seine Aufmerksamkeiten gegenüber Miss St. Clair?«

Leacocks Miene zeigte eine mürrische Feindseligkeit.

»Was macht das schon, weswegen ich ihn erschossen habe?

Können Sie nicht Miss St. Clair aus dem Spiel lassen?«

»Selbstverständlich«, versicherte Vance. »Ich verspreche Ihnen, sie wird nicht weiter behelligt. Aber wir müssen Ihr genaues Tatmotiv kennen.«

Nach einem kurzen Schweigen sagte Leacock:

»Also gut. Darum ging es.«

»Woher wußten Sie, daß Miss St. Clair an jenem Abend mit Mr. Benson zum Essen ausging?«

»Ich folgte ihnen zum Marseille.«

»Und dann gingen Sie nach Hause?«

»Ja.«

»Was trieb Sie dann später dazu, zu Mr. Bensons Haus zu gehen?«

»Es ging mir immer und immer wieder durch den Kopf, bis ich es nicht mehr aushielt. Ich sah Rot, und schließlich nahm ich meinen Colt und ging hinaus, fest entschlossen, ihn umzubringen.«

Ein Unterton von Leidenschaft war in seine Stimme gekommen. Es schien kaum vorstellbar, daß er log.

Vance widmete sich wiederum dem Geständnis.

»Sie haben diktiert: ›Ich ging zur 48. Straße West, Haus Nummer 87, und trat durch die Vordertür ein.‹ … Haben Sie geläutet? Oder war die Haustür nicht verschlossen?«

Leacock wollte etwas antworten, dann zögerte er. Offenbar hatte er aus den Zeitungsberichten noch die Aussage der Haushälterin im Gedächtnis, daß in dieser Nacht mit Sicherheit niemand geklingelt habe.

»Was macht das denn für einen Unterschied?« Er spielte auf Zeit.

»Wir wollen es einfach nur wissen«, erwiderte Vance, »das ist alles. Aber kein Grund zur Eile.«

»Nun, wenn es so wichtig für Sie ist: Ich habe nicht geläutet, und die Tür war auch nicht offen.« Nun zögerte er nicht mehr. »Gerade als ich am Haus ankam, fuhr Benson in einem Taxi vor …«

»Einen Moment bitte. Haben Sie da zufällig einen anderen Wagen gesehen, der vor dem Haus stand? Einen grauen Cadillac?«

»Ja – das stimmt.«

»Sahen Sie, wer drin saß?«

Wieder eine kurze Pause.

»Ich bin mir nicht sicher. Ich glaube, es war ein Mann namens Pfyfe.«

»Er und Benson waren also zur gleichen Zeit vor dem Haus?«

Leacock runzelte die Stirn.

»Nein – nicht zur gleichen Zeit. Als ich kam, war noch niemand da ... Pfyfe habe ich erst gesehen, als ich ein paar Minuten darauf wieder herauskam.«

»Er fuhr mit seinem Wagen vor, während Sie drinnen warn – verstehe ich das recht?«

»Das muß er wohl.«

»Verstehe ... Doch nun zurück: Benson traf im Taxi ein. Was dann?«

»Ich ging zu ihm hin und sagte, ich wolle mit ihm sprechen. Er forderte mich auf, mit hineinzukommen, und wir gingen zusammen ins Haus. Er schloß mit seinem Schlüssel auf.«

»Und nun, Captain, erzählen Sie uns, was geschah, nachdem Sie und Mr. Benson das Haus betreten hatten.«

»Er ließ Hut und Spazierstock an der Garderobe, und wir gingen ins Wohnzimmer. Er nahm Platz im Sessel neben dem Tisch, und ich stellte mich vor ihn hin und sagte – was ich zu sagen hatte. Dann zog ich meine Waffe und erschoß ihn.«

Vance beobachtete den Mann genau, und Markham verriet durch seine vorgebeugte Haltung, wie angespannt er war.

»Wie kam es, daß er zu diesem Zeitpunkt las?«

»Ich glaube, er hatte das Buch zur Hand genommen, während ich sprach ... Um möglichst gleichgültig zu wirken, nehme ich an.«

»Und nun denken Sie genau nach: Sie und Mr. Benson gingen direkt vom Flur ins Wohnzimmer, und das gleich nachdem Sie gemeinsam das Haus betreten hatten?«

»Ja.«

»Wie erklären Sie es sich dann, Captain, daß Mr. Benson in Hausjacke und Pantoffeln erschossen wurde?«

Leacock blickte sich nervös im Zimmer um. Bevor er antwortete, befeuchtete er sich mit der Zungenspitze die Lippen.

»Jetzt, wo ich darüber nachdenke – Benson ging doch zuerst für ein paar Minuten nach oben. Ich war wohl einfach zu aufgeregt«, fügte er in seiner Verzweiflung hinzu, »um alles im Kopf zu behalten.«

»Das ist ja nur natürlich.« Vance lächelte verständnisvoll. »Als er wieder nach unten kam, ist Ihnen da etwas an seinem Haar aufgefallen?«

Leacock sah ihn verständnislos an.

»Sein Haar? Ich – ich weiß nicht, was Sie meinen.«

»Die Farbe meine ich. Als Mr. Benson im Licht der Tischlampe vor Ihnen saß, ist Ihnen da nicht eine – sagen wir – Veränderung in seiner Frisur aufgefallen?«

Der Mann schloß die Augen, als wolle er sich die Szene ins Gedächtnis zurückrufen.

»Nein – davon weiß ich nichts.«

»Na, ist ja auch nicht so wichtig«, meinte Vance gleichgültig. »Aber hat Benson nicht seltsam gesprochen, als er wieder nach unten kam – genuschelt irgendwie, oder vielleicht mit einem leichten Lispeln?«

Nun war Leacock sichtlich verblüfft.

»Ich weiß nicht, worauf Sie hinauswollen«, sagte er. »Ich fand, er hat ganz normal gesprochen.«

»Ist Ihnen vielleicht ein blaues Schmuckkästchen auf dem Tisch aufgefallen?«

»Habe ich nicht drauf geachtet.«

Vance rauchte eine Weile nachdenklich.

»Als Sie, nachdem Sie Mr. Benson erschossen hatten, hinausgingen, schalteten Sie natürlich das Licht aus?«

Als die Antwort ausblieb, half Vance ihm auf die Sprünge:

»Es kann nicht anders gewesen sein, denn Mr. Pfyfe sagt, das Haus sei dunkel gewesen, als er vorfuhr.«

Woraufhin Leacock bestätigend nickte.

»Stimmt. Ich hatte es nur vergessen.«

»Jetzt, wo es Ihnen wieder eingefallen ist, wissen Sie da noch, wo Sie das Licht ausgeschaltet haben?«

»Ich ...« hob er an, dann verstummte er. Und schließlich: »Am Schalter.«

»Und wo befindet sich der Schalter, Captain?«

»Das weiß ich nicht mehr.«

»Denken Sie noch einmal nach. Das können Sie doch nicht ganz vergessen haben.«

»An der Tür zum Flur, glaube ich.«

»Rechts oder links davon?«

»Woher soll ich denn das wissen?« fragte der Mann jämmerlich. »Ich war zu – nervös ... Aber ich glaube, es war auf der rechten Seite der Tür.«

»Rechts vom Zimmer aus oder vom Flur aus gesehen?«

»Vom Zimmer aus.«

»Das wäre da, wo der Bücherschrank steht?«

»Ja.«

Vance schien zufrieden.

»Dann hätten wir noch die Frage der Waffe«, sagte er. »Warum haben Sie sie zu Miss St. Clair gebracht?«

»Weil ich feige war«, antwortete der Mann. »Ich hatte Angst, daß sie in meiner Wohnung gefunden würde. Und ich wäre nie auf die Idee gekommen, daß man Miss St. Clair verdächtigte.«

»Doch als der Verdacht auf sie fiel, da gingen Sie sofort zu ihr, holten die Waffe und warfen sie in den East River?«

»Ja.«

»Es dürfte ja auch eine Patrone im Magazin gefehlt haben – was schon für sich genommen Verdacht erregt hätte.«

»Das habe ich mir auch gesagt. Deswegen wollte ich ja die Waffe beseitigen.«

Vance runzelte die Stirn.

»Das ist seltsam. Dann müssen wohl zwei Waffen im Spiel gewesen sein. Wir haben nämlich ein wenig im Fluß gefischt, müssen Sie wissen, und eine Colt Automatik gefunden, aber das Magazin war voll … Sind Sie sicher, Captain, daß es wirklich *Ihr* Colt war, den Sie bei Miss St. Clair geholt und über das Brückengeländer geworfen haben?«

Ich wußte, daß niemand den Fluß abgesucht hatte, und ich fragte mich, worauf er hinauswollte. Verdächtigte er am Ende doch noch das Mädchen? Auch Markham war anzusehen, daß ihm Zweifel kamen.

Leacock schwieg eine ganze Weile. Als er wieder sprach, kamen die Worte mürrisch und doch verbissen.

»Nein, es gab keine zwei Waffen. Die, die Sie gefunden haben, gehört mir … Ich habe selbst die Patrone hineingesteckt.«

»Ah, das erklärt es natürlich.« Vance' Ton war freundlich und aufmunternd. »Und jetzt nur noch eine letzte Frage, Captain. Warum sind Sie heute hergekommen und haben gestanden?«

Leacock reckte das Kinn vor, und zum ersten Mal während des Kreuzverhörs blitzte Leben in seinen Augen.

»Warum ich das getan habe? Es war das einzig Ehrenhafte. Sie verdächtigten eine Unschuldige, und ich wollte nicht, daß jemand anderes leiden muß.«

Damit war das Gespräch zu Ende. Markham hatte keine Fragen zu stellen, und der Hilfssheriff führte den Captain wieder ab.

Als die Tür sich hinter ihm schloß, breitete sich eine seltsame Stille im Raum aus. Markham sog energisch an seiner Zigarre, die Hände hinter dem Kopf verschränkt, den Blick zur Decke gerichtet. Der Major hatte sich in seinem Sessel zurückgelehnt und betrachtete Vance zufrieden und voller Bewunderung. Vance beobachtete Markham aus den Augenwinkeln, ein müdes Lächeln auf den Lippen. Die Mienen und Haltungen der drei Männer brachten aufs Schönste die unterschiedlichen Reaktionen jedes einzelnen auf das Verhör zum Ausdruck – Markham unglücklich, der Major zufrieden, Vance amüsiert. Es war Vance, der das Schweigen brach. Er sprach locker, beinahe träge.

»Jetzt sehen Sie, wie albern dieses Geständnis ist, nicht wahr? Unser armer Captain, so nobel er auch sein mag, gibt einen jämmerlichen Münchhausen ab. Niemand, der nicht von Geburt an mit dieser Gabe geschlagen ist, könnte dermaßen schlecht lügen wie er. Keiner könnte eine solche Einfältigkeit spielen. Und er wünschte es sich so sehr, daß wir ihn für den Täter hielten. Rührend. Er hat sich wohl vorgestellt, daß Sie ihm einfach nur das Geständnis in die Brusttasche stecken, und ab geht's aufs Schafott. Es ist Ihnen sicher aufgefallen, daß er sich nicht einmal ausgedacht hatte, wie er an jenem Abend in Bensons Haus gekommen sein wollte. Und daß wir von Pfyfe wußten, daß er draußen gewesen war, hätte ihm beinahe sein Impromptu verdorben, daß er *bras dessus bras dessous* mit dem späteren Opfer die Treppe hinaufgeschritten sei. Und er wußte nichts mehr davon, daß Benson schon halb im Schlafrock gewesen war. Als ich ihn daran erinnerte, mußte er seiner vorherigen Aussage widersprechen und Benson noch rasch die Treppe hinaufschicken und sich umziehen lassen. Ein Glück für uns, daß das Toupet in den Zeitungen nicht erwähnt wurde. Der Captain muß allen Ernstes geglaubt haben, ich hätte sagen wollen, daß Benson sich, während er oben in seine Hausjacke schlüpfte, auch noch kurz die Haare gefärbt hätte … Übrigens, Major, hat Ihr Bruder denn genuschelt, wenn er seine falschen Zähne draußen hatte?«

»Oh ja, sehr«, antwortete der Major. »Wenn Alvin an diesem Abend seine Brücke herausgenommen hatte – und das schließe ich aus Ihrer Frage –, dann hätte Leacock es nicht überhören können.«

»Es gibt noch weitere Dinge, die er nicht bemerkte«, fuhr Vance fort – »das Schmuckkästchen zum Beispiel und die Lage des Lichtschalters.«

»Da ging er ganz und gar in die Irre«, fügte der Major hinzu. »Alvins Haus ist altmodisch, und der einzige Schalter im Zimmer ist ein Zugschalter direkt am Kronleuchter.«

»Genau«, bestätigte Vance. »Doch sein schwerster Fehler unterlief ihm bei der Frage nach der Tatwaffe. Dabei verriet er sich endgültig. Er sagt, er habe die Pistole hauptsächlich wegen der fehlenden Patrone in den Fluß geworfen, doch als ich behauptete, das Magazin sei voll gewesen, beteuerte er sogleich, er habe nachgeladen – nur damit ich ja nicht auf die Idee kam, die gefundene Waffe könne nicht die seine gewesen sein ... Es ist nicht schwer zu erkennen, was in seinem Kopf vorgeht. Er hält Miss St. Clair für die Täterin und ist fest entschlossen, für sie die Schuld auf sich zu nehmen.«

»Den Eindruck hatte ich auch«, sagte Major Benson.

»Und doch«, fuhr Vance nachdenklich fort, »beschäftigt mich die Einstellung des Captains noch. Ohne Zweifel hatte er etwas mit dem Verbrechen zu tun – warum hätte er sonst am nächsten Tag seine Pistole in Miss St. Clairs Apartment verstecken sollen? Er ist einfältig genug – das ist keine Frage –, tatsächlich jeden zu bedrohen, von dem er glaubt, er habe ein Auge auf seine Verlobte geworfen, und diese Drohung auch auszuführen, wenn es dazu kommt. Und er hat ein schlechtes Gewissen – das ist nicht zu übersehen. Weswegen? Gewiß nicht, weil er der Mörder ist. Die Tat war geplant, und der Captain ist kein Mensch, der vorausdenkt. Er ist ein Mann, der eine *idée fixe* im Kopf hat, seine Lenden gürtet und die Tat verübt wie ein edler Ritter, bereit, für die Folgen einzustehen. Diese Art von Ritterlichkeit ist reine *beau geste* – wer so denkt, will, daß alle anderen sehen, was für ein Prachtbursche er ist. Und wenn solche Ritter ausziehen, um die Welt von einem Don Juan zu befreien, dann wissen sie, was sie tun. Der Captain hätte zum Beispiel nicht Handschuhe und Handtasche seiner Holden Dame übersehen – er hätte sie mitgenommen. Man kann mit der gleichen Sicherheit sagen, daß er ihn erschossen *hätte*, wie man sagen kann, daß er ihn nicht erschossen *hat*. Das ist die Fliege im Bernstein. Es ist psychologisch denkbar, daß er es getan hätte, und zugleich psychologisch *un*denkbar, daß er es so getan hätte, wie es getan *wurde*.«

Er zündete sich eine Zigarette an und blickte den Rauchkringeln nach.

»Wenn es nicht so unglaublich klänge, würde ich sagen, er kam hin, um ihn umzubringen, und mußte feststellen, daß ihm jemand zuvorgekommen war. Aber etwas in dieser Art muß es gewesen sein. Das würde erklären, daß Pfyfe ihn dort sah und daß er am nächsten Tag seine Waffe bei Miss St. Clair versteckte.«

Das Telefon klingelte: Colonel Ostrander wollte den Bezirksstaatsanwalt sprechen. Markham und der Colonel unterhielten sich kurz, dann legte Markham wieder auf und warf Vance einen ärgerlichen Blick zu.

»Ihr blutrünstiger Freund wollte wissen, ob ich schon jemanden verhaftet habe. Er bot mir an, mir noch einmal mit seinem unschätzbaren Rat zur Seite zu stehen, falls ich bei der Person des Täters noch unschlüssig sei.«

»Ich habe gehört, wie Sie ihm überschwenglich dankten ... Was haben Sie ihm denn über Ihre geistige Verfassung gesagt?«

»Daß ich nach wie vor im dunkeln tappe.«

Markham sagte es mit einem müden, unglücklichen Lächeln; es war seine Art, Vance zu verstehen zu geben, daß er jeden Glauben an Captain Leacocks Täterschaft endgültig aufgegeben hatte.

Der Major ging zu ihm hin und reichte ihm die Hand.

»Ich kann mir vorstellen, wie Ihnen zumute ist«, sagte er. »Im schönsten Schwung zu Fall gebracht. Aber besser, der Schuldige kommt davon, als daß ein Unschuldiger leiden muß ... Setzen Sie sich nicht selbst unter Druck und lassen Sie sich von solchen Rückschlägen nicht entmutigen. Schon bald werden Sie auf die Lösung des Falles stoßen, und dann ...« Er blickte fest entschlossen drein, und den Rest des Satzes stieß er zwischen zusammengebissenen Zähnen hervor: »...dann werde ich nicht mehr länger schweigen. Ich werde Ihnen helfen, die Sache zu Ende zu bringen.«

Er lächelte Markham grimmig zu und setzte seinen Hut auf.

»Ich fahre zurück ins Büro. Wenn Sie mich brauchen, lassen Sie es mich wissen, und zwar jederzeit. Ich werde Ihnen vielleicht noch helfen können – später.«

Mit einer freundlichen, anerkennenden Verbeugung gegenüber Vance ging er hinaus.

Etliche Minuten lang saß Markham schweigend da.

»Verdammt noch mal, Vance!« rief er ärgerlich. »Dieser Fall

wird von Stunde zu Stunde schwieriger. Allmählich zermürbt er mich.«

»Sie sollten das wirklich nicht so ernst nehmen, mein Lieber«, entgegnete Vance leichten Mutes. »Es zahlt sich nicht aus, sich um die *trivia* des Lebens Gedanken zu machen.

›Neu ist es nicht
Und wahr ist es nicht,
Und wichtig ist es erst recht nicht.‹

Millionen sind im Weltkrieg umgekommen, und trotzdem lassen Sie nicht zu, daß deswegen Ihre Phagozyten verkümmern oder Ihre Hirnzellen Fiebers sterben. Aber wenn in Ihrem Bezirk einer ein Einsehen hat und einen alten Schlawiner ins Jenseits befördert, dann wachen Sie nachts schweißgebadet davon auf, was? Ich muß schon sagen, das ist nicht gerade konsequent von Ihnen.«

»Konsequenz ...« hob Markham an, doch Vance ließ ihn nicht zu Wort kommen.

»Nun zitieren Sie mir nicht auch noch Emerson. Dann doch lieber Erasmus. Sein *Lob der Torheit* sollten Sie einmal lesen – Sie würden staunen, wie Sie das aufmuntert. Der alte Satyr aus Rotterdam hätte sich von Alvin dem Kahlen nicht um seine Nachtruhe bringen lassen.«

»Ich bin nun einmal kein Schöngeist wie Sie!« schnauzte Markham ihn an. »Ich bin auf diesen Posten gewählt worden ...«

»Aber ja«, erwiderte Vance fröhlich. »›Liebt' ich nicht Ehre mehr‹ und all das. Aber nehmen Sie es sich doch nicht so zu Herzen. Auch wenn der Captain die Sache dermaßen verhunzt hat, daß Ihnen nichts anderes übrigbleibt, als ihn wieder laufenzulassen, haben Sie doch noch mindestens fünf weitere Kandidaten. Da wäre Mrs. Platz ... und Pfyfe ... und Colonel Ostrander ... und Miss Hoffman ... und Mrs. Banning. Aber hören Sie! Warum verhaften Sie sie nicht alle, einen nach dem anderen, und bringen sie dazu, daß sie gestehen? Heath würde juchzen vor Freude.«

Markham war zu niedergeschlagen, um sich gegen den Spott noch zu wehren. Vance' gute Laune munterte ihn anscheinend sogar auf.

»Wenn Sie die Wahrheit wissen wollen«, sagte er, »genau danach wäre mir zumute. Ich habe nur deswegen noch nicht damit angefangen, weil ich mich nicht entscheiden kann, welchen ich zuerst nehme.«

»So ist's recht!« Dann fragte Vance: »Was werden Sie denn jetzt mit dem Captain machen? Es bricht ihm das Herz, wenn Sie ihn freilassen.«

»Auf sein Herz kann keine Rücksicht genommen werden, fürchte ich.« Er griff zum Telefon. »Am besten erledige ich die Formalitäten jetzt gleich.«

»Warten Sie noch!« Vance hob beschwörend die Hand. »Lassen Sie ihm doch noch für eine Weile die Wonnen des Martyriums. Gönnen Sie ihm wenigstens noch einen Tag sein Glück. Ich habe das Gefühl, am nützlichsten wird er für uns sein, wenn er in seiner einsamen Zelle schmachtet wie der Gefangene von Chillon.«

Markham legte ohne jedes Widerwort den Hörer auf die Gabel. Es war auffällig, wie er mehr und mehr Vance die Führung überließ. Diese Bereitschaft erklärte sich nicht nur aus der gänzlichen Verwirrung seiner Gedanken – obwohl seine Ratlosigkeit gewiß mit verantwortlich dafür war; doch entscheidender war wohl der Eindruck, den Vance vermittelte – daß er mehr wußte, als er preisgab.

»Haben Sie schon einmal überlegt, wie Pfyfe und seine Herzdame in die Sache hineinpassen?« fragte Vance.

»Überlegt schon, mit tausend anderen ungeklärten Fragen«, erwiderte Markham überdrüssig. »Aber je mehr ich darüber nachdenke, desto mysteriöser kommt die ganze Geschichte mir vor.«

»Das dürfte wohl kaum der richtige Ausdruck dafür sein, mein lieber Markham«, tadelte Vance ihn. »Nichts von Menschen Gemachtes kann jemals ein Mysterium sein; bestenfalls ein Rätsel.

Und jedes Rätsel, das ein Mensch stellt, läßt sich auch von einem Menschen lösen. Alles, was nötig ist, ist ein wenig Wissen über den menschlichen Verstand, und dann braucht man dieses Wissen nur noch anzuwenden und das menschliche Handeln damit zu deuten. Einfach, was?«

Er warf einen Blick auf die Uhr.

»Ich wüßte ja gern, wie Ihr Mr. Stitt mit den Büchern von Benson and Benson vorankommt. Ich fiebere seinem Bericht mit großer Ungeduld entgegen.«

Das war zuviel für Markham. Die Zerrüttung seiner Nerven durch Vance' Anspielungen und verschleierte Andeutungen hatte ihn nun doch um seine Selbstbeherrschung gebracht. Er beugte sich vor und schlug wütend mit der Hand auf den Tisch.

»Verflucht noch mal«, fuhr er Vance an, »jetzt habe ich Ihre hochnäsige Art aber wirklich satt. Entweder wissen Sie etwas, oder Sie wissen nichts. Wenn Sie nichts wissen, dann tun Sie mir den Gefallen und hören Sie damit auf, so zu tun als ob. Und wenn Sie etwas wissen, dann kann ich von Ihnen erwarten, daß Sie es mir sagen. Sie machen Ihre geheimnisvollen Andeutungen vom ersten Augenblick an, seit dem Morgen, an dem ich Sie mit zu Bensons Leiche genommen habe. Wenn Sie glauben, Sie wüßten, wer ihn umgebracht hat, dann will ich es hören, und zwar jetzt!«

Er lehnte sich zurück und holte eine Zigarre hervor. Mit größter Sorgfalt schnitt er das Ende zurecht und zündete sie an, und nicht ein einziges Mal blickte er dabei auf. Ich glaube, er schämte sich ein wenig, daß er seinen Zorn nicht besser im Zaum gehabt hatte.

Vance hatte den Ausbruch allem Anschein nach unbewegt über sich ergehen lassen. Nun streckte er die Beine und betrachtete Markham lange und nachdenklich.

»Wissen Sie, Markham, mein Alter, ich kann Ihren Temperamentsausbruch nur zu gut verstehen. Es war ja nun auch wirklich eine Prüfung für Ihre Geduld. Aber schon bald wird die Zeit für den letzten Akt unserer Komödie gekommen sein. Ich habe Ihnen nichts vorgemacht, glauben Sie mir. Ich habe tatsächlich einige hochinteressante Hypothesen zu unserem Thema parat.«

Mit einem Gähnen erhob er sich.

»Ein unangenehm schwüler Tag, aber wir dürfen trotzdem nicht zaudern, nicht wahr?

›So nah wie Ruhm ist dem Verlust,
So nah ist Gott dem Mann.
Wenn leis' die Pflicht ihn mahnt: *Du mußt.*
Der Jüngling spricht: *Ich kann.*‹

Der noble Jüngling, das bin ich. Und Sie sind die Stimme der Pflicht – obwohl Sie ja nicht gerade geflüstert haben, stimmt's? … *Was aber ist deine Pflicht?* Und Goethe antwortete: *Die Forderung des Tages.* Aber beim Zeus, ich hätte gewünscht, die Forderung wäre an einem kühleren Tag gekommen!«

Er reichte Markham seinen Hut.

»Kommen Sie, *Postume.* Ein jegliches hat seine Zeit, und alles Vorhaben unter dem Himmel hat seine Stunde.* Für heute ist Schluß mit dem Büro – sagen Sie Swacker Bescheid – seien Sie ein braver Junge! Wir werden einer jungen Dame einen Besuch abstatten – und keiner geringeren als Miss St. Clair.«

Markham sah, daß Vance' übermütige Art nur die Verkleidung eines sehr ernsthaften Anliegens war. Er wußte auch, daß Vance ihm sein Geheimnis nur zu seinen eigenen Bedingungen preisgeben würde und daß es, so umständlich und unvernünftig seine Art auch sein mochte, für diese Art gute Gründe gab. Und seit Vance Captain Leacocks Geständnis als ganz und gar aus der Luft gegriffen entlarvt hatte, war Markham bereit, jeden Vorschlag anzunehmen, der auch nur die kleinste Hoffnung bot, der Wahrheit auf die Spur zu kommen. So läutete er denn Swacker

* Dies Wort aus dem Prediger Salomo ruft mir ins Gedächtnis, wie oft Vance zum Alten Testament griff. »Wenn ich der berufsmäßigen Literaten müde bin«, sagte er einmal, »dann erquicke ich mich an der wunderbaren Sprache der Heiligen Schrift. Den vielen, die heute meinen, sie müßten zur Feder greifen, sollte man auferlegen, mindestens zwei Stunden des Tages mit dem Studium der Bibel zu verbringen.«

und gab Bescheid, daß er ausgehe und nicht mehr ins Büro zurückkomme.

Zehn Minuten darauf saßen wir in der Untergrundbahn, unterwegs zum Riverside Drive 94.

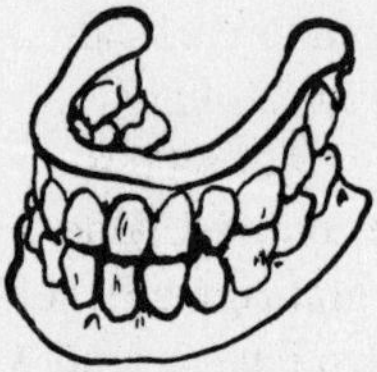

Geheimnisse einer jungen Dame

(Mittwoch, 19. Juni, 4 Uhr 30 nachmittags)

»Die Suche nach Erleuchtung, zu der wir nun aufbrechen«, erklärte Vance bei der Fahrt stadtauswärts, »könnte ein wenig mühsam werden. Aber Sie müssen all Ihre Willenskraft zusammennehmen und mir geduldig folgen. Sie können sich gar nicht vorstellen, wie delikat die Aufgabe ist, die ich mir vorgenommen habe. Und alles andere als angenehm. Ich bin noch ein wenig jung, um schon sentimental zu werden, aber ich muß doch sagen, am liebsten würde ich den Fang wieder von der Angel lassen.«

»Wäre es vielleicht möglich zu erfahren, warum wir Miss St. Clair aufsuchen?« fragte Markham resigniert.

»Aber gewiß. Ich halte es sogar für besser, wenn Sie im Bilde sind. Es gibt eine Reihe von Punkten im Zusammenhang mit der jungen Dame, zu denen wir noch Aufklärung brauchen. Zunächst einmal die Handschuhe und die Handtasche. Mohnsaft nicht noch Mandragora verhelfen Ihnen je zu dem süßen Schlaf, den Sie noch gestern hatten, nicht wahr – solange wir uns nicht über die Herkunft dieser beiden Klarheit verschafft haben. Und Sie werden sich erinnern, daß Miss Hoffman uns verriet, wie der Major seine Ohren spitzte, als Benson Damenbesuch hatte, an dem Tag, an dem das Schicksal ihn ereilte. Ich habe einen Verdacht, daß diese Besucherin Miss St. Clair war, und ich brenne darauf zu erfahren, was an jenem Tag im Büro vorging und warum sie später am Tag noch einmal dort war. Und warum ging sie am Nachmittag zu Benson zum Tee? Welche Rolle spielten die Schmuckstücke bei dieser Plauderei? Und das sind noch längst nicht alle Fragen. Da wäre zum Beispiel: Warum brachte der Captain seine Pistole zu ihr? Wieso glaubt er, sie habe Benson erschossen? – und davon ist er ja überzeugt. Und warum war andererseits sie vom ersten Augenblick an überzeugt, daß er der Täter war?«

Markham blickte skeptisch drein.

»Und Sie meinen, das wird sie uns alles erzählen?«

»Ich hege die schönsten Hoffnungen«, erwiderte Vance. »Wo ihr wackerer Ritter nun nach gestandenem Mord im Kerker schmachtet, hat sie nichts mehr zu verlieren, wenn sie uns ihr Herz ausschüttet … Aber wir müssen es geschickt anstellen. Von Ihren Polizeimethoden, von Einschüchterung und Kreuzverhör läßt sich die junge Dame nicht beeindrucken, das versichere ich Ihnen.«

»Und wie wollen Sie Ihre Informationen aus ihr herausbekommen?«

»Mit *morbidezza*, wie die Maler sagen. In dezentem, kultiviertem Ton.«

Markham überlegte einen Moment lang.

»Ich glaube, ich halte mich am besten heraus und überlasse den sokratischen *Elenchus* ganz Ihnen.«

»Ein außerordentlich brillanter Vorschlag«, meinte Vance.

Im Apartmenthaus angekommen, kündigte Markham über das Haustelefon an, daß er in wichtigen Angelegenheiten komme, und Miss St. Clair empfing uns auf der Stelle. Sie war, könnte ich mir vorstellen, beunruhigt, weil sie nicht wußte, was aus Captain Leacock geworden war.

Als sie vor uns saß, in ihrem kleinen Wohnzimmer mit Blick über den Hudson, wirkte ihr Gesicht sehr weiß, und die Hände, auch wenn sie fest ineinander verschränkt waren, zitterten ein wenig. Viel von ihrer kühlen Reserviertheit war von ihr abgefallen, und ihre Augen sprachen von schlaflos in Sorge verbrachten Nächten.

Vance kam gleich zur Sache. Er schlug einen munteren, schon beinahe übermütigen Ton an, der sofort die Anspannung löste, die in der Luft lag, und allen Eindruck des Förmlichen vertrieb.

»Ich muß Ihnen leider sagen, daß Captain Leacock die große Dummheit begangen und sich des Mordes an Mr. Benson bezichtigt hat. Aber wir sind nicht so ganz überzeugt, ob wir ihm denn wirklich glauben sollen. Ja, man muß sagen, wir treiben hilflos zwischen Scylla und Charybdis. Wir können uns einfach nicht entscheiden, ob wir den Captain für einen kaltblütigen Mörder halten sollen oder für einen *chevalier sans peur et sans reproche*. Seine Geschichte darüber, wie er die schurkische Tat vollbracht haben will, ist ein wenig bruchstückhaft; es fehlt an Präzision in etlichen entscheidenden Details; und – was uns ganz besonders verwirrt – er schaltete das Licht in Bensons gräßlichem Wohnzimmer an einem Schalter ab, den es schlicht und einfach nicht gibt. Deshalb macht sich bei mir die Überzeugung breit, daß er diese Räuberpistole erfunden hat, um jemanden zu schützen, den er für den wirklichen Täter hält.«

Er wies mit einem leichten Kopfnicken in Richtung Markham. »Der Bezirksstaatsanwalt hegt jedoch noch Zweifel an meiner Deutung. Wir wissen, wie starr und beharrlich der Juristenverstand sein kann, wenn er erst einmal eine vorgefaßte Meinung hat. Sie werden sich erinnern, daß Mr. Markham, nur weil Sie Mr. Alvin Benson an seinem letzten Abend auf Erden Gesellschaft leisteten, und einiger weiterer ebenso trivialer und unbedeutender Kleinigkeiten wegen, tatsächlich zu dem Schluß gekommen war, daß Sie etwas mit dem Ableben des Gentleman zu tun hätten.«

Mit einem schalkhaft tadelnden Lächeln sah er zu Markham hinüber, dann fuhr er fort:

»Da Sie, Miss St. Clair, die einzige sind, die Captain Leacock so ritterlich schützen würde, und da ich für meine Person von Ihrer Unschuld überzeugt bin, wollen Sie uns da nicht helfen, uns über jene Punkte, an denen sich Mr. Bensons Lebensbahn mit der Ihren kreuzte, Klarheit zu verschaffen? ... Was Sie preisgeben, kann weder dem Captain noch Ihnen schaden, aber es könnte helfen, aus Mr. Markhams Gedanken die Zweifel zu vertreiben, die er an der Unschuld des Captains noch hegt.«

Vance' Art sorgte dafür, daß die Spannungen bei der jungen Frau sich lösten; Markham hingegen kochte innerlich, auch wenn er mit keinem Wort gegen die Unterstellungen protestierte.

Miss St. Clair betrachtete Vance mehrere Minuten lang mit festem Blick.

»Ich weiß nicht, warum ich Ihnen trauen oder auch nur glauben sollte«, sagte sie gleichmütig, »aber nun wo Captain Leacock sein Geständnis abgelegt hat – ich hatte schon befürchtet, daß er es tun würde, seit wir zuletzt miteinander sprachen –, sehe ich auch keinen Grund, weshalb ich Ihre Fragen nicht beantworten sollte … Und Sie halten ihn wirklich für unschuldig?«

Die Frage war wie ein unterdrückter Schrei; ihre innere Erregung war durch den Panzer ihrer äußeren Ruhe gedrungen.

»Ich halte ihn für unschuldig«, versicherte Vance feierlich. »Mr. Markham wird Ihnen bestätigen, daß ich vorhin, bevor wir sein Büro verließen, noch drängte, er solle Captain Leacock freilassen. Das ist auch der Grund, weswegen ich ihn überredet habe, Sie aufzusuchen, weil ich hoffe, daß Ihre Erklärungen seine letzten Zweifel an der Unschuld des Captains zerstreuen werden.«

Seine Worte und seine ganze Art flößten ihr offenbar Vertrauen ein.

»Was wollen Sie von mir wissen?« fragte sie.

Vance bedachte Markham, der seine Wut kaum noch unter Kontrolle halten konnte, wiederum mit einem tadelnden Blick und wandte sich dann wieder der Frau zu.

»Könnten Sie uns als erstes erklären, wie Ihre Handschuhe und Handtasche in Mr. Bensons Haus gelangten? Der Gedanke daran geht dem Bezirksstaatsanwalt nicht mehr aus dem Kopf.«

Sie sah Markham freimütig an.

»Mr. Benson hatte mich zum Essen eingeladen. Die Stimmung war nicht freundschaftlich, und als wir uns auf den Heimweg machten, wurde mir sein Betragen zusehends widerwärtiger. Am Times Square ließ ich den Fahrer halten – ich wollte den Rest des Weges lieber allein zurücklegen. In meiner Wut und in der Eile, von ihm fortzukommen, müssen mir Handschuhe und Tasche heruntergefallen sein. Erst als Mr. Benson abgefahren war, bemerkte ich es, und ohne Geld, wie ich war, ging ich zu Fuß nach Hause. Da Sie meine Sachen in Mr. Bensons Haus gefunden haben, nahm er sie offenbar mit dorthin.«

»Genau was ich vermutet hatte«, sagte Vance. »Und ich muß schon sagen – ein verdammt langer Marsch bis hier heraus, was?«

Mit seinem schönsten Lächeln wandte er sich an Markham.

»Glauben Sie mir, da kann man wirklich nicht erwarten, daß Miss St. Clair vor ein Uhr zu Hause war.«

Markham biß die Zähne zusammen und schwieg.

»Und nun«, fuhr Vance mit seiner Befragung fort, »wüßte ich gern, wie es zu dieser Einladung zum Essen überhaupt kam.«

Ihre Miene verfinsterte sich, doch die Stimme blieb ruhig.

»Ich hatte eine Menge Geld durch Mr. Bensons Firma verloren, und plötzlich ging mir auf, daß er es darauf anlegte, daß ich Verluste machte, und daß er mir, wenn er wollte, auch helfen konnte, das Geld zurückzubekommen.« Sie senkte den Blick. »Er war mir mit seinen Aufmerksamkeiten schon seit einiger Zeit zur Last gefallen – und ich war sicher, daß er zu jeder Schurkerei fähig war. Ich ging zu ihm ins Büro und sagte ihm offen, was ich vermutete. Er schlug vor, ich solle mit ihm zu Abend essen, dann könnten wir darüber sprechen. Ich wußte, was er vorhatte, aber ich war so verzweifelt, daß ich beschloß, trotzdem hinzugehen; ich hoffte, ich könnte sein Herz erweichen.«

»Und wie kam es, daß Sie Mr. Benson genau den Zeitpunkt nannten, zu dem Sie wieder aufbrechen würden?«

Sie sah Vance verblüfft an, antwortete jedoch ohne zu zögern.

»Er machte Andeutungen – daß es ein fröhlicher Abend werden solle; und ich erklärte ihm – mit großem Nachdruck – daß ich, wenn ich mit ihm ausginge, mich um Punkt Mitternacht verabschieden würde, wie ich es immer tue … Sie müssen wissen«, fügte sie hinzu, »daß ich meine Gesangsausbildung sehr ernst nehme; und daß ich grundsätzlich bei jeder Party um Punkt Mitternacht nach Hause gehe, ist ein Opfer – oder sagen wir: eine Beschränkung, die ich mir auferlege.«

»Sehr umsichtig und ausgesprochen lobenswert!« war Vance' Kommentar. »Und das war in Ihrem Freundeskreis allgemein bekannt?«

»Oh ja. Sie nennen mich sogar Aschenbrödel deswegen.«

»Hätten zum Beispiel Colonel Ostrander und Mr. Pfyfe davon gewußt?«

»Ja.«

Vance überlegte einen Moment lang.

»Wie kam es, daß Sie am Tag des Mordes bei Mr. Benson zu Hause zum Tee waren, wenn Sie doch am Abend mit ihm ausgehen wollten?«

Sie errötete ein wenig.

»Das hat nichts zu bedeuten«, beteuerte sie. »Ich ärgerte mich schließlich doch über mich, daß ich bereit gewesen war, mit ihm zu Abend zu essen, und ging zu ihm nach Hause – nachdem ich zuvor noch einmal im Büro gewesen war und erfahren hatte, daß er nicht mehr dort war –, weil ich ihn um Nachsicht bitten wollte und darum, nicht auf der Verabredung zu bestehen. Doch er tat es mit einem Lachen ab, und nachdem er noch darauf bestanden hatte, daß ich mit ihm Tee trank, schickte er mich mit dem Taxi zum Umziehen nach Hause. Er holte mich gegen halb acht hier ab.«

»Als Sie ihn baten, Ihnen Ihr Versprechen zu erlassen, da versuchten Sie auch, ihn mit der Erinnerung an Captain Leacocks Drohung einzuschüchtern; doch er erwiderte, das sei nur Bluff.«

Wieder war ihr die Überraschung anzusehen.

»Ja«, hauchte sie.

Vance lächelte mitfühlend.

»Colonel Ostrander sagt, er habe Sie und Mr. Benson im Marseille gesehen.«

»Das stimmt, und ich habe mich furchtbar geschämt. Er wußte genau, was für ein Mann Benson war, und hatte mich erst ein paar Tage zuvor vor ihm gewarnt.«

»Ich dachte, der Colonel und Mr. Benson seien gute Freunde.«

»Das waren sie auch – bis vor einer Woche. Aber der Colonel hat kürzlich sehr viel bei einer Aktienspekulation Mr. Bensons verloren, noch mehr als ich, und er machte mir recht unmißverständliche Andeutungen, daß Mr. Benson uns bewußt in die Irre geführt habe, um sich selbst zu bereichern. An dem Abend im Marseille sprach er kein Wort mit ihm.«

»Was war mit dem glitzernden Geschmeide, das Mr. Benson zum Tee hervorholte?«

»Bestechung«, sagte sie, und ihr verächtliches Lächeln verurteilte Benson gründlicher, als selbst die bittersten Worte es gekonnt hätten. »Der Gentleman hoffte, daß er mir damit den Kopf verdrehen könnte. Er bot mir eine Perlenkette an, die ich am Abend tragen sollte, doch ich lehnte ab. Und ich erfuhr, daß ich, wenn ich erst einmal die Dinge im rechten Licht sähe – oder sonst eine bezaubernde Formulierung in dieser Art –, Juwelen wie diese mein eigen nennen könnte – vielleicht sogar nach dem Einundzwanzigsten jene, die ich da vor mir sah.«

»Natürlich, der Einundzwanzigste.« Vance grinste. »Hören Sie auch gut zu, Markham? Am Einundzwanzigsten läuft Leanders Schuldschein ab, und wenn er nicht zahlt, ist der Schmuck verloren.«

Er wandte sich wieder an Miss St. Clair.

»Hatte Mr. Benson den Schmuck beim Abendessen wieder dabei?«

»Oh, nein! Ich glaube, es hatte ihn ziemlich entmutigt, daß ich die Perlen abgelehnt hatte.«

Vance hielt inne und sah sie an, die Liebenswürdigkeit in Person.

»Seien Sie nun so freundlich und erzählen Sie uns bitte von der Waffe – in Ihren eigenen Worten, wie die Anwälte sagen, nur um diese Worte dann später gegen Sie zu verwenden.«

Doch offenbar fürchtete sie nichts dergleichen von Vance.

»Am Morgen nach dem Mord kam Captain Leacock her und erzählte mir, er sei gegen halb eins zu Mr. Bensons Haus gegangen, in der Absicht, ihn zu erschießen. Doch er habe Mr. Pfyfe draußen gesehen, der offenbar eben zu Mr. Benson wollte, und habe seinen Plan aufgegeben und sei nach Hause gegangen. Ich fürchtete, daß Mr. Pfyfe ihn ebenfalls gesehen hatte, und schlug vor, daß es sicherer sein würde, die Pistole bei mir zu lassen und, wenn jemand ihn danach fragte, zu behaupten, er habe sie im Krieg in Frankreich verloren ... Sehen Sie, ich glaubte ja, daß er Mr. Benson tatsächlich erschossen hatte und nur – nun, mich freundlich belog, um meine Gefühle zu schonen. Als er die Pistole dann wieder holte, um sie zu beseitigen, war ich nur um so überzeugter, daß er der Täter war.«

Mit einem melancholischen Lächeln wandte sie sich an Markham.

»Deshalb habe ich mich geweigert, Ihre Fragen zu beantworten. Ich wollte, daß Sie glauben, ich sei es gewesen, und deswegen Captain Leacock nicht verdächtigen.«

»Aber der Captain hat Sie nicht belogen«, sagte Vance.

»Jetzt weiß ich das. Und ich hätte es eigentlich schon viel früher spüren müssen. Wenn er wirklich der Mörder gewesen wäre, hätte er nie die Pistole zu mir gebracht.«

Ihre Augen wurden feucht.

»Und der arme Junge hat gestanden, weil er glaubte, ich sei es gewesen.«

»Eine verteufelte Lage«, pflichtete Vance ihr bei. »Aber was stellte er sich denn vor, woher Sie die Waffe hatten?«

»Ich kenne eine ganze Reihe von Männern, die in der Armee waren – Freunde von ihm und von Major Benson. Letzten Sommer waren wir in den Bergen, und ich habe mehrfach Pistolenschießen geübt, nur zum Spaß. Nein, so abwegig war seine Idee gar nicht.«

Vance erhob sich und verneigte sich höflich vor ihr.

»Sie waren sehr freundlich zu uns«, sagte er, »und sehr hilfreich. Sie müssen wissen, Mr. Markham hat im Laufe der Ermittlungen eine ganze Reihe von Hypothesen zu dem Mord entwickelt. Zunächst ging er, glaube ich, davon aus, daß Sie allein die Madame Borgia waren. Die zweite Theorie sah Sie und den Captain als gemeinschaftliche Täter – *à quatre mains*, könnte man sagen. Die dritte schließlich vermutete den Captain *a cappella* am Abzug. Und der juristische Verstand ist so hoch entwickelt, daß es ihm keinerlei Mühe bereitet, mehrere widersprüchliche Ansätze zur gleichen Zeit zu verfolgen. Das Traurige im gegenwärtigen Falle ist, daß Mr. Markham nach wie vor zu der Annahme neigt, Sie beide seien die Täter, sowohl gemeinschaftlich als auch jeder für sich. Ich versuchte, bevor wir herkamen, vernünftige Einwände geltend zu machen – doch vergebens. Deshalb bestand ich darauf, daß er von Ihren eigenen bezaubernden Lippen Ihre Version der ganzen Geschichte zu hören bekam.«

Er ging zu Markham hinüber, der mit zusammengebissenen Zähnen dasaß und ihn gefährlich anfunkelte.

»Tja, mein Lieber«, meinte er munter, »nun werden Sie ja nicht mehr an Ihrer fixen Idee festhalten, daß Miss St. Clair oder Captain Leacock die Schuldigen sind, nicht wahr? ... Und wollen Sie denn nicht ein Einsehen haben und dem Captain die Ketten abnehmen, wie ich es von Ihnen erfleht habe?«

Er breitete die Arme zu einer theatralisch bittenden Geste.

Markham platzte fast vor Wut, doch er stand ruhig aus seinem Sessel auf, ging zu der jungen Frau und reichte ihr die Hand.

»Miss St. Clair«, sagte er freundlich – und wieder war ich beeindruckt von der Charaktergröße dieses Mannes –, »lassen Sie sich versichern, daß ich jeden Verdacht, den ich gegen Sie und auch gegen Captain Leacock ursprünglich hegte, aus dem verbannt habe, was Mr. Vance als meinen so himmelschreiend sturen und unbeweglichen Verstand hinstellt ... Aber ich will es ihm verzeihen, denn er hat mich davor bewahrt, Ihnen ein sehr schweres Unrecht anzutun. Und ich werde auch dafür sorgen, daß Ihr Captain wieder bei Ihnen ist, sobald ich die Papiere für seine Entlassung unterzeichnen kann.«

Als wir wieder draußen auf dem Riverside Drive waren, stürzte sich Markham mit aller angestauten Wut auf Vance.

»So! *Ich* habe also ihren großartigen Captain eingesperrt, und *Sie* haben mich angefleht, ihn laufen zu lassen! Sie wissen ganz genau, daß ich keinen von beiden für den Täter gehalten habe, Sie – Sie – Salonlöwe!«

Vance seufzte.

»Liebe Güte! Wollen Sie denn zur Aufklärung dieses Falles wirklich *gar* nichts beitragen?« fragte er traurig.

»Was haben Sie denn davon gehabt, daß Sie mich vor dieser Frau zum Narren gemacht haben?« brüllte Markham. »Ich habe nicht das Gefühl, daß Sie auch nur das kleinste erreicht haben mit Ihrer ganzen albernen Posse.«

»Was!« Vance spielte den Verblüfften. »Die Informationen, die Sie gerade erhalten haben, werden von unermeßlichem Nutzen sein, wenn Sie demnächst den Täter überführen. Außerdem wissen wir jetzt alles über die Handschuhe und die Handtasche, wir wissen, wer die Dame war, die zu Benson ins Büro kam, und was Miss St. Clair zwischen zwölf und eins tat und warum sie allein mit Alvin ausging und warum das Schmuckkästchen auf dem Tisch stand und warum der Captain seine Pistole zuerst zu ihr brachte und dann ins Wasser warf und warum er uns die Tat gestand ... Ich muß schon sagen! Ist Ihnen soviel Erkenntnis denn nicht Lohn genug? Mit einem Schlag sind Sie einen Berg an Belanglosigkeiten losgeworden.«

Er blieb stehen und zündete sich eine Zigarette an.

»Ihre Freunde wußten, daß sie, wenn sie abends ausging, sich stets um Mitternacht auf den Heimweg machte. Das ist das wirklich Wichtige, was wir von der jungen Dame erfahren haben. Übersehen Sie das nicht, mein Lieber, und unterschätzen Sie es nicht; es ist von größter Bedeutung. Bensons Mörder, das habe ich Ihnen ja schon vor langem gesagt, wußte, daß sie an jenem Abend mit ihm zum Essen auswar.«

»Und als nächstes erzählen Sie mir, daß Sie wissen, wer es war«, schnaubte Markham.

Vance blies einen Rauchring in die Luft.

»Ich habe vom ersten Augenblick an gewußt, wer dem alten Gauner das Lebenslicht ausgeblasen hat.«

Markham schnaubte verächtlich.

»Was Sie nicht sagen! Und wann ist Ihnen diese Erleuchtung gekommen?«

»Oh, höchstens fünf Minuten nachdem ich an jenem ersten Morgen Bensons Haus betreten hatte«, erwiderte Vance.

»Hört, hört! Und warum haben Sie sich mir nicht anvertraut und uns all diese Mühen erspart?«

»Unmöglich!« rief Vance übermütig. »Sie waren nicht reif dafür, an meinem esoterischen Wissen teilzuhaben. Ich mußte Sie geduldig bei der Hand nehmen und Sie aus der langen Reihe finst'rer Wälder und sumpfiger Gegenden herausführen, in denen Sie sich um jeden Preis verirren wollten. Ihre Einfalt schreit zum Himmel.«

Ein Taxi kam vorbei, und Vance hielt es an.

»48. Straße West, Haus Nummer 87«, wies er den Fahrer an.

Vertraulich nahm er Markham beim Arm.

»Jetzt nur noch eine kleine Plauderei mit Mrs. Platz. Und dann, oh dann – dann werde ich Ihnen all meine keuschen Geheimnisse ins Ohr flüstern.«

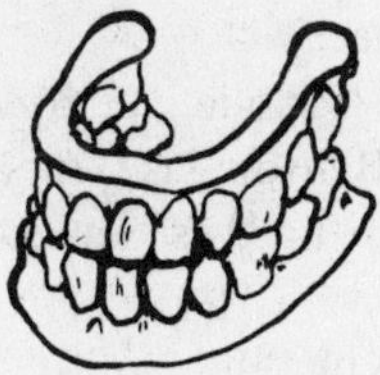

Eine Frage der Haartracht

(Mittwoch, 19. Juni, 5 Uhr 30 nachmittags)

Die Haushälterin nahm unseren Besuch an diesem Nachmittag mit sichtlicher Beklommenheit auf. Sie war eine kräftige, stattliche Frau, doch nun wirkte ihr Körper schlaff, und das Gesicht war von den Spuren tagelanger Sorge gezeichnet. Von Snitkin hatten wir bei der Ankunft erfahren, daß sie sorgsam sämtliche Zeitungen las und den Gang der Ermittlungen verfolgte, und auch ihn habe sie immer wieder nach Neuigkeiten gefragt.

Sie betrat das Wohnzimmer mit kaum mehr als der Andeutung eines Grußes und setzte sich, als Vance ihr einen Stuhl hinstellte, wie jemand, der sich in ein schweres, doch unausweichliches Schicksal fügt. Als Vance sie aufmerksam betrachtete, blickte sie einmal ängstlich auf und senkte dann den Kopf, so als ob in der Sekunde, in der ihre Blicke sich trafen, sie in den Augen des anderen gesehen habe, daß er das Geheimnis kannte, das sie so eifersüchtig gehütet hatte.

Vance kam ohne jede Vorrede gleich zur Sache.

»Mrs. Platz, hat Mr. Benson das Geheimnis seines Toupets eifersüchtig gehütet? Oder kam es vor, daß er Freunde empfing, ohne daß er es trug?«

Die Frau schien erleichtert.

»Oh nein, Sir – niemals.«

»Überlegen Sie genau, Mrs. Platz. Haben Sie Mr. Benson je ohne sein Toupet in Gesellschaft anderer gesehen?«

Sie dachte eine Weile nach, die Stirn in Falten gelegt.

»An einmal kann ich mich erinnern, als er seine Perücke abnahm und sie Colonel Ostrander zeigte, einem älteren Herrn, der häufig hier zu Besuch war. Aber Colonel Ostrander war ein alter Freund von ihm. Er hat mir einmal erzählt, sie hätten früher zusammen gewohnt.«

»Sonst niemand?«

Wieder überlegte sie stirnrunzelnd.

»Nein«, sagte sie nach mehreren Minuten.

»Was ist mit Lieferanten oder Hausierern?«

»Da war er sehr penibel … Auch bei Fremden«, fügte sie hinzu. »Wenn er bei warmem Wetter hier im Zimmer ohne seine Perücke saß, zog er immer das vordere Rollo herunter.« Sie zeigte auf das Fenster, das dem Flur am nächsten lag. »Von der Treppe aus kann man hineinsehen.«

»Ich bin froh, daß Sie das zur Sprache bringen«, sagte Vance. »Jeder, der auf der Treppe stand, konnte also ans Fenster oder an die Eisenstäbe klopfen und jemanden hier im Raum auf sich aufmerksam machen?«

»Oh ja, Sir – ohne weiteres. Ich habe es selbst einmal getan, als ich eine Besorgung machen ging und meinen Schlüssel vergessen hatte.«

»Es wäre gut denkbar, daß der Mörder auf diese Weise Einlaß ins Haus erhielt – meinen Sie nicht auch?«

»Doch, Sir«, antwortete sie eifrig.

»Wenn es jemand war, der ans Fenster klopfte, statt an der Tür zu läuten, dann muß er Mr. Benson ja recht gut gekannt haben. Meinen Sie nicht auch, Mrs. Platz?«

»Doch – Sir.« Sie klang zweifelnd: Offenbar wußte sie nicht, worauf er hinauswollte.

»Wenn ein Fremder ans Fenster geklopft hätte, hätte Mr. Benson ihn dann ohne sein Toupet eingelassen?«

»Oh nein – er hätte niemals einen Fremden eingelassen.«

»Sie sind sicher, daß in dieser Nacht die Türglocke nicht läutete?«

»Ganz sicher.« Sie sagte es mit großem Nachdruck.

»Gibt es eine Lampe an der Vordertreppe?«

»Nein, Sir.«

»Wenn Mr. Benson zum Fenster hinausgeblickt hätte, um zu sehen, wer da pochte, hätte er dann denjenigen im Dunkeln erkennen können?«

Die Frau zögerte.

»Das weiß ich nicht – ich glaube kaum.«

»Gibt es eine Klappe oder dergleichen in der Haustür, durch die man sehen kann, wer draußen ist?«

»Nein, Sir. Manchmal wünschte ich, das gäbe es.«

»Wenn also jemand geklopft hätte, müßte Mr. Benson ihn an der Stimme erkannt haben?«

»Das wäre eine Erklärung, Sir.«

»Und Sie sind sicher, daß niemand ohne Schlüssel hereingekommen sein kann?«

»Wie sollte das geschehen sein? Die Tür verschließt sich jedesmal von selbst.«

»Es ist ein ganz normales Schnappschloß, oder?«

»Ja, Sir.«

»Dann muß es doch auch einen Knopf haben, an dem man es einhaken kann, so daß die Tür von beiden Seiten zu öffnen ist.«

»Genau so einen Knopf hatte es!« rief sie, »aber Mr. Benson hat ihn abschrauben lassen, weil er das nicht wollte. Er sagte, es sei zu gefährlich – ich könnte fortgehen und das Haus unverschlossen lassen.«

Vance ging hinaus auf den Flur, und ich hörte, wie er die Haustür öffnete und wieder schloß.

»Sie haben recht, Mrs. Platz«, sagte er, als er wieder hereinkam. »Nun sagen Sie mir noch eines: Sind Sie ganz sicher, daß niemand einen Schlüssel hatte?«

»Ja, Sir. Nur Mr. Benson und ich hatten Schlüssel.«

Vance nickte zum Zeichen, daß er ihr glaubte.

»Sie sagen, in der Nacht, in der Mr. Benson erschossen wurde, hatten Sie Ihre Schlafzimmertür nur angelehnt … Lassen Sie sie in der Regel offen?«

»Nein, normalerweise ist sie zu. Aber es war eine furchtbar schwüle Nacht.«

»Es war also nur ein Zufall, daß die Tür offen war?«

»So könnte man sagen.«

»Wenn Ihre Tür verschlossen gewesen wäre, wie sie es gewöhnlich war – was meinen Sie, hätten Sie dann den Schuß gehört?«

»Wenn ich wach gewesen wäre, vielleicht. Aber nicht wenn

ich geschlafen hätte. Die Türen in diesen alten Häusern sind schwer, Sir.«

»Und prächtig anzusehen dazu«, meinte Vance.

Er betrachtete voller Bewunderung die massive zweiflügelige Mahagonitür, die hinaus auf den Flur führte.

»Wissen Sie, Markham, unser sogenannter Fortschritt ist nichts weiter als die immer weiter um sich greifende Zerstörung all dessen, was einmal wertvoll und von Dauer war, und nur billiger Tand tritt an dessen Stelle. Sie sollten Oswald Spenglers *Untergang des Abendlandes* lesen – ein höchst scharfsinniges Werk. Es wundert mich, daß noch kein geschäftstüchtiger Verleger es in der Sprache des hiesigen Volkes auf den Markt geworfen hat.* Die ganze Geschichte jener dekadenten Ära, die wir die Kultur unserer Zeit nennen, läßt sich aus unseren Schreinerarbeiten ablesen. Sehen Sie sich zum Beispiel diese schöne alte Tür an, mit ihren abgeschrägten Paneelen, den geschnitzten Leisten, den ionischen Seitenpfosten, dem verzierten Sturz. Und dann vergleichen Sie das mit den flachen, dünnen, maschinenproduzierten, überlackierten Brettern, die heute zu Tausenden aus den Fabriken kommen. *Sic transit* …«

Eine Weile musterte er noch die Tür; dann wandte er sich mit einem Ruck wieder Mrs. Platz zu, die ihn staunend und mit zusehends größer werdender Furcht beobachtete.

»Was hat Mr. Benson mit dem Schmuckkästchen gemacht, als er zum Abendessen ausging?« fragte er.

»Nichts, Sir«, antwortete sie nervös. »Er hat es da auf dem Tisch stehen lassen.«

»Haben Sie es gesehen, nachdem er fort war?«

»Ja; ich habe noch überlegt, ob ich es wegräumen soll. Aber dann dachte ich doch, daß ich es besser nicht anrühre.«

»Und niemand kam an die Tür oder betrat das Haus, nachdem Mr. Benson gegangen war?«

* Ich glaube, neuerdings ist auch eine englische Ausgabe – oder zumindest eine Auswahl – verfügbar.

»Nein, Sir.«

»Da sind Sie ganz sicher?«

»Vollkommen sicher, Sir.«

Vance erhob sich und ging im Zimmer auf und ab. Als er wieder an der Frau vorüberkam, blieb er abrupt stehen und sah sie an.

»Hießen Sie mit Mädchennamen Hoffman, Mrs. Platz?«

Das, wovor sie sich die ganze Zeit gefürchtet hatte, war eingetreten. Alle Farbe wich aus ihrem Gesicht, die Augen hatte sie weit aufgerissen, den Mund ein wenig geöffnet.

Vance stand da und sah sie an, nicht unfreundlich. Bevor sie die Fassung wiederfand, sagte er:

»Ich hatte kürzlich das Vergnügen, Ihre bezaubernde Tochter kennenzulernen.«

»Meine Tochter … ?« stammelte die Frau unter Mühen.

»Sie wissen schon – Miss Hoffman, die attraktive junge Dame mit dem blonden Haar – Mr. Bensons Sekretärin.«

Die Frau saß stocksteif da und stieß die nächsten Worte zwischen den Zähnen hervor.

»Das ist nicht meine Tochter.«

»Also wirklich, Mrs. Platz!« tadelte Vance sie, wie man ein unartiges Kind tadelt. »Warum dieser dumme Versuch, mich zu belügen? Wissen Sie noch, wie erschrocken Sie waren, als ich die Vermutung äußerte, Sie hätten ein persönliches Interesse an der jungen Dame, die hier zum Tee bei Mr. Benson war? Sie hatten Angst, ich glaubte, es sei Miss Hoffman gewesen … Aber warum schreckte der Gedanke Sie so, Mrs. Platz? Ich bin sicher, sie ist ein braves Mädchen. Und Sie können es ihr wirklich nicht verübeln, daß sie lieber Hoffman heißen möchte als Platz. Bei Platz denkt man ja nicht nur an Marktplatz, sondern auch ans Zerplatzen, an eine Explosion, und in manchen Gegenden heißt Platz auch soviel wie Weißbrot oder Hefekuchen. Hoffman hingegen, das ist ein Hofmann, ein *courtier*, ein vornehmer Mann – viel hübscher als ein Hefekuchen, was?«

Er lächelte verbindlich, und allmählich beruhigte sich die Frau.

»Darum geht es nicht, Sir«, sagte sie und blickte verständnisheischend zu ihm auf. »Ich habe sie selbst dazu gedrängt. In diesem Land kann jedes Mädchen, das halbwegs Verstand hat, es mit ein wenig Glück zur feinen Dame bringen. Und …«

»Ich habe vollstes Verständnis«, versicherte Vance ihr freundlich. »Miss Hoffman ist nicht auf den Kopf gefallen, und Sie fürchteten, es könnte ihrer Karriere schaden, wenn bekannt würde, daß sie die Tochter einer Haushälterin ist. Deshalb haben Sie zum Wohle Ihrer Tochter sich selbst sozusagen verleugnet. Das war sehr großherzig von Ihnen, finde ich … Ihre Tochter wohnt allein?«

»Ja, Sir – in Morningside Heights. Aber ich besuche sie jede Woche.« Ihre Stimme war kaum noch zu hören.

»Sooft Sie können, da bin ich mir sicher … Haben Sie die Stelle hier bei Mr. Benson angenommen, weil sie seine Sekretärin war?«

Sie blickte auf, und in ihren Augen stand Bitterkeit geschrieben.

»Ja, Sir – das habe ich. Sie hatte mir erzählt, was für eine Art von Mann er war; und er zwang sie oft, abends zu Überstunden hierher ins Haus zu kommen.«

»Und da wollten Sie in der Nähe sein, um sie zu beschützen?«

»Ja, Sir – genauso war es.«

»Warum waren Sie am Morgen nach dem Mord so aufgeregt, als Mr. Markham Sie fragte, ob Mr. Benson Feuerwaffen im Haus gehabt habe?«

Die Frau blickte zu Boden.

»Ich – war nicht aufgeregt.«

»Doch, Mrs. Platz, das waren Sie. Und ich will Ihnen auch sagen warum. Sie fürchteten, wir könnten denken, Miss Hoffman sei die Täterin.«

»Nein, Sir, das stimmt nicht!« rief sie. »Mein Kind war an dem Abend nicht einmal in der Nähe, das schwöre ich! – sie war nicht hier …«

Sie konnte nicht mehr an sich halten. Die Anspannung einer ganzen Woche entlud sich, und sie blickte nur noch hilflos um sich.

»Halb so wild, Mrs. Platz«, tröstete Vance sie. »Niemand denkt auch nur einen Augenblick lang, daß Miss Hoffman etwas mit Mr. Bensons Tod zu tun haben könnte.«

Die Frau blickte ihm forschend ins Gesicht. Zunächst wollte sie ihm nicht glauben – es war ihr anzusehen, daß die Furcht ihre Gedanken ganz und gar beherrschte –, und es dauerte eine volle Viertelstunde, bis sie wirklich überzeugt war, daß er es ernst meinte. Doch als wir uns schließlich von ihr verabschiedeten, war sie in recht friedlicher Verfassung.

Auf dem Weg zum Stuyvesant-Club schwieg Markham, ganz in seine eigenen Gedanken versunken. Offensichtlich beschäftigten ihn die neuen Fakten, die bei unserer Unterhaltung mit Mrs. Platz ans Tageslicht gekommen waren, außerordentlich.

Vance saß da und träumte rauchend vor sich hin, nur dann und wann blickte er zur Seite, um die Gebäude zu betrachten, an denen wir vorüberkamen. Wir nahmen die 48. Straße ostwärts, und als wir auf die Höhe des Hauses der New York Bible Society kamen, ließ er den Fahrer halten und bestand darauf, daß wir es bewunderten.

»Schon die Architektur, die es hervorgebracht hat«, dozierte er, »rechtfertigt beinahe die Existenz des Christentums. Von einigen Ausnahmen abgesehen, sind die einzigen Bauwerke in dieser Stadt, die nicht das Auge kränken, die Kirchen mit ihren zugehörigen Bauten. Das Schönheitsideal der Amerikaner lautet: Je größer, desto schöner. Die sogenannten Wolkenkratzer – nichts als riesenhafte Kästen mit rechteckigen Löchern darin –, werden von unseren Landsleuten nur deswegen so verehrt, weil sie groß sind. Ein Kasten mit vierzig Reihen Löchern ist doppelt so schön wie ein Kasten mit zwanzig Reihen. Eine einfache Formel, was? ... Sehen Sie sich dagegen das hübsche fünfgeschossige Häuschen auf der anderen Straßenseite an. Wieviel schöner anzusehen, und eindrucksvoller dazu, als jeder Wolkenkratzer der Stadt ...«

Nur ein einziges Mal kam Vance während unserer Fahrt zum Club auf den Mord zu sprechen, und auch da nur indirekt.

»Freunde in der Not, Markham, gehen tausend auf ein Lot. Ich habe für heute meine gute Tat getan, und mir ist geradezu tugendhaft zumute. Frau Platz wird heute nacht wieder besser schlafen – jetzt wo sie sich um ihr kleines Gretchen keine Sorgen mehr machen muß. Sie ist eine wackere alte Haut, mütterlich, all das. Es brach ihr das Herz, daß an der zukünftigen Millionärsgattin der Makel des Verdachts haftete ... Wie sie wohl darauf kam, daß man sie verdächtigen könnte?« Und er warf Markham einen listigen Blick zu.

Erst nach dem Essen, das wir im Dachrestaurant einnahmen, kamen wir auf das Thema zurück. Wir hatten unsere Stühle zurückgeschoben und genossen den Blick über die Wipfel des Madison Square.

»Und nun, Markham, geben Sie all Ihre vorgefaßten Ansichten auf«, sagte Vance, »und betrachten Sie die Situation unvoreingenommen – wie Juristen wie Sie es absurderweise nennen ... Zunächst einmal wissen wir nun, warum Mrs. Platz so erschrokken war, als Sie sich nach Feuerwaffen erkundigten, und warum meine Bemerkung, sie hätte ein persönliches Interesse an Bensons Teepartnerin gehabt, sie so sehr beunruhigte. Diese beiden Rätsel wären also geklärt ...«

»Wie sind Sie denn dahintergekommen, daß die beiden Mutter und Tochter sind?« fragte Markham.

»Durch mein Anstarren.« Vance warf ihm einen tadelnden Blick zu. »Sie werden sich noch erinnern, daß ich die junge Dame ›anstarrte‹, als sie uns das erste Mal aufsuchte – aber ich vergebe Ihnen den Ausdruck ... Und Sie erinnern sich auch an unsere kleine Unterhaltung über Schädelformen? Ich sah auf den ersten Blick, daß Miss Hoffman sämtliche charakteristischen Formen mit Bensons Haushälterin gemein hatte. Sie war kurzköpfig mit kräftigen Wangenknochen und geradem Kiefer, mit flacher, kantiger Scheitelstruktur und mittelhohem Nasenrücken ... Dann versuchte ich einen Blick auf ihr Ohr zu erheischen, denn an Mrs. Platz war mir das spitze ›Satyrohr‹ ohne Ohrläppchen aufgefallen – der Darwinsche Höcker, wie man auch sagt. Solche Ohren vererben sich, und als ich sah, daß Miss Hoffmans

Ohr vom selben Typ war, wenn auch nicht so ausgeprägt, war ich mir recht sicher, daß es eine Verwandtschaft gab. Andere Gemeinsamkeiten kamen hinzu, in der Pigmentierung zum Beispiel oder der Statur – beide sind ja recht groß. Bei beiden sind die zentralen Massen groß im Vergleich zu den peripheren – die Schultern schmal, Handgelenke und Fesseln schlank, doch breite Hüften … Daß Hoffman Mrs. Platz' Mädchenname war, war nur geraten. Aber das spielte ja auch keine Rolle.«

Vance setzte sich bequemer zurecht.

»Nun aber zu Ihren unvoreingenommenen Betrachtungen … Stellen wir uns einmal vor, daß um kurz vor halb eins in der Nacht des Dreizehnten der Täter zu Bensons Haus kam, das Licht im Wohnzimmer sah, ans Fenster klopfte und sogleich eingelassen wurde … Was würde uns diese Annahme Ihrer Meinung nach über den Besucher verraten?«

»Nichts weiter als daß Benson ihn kannte«, erwiderte Markham. »Aber das hilft uns nichts. Wir können nicht seine gesamte Bekanntschaft zu Tatverdächtigen erklären.«

»Wir können weit mehr als das daraus lernen, mein Lieber«, entgegnete Markham. »Die Fakten sagen uns deutlich, daß der Mörder ein Busenfreund gewesen sein muß, oder zumindest jemand, bei dem es Benson gleichgültig war, wie er auf ihn wirkte. Ich habe Ihnen ja seinerzeit gesagt, daß die Abwesenheit des Toupets eines der wichtigsten Indizien für die Suche nach dem Mörder sein würde. Das Toupet ist das *sine qua non* in der Garderobe eines jeden in die Jahre gekommenen Beau Brummel, dem die Haare ausgehen. Sie haben gehört, was Mrs. Platz dazu zu sagen hatte. Glauben Sie denn auch nur eine Sekunde lang, Benson, der seine Blöße sogar vor dem Botenjungen verbarg, hätte jemanden, mit dem er nur bekannt war, ohne seinen krönenden Kopfschmuck eingelassen? Und von diesem Defizit abgesehen fehlten ihm ja auch noch etliche Zähne. Und dazu hatte er Kragen und Krawatte abgelegt und trug eine alte Hausjacke und Pantoffeln! Malen Sie es sich doch nur aus, mein Lieber … Ein Mann ohne Kragen, mit Hemdband und Kragenknopf offen, sieht ja nicht eben vorteilhaft aus. Er ist das männliche Gegenstück zu einer Dame in Lockenwicklern … Was meinen Sie, wie viele Leute kannte Benson, mit denen er sich so *deshabillé* zu einem *tête-à-tête* zusammengesetzt hätte?«

»Drei oder vier vielleicht«, antwortete Markham. »Aber die kann ich nicht alle verhaften.«

»Ich bin sicher, Sie würden es tun, wenn Sie könnten. Aber das wird nicht notwendig sein.«

Vance wählte eine neue Zigarette aus seinem Etui aus und fuhr fort:

»Wir haben noch weitere nützliche Erkenntnisse gewonnen. Zum Beispiel war der Mörder recht vertraut mit Bensons häuslichen Verhältnissen. Er muß gewußt haben, daß die Haushälterin ihr Zimmer ein gutes Stück fort vom Wohnzimmer hat und nicht von dem Schuß geweckt worden wäre, wenn ihre Tür wie gewöhnlich geschlossen gewesen wäre. Und er muß gewußt haben, daß um diese Zeit sonst niemand im Haus war. Und noch etwas – behalten Sie im Kopf, daß seine Stimme Benson sehr vertraut gewesen sein muß; wenn er auch nur den geringsten Zweifel gehabt hätte, hätte er ihn nicht eingelassen, bei seiner Furcht vor Einbrechern und wo die Drohung des Captains immer noch über ihm schwebte.«

»Das hört sich überzeugend an … Was sonst noch?«

»Die Juwelen, Markham, jene beredten Zeichen der Liebe. Haben Sie sich darum schon Gedanken gemacht? Das Kästchen stand noch auf dem Wohnzimmertisch, als Benson in jener Nacht nach Hause kam; am Morgen waren sie fort. Da liegt es doch auf der Hand, daß der Mörder sie mitnahm, nicht wahr? … Und könnten sie nicht ein Grund gewesen sein, dessentwegen der Mörder überhaupt in jener Nacht kam? Wenn ja, welche von Bensons vertrautesten *personae gratae* wußten, daß sie im Hause waren? Und wer von ihnen hatte das größte Interesse daran?«

»Ganz genau, Vance.« Markham nickte nachdenklich. »Da treffen Sie den Nagel auf den Kopf. Ich hatte von Anfang an bei Pfyfe kein gutes Gefühl. Heute war ich kurz davor, seine Verhaftung anzuordnen, als Heath mit der Nachricht von Leacocks Geständnis kam; und seit sich das in Wohlgefallen aufgelöst hat, ist Pfyfe von neuem mein Hauptverdächtiger. Am Nachmittag habe ich nichts gesagt, weil ich sehen wollte, zu welchen Ergebnissen Sie gekommen sind. Was Sie sagen, paßt bestens zu meinen eigenen Vorstellungen. Pfyfe ist unser Mann ...«

Mit einem Knall schlug er die Vorderbeine seines Stuhls, mit dem er sich zurückgelehnt hatte, auf den Boden.

»Und durch Ihre Schuld ist er uns durch die Lappen gegangen, verflucht noch mal!«

»Nur keine Aufregung, mein Alter«, entgegnete Vance. »Ich denke, wir können ihn getrost der Obhut von Mrs. Pfyfe anvertrauen. Und Sie haben noch Ihren Freund Mr. Ben Hanlon, den Tausendsassa, der alle Flüchtigen wieder einfängt ... Gönnen Sie dem geplagten Leander ein paar Augenblicke der Ruhe. Heute abend brauchen Sie ihn nicht – und morgen werden Sie ihn nicht mehr wollen.«

Markham fuhr zu ihm herum.

»Was sagen Sie? – nicht mehr wollen? ... Und warum, wenn ich fragen darf?«

»Nun«, erwiderte Vance träge. »Man kann doch nicht gerade sagen, daß er ein liebenswerter Mensch ist, den man gern um sich hat, oder? Und niemand wird behaupten wollen, er sei eine strahlende Schönheit. Also ich persönlich würde ihn nicht länger in meiner Nähe haben wollen als unbedingt nötig ... Außerdem ist er unschuldig.«

Markham war zu verblüfft, um ungehalten zu sein. Eine ganze Minute lang blickte er Markham forschend an.

»Ich verstehe das nicht«, sagte er schließlich. »Wenn Sie Pfyfe für unschuldig halten, wen, in Gottes Namen, halten Sie denn dann für den Täter?«

Vance warf einen Blick auf seine Uhr.

»Kommen Sie morgen zum Frühstück zu mir und bringen Sie die Alibis mit, die Sie von Heath erbeten haben; dann verrate ich Ihnen, wer Benson erschossen hat.«

Etwas an seinem Ton beeindruckte Markham. Er wußte, daß Vance kein so konkretes Versprechen gegeben hätte, wäre er nicht sicher, daß er es auch halten kann. Und er kannte Vance zu gut, als daß er einen solchen Satz ignoriert oder auch nur als harmlos abgetan hätte.

»Warum nicht jetzt gleich?« fragte er.

»Ich sage es mit dem größten Bedauern«, entschuldigte sich Vance, »aber ich gehe zum Galakonzert in der Philharmonic Hall. César Francks Symphonie in d-moll steht auf dem Programm, und Stransky ist genau der Mann für solche diatonischen Sentimentalitäten ... Kommen Sie doch mit, mein Alter. Balsam für die Nerven, Sie wissen schon.«

»Nicht für meine«, brummte Markham. »Was ich brauche, ist ein Brandy mit Soda.«

Er begleitete uns noch hinunter zum Taxi.

»Kommen Sie morgen um neun«, sagte Vance beim Einsteigen. »Das Büro kann ruhig einmal warten. Und vergessen Sie nicht, sich von Heath die Alibis geben zu lassen.«

Und dann lehnte er sich, als wir schon anfuhren, noch einmal hinaus.

»Und noch eins, Markham: Was würden Sie schätzen – wie groß ist Mrs. Platz?«

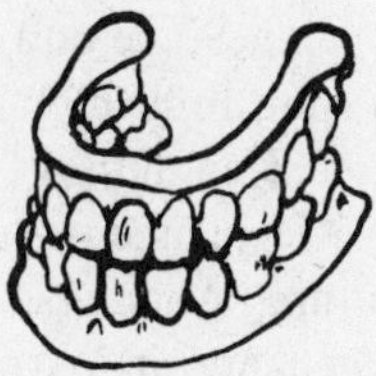

Vance stellt eine Hypothese auf

(Donnerstag, 20. Juni, 9 Uhr morgens)

Punkt neun Uhr am nächsten Morgen erschien Markham in Vance' Wohnung. Er war schlechter Laune.

»Raus damit, Vance«, donnerte er, gleich nachdem er am Frühstückstisch Platz genommen hatte. »Ich will wissen, was Sie mit Ihrem Abschiedsgruß von gestern abend gemeint haben.«

»Zuerst essen Sie brav Ihre Melone, mein Alter«, erwiderte Vance. »Sie kommt aus Nordbrasilien und ist einfach köstlich. Aber nehmen Sie ihr nicht das Aroma mit Salz oder Pfeffer. Ein merkwürdiger Brauch ist das – wenn auch nicht ganz so abwegig wie die Idee, eine Melone mit Eiscreme zu füllen. Es ist unglaublich, was Amerikaner alles mit Eiscreme tun. Sie essen sie mit Kuchen, sie trinken sie mit Sodawasser, sie umhüllen sie mit Schokoladenglasur wie ein Bonbon; sie packen Eis zwischen zwei Kekse und nennen es Eiscreme-Sandwich; ja, sie reichen es sogar statt Schlagsahne zu einer Charlotte Russe …«

»Ich möchte wissen …« hob Markham an, doch Vance ließ ihm keine Chance.

»Glauben Sie mir, es ist verblüffend, welch abwegige Vorstellungen Menschen von Melonen haben. Es gibt nur zwei Grundtypen – die Melone im engeren Sinne und die Wassermelone. Die süßen Melonen, die wir zum Frühstück essen – Zuckermelone, Honigmelone, Netzmelone, Kantalupe –, sind allesamt Varianten der ersteren Art. Doch viele glauben, eine Kantalupe zum Beispiel sei eine eigene Gattung. Andererseits wird in Philadelphia jede Melone Kantalupe genannt; in Wirklichkeit handelt es sich jedoch um eine Variante der Honigmelone, die zuerst im italienischen Cantalupo angebaut wurde …«

»Hochinteressant«, sagte Markham, die Ungeduld nur schlecht verhüllt. »Wollten Sie mit Ihrer Bemerkung von gestern abend andeuten …«

»Und nach der Melone hält Currie etwas ganz Besonderes für Sie bereit. Es ist mein ureigenes gastronomisches *chef-d'oeuvre* – mit Curries Unterstützung zubereitet natürlich. Ich habe Monate mit der Konzeption verbracht – der Komposition und der Instrumentierung, wenn man so will. Ein Name fehlt mir bisher noch dafür – vielleicht fällt Ihnen etwas Passendes ein ... Zuerst hackt man ein hartgekochtes Ei und mischt es mit gratiniertem *Port du Salut*-Käse, mit einem *soupçon* Estragon dazu. Diese Masse wird dann in ein Zanderfilet gerollt – in der Art eines Crêpe. Ein Seidenfaden hält alles zusammen; es wird in einem speziellen Mandelteig gerollt, und man brät es in süßer Butter. Das sind natürlich nur die gröbsten Umrisse des Rezepts – die wahrhaft exquisiten Details kämen erst noch.«

»Hört sich einladend an.« Aus Markhams Ton sprach keinerlei Begeisterung. »Aber ich bin nicht zu einem Kochkurs hergekommen.«

»Glauben Sie mir, Sie unterschätzen die Bedeutung solcher Gaumenfreuden«, beharrte Vance. »Was gegessen wird und wie gegessen wird, das ist der einzig verläßliche Maßstab für den Reifegrad einer Kultur, und ebenso stets ein Indiz für das Temperament eines einzelnen. Die Wilden kochten und fraßen wie die Wilden. In den Anfangstagen unserer Rasse war die Menschheit tagein, tagaus mit Magenschmerzen geschlagen. Da kommen all die Teufel und Dämonen her, die Ausgeburten der Hölle – nichts als die Alpträume der Verdauungsstörungen. Erst mit der Küche kam die Zivilisation, und als der Mensch die höchsten Gipfel der Kochkunst erreichte, war er auch auf der Höhe seiner Kultur und seines Intellekts. Als die hohe Kunst des Gourmets verkümmerte, verkümmerte der Mensch. Die überall gleiche und überall fade Küche Amerikas ist ein Zeichen für die Dekadenz dieses Landes. Eine perfekt komponierte Suppe, Markham, ist etwas Nobleres als Beethovens c-moll-Symphonie ...«

Markham fügte sich in sein Schicksal und ließ während des ganzen Frühstücks Vance' Wortschwall über sich ergehen. Er unternahm noch mehrere Anläufe, das Thema des Verbrechens aufzubringen, doch alle prallten an Vance' guter Laune ab. Erst als Currie abgeräumt hatte, kam Vance auf den Anlaß von Markhams Besuch zu sprechen.

»Haben Sie die Alibis mitgebracht?« war seine erste Frage.

Markham nickte.

»Und es hat mich gestern abend, nachdem Sie gegangen waren, fünf Stunden gekostet, bis ich Heath aufgespürt hatte.«

»Tragisch«, hauchte Vance.

Er ging zum Schreibtisch und nahm aus einem der Fächer ein eng beschriebenes, in der Mitte gefaltetes Blatt Büttenpapier.

»Ich möchte, daß Sie sich das einmal ansehen und mir dann Ihre gelehrte Meinung dazu sagen.« Er reichte ihm das Blatt. »Das habe ich gestern abend nach dem Konzert noch für Sie aufgeschrieben.«

Vance überließ mir dies Dokument später, und ich steckte es zu der Akte mit meinen eigenen Notizen und weiteren Papieren zum Mordfall Benson. Was folgt, ist eine wörtliche Abschrift:

Hypothese

Mrs. Anna Platz erschoß Alvin Benson in der Nacht vom 13. auf den 14. Juni.

Ort

Sie wohnte im Hause und gab zu, daß sie zum Zeitpunkt, zu dem der Schuß fiel, dort war.

Gelegenheit

Sie war mit Benson allein im Haus.

Sämtliche Fenster waren entweder vergittert oder von innen verschlossen. Die Haustür war abgeschlossen. Es gab keinen anderen Eingang ins Haus.

Ihre Gegenwart im Wohnzimmer war unverdächtig. Sie könnte eingetreten sein, vorgeblich um Benson nach etwas zu fragen, das den Haushalt betraf.

Selbst als sie unmittelbar vor ihm stand, hätte er nicht unbedingt

aufgeblickt. Deshalb die Haltung, als habe er in einem Buch gelesen.
Wer sonst hätte, um ihn zu erschießen, so nahe vor ihn hintreten können, ohne seine Aufmerksamkeit zu erregen?
Gegenüber der Haushälterin hätte er nicht auf sein Äußeres geachtet. Er war es gewohnt, daß sie ihn ohne Zähne und Toupet und in Hauskleidung sah.
Da sie im Haus wohnte, konnte sie einen günstigen Augenblick für die Tat abwarten.

Zeitpunkt

Sie blieb auf, bis er zurückkehrte. Er könnte ihr einen Zeitpunkt genannt haben, auch wenn sie es bestritt.
Als er allein zurückkehrte und die Hausjacke anzog, wußte sie, daß keine nächtlichen Besucher mehr zu erwarten waren.
Sie wählte einen Zeitpunkt kurz nach seiner Rückkehr, weil es dann wirken würde, als hätte er seinen Mörder mit ins Haus gebracht.

Mittel

Sie erschoß ihn mit seiner eigenen Pistole. Benson besaß zweifellos mehr als nur eine, denn es ist wahrscheinlicher, daß er eine Waffe in seinem Schlafzimmer hatte, als daß er sie im Wohnzimmer aufbewahrte, und da die Smith and Wesson dort gefunden wurde, gab es vermutlich im Schlafzimmer eine zweite Waffe.
Als Haushälterin wußte sie von der Pistole im oberen Stock. Nachdem Benson ins Wohnzimmer gegangen war, um zu lesen, holte sie sie und brachte sie mit hinein, unter ihrer Schürze verborgen.
Nach dem Mord warf sie die Tatwaffe fort oder verbarg sie. Sie hatte die ganze Nacht Zeit, sich ihrer zu entledigen.
Sie war verängstigt, als sie nach Feuerwaffen in Bensons Haus gefragt wurde, weil sie nicht sicher sein konnte, ob wir von der Waffe im Schlafzimmer wußten oder nicht.

Motiv

Sie nahm die Stelle als Haushälterin an, weil sie Bensons Betragen gegenüber ihrer Tochter nicht traute. Wenn die Tochter abends zu Überstunden ins Haus kam, lauschte sie an der Tür. Kürzlich kam sie dahinter, daß Benson unehrenhafte Absichten hatte, und war überzeugt, ihre Tochter sei in unmittelbarer Gefahr. Eine Mutter, die, so wie sie es getan hat, ihr eigenes Glück für die Zukunft ihrer Tochter opfert, würde nicht zögern zu töten, um diese Tochter zu retten.

Nicht zu vergessen die Juwelen. Sie hat sie irgendwo verborgen und will sie für ihre Tochter behalten. Wäre Benson wirklich aus dem Haus gegangen und hätte sie auf dem Tisch stehenlassen? Und wenn er sie irgendwo verwahrt hatte, wer außer ihr, die sie mit dem Haus vertraut war und viel Zeit hatte, hätte sie finden können?

Verhalten

Bei der Frage, ob Miss St. Clair zum Tee gekommen sei, belog sie uns zunächst, und später sagte sie, sie habe gewußt, daß Miss St. Clair nichts mit dem Verbrechen zu tun gehabt habe. Weiblche Intuition? Nein. Sie konnte leicht wissen, daß Miss St. Clair unschuldig war, wenn sie selbst die Täterin war. Sie war zu mütterlich, als daß sie gewollt hätte, daß eine Unschuldige verdächtigt wurde.

Als gestern der Name ihrer Tochter fiel, war sie sichtlich verängstigt, weil sie befürchtete, unsere Entdeckung der Verwandtschaft könnte auch ihr Motiv für den Mord an Benson ans Tageslicht bringen.

Sie gab zu, daß sie den Schuß gehört hatte, denn wenn ein Vesuch ergeben hätte, daß ein solcher Pistolenschuß in ihrem Zimmer deutlich zu hören gewesen wäre, hätte das Verdacht gegen sie erregt. Schaltet jemand, der von einem solchen Geräusch geweckt wird, das Licht ein, um zu sehen, wie spät es ist? Und wenn sie einen Knall hörte, der sich wie ein Pistolenschuß im Haus anhörte, hätte man da nicht erwartet, daß sie nachsehen ging oder Alarm schlug?

Bei der ersten Befragung machte sie aus ihrer Abneigung gegen Benson keinen Hehl.
Bei jeder unserer Befragungen war nicht zu übersehen, daß sie sich fürchtete.
Sie ist eine willensstarke, intelligente, beharrliche Frau, ein germanischer Typ, und wäre gut in der Lage gewesen, ein solches Verbrechen zu planen und auch auszuführen.

Körpergröße

Sie ist etwa eins fünfundsiebzig groß – die ermittelte Größe des Mörders.

Markham las den Abriß mehrere Male – alles in allem war er gut eine Viertelstunde damit beschäftigt, und dann saß er noch einmal an die zehn Minuten schweigend da.

Dann erhob er sich und ging im Zimmer auf und ab.

»Natürlich nichts juristisch Verbindliches«, meinte Vance. »Aber wohl doch so geschrieben, daß selbst ein Geschworener es versteht. Sie werden zweifellos wissen, wie man es amtlicher formuliert und mit zahllosen nichtssagenden juristischen Floskeln ausstaffiert.«

Markham antwortete zunächst nichts. Er blieb am Balkonfenster stehen und blickte hinunter auf die Straße. Dann sagte er:

»Ja, ich glaube, das ist überzeugend … Unglaublich! Ich habe mich ja von Anfang an gefragt, worauf Sie hinauswollen – dabei kamen mir gestern die Fragen, die Sie Mrs. Platz stellten, noch vollkommen unnütz vor. Ich muß zugeben, daß ich sie nie als Tatverdächtige in Betracht gezogen habe. Obwohl Benson ihr ja gewiß Grund genug gab.«

Er machte kehrt und kam mit langsamen Schritten zu uns herüber, den Kopf gebeugt, die Hände hinter dem Rücken verschränkt.

»Anfreunden kann ich mich nicht so recht mit dem Gedanken … Seltsam, daß ich nie darauf gekommen bin.«

Schlagartig blieb er vor Vance stehen.

»Und Sie ja anfangs auch nicht! – obwohl Sie damit geprahlt haben, Sie hätten den Namen des Täters gewußt, als Sie gerade einmal fünf Minuten in Bensons Haus gewesen seien.«

Vance strahlte ihn an und räkelte sich in seinem Sessel.

Nun war Markham endgültig verstimmt.

»Verflucht noch mal! Am nächsten Tag haben Sie mir noch gesagt, keine Frau könne es gewesen sein, egal, welche Indizien noch ans Licht kämen, und sind mir mit Ihrer Kunst und Psychologie und Gottweißwas auf die Nerven gefallen!«

»Ganz recht«, erwiderte Vance, noch immer lächelnd. »Keine Frau kann es gewesen sein.«

»Keine Frau!« Markhams Hals schwoll sichtlich an.

»Oh nein, auf gar keinen Fall!«

Er wies auf das Blatt Papier, das Markham noch immer in der Hand hielt.

»Das ist nur ein kleiner Scherz, wissen Sie ... Die arme alte Mrs. Platz – sie ist unschuldig wie ein Lamm!«

Markham knallte das Blatt auf den Tisch und setzte sich. Noch nie hatte ich ihn so wütend gesehen, doch seine Selbstbeherrschung war bewundernswert.

»Sehen Sie, mein Alter«, erklärte Vance im frommsten Tonfall, »ich hatte einfach ein unwiderstehliches Verlangen, Ihnen noch einmal vor Augen zu führen, was für ein hanebüchener Popanz Ihre Indizien sind. Ich muß sagen, ich bin recht stolz darauf, wie ich Mrs. Platz der Tat überführt habe. Ich bin sicher, mit dieser Kette von Indizien könnten Sie sie verurteilen. Doch die Kette ist, genau wie Ihr gesamtes Justizsystem, vollkommen willkürlich und falsch ... Indizienbeweise, Markham, sind der größte Unsinn, den man sich nur vorstellen kann. Die Grundidee ist nicht viel anders als bei unserer heutigen Demokratie. Die Theorie der Demokratie besagt, daß man bei den Wahlen nur genug Dummheit zusammenbringen müsse, dann werde schon etwas Vernünftiges dabei herauskommen, und die Theorie des Indizienbeweises ist, daß man nur eine genügende Anzahl schwacher Kettenglieder brauche, dann werde daraus schon eine kräftige Kette.«

»Haben Sie mich heute morgen hergelockt«, fragte Markham eisig, »um mir einen Vortrag über die Theorie der Justiz zu halten?«

»Oh, nein«, versicherte Vance ihm heiter. »Aber ich muß Sie auf meine Enthüllung des Täters vorbereiten, und ich habe nicht die geringsten Indizien oder den geringsten materiellen Beweis gegen den Mann. Und doch, Markham, weiß ich, daß dieser Mann der Mörder ist, genauso wie ich weiß, daß Sie in diesem Sessel dort sitzen und überlegen, wie Sie mir ungestraft den Hals umdrehen könnten.«

»Wenn Sie keine Indizien haben, wie sind Sie dann zu Ihrem Schluß gekommen?« fragte Markham barsch.

»Allein durch psychologische Analyse – das, was man die Wissenschaft von den individuellen Möglichkeiten nennen könnte. Für den, der sie zu lesen vermag, ist die Psyche eines Menschen ein genauso deutliches Merkmal wie Hester Prynnes scharlachroter Buchstabe … Nicht daß ich Hawthorne je gelesen hätte. Die neuenglische Wesensart ist mir in der Seele zuwider.«

Markham reckte das Kinn vor und warf Vance einen Blick von arktischer Kälte zu.

»Sie erwarten wohl von mir, daß ich vor das Gericht trete, Ihr Opfer am Arm, und zum Richter sage: ›Hier ist der Mann, der Alvin Benson erschoß. Ich habe zwar keine Beweise gegen ihn, aber ich fordere, daß Sie ihn zum Tode verurteilen, weil mein genialer und hochgelehrter Freund Mr. Philo Vance, der Erfinder des Zanderröllchens, mir versichert, dieser Mann sei von Grund auf schlecht.«

Vance zuckte kaum merklich mit den Schultern.

»Ich werde nicht gerade vor Gram vergehen, wenn Sie den Schuldigen gar nicht erst verhaften. Aber ich fand es doch freundlich von mir, Ihnen zu sagen, wer es ist, und sei es auch nur, um zu verhindern, daß Sie so viele Unschuldige hetzen.«

»Gut, dann sagen Sie mir jetzt den Namen, und dann lassen Sie mich wieder an meine Arbeit gehen.«

Ich glaube nicht, daß Markham zu diesem Zeitpunkt noch

daran zweifelte, daß Vance tatsächlich wußte, wer Benson umgebracht hatte. Doch erst viel später am Vormittag verstand er wirklich, warum Vance ihn tagelang hatte zappeln lassen. Als er wirklich verstand, was in dessen Kopf vorgegangen war, verzieh er ihm; doch in jenem Augenblick war er so wütend, daß man fürchten mußte, er verliere jeden Moment die Beherrschung.

»Es gibt noch ein oder zwei Dinge, die zuerst erledigt sein müssen, bevor ich den Namen des Gentleman enthüllen kann«, erwiderte Vance. »Lassen Sie mich als erstes einen Blick auf die Alibis werfen.«

Markham holte ein Bündel maschinengeschriebener Blätter aus der Tasche und reichte sie ihm.

Vance klemmte sein Monokel ein und las sie sorgfältig durch. Dann ging er nach draußen; ich hörte, wie er telefonierte. Er kehrte zurück und las die Berichte noch einmal. Besonders bei einem verweilte er lange, so als wäge er dessen Möglichkeiten ab.

»Das wäre noch eine Chance«, murmelte er und starrte unschlüssig in den Kamin.

Er las das Blatt noch einmal.

»Ich sehe hier«, sagte er, »daß Colonel Ostrander am Abend des Dreizehnten in Begleitung eines Stadtrats aus der Bronx, eines gewissen Moriarty, das Mitternachtsvariété im Piccadilly Theatre in der 47. Straße besuchte; sie trafen kurz vor zwölf ein und blieben die ganze Vorstellung, die gegen halb drei zu Ende war … Kennen Sie diesen Stadtrat?«

Markham blickte sein Gegenüber forschend an.

»Ich kenne Mr. Moriarty flüchtig. Was ist mit ihm?« Ich fand, es schwang eine gewisse unterdrückte Erregung in seiner Stimme mit.

»Wo pflegen Stadträte aus der Bronx sich dann am Vormittag herumzutreiben?« fragte Vance.

»Ich würde vermuten, er ist zu Hause. Oder vielleicht im Samoset-Club … Manchmal haben sie natürlich auch im Rathaus zu tun.«

»Was Sie nicht sagen – sehr unschicklich für einen Politiker! … Könnten Sie vielleicht nachhören, ob Moriarty zu Hause oder in seinem Club ist? Wenn es nicht zuviel Mühe ist, möchte ich gern kurz mit ihm reden.«

Markham sah Vance eindringlich an. Dann ging er ohne ein Wort zum Telefon im Arbeitszimmer.

»Mr. Moriarty war zu Hause, eben im Begriff, zum Rathaus aufzubrechen«, erklärte er, als er zurückkehrte. »Ich habe ihn gebeten, auf dem Weg in die Stadt hier vorbeizuschauen.«

»Ich hoffe, es wird keine Enttäuschung«, seufzte Vance. »Aber den Versuch ist es wert.«

»Wir spielen also Rätselraten?« fragte Markham, doch es sprachen weder Humor noch Freundlichkeit aus dieser Frage.

»Glauben Sie mir, mein Alter, mir liegt nichts daran, die Sache zu komplizieren«, beteuerte Vance. »Schenken Sie mir doch ein wenig von dem Vertrauen, mit dem Sie so reichlich gesegnet sind – das ist mehr wert als Normannenblut in den Adern, glauben Sie mir. Ich nenne Ihnen den Täter, bevor es Mittag wird. Aber, verstehen Sie, ich muß zuerst dafür sorgen, daß Sie ihn als Täter auch akzeptieren werden. Diese Alibis werden, hoffe ich, sehr nützlich sein, meinen *coup de boutoir* vorzubereiten … Ein Alibi – wir haben ja vor kurzem schon einmal davon gesprochen – ist eine knifflige und gefährliche Sache, der man gar nicht genug mißtrauen kann. Und daß jemand kein Alibi hat, bedeutet überhaupt nichts. Ich ersehe zum Beispiel aus diesen Berichten, daß Miss Hoffman kein Alibi für den Abend des Dreizehnten hat. Sie sagt, sie sei ins Kino und anschließend nach Hause gegangen. Doch niemand sah sie. Wahrscheinlich war sie in Bensons Haus bis zum späten Abend, zu Besuch bei der Frau Mama. Höchst verdächtig, was? Aber selbst wenn sich herausstellte, daß es wirklich so war, dann war ihr einziges Verbrechen in dieser Nacht die Anhänglichkeit einer Tochter … Andererseits haben wir hier etliche, wie man zu sagen pflegt, felsenfeste Alibis – ein albernes Bild, wenn man bedenkt, wie leicht Felsen zerbröckeln –, und bei einem davon weiß ich schon, daß es falsch ist. Also seien Sie ein braver Junge und haben Sie Geduld; es ist unbedingt erforderlich, daß wir diese Alibis bis ins kleinste inspizieren.«

Eine Viertelstunde darauf traf Mr. Moriarty ein. Er war ein ernsthafter, gutaussehender, gut gekleideter junger Mann von Ende Zwanzig – ganz und gar nicht das, was ich mir unter einem Stadtrat vorgestellt hätte –, und er sprach klar und präzise, mit kaum einer Spur des typischen Bronx-Akzents.

Markham stellte ihn vor und erklärte ihm kurz, warum er ihn zu diesem Besuch gebeten hatte.

»Ein Mann von der Mordkommission«, antwortete Moriarty, »hat mich erst gestern wegen dieser Sache befragt.«

»Wir haben den Bericht vorliegen«, sagte Vance, »aber er bleibt ein wenig zu sehr im Allgemeinen. Könnten Sie uns noch einmal genau sagen, was Sie an jenem Abend getan haben, von dem Augenblick an, in dem Sie mit Colonel Ostrander zusammentrafen?«

»Der Colonel hatte mich zum Abendessen und zu dem Varietébesuch eingeladen. Wir trafen uns um zehn im Marseille. Nach dem Essen gingen wir um kurz vor zwölf zum Piccadilly und blieben dort bis etwa halb drei. Ich begleitete den Colonel zu Fuß zu seiner Wohnung, trank dort noch ein Glas mit ihm und plauderte ein wenig und fuhr gegen halb vier mit der U-Bahn nach Hause.«

»Dem Detektiv haben Sie gestern gesagt, Sie hätten im Theater in einer Loge gesessen?«

»Das ist korrekt.«

»Blieben Sie und der Colonel während der ganzen Vorstellung in dieser Loge?«

»Nein. Nach dem ersten Akt kam ein Freund von mir dazu, und der Colonel entschuldigte sich und ging in den Waschraum. Nach dem zweiten Akt gingen der Colonel und ich auf die Gasse, um zu rauchen.«

»Was würden Sie sagen, wann war der erste Akt vorüber?«

»Halb eins etwa.«

»Und was ist das für eine Gasse?« fragte Vance. »Wenn ich es richtig im Kopf habe, läuft sie rechtwinklig zur Straße seitlich am Theater vorbei.«

»Das stimmt.«

»Und gibt es nicht eine Seitentür ganz in der Nähe der Logen, durch die man auf diese Gasse gelangt?«

»Doch, die gibt es. Durch diese Tür sind wir in jener Nacht ins Freie gegangen.«

»Wie lange war der Colonel nach dem ersten Akt fort?«

»Ein paar Minuten – genauer kann ich es nicht sagen.«

»War er wieder da, als der Vorhang sich zum zweiten Akt öffnete?«

Moriarty dachte nach.

»Nein, ich glaube nicht. Ich glaube, er kam erst einige Minuten nach Beginn des zweiten Aktes zurück.«

»Zehn Minuten?«

»Ich weiß es nicht mehr. Aber auf keinen Fall mehr als das.«

»Wenn wir von einer zehnminütigen Pause ausgehen, dann könnte der Colonel also insgesamt zwanzig Minuten lang fortgewesen sein?«

»Ja – denkbar wäre das.«

Damit war die Befragung zu Ende, und als Moriarty wieder fort war, lehnte Vance sich in seinem Sessel zurück und blies nachdenklich Rauchwolken in die Luft.

»Welch ein Glück!« meinte er. »Das Piccadilly Theatre ist praktisch um die Ecke von Bensons Haus. Welche Möglichkeiten das bietet, sehen Sie auf Anhieb, nicht wahr? ... Der Colonel lädt einen Stadtrat zum Mitternachtsvariété ein und reserviert eine Loge gleich an der Tür zur Gasse. Kurz vor halb eins verläßt er diese Loge, schleicht sich über die Gasse davon, geht zu Benson, klopft ans Fenster, wird eingelassen, erschießt ihn und eilt zurück zum Theater. Zwanzig Minuten wären reichlich dafür.«

Markham richtete sich auf, sagte jedoch nichts.

»Und nun«, fuhr Vance fort, »lassen Sie uns überlegen, was wir an Indizien und Beweisen haben ... Von Miss St. Clair wissen wir, daß der Colonel bei einer Aktienspekulation Bensons viel Geld verloren und ihn des Betrugs beschuldigt hatte. Er hatte die ganze Woche nicht mit Benson gesprochen – Zeichen genug, daß Feindseligkeit zwischen beiden herrschte. Er sah Miss St. Clair in Begleitung Bensons im Marseille, und da er wußte, daß sie stets um Mitternacht nach Hause ging, wählte er halb eins als günstigen Zeitpunkt, um sich aus dem Theater hinüberzustehlen – obwohl er ursprünglich an einen wesentlich späteren gedacht haben mag, sagen wir halb zwei oder zwei Uhr morgens. Als Offizier besaß er einen 45er Colt und ist vermutlich ein guter Schütze. Er drängte, daß Sie einen Verdächtigen verhaften sollten – anscheinend war es ihm gleich, wer es war; er rief Sie sogar an, um noch einmal nachzufragen. Er war einer der wenigen Menschen auf der Welt, die Benson in seinem Aufzug eingelassen hätte. Seit fünfzehn Jahren war Benson mit ihm gut bekannt, und Mrs. Platz sah einmal, wie er vor ihm sein Toupet abnahm und es ihm zeigte. Außerdem hätte er alles über Bensons häusliche Verhältnisse gewußt; er hatte sicher oft genug dort übernachtet, als er seinem alten Kumpel die Wunder des New Yorker Nachtlebens zeigte … Wie gefällt Ihnen das?«

Markham war aufgesprungen und ging wieder auf und ab, die Augen zusammengekniffen.

»Deswegen hatten Sie also die ganze Zeit so großes Interesse am Colonel – haben alle gefragt, ob sie ihn kennen, und ihn zum Essen eingeladen? … Aber wie sind Sie überhaupt darauf gekommen, daß er der Schuldige ist?«

»Der Schuldige!« rief Vance. »Diesen prachtvollen alten Gekken halten Sie für einen Mörder! Also wirklich, Markham, das ist doch lächerlich. Ich wette, er war wirklich nur im Waschraum und hat sich die Augenbrauen gebürstet oder die Krawatte neu gebunden. Schließlich saß er in einer Loge, wo die Mädels ihn von der Bühne aus sehen konnten.«

Markham blieb abrupt stehen. Seine Wangen hatten eine Farbe angenommen, die nicht schön anzusehen war, und seine Augen schossen Blitze. Doch bevor er etwas sagen konnte, fuhr

Vance in seinen Betrachtungen fort, heiter und unbekümmert, als spüre er die Wut überhaupt nicht.

»Ich muß sagen, das war unerhörtes Spielerglück. Allerdings kann man sich ja bei einem eitlen Stutzer wie ihm auch gut vorstellen, daß er zwischendrin zur Toilette geht, um sich neu herauszuputzen – es konnte kaum anders sein … Ich muß schon sagen, wir machen ausgezeichnete Fortschritte heute morgen, und das, obwohl Sie so schlechter Laune sind. Jetzt haben Sie insgesamt fünf Personen, die Sie mit ein wenig juristischem Geschick wegen Mordes an Benson verurteilen können – oder zumindest Anklage erheben.«

Er legte nachdenklich den Kopf zurück.

»Als erstes wäre da Miss St. Clair. Sie waren fest davon überzeugt, daß sie die Täterin war, und hatten dem Major sogar schon angekündigt, die Festnahme stünde unmittelbar bevor. Meine Ermittlung der Körpergröße des Mörders könnte vom Gericht mit dem Argument verworfen werden, daß sie logisch und schlüssig ist und deshalb in der Justiz nichts zu suchen hat. Ich bin sicher, der Richter würde stattgeben. Zum zweiten haben Sie Captain Leacock. Ich mußte ja tatsächlich zu körperlicher Gewalt greifen, um zu verhindern, daß Sie den Burschen einsperrten. Sie hatten eine wunderbare Beweiskette gegen ihn – ganz zu schweigen von seinem grandiosen Geständnis. Und wenn Sie in Schwierigkeiten gekommen wären, hätte er Ihnen zur Seite gestanden: Er hätte sich ja mit Freuden von Ihnen verurteilen lassen. Als dritten nenne ich den lieblichen Leander. Die Beweise gegen ihn waren schlüssiger als die gegen die meisten anderen – ein prachtvoller Satz von Indizien, ja, ein *embarras de richesse* geradezu. Und jede Jury hätte ihn mit Freuden verurteilt – ich würde es ja selbst gern tun, allein schon der Art wegen, wie er sich kleidet. Zum vierten verweise ich stolz auf Mrs. Platz. Wiederum Indizien, so schön, wie man sie sich nur wünschen kann, randvoll mit Fährten und Folgerungen und allem, was das Juristenherz höher schlagen läßt. Als fünften präsentiere ich Ihnen den Colonel. Den Abriß der Beweise, die Sie gegen ihn in der

Hand haben, habe ich Ihnen gerade gegeben, und mit ein wenig Zeit könnte ich es Ihnen mit den schönsten Details ausstaffieren.«

Er hielt inne und betrachtete Markham mit spöttisch jovialer Miene.

»Und alle in diesem Quintett erfüllen, wenn ich Ihre Aufmerksamkeit darauf lenken darf, in allen Kategorien die Anforderungen, die von Rechts wegen ihre Schuld belegen: Zeit, Ort, Gelegenheit, Mittel, Motiv und Verhalten. Der einzige schwache Punkt ist und bleibt, daß alle fünf unschuldig sind. Das kann einen schon entmutigen – aber so ist es nun einmal … Wenn nun also alle, gegen die man auch nur den geringsten Verdacht hegen könnte, unschuldig sind, was soll man da tun? … Eine ärgerliche Sache, was?«

Er griff wieder zu dem Bündel mit Alibis.

»Das einzige, was wir tun können, ist, mit der Überprüfung dieser Berichte fortzufahren.«

Ich konnte mir nicht vorstellen, was er mit solch scheinbar sinnlosen Abschweifungen erreichen wollte, und auch Markham staunte nur; doch keiner von uns zweifelte auch nur einen Moment lang daran, daß sein Wahnsinn Methode hatte.

»Lassen Sie uns sehen«, murmelte er. »Der nächste ist der Major. Was meinen Sie, sollen wir ihn gleich in Angriff nehmen? Das sollte nicht lange dauern – er wohnt ganz in der Nähe, und das ganze Alibi steht und fällt mit der Aussage eines Pagen in seinem Apartmenthaus. Kommen Sie!« Er erhob sich.

»Woher wollen Sie wissen, ob der Page jetzt Dienst hat?« wandte Markham ein.

»Ich habe vorhin angerufen und mich erkundigt.«

»Aber das ist doch alles Unsinn!«

Vance hatte Markham am Arm gefaßt und geleitete ihn galant zur Tür.

»Oh, gar keine Frage«, stimmte er zu. »Aber ich habe Ihnen ja schon oft gesagt, mein Lieber, Sie nehmen das Leben viel zu ernst.«

Markham wehrte sich heftig und stemmte sich gegen Vance' Zerren, und schließlich gelang es ihm, sich aus dessen Griff zu lösen. Doch Vance war fest entschlossen, und nach einigen recht hitzigen Widerworten gab Markham nach.

»Mich widert dieser Hokuspokus langsam an«, knurrte er, als wir ins Taxi stiegen.

»Mich«, erwiderte Vance, »schon lange.«

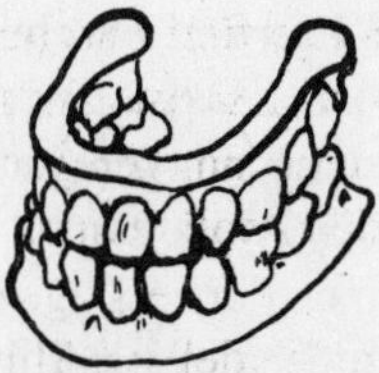

Ein Alibi wird überprüft

(Donnerstag, 20. Juni, 10 Uhr 30 morgens)

Das Chatham Arms, wo Major Benson wohnte, war ein kleines, exklusives Apartmenthaus für Junggesellen in der 46. Straße, auf halbem Wege zwischen Fünfter und Sechster Avenue. Die Fassade, parallel zur Straße, war würdig und schlicht, und der Eingang lag nur zwei Stufen über Bürgersteighöhe. Die Eingangstür führte in einen schmalen Flur mit einem kleinen Empfangsraum, der wie eine Sackgasse zur Linken lag. Am Ende des Flurs war der Aufzug zu sehen, und links davon, unter der schmalen Treppe verborgen, die sich um den Aufzugsschacht in die oberen Stockwerke wand, befand sich die Portiersloge mit Telefonvermittlung.

Als wir eintraten, taten zwei uniformierte junge Männer Dienst; einer stand in der Aufzugstür, der andere saß an der Schalttafel.

Vance gebot Markham gleich nach dem Eintreten noch einmal Halt.

»Einer der beiden Pagen war, wie ich telefonisch erfahren habe, in der Nacht des Dreizehnten im Dienst. Finden Sie heraus, welcher von beiden, und machen Sie ihm mit Ihrem grandiosen Titel des Bezirksstaatsanwalts ordentlich angst, so daß er plaudert. Dann überlassen Sie ihn mir.«

Widerstrebend ging Markham den Flur hinunter.

Nach einer kurzen Unterhaltung mit den beiden Jungen führte er einen von beiden in den Empfangsraum und erklärte ihm mit wenigen Worten, worum es ging.*

Vance stellte seine Fragen mit der Selbstverständlichkeit eines Mannes, der keinen Zweifel daran hegt, daß der andere die Antwort kennt.

»Um wieviel Uhr ist Major Benson in der Nacht, in der sein Bruder erschossen wurde, nach Hause gekommen?«

* Es handelte sich um Jack Prisco, wohnhaft Kelly Street 621.

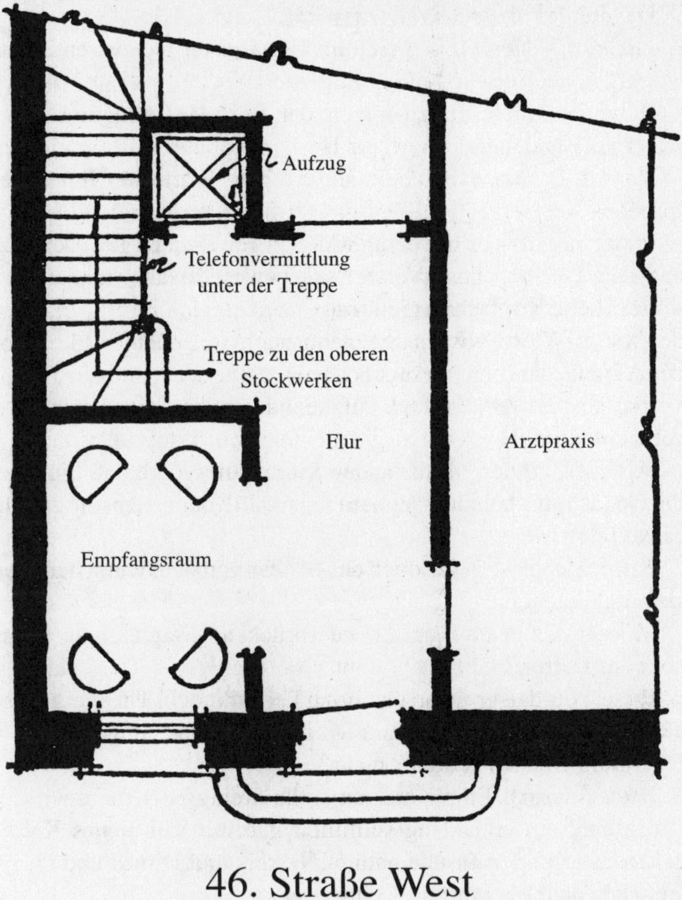

Erdgeschoß des Chatham-Arms-Apartmenthauses in der 46. Straße West

Der Junge riß die Augen auf.

»Er kam gegen elf – gleich als die Theater aus waren«, antwortete er nach einem kurzen Zögern.

(Ich habe, um Raum zu sparen, den Rest der Befragung in der Art eines Bühnendialogs gesetzt.)

VANCE: Er hat wahrscheinlich ein paar Worte mit Ihnen gesprochen?

PAGE: Ja, Sir – er hat erzählt, daß er im Theater gewesen war und daß es eine miese Vorstellung gewesen war – und daß er schreckliche Kopfschmerzen hatte.

VANCE: Wieso wissen Sie denn noch so genau, was er vor einer Woche zu Ihnen gesagt hat?

PAGE: Aber das war doch der Abend, an dem sein Bruder umgebracht wurde!

VANCE: Und den Mord fanden Sie so aufregend, daß Sie alles im Gedächtnis behalten haben, was mit Major Benson zu tun hatte?

PAGE: Sicher – er war doch der Bruder von dem Burschen, den sie umgebracht haben.

VANCE: Als er an dem Abend zurückkam, sagte er da etwas über das Datum?

PAGE: Nur daß er wahrscheinlich Pech mit dem Theater gehabt hätte, weil er ausgerechnet am Dreizehnten hingegangen ist.

VANCE: Und sonst nichts mehr?

PAGE *(grinst)*: Er meinte, da sollte wenigstens für mich der Dreizehnte ein Glückstag sein, und gab mir sämtliches Kleingeld, das er in der Tasche hatte – Nickels und Dimes und Quarters und sogar ein Fünfzig-Cent-Stück.

VANCE: Wieviel insgesamt?

PAGE: Drei Dollar und fünfundvierzig Cents.

VANCE: Und dann ging er auf sein Zimmer?

PAGE: Ja, Sir – ich habe ihn hochgefahren. Er wohnt im zweiten Stock.

VANCE: Ging er später noch einmal aus?

PAGE: Nein, Sir.

VANCE: Wie können Sie da so sicher sein?

PAGE: Ich hätte ihn gesehen. Ich war immer entweder an der Telefonvermittlung oder im Lift, die ganze Nacht. Er hätte nicht rausgehen können, ohne daß ich es gesehen hätte.

VANCE: Hatten Sie allein Dienst?

PAGE: Nach zehn Uhr ist immer nur einer von uns hier.

VANCE: Und die einzige Tür, durch die jemand das Haus verlassen kann, ist die Vordertür?

PAGE: Ja, Sir.

VANCE: Wann haben Sie Major Benson dann das nächste Mal gesehen?

PAGE *(nach kurzem Nachdenken)*: Er rief an und bestellte Eiswürfel, und ich brachte sie nach oben.

VANCE: Um wieviel Uhr?

PAGE: Also das kann ich nicht mehr … oder doch, ich weiß es noch! Es war halb eins.

VANCE *(mit einem leisen Lächeln):* Hat er Sie vielleicht nach der Uhrzeit gefragt?

PAGE: Ja, Sir, das hat er. Er hat mich gebeten, auf seiner Uhr im Wohnzimmer nachzusehen.

VANCE: Wie kam das?

PAGE: Tja, ich habe ihm das Eis hochgebracht, und er war schon im Bett; er bat mich, es in den Krug in seinem Wohnzimmer zu tun. Dabei rief er herüber, daß ich auf der Uhr auf dem Kaminsims nachsehen solle, wie spät es ist. Seine Taschenuhr war stehengeblieben, und er wollte sie neu stellen.

VANCE: Was sagte er sonst noch?

PAGE: Nicht mehr viel. Daß ich es nicht mehr bei ihm klingeln lassen solle, ganz egal wer anruft. Er wolle schlafen, sagte er, und nicht geweckt werden.

VANCE: Hat er das mit viel Nachdruck gesagt?

PAGE: Also man spürte schon, daß es ihm ernst war.

VANCE: Und nichts weiter mehr?

PAGE: Nein. Er sagte nur noch gute Nacht und schaltete das Licht aus, und ich fuhr wieder nach unten.

VANCE: Welches Licht schaltete er aus?

PAGE: Das in seinem Schlafzimmer.

VANCE: Kann man vom Wohnzimmer aus in das Schlafzimmer sehen?

PAGE: Nein, die Tür geht zum Wohnungsflur.

VANCE: Woher wußten Sie dann, daß er das Licht ausgeschaltet hatte?

PAGE: Die Schlafzimmertür stand offen, und man sah den Lichtschein im Flur.

VANCE: Sind Sie an der Schlafzimmertür vorübergekommen, als Sie hinausgingen?

PAGE: Sicher – das geht gar nicht anders.

VANCE: Und da war die Tür noch immer offen?

PAGE: Ja.

VANCE: Ist das die einzige Tür zum Schlafzimmer?

PAGE: Ja.

VANCE: Wo war Major Benson, als Sie die Wohnung betraten?

PAGE: Im Bett.

VANCE: Woher wissen Sie das?

PAGE *(ein wenig pikiert):* Ich habe ihn gesehen.

VANCE *(nach einer Pause):* Sie sind ganz sicher, daß er nicht noch einmal nach unten kam?

PAGE: Ganz bestimmt nicht – ich hätte ihn gesehen.

VANCE: Wäre es möglich, daß er die Treppe herunterkam, während Sie gerade mit dem Aufzug oben waren, und Sie hätten ihn dann doch nicht gesehen?

PAGE: Sicher, möglich wäre das. Aber nachdem ich dem Major sein Eis gebracht hatte, bin ich nicht mehr im Lift gewesen; erst gegen halb drei wieder, als Mr. Montagu kam.

VANCE: Sie haben also niemanden nach oben gefahren, zwischen dem Zeitpunkt, zu dem Sie Major Benson das Eis brachten, und halb drei Uhr morgens, als Mr. Montagu nach Hause kam?

PAGE: Niemanden.

VANCE: Und in all der Zeit sind Sie von hier unten nicht weggewesen?

PAGE: Nein. Ich habe die ganze Zeit drüben gesessen.

VANCE: Das letzte Mal, daß Sie ihn sahen, war also um halb eins, und da war er im Bett?

PAGE: Genau – erst am frühen Morgen hab' ich ihn wieder gesehen. Eine Frau* rief an und sagte, sein Bruder sei ermordet worden. Etwa zehn Minuten später kam er herunter und verließ das Haus.

VANCE *(drückt ihm einen Dollar in die Hand)*: Das wäre alles. Und Sie erzählen niemandem, daß wir hier waren, sonst kann's Ihnen passieren, daß Sie die Welt durch schwedische Gardinen betrachten – verstanden? … So, und jetzt zurück an die Arbeit mit Ihnen.«

Als der Junge wieder fort war, wandte Vance sich mit einem flehenden Blick an Markham.

»Und nun, mein Alter, müssen Sie zum Wohle unserer Gesellschaft und um der Gerechtigkeit zum Sieg zu verhelfen, zum größten Nutzen der größten Zahl, *pro bono publico* und was es sonst noch geben mag, wieder einmal einen Schritt tun, der Ihnen in der Seele zuwider sein wird. Volkstümlich ausgedrückt, möchte ich gern einmal meine Nase in die Wohnung des Majors stekken, und zwar jetzt gleich.«

»Wieso denn das?« Markhams Ton war ein einziger Aufschrei des Protests. »Haben Sie denn nun endgültig den Verstand verloren? Sie werden doch die Aussage dieses Jungen nicht in Zweifel ziehen wollen! Ich mag ja ein Schwachkopf sein, aber ich sehe doch, wenn ein Junge wie er die Wahrheit sagt!«

»Aber ja, mit Sicherheit sagt er die Wahrheit«, stimmte Vance heiter zu. »Deshalb will ich ja nach oben. Kommen Sie, Markham. Um diese Tageszeit besteht keinerlei Gefahr, daß der Major *en surprise* zurückkehrt … Und vergessen Sie nicht« – er lächelte treuherzig –, »Sie haben mir versprochen, daß Sie mir jede Hilfestellung leisten.«

Markham protestierte stürmisch, doch ebenso stürmisch bestand Vance darauf, und schon wenige Minuten später drangen

* Ohne Frage Mrs. Platz.

wir mit Hilfe eines Universalschlüssels gesetzeswidrig in Major Bensons Wohnung ein.

Die Wohnung hatte nur den einen Eingang, und die Wohnungstür führte vom Hausflur in einen schmalen Gang, an dessen anderem Ende sich das Wohnzimmer befand. Rechts an diesem Gang lag gleich zu Anfang die Tür zum Schlafzimmer.

Vance ging zunächst nach hinten zum Wohnzimmer. Zur Rechten fanden wir den Kamin, auf dessen Sims eine altmodische Mahagoniuhr stand. In der Nähe, rechts an der Stirnwand des Zimmers, stand auf einem Tischchen ein silbernes Eiswassergeschirr, bestehend aus einem Krug und sechs Pokalen.

»Da hätten wir also schon einmal die Uhr, die so gelegen kam«, sagte Vance. »Und dort der Krug, in den der Page das Eis goß – nachgemachtes Sheffieldsilber.«

Er ging zum Fenster und blickte hinunter auf den gepflasterten Hinterhof, acht bis neun Meter tief.

»Durch das Fenster kann der Major jedenfalls kaum geklettert sein«, meinte er.

Er drehte sich um und blickte einen Moment lang den Gang hinunter.

»Wenn die Tür offenstand, kann der Junge leicht gesehen haben, daß das Schlafzimmerlicht ausging. An der weiß gestrichenen Wand müßte der Widerschein deutlich genug sein.«

Dann ging er den Weg zurück, den er gekommen war, und trat ins Schlafzimmer. Es war mit einem schmalen Himmelbett ausgestattet, mit dem Fußende zur Tür, und daneben stand ein Nachttisch mit einer elektrischen Lampe darauf. Vance setzte sich auf die Bettkante und sah sich um, und schließlich schaltete er die Lampe an ihrem Zugschalter ein und wieder aus. Dann blickte er Markham an.

»Sie sehen, wie der Major hinauskam, ohne daß der Junge etwas bemerkte, nicht wahr?«

»Durch Levitation, nehme ich an«, schlug Markham vor.

»Nicht ganz«, erwiderte Vance, »aber es geht in diese Richtung. Und verdammt raffiniert … Hören Sie sich das an, Mark-

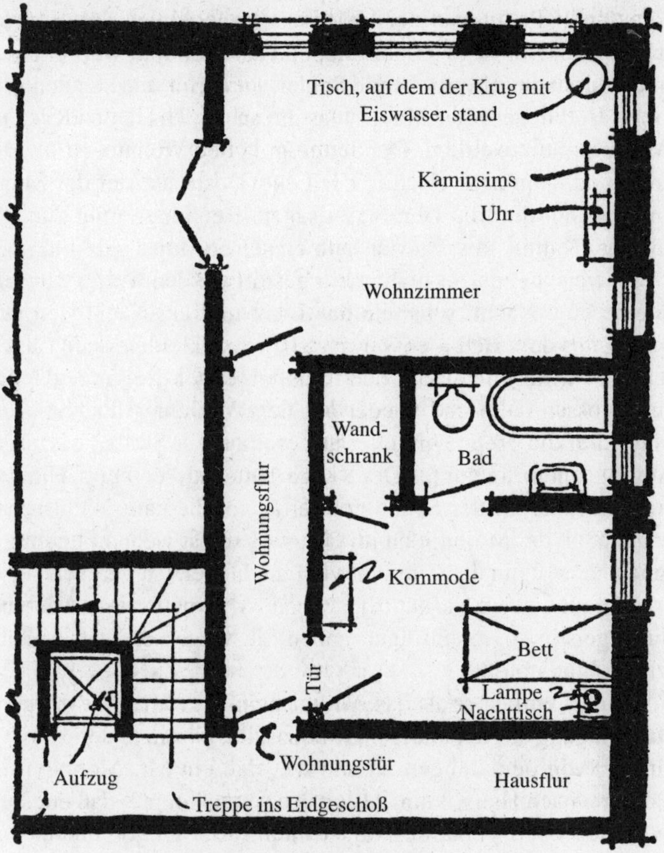

Zweiter Stock des Chatham-Arms-Apartmenthauses
in der 46. Straße West

ham. Um halb eins rief der Major unten an und ließ sich Eiswürfel bringen. Der Page brachte sie, und als er eintrat, warf er einen Blick durch die offenstehende Schlafzimmertür und sah den Major im Bett liegen. Der Major wies ihn an, das Eis in den Krug im Wohnzimmer zu füllen. Der Junge ging den Wohnungsflur hinunter und dann zum Tisch in der Ecke. Doch nun rief der Major und bat ihn, ihm die Uhrzeit zu sagen. Der Junge ging zur Uhr auf dem Kaminsims: Es war halb eins. Der Major gab ihm noch die Anweisung, daß er nicht mehr gestört werden wolle, wünschte eine gute Nacht, schaltete das Licht hier am Nachttisch aus, sprang aus dem Bett – er war natürlich angekleidet – und trat raschen Schrittes hinaus auf den Hausflur, bevor der Junge das Eis ausgegossen hatte und wieder auf den Wohnungsflur kam. Der Major lief die Treppe hinunter und war auf der Straße, bevor der Aufzug unten anlangte. Der Junge hätte, als er beim Hinausgehen wieder an der Schlafzimmertür vorüberkam, nicht sehen können, ob der Major noch im Bett war, selbst wenn er hineingesehen hätte, denn das Zimmer war nun dunkel. Clever, was?«

»Möglich wäre es natürlich«, gab Markham zu. »Aber bei Ihren geistigen Höhenflügen haben Sie vergessen, daß er auch wieder hineinmußte.«

»Nichts einfacher als das. Wahrscheinlich wartete er in einem Hauseingang auf der anderen Straßenseite, bis ein anderer Mieter eintraf. Von dem Jungen wissen wir, daß ein Mr. Montagu um halb drei nach Hause kam. Als er sicher sein konnte, daß der Aufzug nach oben gefahren war, schlüpfte der Major hinein und nahm die Treppe.«

Markham lächelte geduldig und schwieg.

»Ihnen wird aufgefallen sein«, fuhr Vance fort, »mit welcher Sorgfalt der Major dem Jungen Datum und Uhrzeit einprägte. Die schlechte Theatervorstellung – die Kopfschmerzen – der Unglückstag. Wieso Unglückstag? Na, weil es doch der Dreizehnte ist. Aber für den Jungen ein Glückstag. Eine Handvoll Geld – lauter Silbermünzen. Ungewöhnliche Art, ein Trinkgeld zu geben, nicht wahr? Aber eine Dollarnote hätte er vielleicht vergessen.«

Markhams Miene verfinsterte sich, doch die Stimme war gelassen wie immer.

»Ich fand Ihre Argumente gegen Mrs. Platz überzeugender.«

»Oh, aber ich bin ja noch nicht fertig.« Vance erhob sich. »Ich mache mir nämlich Hoffnungen, die Tatwaffe zu finden.«

Nun musterte Markham ihn mit ungläubigem Amüsement.

»Das wäre doch endlich einmal ein Beweis ... Und Sie glauben wirklich, Sie finden sie?«

»Ein Kinderspiel«, versicherte Vance ihm fröhlich.

Er ging zur Kommode und zog die erste Schublade auf.

»In Alvins Haus hat unser unfreiwilliger Gastgeber die Pistole nicht gelassen; und er war viel zu umsichtig, als daß er sie fortgeworfen hätte. Von einem Major des Weltkriegs konnte man erwarten, daß er eine solche Waffe besaß; vermutlich gab es auch Leute, die davon wußten. Wenn er nichts mit dem Mord zu tun hat – und er erwartet ja von uns, daß wir das annehmen –, warum sollte sie dann nicht da liegen, wo sie immer liegt? Wenn sie fort wäre, würde das ja mehr Verdacht erregen, als wenn sie da ist. Außerdem gibt es dabei noch einen hochinteressanten psychologischen Faktor. Ein Unschuldiger, der befürchtet hätte, der Tat verdächtigt zu werden, hätte seine Waffe versteckt oder fortgeworfen – wie Captain Leacock zum Beispiel. Aber der wahre Mörder, der den Eindruck der Unschuld erwecken möchte, hätte sie wieder genau dorthin gelegt, wo sie vor der Tat auch lag.«

Er durchsuchte eine Schublade nach der anderen.

»Wir brauchen also nichts weiter zu tun, als die Stelle zu suchen, an der Major Benson gewöhnlich seine Pistole aufbewahrte ... In der Kommode ist sie jedenfalls nicht«, sagte er noch und schob die letzte Schublade zu.

Er schnürte eine Art Seesack auf, der am Fußende des Bettes stand, und durchsuchte ihn.

»Hier auch nicht«, murmelte er gleichgültig. »Dann kann sie nur noch im Schrank sein.«

In aller Seelenruhe ging er hinüber zum Wandschrank, öffnete die Tür und schaltete das Licht ein. Dort, offen auf dem obersten

Regalbrett, lag ein Waffengurt der Armee mit prall gefülltem Halfter.

Vance nahm ihn mit spitzen Fingern heraus und legte ihn nahe dem Fenster auf das Bett.

»Da haben wir sie, mein Alter«, verkündete er fröhlich und beugte sich zu der Waffe hinab. »Achten Sie bitte besonders darauf, daß Gurt und Halfter dick mit Staub bedeckt sind – mit Ausnahme der Klappe des Halfters. Die Klappe ist vergleichsweise sauber, was uns beweist, daß sie vor kurzem geöffnet wurde … Nicht zwingend, natürlich; aber Sie haben doch so gern Indizien, Markham.«

Vorsichtig holte er die Pistole aus dem Halfter.

»Vermerken Sie auch, daß die Waffe selbst keinerlei Spur von Staub zeigt. Sie ist vor kurzem gereinigt worden, würde ich vermuten.«

Als nächstes steckte er einen Zipfel seines Taschentuchs in den Lauf, zog ihn wieder heraus und hielt ihn in die Höhe.

»Sehen Sie? Selbst das Innere des Laufs ist makellos. Und ich wette meine sämtlichen Cézannes gegen ein juristisches Staatsexamen, daß keine Patrone fehlen wird.«

Er zog das Magazin heraus und leerte die Patronen auf den Nachttisch, wo sie in einer hübschen Reihe vor uns lagen. Es waren sieben – die volle Ausrüstung für dieses Modell.

»Wiederum, Markham, liefere ich Ihnen ein wunderbares Indiz. Patronen, die lange Zeit im Magazin bleiben, laufen ein wenig an, denn der Verschluß ist nicht luftdicht. In einem noch nicht angebrochenen Päckchen hingegen sind sie gut verschlossen und werden weitaus länger glänzend bleiben.«

Er wies auf die erste Patrone, die aus dem Magazin gerollt war.

»Sie werden feststellen, daß diese Patrone – die letzte, die eingesetzt wurde – ein wenig heller ist als die anderen. Die Schlußfolgerung liegt nahe – und Sie sind doch schließlich Experte für Schlußfolgerungen –, daß diese Patrone jünger ist als die anderen und erst vor kurzem in das Magazin kam.«

Er blickte Markham fest ins Gesicht.

»Sie wurde hineingesteckt als Ersatz für jene, die jetzt bei Captain Hagedorn ist.«

Markham warf den Kopf in den Nacken, als wolle er die Benommenheit einer Hypnose von sich abschütteln. Er lächelte, doch es wirkte gequält.

»Ich finde nach wie vor, die Beweisführung gegen Mrs. Platz ist Ihr Meisterstück.«

»Mein Bild des Majors ist ja auch bisher nur skizziert«, entgegnete Vance. »Die feineren Striche kommen noch. Aber lassen Sie uns zuerst noch einmal überlegen, wo wir stehen ... Wie konnte der Major wissen, daß Bruder Alvin in der Nacht des Dreizehnten um halb eins zu Hause sein würde? Er hörte, wie Alvin Miss St. Clair zum Abendessen einlud – Miss Hoffman hat uns erzählt, daß er gern an der Tür horchte, erinnern Sie sich? –, und er hörte auch, wie sie kategorisch erklärte, daß sie um Mitternacht gehen werde. Als ich gestern nach unserem Besuch bei Miss St. Clair davon sprach, daß etwas, das wir dort erfahren hatten, uns helfen würde, den Mörder zu überführen, da meinte ich ihre Auskunft, daß sie unweigerlich um Mitternacht nach Hause gehe. Der Major wußte also, daß Alvin gegen halb eins zu Hause sein würde, und er konnte recht sicher sein, daß niemand bei ihm sein würde. Und außerdem hätte er ja auch einfach auf ihn warten können, nicht wahr? ... Gehörte er zu denen, die sein Bruder auch *en déshabillé* ohne weiteres eingelassen hätte? Ja. Er klopfte ans Fenster, seine Stimme wurde mit Sicherheit erkannt, und ohne weitere Umschweife wurde er eingelassen. Alvin hatte vor seinem Bruder keinerlei Hemmungen, was die Kleidung anging, und hätte sich nichts dabei gedacht, ihn ohne Zähne und Toupet zu empfangen ... Hätte der Major die richtige Körpergröße? – Ja. Ich habe mich, als wir beide in Ihrem Büro waren, mit Absicht neben ihn gestellt, und ich kann ihn recht präzise auf eins achtundsiebzig schätzen.«

Markham saß da und starrte schweigend die Pistole mit dem herausgenommenen Magazin an. Vance hatte dieses Resümee in einem gänzlich anderen Tonfall vorgebracht als seine früheren hypothetischen Beweisführungen, und Markham war die Veränderung nicht entgangen.

»Nun kommen wir zu den Juwelen«, fuhr Vance fort. »Sie werden sich erinnern, daß ich Ihnen prophezeit habe, wenn wir das Pfand fänden, das als Sicherheit für Pfyfes Schuldschein hinterlegt war, würden wir auch den Mörder finden. Schon damals ging ich davon aus, daß der Major den Schmuck hatte, und als Miss Hoffman uns erzählte, er habe sie gebeten, das Päckchen nicht zu erwähnen, war ich mir dessen sicher. Alvin nahm sie am Nachmittag des Dreizehnten mit nach Hause, und der Major wußte das zweifelsohne. Und das muß auch der Grund für seinen Entschluß gewesen sein, Alvins Leben in jener Nacht ein Ende zu machen. Er wollte die Klunker, Markham.«

Er sprang behende auf und war schon an der Tür.

»Und nun müssen wir sie nur noch finden … Der Mörder muß sie mitgenommen haben – auf keinem anderen Wege können sie das Haus verlassen haben. Und folglich sind sie hier in dieser Wohnung. Wenn der Major sie ins Büro gebracht hätte, hätte jemand sie sehen können, und wenn er sie in ein Bankschließfach getan hätte, hätte sich jemand in der Bank daran erinnern können. Außerdem gilt dasselbe psychologische Argument, das für die Waffe galt, auch für die Juwelen. Der Major hat von Anfang an darauf vertraut, daß niemand ihn für schuldig halten würde, und im Grunde war der Schmuck hier besser aufgehoben als irgendwo sonst. Zeit, ihn zu Geld zu machen, blieb genug, wenn erst einmal Gras über die Sache gewachsen war … Kommen Sie einen Moment mit herüber, Markham. Ich weiß, das ist alles sehr schmerzhaft für Sie, aber Ihr Herz ist zu schwach für eine Narkose.«

Markham folgte ihm den Flur hinunter wie benommen. Ich hatte das größte Mitgefühl mit ihm, denn mittlerweile konnte es keinen Zweifel mehr geben, daß er wußte, daß Vance ihm mit dem Major den wirklichen Täter präsentierte. Allerdings hatte ich von Anfang an den Verdacht gehegt, daß Markham ahnte, weshalb Vance ihn gebeten hatte, Auskünfte zum Alibi des Majors einzuholen, und daß sein Widerstreben ebenso von der Furcht vor dem Ergebnis einer solchen Untersuchung herkam wie von der Ungeduld mit der nervenaufreibenden Methode des anderen. Nicht daß er am Ende die Augen vor der Wahrheit verschlossen hätte, trotz der langen Freundschaft, die ihn mit Major Benson verband; doch er wollte es – so verstehe ich es heute – noch nicht wahrhaben, er hoffte wider alle Vernunft, daß Vance es nicht so meinte, wie es klang, und daß, wenn er sich jedem einzelnen Schritt des Weges tapfer entgegenstemmte, er den Lauf des Schicksals doch noch ändern könnte.

Vance führte ihn ins Wohnzimmer und stand fünf Minuten lang da und inspizierte die Möbelstücke; Markham blieb und beobachtete ihn mit zusammengekniffenen Augenlidern, die Hände tief in den Taschen vergraben.

»Wir könnten natürlich einen Experten kommen lassen, der das Apartment Zoll für Zoll durchkämmt«, sagte Vance. »Aber ich glaube, das wird nicht nötig sein. Der Major ist ein mutiger und intelligenter Mann – denken Sie doch nur an die breite, kantige Stirn, den trotzigen Blick seiner wachen Augen, die aufrechte Haltung, den eingezogenen Bauch. In allem, was er denkt, ist er geradeheraus. Er würde, wie Poes Minister D…, auf Anhieb sehen, daß es nutzlos ist, den Schmuck in einer entlegenen Ecke zu verstecken. Außerdem hatte er zum Verstecken ja auch keinen Grund. Es genügte, wenn er ihn an einer Stelle unterbrachte, an der niemand ohne weiteres an ihn herankam. Das hört sich nach einem Fall für Schloß und Schlüssel an, nicht wahr? Im Schlafzimmer war nichts Passendes zu sehen – deshalb bin ich jetzt hier.«

Er ging zu einem massiven Rosenholzschreibtisch in der Ecke des Zimmers und probierte die Schubladen, doch sie waren allesamt unverschlossen. Als nächstes versuchte er es bei der Tischschublade, doch auch dort fand er keinen Schmuck. Genauso erfolglos blieb die Untersuchung eines kleinen spanischen Schränkchens am Fenster.

»Markham, irgendwo hier gibt es eine verschlossene Schublade«, sagte er, »das kann nicht anders sein.«

Er sah sich noch einmal um und war schon im Begriff, sich doch wieder dem Schlafzimmer zuzuwenden, als sein Blick auf einen Humidor aus Walnußholz fiel, halb verdeckt von einem Zeitschriftenstapel auf dem Brett unter dem Wohnzimmertisch. Er hielt abrupt inne, ging hinüber und versuchte, den Deckel des Kastens aufzuklappen. Er war verschlossen.

»Lassen Sie uns überlegen«, sagte er nachdenklich. »Was raucht der Major? *Romeo y Julieta Perfeccionados*, glaube ich – und die sind ja nicht so edel, daß man sie einschließen müßte.«

Er griff zu einem schweren bronzenen Papiermesser, das auf dem Tisch lag, und stieß die Spitze unter den Deckel des Humidors, gerade oberhalb des Schlosses.

»Das können Sie doch nicht tun!« rief Markham, und in seiner Stimme lag ebensoviel Qual wie Tadel.

Doch bevor er bei Vance anlangte, hörte man ein lautes Klikken, und der Deckel sprang auf. Drinnen war ein mit blauem Samt bezogenes Schmuckkästchen.

»Ah! Stumme Juwelen – lauter als jedes Wort«, sagte Vance und trat einen Schritt zurück.

Markham stand da und starrte mit tragischer, verzweifelter Miene den Zigarrenkasten an. Dann drehte er ihm langsam den Rücken zu und ließ sich schwer in einen Sessel fallen.

»Liebe Güte!« murmelte er. »Ich weiß wirklich nicht mehr, was ich noch glauben soll.«

»Das ist eine Not«, tröstete Vance, »die Sie immerhin mit allen großen Philosophen gemein haben. Aber Sie waren bereit, an ein halbes Dutzend unschuldiger Menschen als Täter zu glauben. Warum wollen Sie jetzt beim Major zögern, der wirklich der Mörder ist?«

Sein Ton war nonchalant, doch die Miene, die er dazu machte, paßte nicht zu den Worten; wieder ging mir durch den Kopf, daß ich diese beiden Männer, so unzertrennliche Freunde sie auch waren, noch nie ein sentimentales Wort hatte wechseln hören, ja kaum ein freundliches.

Markham saß da, ein Bild des Jammers, die Ellbogen auf die Knie gestützt, das Kinn in die Hände.

»Aber das Motiv!« drängte er. »Ein Mann erschießt doch nicht seinen Bruder für eine Handvoll Juwelen.«

»Ganz gewiß nicht«, stimmte Vance zu. »Die Juwelen waren nur ein Bonus. Es gab ein tieferes Motiv, da können Sie sicher sein. Und ich bin überzeugt, wenn Ihr Buchprüfer seinen Bericht vorlegt, wird es sich uns – oder doch wenigstens ein guter Teil davon – enthüllen.«

»Deswegen wollten Sie also, daß die Geschäftsbücher geprüft werden?«

Markham erhob sich mit einer entschlossenen Bewegung.

»Kommen Sie: Ich werde diese Sache zu Ende bringen.«

Vance regte sich zunächst nicht. Er war ganz damit beschäftigt, einen antiken Kerzenhalter mit orientalischem Muster zu studieren, der auf dem Kaminsims stand.

»Ich muß schon sagen!« murmelte er. »Das ist eine ausgezeichnete Kopie!«

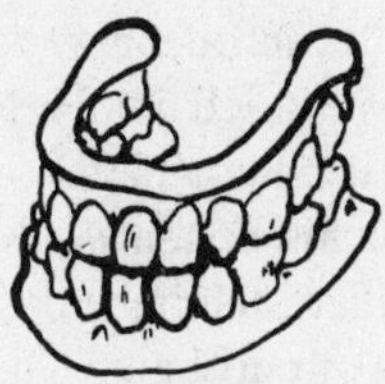

Die Verhaftung

(Donnerstag, 20. Juni, 12 Uhr mittags)

Als wir die Wohnung verließen, nahm Markham die Pistole und das Schmuckkästchen mit. Vom Drugstore an der Ecke zur Sixth Avenue rief er Heath an und bestellte ihn umgehend mit Captain Hagedorn in sein Büro. Außerdem gab er noch bei Stitt, dem Buchprüfer, Bescheid, daß er den Bericht so schnell wie irgend möglich brauche.

»Ihnen wird gewiß aufgegangen sein«, sagte Vance, als wir im Taxi zum Strafgerichtshof fuhren, »um wieviel vorteilhafter meine Methode gegenüber der Ihren ist. Wenn man von vornherein weiß, wer der Täter ist, läßt man sich nicht durch die äußere Erscheinung in die Irre leiten. Wer kein solches Vorwissen hat, den kann zum Beispiel ein cleveres Alibi leicht täuschen … Ich habe Sie gebeten, die Alibis zu besorgen, weil ich mir schon dachte, daß der Major – von dem ich ja wußte, daß er der Schuldige war – ein besonders raffiniertes parat haben würde.«

»Aber wozu brauchten Sie die anderen? Warum Zeit mit dem Versuch vergeuden, das Alibi von Colonel Ostrander zu widerlegen?«

»Welche Aussicht hätte ich denn gehabt, von Ihnen das des Majors zu bekommen, wenn ich seinen Namen nicht sozusagen in der Liste der anderen versteckt hätte? … Und wenn ich bei der Überprüfung den Major als ersten vorgeschlagen hätte, hätten Sie sich ebenfalls geweigert. Ich habe das Alibi des Colonels zuerst genommen, weil ich mir dort gute Chancen ausrechnete, eine schwache Stelle zu finden – und hatte ja auch Glück. Ich malte mir aus, daß Sie, wenn ich bei einem der anderen belegen konnte, daß es nicht eindeutig war, eher bereit sein würden, mich auch im Falle des Majors bei der Überprüfung des Alibis zu unterstützen.«

»Aber wenn Sie, wie Sie behaupten, vom ersten Augenblick an wußten, daß der Major der Täter war, warum in Gottes Namen haben Sie es mir denn dann nicht gesagt und mir diese Woche voller Qualen erspart?«

»Seien Sie nicht naiv, mein Alter«, erwiderte Vance. »Wenn ich den Major zu Anfang der Tat beschuldigt hätte, hätten Sie mich wegen Verleumdung und *scandalum magnatum* in den Kerker werfen lassen. Nur indem ich mit keinem Wort auf die Täterschaft des Majors zu sprechen kam und Ihnen ein ganzes Labyrinth aus falschen Fährten legte, konnte ich Sie dazu bringen, daß Sie wenigstens jetzt die Tatsachen akzeptieren. Aber kein einziges Mal habe ich Sie belogen. Immer wieder habe ich Andeutungen gemacht und Sie auf wichtige Fakten hingewiesen, in der Hoffnung, daß Ihnen die Erkenntnis von sich aus kommen würde. Aber Sie bemerkten meine Hinweise nicht oder mißdeuteten sie mit einer Hartnäckigkeit, die einen schon zur Verzweiflung treiben konnte.«

Markham schwieg einen Moment lang.

»Das sehe ich ein. Aber wieso mußten Sie immer wieder neue Strohmänner aufbauen, nur um sie dann einen nach der anderen zu Fall zu bringen?«

»Sie haben sich mit Zähnen und Klauen an Ihre Indizien gehalten«, erklärte Vance. »Nur wenn ich Ihnen vorher klarmachen konnte, daß ein solches Denken immer wieder in die Irre führt, hatte ich eine Chance, daß Sie mir den Major als Täter abnahmen. Es gab keine Indizien gegen ihn – dafür hatte er natürlich gesorgt. Niemand zog auch nur die Möglichkeit in Betracht; Brudermord gilt ja seit den Tagen Kains als Unvorstellbarkeit, als *lusus naturae*. Selbst bei der Behutsamkeit, mit der ich es Ihnen präsentierte, kämpften Sie noch wie ein Löwe dagegen, widersprachen hier, weigerten sich dort, taten alles, um mich um die Früchte meiner bescheidenen Bemühungen zu bringen … Seien Sie ein braver Junge und geben Sie es zu: Ohne meine Beharrlichkeit wäre der Major niemals in Verdacht gekommen.«

»Obwohl selbst jetzt noch einige Dinge bleiben, die ich nicht verstehe. Warum hat er sich zum Beispiel so beharrlich für den Captain eingesetzt, als ich ihn verhaftet hatte?«

Vance schüttelte den Kopf.

»Was sind Sie doch für ein Einfaltspinsel! Versuchen Sie es nie mit einem Verbrechen, Markham – Sie säßen auf der Stelle im Kittchen. Sehen Sie denn nicht, daß der Major nur um so besser dasteht, wenn er nicht eifrig auf eine Verhaftung wartet – wenn er gar dagegen protestiert, daß Ihr Opfer hinter Gitter wandert? Gäbe es denn ein besseres Mittel, mit dem er so gründlich jeden eventuellen Verdacht gegen sich selbst entkräften könnte? Außerdem wußte er genau, daß nichts, was er sagte, Sie von Ihrem Kurs abbringen würde – auf Ihren Gerechtigkeitssinn konnte er sich verlassen.«

»Aber ich hatte ein- oder zweimal das Gefühl, er gibt mir zu verstehen, daß er Miss St. Clair für die Täterin hält.«

»Ah! Da haben Sie ein Beispiel dafür, wie ein intelligenter Verstand eine Gelegenheit zu nutzen weiß. Ohne Zweifel plante der Major das Verbrechen so, daß der Verdacht auf den Captain gelenkt werden sollte. Leacock hatte seinen Bruder vor Zeugen wegen Miss St. Clair gedroht, und die junge Dame war im Begriff, mit Alvin auszugehen. Wenn Alvin am nächsten Morgen tot aufgefunden wurde, niedergestreckt mit einer Armeepistole, wer sollte da anderes verdächtigt werden als der Captain? Der Major wußte, daß der Captain allein lebte und vermutlich kein Alibi beibringen könnte. Jetzt sehen Sie auch, wie listig es war, uns Pfyfe als Informanten zu nennen, nicht wahr? Er konnte sich darauf verlassen, daß Sie, wenn Sie Pfyfe befragten, von der Drohung hören würden. Und vergessen Sie auch nicht, daß er es so hinstellte, als sei ihm Pfyfe erst später eingefallen – es sollte so beiläufig wie möglich wirken. Gerissener Bursche, was?«

Markham, obwohl von Düsternis umwölkt, hörte aufmerksam zu.

»Er machte sich also die Gelegenheit zunutze«, fuhr Vance fort. »Als Sie entgegen seinen Erwartungen verkündeten, Sie wüßten, mit wem Alvin am Abend aus gewesen war, und hätten beinahe genug Material beisammen, um Anklage zu erheben, war ihm das nur recht. Er wußte, daß in dieser ritterlichen Stadt keine bezaubernde junge Dame je wegen Mordes verurteilt werden würde, ganz gleich, wie die Beweislage sein mochte, und er besaß genug Sportsgeist, um zu wünschen, daß im besten Falle überhaupt niemand für sein Verbrechen büßen müßte. Deshalb war es ihm nur recht, wenn Sie Miss St. Clair im Visier hatten. Und er spielte sein Blatt geschickt aus und tat, als sei es ihm höchst unangenehm, daß sie hineingezogen wird.«

»Deswegen haben Sie mir auch, als Sie wollten, daß ich seine Bücher überprüfen lasse und ihn ins Büro bitte, um über das Geständnis zu sprechen, geraten, ich solle es so hinstellen, als verdächtigte ich die junge Dame?«

»Genau!«

»Und die Person, die der Major schützen wollte …«

»War er selbst. Aber Sie sollten denken, es sei Miss St. Clair.«

»Wenn Sie von seiner Schuld schon überzeugt waren, warum kam dann Colonel Ostrander noch ins Spiel?«

»Weil ich hoffte, daß er weitere Reisigbündel für des Majors Scheiterhaufen anschleppen würde. Ich wußte, daß er mit Alvin Benson und seiner gesamten *camarilla* gut bekannt war; und ich wußte auch, daß er ein altes Klatschmaul war, das vielleicht etwas über Unstimmigkeiten zwischen den Benson-Brüdern wußte und womöglich selbst schon seine Vermutungen hatte. Und ich wollte hören, was er zu Pfyfe zu sagen hat, um auch die letzte Möglichkeit, daß ich mich täuschte, noch auszuschließen.«

»Aber wir hatten doch bereits gute Indizien gegen Pfyfe.«

»Oh, ich meine nicht die materiellen Beweise. Ich wollte etwas über Pfyfes Natur erfahren – seine Psyche, wissen Sie –, und ganz besonders sein Verhalten als Spieler. Denn das ganze Verbrechen war ja die Tat eines kaltblütigen, alles vorausberechnenden Spielers, und nur ein Mann mit entsprechender Psyche konnte es begangen haben.«

Offenbar hatte Markham im Augenblick kein Interesse an Vance' Theorien.

»Haben Sie dem Major geglaubt«, fragte er, »als er erzählte, sein Bruder habe ihn zu dem Schmuckkästchen im Safe belogen?«

»Alvin, verschlagen wie er war, hatte Anthony wahrscheinlich nie etwas davon erzählt«, erwiderte Vance. »Ein spitzes Ohr, als Pfyfe jenseits der Verbindungstür parlierte, dürfte der Quell seiner Information gewesen sein … Und wo wir schon von der Art des Majors sprechen, den Lauscher an der Wand zu spielen – das gab mir auch die Idee für ein mögliches Motiv zu dem Verbrechen ein. Ihr Freund Stitt wird uns hoffentlich in diesem Punkt Aufklärung verschaffen.«

»Wenn man Ihrer Theorie glaubt, wurde das Verbrechen ja recht kurzfristig geplant?« gab Markham zu bedenken.

»Nur die Details der Ausführung«, erklärte Vance. »Der Major trug sich gewiß schon eine ganze Weile mit dem Gedanken, seinen Bruder auszuschalten. Nur das Wie und Wann hatte er noch nicht entschieden. Wer weiß, womöglich hat er ein Dutzend Pläne ersonnen und wieder verworfen. Und dann, am Dreizehnten, ergab sich die Gelegenheit: Ganz von selbst kamen genau die richtigen Bedingungen für das Gelingen seines Plans zusammen. Er hörte, wie Miss St. Clair die Einladung zum Abendessen annahm, und konnte sich ausrechnen, daß Alvin gegen halb eins zu Hause sein würde; und er wußte auch, daß, wenn der Mord zu dieser Stunde geschah, der Verdacht auf Captain Leacock fallen würde. Er sah, wie Alvin die Juwelen mit nach Hause nahm – eine weitere glückliche Fügung. Der günstige Augenblick, auf den er gewartet hatte, war gekommen. Nun mußte er nur noch für ein Alibi sorgen und sich den *modus operandi* zurechtlegen. Was er ersann, habe ich Ihnen ja schon geschildert.«

Markham saß mehrere Minuten lang nachdenklich da. Schließlich hob er den Kopf.

»Sie haben mich so gut wie überzeugt, daß er der Täter ist«, gestand er, »aber ich muß es doch, verflucht noch mal, beweisen! Und da sehe ich bis jetzt nicht viel, was vor Gericht zu gebrauchen wäre.«

Vance nahm es mit einem leichten Schulterzucken auf.

»Ihre albernen Gerichte und Ihre lächerlichen Beweisaufnahmen interessieren mich nicht. Aber ich finde, nun wo ich Sie überzeugt habe, können Sie nicht mehr sagen, ich hätte unsere Wette nicht gewonnen.«

»Nein«, gab Markham finster zu. »Das haben Sie wohl.«

Allmählich spannten sich die Muskeln um seinen Mund.

»Sie haben Ihren Teil der Arbeit geleistet, Vance. Jetzt übernehme ich.«

Heath und Captain Hagedorn warteten schon, als wir im Büro eintrafen, und Markham begrüßte sie in seiner reservierten, sachlichen Art. Er hatte sich inzwischen wieder gut in der Gewalt und machte sich mit jener grimmigen Energie ans Werk, mit der er stets seine Pflicht tat.

»Ich glaube, jetzt haben wir endlich den Richtigen, Sergeant«, sagte er. »Setzen Sie sich, und ich werde Ihnen die Sache gleich erläutern. Aber um ein oder zwei Dinge muß ich mich vorher noch kümmern.«

Er reichte Major Bensons Pistole dem Waffenexperten.

»Sehen Sie sich die mal an, Captain, und sagen Sie mir, ob das die Waffe sein kann, mit der Benson erschossen wurde.«

Hagedorn schlurfte zum Fenster. Er legte die Pistole auf das Fensterbrett und holte aus den Taschen seines weiten Mantels etliches Handwerkszeug hervor, das er vor sich ausbreitete. Er klemmte sich ein Uhrmacherglas ins Auge und begann mit einer scheinbar endlosen Reihe von Handgriffen. Er schraubte die Verkleidung des Schafts ab, zog den Abzugsstollen zurück und nahm den Schlagbolzen heraus. Er entfernte den Schlitten, schraubte das Gelenkstück ab und zog die Sprungfeder hervor. Ich dachte, er wolle die ganze Pistole auseinandernehmen, doch offenbar ging es nur darum, dafür zu sorgen, daß man durch den Lauf hindurchsehen konnte, denn nun hielt er die Waffe ans Licht und blickte zur Mündung hinein. An die fünf Minuten betrachtete er den Lauf und bewegte ihn ein wenig hin und her, so daß die reflektierten Sonnenstrahlen verschiedene Punkte im Inneren beleuchteten.

Anschließend setzte er ohne ein Wort die Waffe langsam und gewissenhaft wieder zusammen. Dann kam er zu seinem Sessel zurückgewatschelt und saß ein paar Augenblicke lang da und kniepte mit den Augen.

»Zumindest das kann ich Ihnen sagen«, hob er an, drückte das Kinn auf die Brust und sah Markham über die Ränder seiner Nikkelbrille hinweg an. »Es ist gut möglich, daß es die richtige ist. Sicher bin ich mir noch nicht. Als ich mir neulich morgens die Kugel ansah, fielen mir merkwürdige Riefen auf, und diese hier hat im Lauf einige Unregelmäßigkeiten, die aussehen, als ob sie von daher stammen könnten. Aber Gewißheit habe ich noch nicht. Dazu muß ich mir zuerst den Lauf noch durch mein Helixometer ansehen.«*

»Aber Ihrer Meinung nach ist es die richtige?« drängte Markham.

»Versprechen kann ich es nicht, aber ich glaube schon. Obwohl ich mich täuschen kann.«

»Schön, Captain. Nehmen Sie sie mit und untersuchen Sie sie gründlich, und dann rufen Sie mich an, sobald Sie Gewißheit haben.«

»Das ist die richtige, glauben Sie mir«, versicherte Heath, als Hagedorn gegangen war. »Ich kenne den Vogel doch. Er wäre nie so deutlich geworden, wenn er sich nicht sicher gewesen wäre … Wem gehört sie, Sir?«

»Sie werden es gleich erfahren.« Markham kämpfte noch immer gegen die Wahrheit an – nicht einmal vor sich selbst wollte er den Major zum Täter erklären, solange auch nur noch die kleinste Chance bestand, daß er sich täuschte. »Ich will zuerst noch Stitts Bericht hören, bevor ich etwas sage. Ich habe ihn zu Benson and Benson geschickt, einen Blick in die Bücher werfen. Er müßte jeden Moment hier sein.«

Nach einer Viertelstunde – Markham versuchte in der Zwischenzeit, sich mit anderen Dingen zu beschäftigen – trat Stitt

* Ein Helixometer, ließ ich mir später erklären, ist ein Instrument, das es möglich macht, das gesamte Innere eines Pistolenlaufs durch ein Mikroskop zu betrachten.

ein. Er begrüßte den Bezirksstaatsanwalt und Heath feierlich, dann sah er Vance und lächelte anerkennend.

»Das war ein guter Tip, den Sie mir da gegeben haben. Sie hatten den richtigen Riecher. Wenn Sie mir Major Benson noch ein Weilchen länger vom Leibe gehalten hätten, hätte ich noch mehr herausbekommen können. Solange er da war, hat er mich keine Minute aus den Augen gelassen.«

»Ich habe mein bestes getan«, seufzte Vance. »Wissen Sie«, wandte er sich an Markham, »gestern habe ich mir den ganzen Mittag über den Kopf zerbrochen, wie ich den Major aus seinem Büro fortlocken konnte, während Mr. Stitt sich dort umsah; und als ich von Leacocks Geständnis erfuhr, hatte ich genau den Vorwand, den ich brauchte. Es wäre ja nicht nötig gewesen, daß der Major herkam – ich wollte nur, daß Mr. Stitt freie Hand hat.«

»Was haben Sie herausgefunden?« fragte Markham den Buchprüfer.

»Eine ganze Menge«, erwiderte dieser lakonisch.

Er zog ein Blatt Papier aus der Tasche und legte es auf den Tisch.

»Da haben Sie einen kurzen Bericht … Wie Mr. Vance es mir geraten hatte, habe ich zunächst einen Blick auf den Aktienbestand und die laufenden Einnahmen und Auszahlungen geworfen sowie die Aktienübertragungen geprüft. Ich ließ die Kontenbücher zunächst beiseite und konzentrierte mich auf die Aktivitäten der beiden Firmeninhaber. Major Benson hat offenbar gewohnheitsmäßig ihm als Sicherheit für Risikogeschäfte überlassene Wertgegenstände verpfändet und in großem Maße auf dem Freiverkehrsmarkt spekuliert. Wieviel er verloren hat, kann ich nicht sagen – aber die Verluste sind beträchtlich.«

»Und Alvin Benson?« fragte Vance.

»Die gleichen Tricks. Nur daß er mehr Glück hatte. Vor ein paar Wochen hat er mit Columbus Motors ein kleines Vermögen gemacht; und er hat das Geld für schlechte Zeiten in seinem Safe gehortet – zumindest erzählt die Sekretärin das.«

»Und wenn Major Benson den Schlüssel zu diesem Safe hat«,

warf Vance ein, »kommt es ihm womöglich gar nicht so ungelegen, daß sein Bruder erschossen wurde?«

»Nicht ungelegen?« erwiderte Stitt. »Das ist das einzige, was ihn vor dem Gefängnis rettet.«

Als der Buchprüfer uns wieder verlassen hatte, saß Markham wie versteinert da, den Blick starr auf die gegenüberliegende Wand geheftet. Wieder war ihm ein Strohhalm, an den er sich in seinem instinktiven Streben, die Schuld des Majors nicht einzugestehen, geklammert hatte, aus den Händen gerissen worden.

Das Telefon klingelte. Zögernd hob er ab und hörte zu, und ich konnte den Ausdruck vollkommener Resignation in seinen Augen sehen. Er lehnte sich in seinem Stuhl zurück wie ein Mann, der am Ende seiner Kräfte ist.

»Das war Hagedorn«, erklärte er. »Es ist die Tatwaffe.«

Er setzte sich wieder auf und wandte sich an Heath.

»Diese Waffe, Sergeant, gehört Major Benson.«

Der Beamte stieß einen leisen Pfiff aus und hob kaum merklich die Augenbrauen. Doch schon bald wich die Verblüffung seiner üblichen gefaßten Miene.

»Na, das wundert mich überhaupt nicht«, sagte er.

Markham läutete nach Swacker.

»Rufen Sie bei Major Benson an und sagen Sie ihm – sagen Sie ihm, wir seien im Begriff, eine Verhaftung vorzunehmen, und wüßten es zu schätzen, wenn er gleich herüberkommen könnte.« Ich glaube, wir alle hatten Verständnis dafür, daß er diesen Anruf an Swacker delegierte.

Markham faßte dann noch einmal für Heath die Beweislage gegen den Major zusammen. Als er fertig war, stand er auf und arrangierte die Stühle vor seinem Schreibtisch neu.

»Wenn Major Benson kommt, Sergeant«, sagte er, »werde ich ihn hier Platz nehmen lassen.« Er wies auf einen Stuhl direkt gegenüber seinem eigenen. »Ich möchte, daß Sie zu seiner Rechten sitzen, und Sie sollten noch Phelps holen – oder einen anderen Mann, wenn er nicht da ist –, der den Stuhl zur Linken nimmt.

Aber Sie rühren sich nicht, bis ich das Zeichen gebe. Dann können Sie ihn festnehmen.«

Als Heath mit Phelps zurück war und sie die angewiesenen Plätze eingenommen hatten, sagte Vance:

»Ich möchte Ihnen raten, Sergeant, seien Sie auf der Hut. In dem Augenblick, in dem der Major begreift, daß sein Spiel verloren ist, wird er sich wie ein Berserker auf Sie stürzen.«

Heath setzte ein verächtliches Lächeln auf.

»Danke für den guten Rat – aber das ist nicht das erste Mal, daß ich jemanden verhafte, Mr. Vance. Und der Major ist auch keiner von dieser Sorte; dazu ist er viel zu besonnen.«

»Sie müssen selbst wissen, was Sie tun«, erwiderte Vance gleichgültig. »Aber ich habe Sie gewarnt. Der Major ist kaltblütig; er riskiert viel, und er könnte seinen letzten Dollar verlieren, ohne mit der Wimper zu zucken. Aber wenn er mit dem Rücken zur Wand steht, wenn er sieht, daß er keine Chance mehr hat, werden die Verdrängungen eines ganzen Lebens, die nie ein Sicherheitsventil hatten, sich entladen. Wenn ein Mensch ohne Leidenschaften, ohne Gefühle lebt, ohne etwas, wofür er sich begeistert, dann muß es irgendwann zu einer solchen körperlichen Entladung kommen. Manche explodieren, andere bringen sich um – das Prinzip ist stets dasselbe, alles andere Veranlagungssache. Der Major ist nicht von der selbstzerstörerischen Art – deshalb prophezeie ich, daß er explodieren wird.«

Heath schnaubte.

»Wir haben ja hier vielleicht nicht viel Ahnung von Psychologie«, entgegnete er, »aber an Menschenkenntnis mangelt es uns nicht.«

Vance unterdrückte ein Gähnen und zündete sich lässig eine Zigarette an. Mir fiel jedoch auf, daß er seinen Stuhl ein wenig vom Kopfende des Tisches, wo wir unsere Plätze hatten, abrückte.

»Tja, Chef«, meinte Phelps mit seiner heiseren Stimme, »scheint, daß Ihre Qualen damit so ziemlich überstanden sind – obwohl ich ja gewettet hätte, daß dieser Leacock es war … Wer ist denn nun der Held, der Major Benson auf die Schliche gekommen ist?«

»Die Anerkennung für den Erfolg der Ermittlungen wird ganz an Sergeant Heath und die Mordkommission gehen«, sagte Markham und fügte hinzu: »Tut mir leid, Phelps, aber die Bezirksstaatsanwaltschaft und alle, die für sie arbeiten, sollen nicht in Erscheinung treten.«

»Tja, so ist das Leben«, meinte Phelps philosophisch.

Wir saßen in gespanntem Schweigen, bis der Major kam. Markham rauchte gedankenverloren. Mehrfach las er in dem Blatt mit Hinweisen, das Stitt zurückgelassen hatte, und einmal ging er zum Wasserspender und holte sich einen Becher Wasser. Vance griff zu einem juristischen Buch, das zufällig auf dem Tisch lag, und widmete sich amüsiert dem Urteil in einem Bestechungsfall im Westen des Landes. Heath und Phelps, die das Warten gewohnt waren, rührten sich kaum.

Als der Major eintrat, grüßte Markham ihn übertrieben lässig und machte sich mit Papieren in einer Schublade zu schaffen, damit er ihm nicht die Hand schütteln mußte. Heath war hingegen beinahe jovial. Er rückte dem Major den Stuhl zurecht und ließ sich mit einer umständlichen Banalität zum Wetter vernehmen. Vance schlug das Buch zu und setzte sich aufrecht, beide Beine auf den Boden.

Major Benson war freundlich und galant. Er warf Markham einen Blick zu, doch wenn er Verdacht geschöpft hatte, dann ließ er es sich nicht anmerken.

»Major, ich möchte, daß Sie mir ein paar Fragen beantworten – sofern Sie bereit dazu sind.« Markhams Stimme war leise, doch fest.

»Alles, was Sie wollen«, erwiderte der Major bereitwillig.

»Sie besitzen eine Armeepistole, nicht wahr?«

»Ja – eine Colt Automatik«, bestätigte er und hob fragend die Augenbrauen.

»Wann haben Sie sie zuletzt gereinigt und das Magazin nachgefüllt?«

Kein Muskel im Gesicht des Majors regte sich.

»Das weiß ich nicht mehr genau«, antwortete er. »Gereinigt habe ich sie mehrfach. Aber nachgeladen nie, seit ich aus dem Krieg zurück bin.«

»Haben Sie die Waffe in letzter Zeit jemandem geliehen?«

»Nicht daß ich wüßte.«

Markham griff zu Stitts Bericht und warf noch einmal einen Blick darauf.

»Wie hätten Sie Ihre Klienten zufriedengestellt, wenn sie plötzlich die Sicherheiten zurückgefordert hätten, die sie bei Ihnen hinterlegt hatten?«

Die Oberlippe des Majors kräuselte sich verächtlich, so daß die Zähne zu sehen waren.

»So! Deshalb haben Sie also – unter dem Mantel der Freundschaft – jemanden zu mir geschickt, der sich meine Bücher ansehen sollte!«

Ich sah, wie sein Nacken sich rötete und der Fleck sich nach oben zu den Ohren hin ausbreitete.

»*Ich* habe ihn nicht deswegen hingeschickt, wenn Sie es wissen wollen.« Der Vorwurf kränkte Markham. »Aber heute morgen bin ich in Ihrer Wohnung gewesen.«

»Aha, ein Einbrecher sind Sie also noch dazu!« Der Major war mittlerweile puterrot, und die Adern auf der Stirn traten hervor.

»Und ich fand Mrs. Bannings Juwelen dort … Wie sind sie dorthin gekommen, Major?«

»Das geht Sie einen Dreck an, wie sie dorthin gekommen sind«, sagte er, seine Stimme so kalt und beherrscht wie immer.

»Warum haben Sie Miss Hoffman angewiesen, den Schmuck mir gegenüber nicht zu erwähnen?«

»Und auch das geht Sie einen Dreck an.«

»Geht es mich denn vielleicht mehr an«, fragte Markham ruhig, »daß die Kugel, die Ihren Bruder tötete, aus Ihrer Waffe stammt?«

Der Major blickte ihm fest ins Gesicht, den Mund zu einem häßlichen Grinsen verzogen.

»Das ist also Ihre hinterhältige Art – mich herbitten und mich dann verhaften wollen, und mir Fragen stellen, mit denen ich mich selbst belasten soll, bevor ich etwas von Ihren Verdächtigungen weiß. Ein mieser kleiner Falschspieler sind Sie!«

Vance beugte sich vor.

»Reden Sie keinen Unsinn!« Er sprach sehr leise, doch es war wie ein Peitschenhieb. »Merken Sie denn nicht, daß er Ihr Freund ist und Ihnen diese Fragen in der verzweifelten Hoffnung stellt, daß Sie doch nicht der Täter sind?«

Der Major drehte sich mit einem Ruck zu ihm hin.

»Sie halten sich da raus – Sie alberner Fatzke!«

»Aber ja«, murmelte Vance.

»Und *Sie*« – er wies mit bebendem Finger auf Markham –, »Sie werden mir dafür büßen! ...«

Ein Schwall von Haß und Blasphemie ergoß sich aus ihm. Seine Nüstern waren gebläht, die Augen funkelten. Seine Wut schien jedes menschliche Maß zu sprengen; er war wie ein Mann, der von einem Anfall geschüttelt wird – abstoßend, verzerrt, gar nicht mehr bei Bewußtsein.

Markham ließ die Beschimpfungen geduldig über sich ergehen, den Kopf in die Hände gestützt, die Augen geschlossen. Als der Major sich so weit in seine Rage hineingesteigert hatte, daß er nur noch unzusammenhängende Laute ausstieß, blickte er auf und nickte Heath zu. Es war das Zeichen, auf das der Detective gewartet hatte.

Doch bevor Heath sich regen konnte, war der Major schon aufgesprungen. Mit der gleichen Bewegung drehte er sich halb, und mit einem gewaltigen Hieb traf seine Faust Heath mitten ins Gesicht. Der Sergeant kippte mit seinem Stuhl nach hinten und blieb benommen liegen. Phelps sprang vor, in geduckter Haltung, doch der Major versetzte ihm einen Stoß mit dem Knie und traf ihn in den Unterleib. Phelps ging zu Boden und wälzte sich stöhnend hin und her.

Nun wandte der Major sich Markham zu. Seine Augen funkelten wie die eines Irrsinnigen, er fletschte die Zähne. Sein Atem kam in Stößen, und die Nasenflügel bebten. Die Schultern hatte er vorgezogen, die Arme hingen herab, die Finger zu Krallen gekrümmt. Mit seiner ganzen Haltung war er das Bild einer ungeheuerlichen, entfesselten Bosheit.

»Jetzt sind Sie dran!« Die Worte, kehlig und giftig, waren wie ein Fauchen.

Im gleichen Augenblick stürzte er sich auf Markham.

Vance, der während der Prügelei ruhig dabeigesessen, mit halb geschlossenen Augen zugesehen und müßig geraucht hatte, sprang mit einem raschen Schritt an die Längsseite des Tisches. Beide Arme schossen vor. Mit der einen Hand faßte er das rechte Handgelenk des Majors, mit der anderen packte er den Ellbogen. Dann machte er eine plötzliche Drehbewegung, als ließe er sich nach hinten fallen. Der Arm des Majors wurde in seinem Klammergriff aufwärts hinter die Schulterblätter gerenkt. Der Major stieß einen Schmerzensschrei aus, dann sackte er, noch immer von Vance gehalten, in sich zusammen.

Inzwischen war Heath wieder bei Bewußtsein. Er raffte sich in aller Eile auf und kam herbei. Handschellen klickten, und der Major ließ sich matt in einen Sessel fallen, wo er saß und mit schmerzverzerrtem Gesicht seine Schulter bewegte.

»Das ist nichts Ernstes«, versicherte Vance ihm. »Nur eine Bänderzerrung. In ein paar Tagen spüren Sie das nicht mehr.«

Heath kam herüber und reichte Vance wortlos die Hand. Es war zugleich eine Entschuldigung und eine Geste der Anerkennung. Sie machte mir Heath sympathisch.

Als er seinen Gefangenen abgeführt und wir Phelps in einen Sessel geholfen hatten, nahm Markham Vance beim Arm.

»Lassen Sie uns gehen«, sagte er, »fort von hier. Ich kann nicht mehr.«

Vance erläutert seine Methoden

(Donnerstag, 20. Juni, 9 Uhr abends)

Am selben Abend saßen wir nach einem Besuch im Türkischen Bad und dem Abendessen wieder in unserem Alkoven im Salon des Stuyvesant-Clubs beisammen, Markham grimmig und erschöpft, Vance zufrieden und guter Dinge.

Eine halbe Stunde oder noch länger hatten wir schweigend und rauchend dagesessen, dann sagte Vance schließlich, mehr als dächte er laut:

»Und aus einfältigen, stiernackigen Männern wie Heath besteht also der menschliche Schutzwall, der die Gesellschaft von der Welt der Kriminellen trennt! ... Traurig, traurig.«

»Es gibt keine Napoleons mehr«, brummte Markham. »Und wenn, dann wären sie wahrscheinlich keine Polizeibeamten.«

»Und selbst wenn sie sich im Innersten zu diesem Berufe hingezogen fühlten«, spann Vance den Faden fort, »würden sie nicht genommen, weil ihnen die nötigen Maße fehlen. Soviel ich weiß, werden Ihre Polizisten ja nach Körpergröße und Gewicht ausgewählt; sie müssen ein bestimmtes Mindestvolumen haben – als ob die einzigen Verbrechen, mit denen sie es zu tun hätten, Aufstände und Bandenkriege wären. Masse – das große amerikanische Ideal, ob in Kunst, Architektur, in der Küche oder bei der Polizei. Ein schöner Gedanke.«

»Immerhin ist Heath ein großherziger Mensch«, führte Markham an. »Er hat Ihnen alles verziehen.«

Vance lächelte.

»Die Lobeshymnen, die in den Nachmittagszeitungen auf ihn gesungen wurden, hätten einen Stein erweicht. Da sollte er sogar dem Major seinen Fausthieb verzeihen. Ein Hieb übrigens, der geschickt die Kraft der Drehbewegung nützte. Heath muß ein zäher Bursche sein, sonst wäre er nicht so schnell wieder auf den Beinen gewesen ... Und der arme Phelps! Für den Rest seines Lebens wird ihn jedes Knie in Angst und Schrecken versetzen.«

»Die Reaktion des Majors hatten Sie ja treffend vorausgesehen«, sagte Markham. »Ich bin fast soweit, daß ich zugebe, daß an Ihrem psychologischen Brimborium doch etwas dran ist. Ihre hochfliegenden Gedanken haben Sie allem Anschein nach auf die richtige Spur gebracht.«

Er zögerte einen Moment lang, dann wandte er sich Vance zu und sah ihn fragend an.

»Wollen Sie mir nicht erzählen, warum Sie von Anfang an überzeugt waren, daß der Major der Täter war?«

Vance machte es sich in seinem Sessel bequem.

»Führen Sie sich einmal das Charakteristische – die auffälligsten Züge – des Verbrechens vor Augen. Bevor der Schuß fiel, müssen Benson und der Mörder miteinander geredet, vielleicht sich auch gestritten haben; der eine saß, der andere stand. Dann tat Benson, als lese er: Er hatte alles gesagt, was er zu sagen hatte. Daß er zum Buch griff, war eine Geste des Abschlusses; man liest nicht, wenn man sich mit einem anderen unterhält, es sei denn, man will ihm damit zu verstehen geben, daß das Gespräch beendet ist. Der Mörder, der sah, daß die Lage aussichtslos war, und der in der Bereitschaft gekommen war, bis zum Äußersten zu gehen, holte die Pistole hervor, zielte auf Bensons Stirn und drückte ab. Danach schaltete er das Licht aus und ging fort ... Das sind die Fakten – die offensichtlichen und jene, die wir daraus folgern können.«

Er nahm mehrere Züge von seiner Zigarette.

»Nun wollen wir sie analysieren ... Wie ich Ihnen ja schon erläutert habe, zielte der Mörder nicht auf den Körper, wo zwar die Chance, daß die Kugel traf, weitaus größer war, die Wahrscheinlichkeit, daß der Schuß tödlich war, jedoch geringer. Er wählte den schwierigeren und riskanteren Weg – zugleich aber auch den wirkungsvollsten und sichersten. Sein Vorgehen, könnte man es beschreiben, war mutig, gewagt und direkt. Nur ein Mann mit eisernen Nerven und einer ausgeprägten Spielernatur hätte es auf eine so kühne, kompromißlose Art getan. Folglich kamen nervöse, heißblütige, impulsive oder furchtsame Menschen als Täter nicht in Betracht. Das Ordentliche, Professionelle des Verbrechens sowie die Tatsache, daß nirgends Indizien zurückgeblieben waren, die den Schuldigen verraten hätten, bewiesen, daß die Tat vorgeplant war, und zwar mit einer Besonnenheit und Präzision, die auf einen Täter von enormer Selbstsicherheit schließen ließ, und einen, der es gewohnt war, etwas zu riskieren. Es war nichts Raffiniertes, nichts Phantasievolles an diesem Verbrechen. Jeder einzelne Zug deutete auf einen groben, gewalttätigen Verstand – einen Verstand, der statisch, beharrlich und furchtlos war, aber auch daran gewohnt, mit Fakten und Situationen auf unmittelbare, konkrete und eindeutige Weise umzugehen ... Ich nehme doch an, Markham, Sie können die menschliche Natur gut genug beurteilen, um zu sagen, auf was für eine Art von Person das deutet, oder?«

»Ich glaube, ich weiß, worauf Sie hinauswollen«, sagte der andere, ein wenig zweifelnd.

»Schön«, fuhr Vance fort. »Als die psychologische Eigenart des Verbrechens nun also bestimmt war, brauchte ich nur noch einen Menschen zu finden, der an der Tat ein Interesse gehabt hätte und dessen Verstand und Temperament solcherart waren, daß er, wenn er unter den gegebenen Umständen diese Tat verübt hätte, sie zwangsläufig in genau der Art verübt hätte, in der sie auch geschehen war. Der Zufall wollte es, daß ich Major Benson schon seit langem kannte; und als ich mir an jenem Morgen erst einmal ein Bild von den Ereignissen gemacht hatte, war es für mich keine Frage mehr, daß er der Täter war. In jedem einzelnen Detail war dieses Verbrechen der psychologisch perfekte Ausdruck seines Charakters und seiner Mentalität. Aber selbst wenn ich ihn nicht persönlich gekannt hätte, hätte ich ihn – da ich die Persönlichkeit des Mörders so klar und eindeutig bestimmt hatte – aus einer noch so großen Zahl von Verdächtigen herausfinden können.«

»Aber hätte es denn nicht ein anderer gewesen sein können, der nur die gleiche Art von Persönlichkeit wie der Major gehabt hätte?« fragte Markham.

»Wir sind allesamt in unserer Natur verschieden – so ähnlich zwei Menschen auch manchmal wirken mögen«, erklärte Vance. »Und im vorliegenden Fall wäre es zwar denkbar, daß der Täter ein anderer war, der nur in Wesensart und Temperament dem Major sehr ähnlich war, aber wir müssen auch die Frage nach der Wahrscheinlichkeit bedenken. Selbst wenn wir einmal davon ausgehen wollen, daß es zwei Menschen in New York gibt, die in Persönlichkeit und Instinkten beinahe identisch sind, wie wahrscheinlich wäre es denn, daß sie beide einen Grund hätten, Benson umzubringen? Allerdings habe ich mich, als Pfyfe ins Spiel kam und ich erfuhr, daß er Jäger und Glücksspieler war, über seine Qualifikationen informiert, so gering die Chance einer Täterschaft auch war. Da ich ihn nicht persönlich kannte, bat ich Colonel Ostrander um die notwendigen Auskünfte, und nach dem, was ich von ihm erfuhr, war Pfyfe auf der Stelle *hors de combat*.«

»Aber er hatte die Nerven, er war jemand, der zum Risiko bereit war, und schließlich stand für ihn viel auf dem Spiel«, wandte Markham ein.

»Ah! Aber zwischen jemandem, der bereit ist, etwas zu riskieren, und einem mutigen, rationalen Spieler wie dem Major liegen Welten – ein Abgrund der Psyche. Die Impulse, die sie antreiben, sind genaue Gegenpole. Wer zum Risiko bereit ist, den bestimmen Furcht und Hoffnung und Leidenschaft; der Spieler, der stets kühlen Kopf bewahrt, ist hingegen ein sachlicher, vertrauensvoller, besonnener Mensch. Der eine ist von seinen Gefühlen getrieben, den anderen führt sein Verstand. Anders als Pfyfe ist der Major ein geborener Spieler, und sein Selbstvertrauen ist grenzenlos. Dieses Selbstvertrauen ist jedoch etwas anderes als Wagemut, so ähnlich sich die beiden an der Oberfläche auch sein mögen. Es beruht auf einer instinktiven Überzeugung der eigenen Unfehlbarkeit und absoluten Sicherheit. Es ist das Gegenteil dessen, was die Freudianer einen Minderwertigkeitskomplex nennen – eine Egomanie, eine Form von Größenwahn. Beim Major war diese Haltung zu spüren, doch Pfyfe ging sie gänzlich ab;

und da die Eigenart des Verbrechens mir verriet, daß nur ein Mensch mit einer solchen Psyche es begangen haben konnte, wußte ich, daß Pfyfe unschuldig war.«

»Allmählich dämmert es mir«, sagte Markham nach einer Weile, »wenn auch noch verschwommen.«

»Doch weitere Indizien kamen dazu«, fuhr Vance fort, »teils psychologischer, teils anderer Natur: die häusliche Kleidung des Erschossenen, Toupet und Zähne im Schlafzimmer, die aus den Umständen zu schließende Vertrautheit des Mörders mit den Verhältnissen im Hause, die Tatsache, daß Benson ihn persönlich einließ, und die Tatsache, daß er wußte, daß Benson allein sein würde – all das deutete auf den Major. Und noch etwas: Der Major hatte die richtige Körpergröße. Was jedoch von zweitrangiger Bedeutung war; denn hätten meine Messungen nicht auf einen Täter seiner Größe gedeutet, dann hätten alle Captain Hagedorns dieser Welt mich nicht davon abgebracht, daß die Kugel eben die entsprechende Ablenkung hatte.«

»Warum waren Sie so sicher, daß keine Frau als Täter in Frage kam?«

»Zunächst einmal war es kein Frauenverbrechen – nicht in der Art begangen, meine ich, in der eine Frau es begangen hätte. Selbst die kühlsten Frauen werden emotional reagieren, wenn es um etwas so Elementares wie das Ende eines Menschenlebens geht. Daß eine Frau einen solchen Mord kaltblütig geplant und mit einer solchen geschäftsmäßigen Effizienz ausgeführt hätte – mit einem einzigen Schuß auf die Stirn des Opfers aus fünf oder sechs Fuß Entfernung –, würde allem widersprechen, was wir über die menschliche Natur wissen. Und: Frauen stellen sich nicht vor einen Gesprächspartner und streiten sich mit ihm. Anscheinend fühlen sie sich sicherer, wenn sie sitzen. Sie reden besser im Sitzen; Männer hingegen reden im Stehen besser. Und selbst wenn eine Frau sich vor Benson hingestellt hätte, hätte sie nicht die Pistole hervorholen und zielen können, ohne daß er aufgeblickt hätte. Daß ein Mann in die Tasche faßt, ist eine ganz natürliche Bewegung; doch eine Frau hat keine Taschen und könnte eine Waffe nur in der Handtasche verstecken. Und ein Mann wird stets auf der Hut sein, wenn eine wütende Frau vor ihm steht und ihre Handtasche öffnet – gerade weil er sich ihrer Reaktionen nie sicher sein kann; er wird jede Frau in Rage mißtrauisch im Auge behalten … Aber vor allem waren es Bensons Glatze und Pantoffeln, die jeden Gedanken an eine Frau undenkbar machten.«

»Sie haben vorhin gesagt, der Mörder sei in jener Nacht bereit gewesen, bis zum Äußersten zu gehen, wenn es sein mußte«, wandte Markham ein. »Und gleichzeitig sagen Sie, der Mord sei geplant gewesen.«

»Beides stimmt. Das ist kein Widerspruch. Daß der Mord geplant war, daran kann es keinen Zweifel geben. Aber der Major war bereit, seinem Opfer eine letzte Chance zu geben und sein Leben zu schonen. Ich stelle es mir so vor: Der Major war in argen finanziellen Nöten, und das Gefängnis winkte schon; und da er wußte, daß sein Bruder genug Geld im Safe hatte, um ihn zu retten, plante er das Verbrechen und begab sich an jenem Abend zum Haus, bereit, es auszuführen. Zunächst erzählte er jedoch dem Bruder von seiner Notlage und bat ihn um das Geld; und Alvin antwortete vermutlich, er solle sich zum Teufel scheren. Der Major hat womöglich sogar ein wenig gebettelt, damit er ihn nicht umbringen mußte; doch als Alvin, literarisch, wie er war, dem Buch den Vorzug gab, sah er, daß jeder weitere Versuch zwecklos war, und schritt zur Tat.«

Markham saß eine Weile rauchend da.

»Das will ich Ihnen alles zugestehen«, sagte er schließlich, »aber wie sind Sie auf den Schluß gekommen – und das haben Sie ja heute morgen gesagt –, der Major habe den Mord absichtlich so angelegt, daß der Verdacht auf Captain Leacock fiel?«

»So wie ein Bildhauer, der wirklich die Prinzipien von Form und Komposition versteht, jeden fehlenden Teil einer Statue ergänzen kann«, erklärte Vance, »so kann der Psychologe, der den menschlichen Verstand begreift, jeden fehlenden Faktor in einer bestimmten Handlung ergänzen. Lassen Sie mich nur nebenbei anmerken, daß dieses ganze Hin und Her zur Rekonstruktion der

Arme der Aphrodite von Melos – oder Venus von Milo, wie sie genannt wird – nichts als dummes Geschwätz ist. Jeder fähige Künstler, der die Gesetze der Ästhetik kennt, könnte die Arme genau so restaurieren, wie sie ursprünglich waren. Eine solche Restauration ist nur eine Frage des Kontextes – der fehlende Faktor muß nur zu dem passen und mit dem harmonieren, was man schon weiß.«

Er unterstrich es, was selten bei ihm vorkam, mit einer leichten Handbewegung.

»Die Frage, wie sich der Verdacht ablenken läßt, ist ein wichtiges Detail bei jedem geplanten Verbrechen. Und da die Grundkonzeption bei diesem speziellen Verbrechen aktiv, konsequent und konkret war, konnte man schließen, daß jeder einzelne Bestandteil ebenfalls aktiv, konsequent und konkret sein würde. Daß der Major es lediglich so eingerichtet hätte, daß er *nicht* verdächtigt würde, wäre eine zu passive Einstellung, als daß sie wirklich zu den anderen psychologischen Aspekten der Tat passen würde. Das wäre zu vage, zu indirekt, zu unschlüssig gewesen. Der ausgesprochen konkrete Denker, der dieses Verbrechen plante, hätte auch etwas Spezifisches, Konkretes eingeplant, um den Verdacht abzulenken. Als sich die Indizien gegen den Captain zu häufen begannen und der Major ihn um so heroischer verteidigte, da wußte ich, daß er der Prügelknabe sein sollte. Anfangs, das gebe ich zu, glaubte ich, der Major habe Miss St. Clair zu seinem Opfer erkoren, doch als ich erfuhr, daß die Anwesenheit von Handschuhen und Handtasche in Bensons Haus nur ein Zufall war, und als ich dazu bedachte, daß der Major uns Pfyfe als Informanten zugespielt hatte, der von der Drohung des Captains berichtete, da war mir auch klar, daß der Verdacht, der auf sie fiel, nicht zum Plan des Mörders gehörte.«

Bald darauf erhob Markham sich und streckte sich.

»Tja, Vance«, sagte er, »Ihre Arbeit ist getan. Meine fängt erst an. Und ich brauche Schlaf.«

Es verging keine Woche, da wurde Anklage gegen Major Anthony Benson wegen Mordes an seinem Bruder erhoben. Der Leser wird sich erinnern, daß der Prozeß, der unter dem Vorsitz von

Richter Rudolph Hansacker geführt wurde, landesweit für Aufsehen sorgte. Associated Press schickte den Subskribenten täglich ganze Spalten, und wochenlang prangten auf den Titelseiten der Zeitungen die spektakulären Schlagzeilen über den Fortgang der Verhandlungen. Daß die Bezirksstaatsanwaltschaft den Prozeß nach erbittertem Kampf gewann, daß die Tat wegen der nur mittelbar bewiesenen Täterschaft nicht als Kapitalverbrechen geahndet werden konnte, und daß nach einer zweiten Verhandlung vor dem Revisionsgericht Anthony Benson schließlich zu einer Zuchthausstrafe von zwanzig Jahren bis lebenslänglich verurteilt wurde – all das ist in den amtlichen Akten und den Pressearchiven nachzulesen.

Markham trat nicht selbst als Staatsanwalt auf. Da er ein lebenslanger Freund des Angeklagten gewesen war, war seine Position schwierig und nicht zu beneiden, und so wurde auch kein Wort der Kritik laut, als er den Fall an Sullivan, den Ersten Stellvertreter des Bezirksstaatsanwalts, abtrat. Major Benson umgab sich mit einem Heer von Verteidigern, wie man es selten an unseren Strafgerichten sieht. Nicht nur Blashfield, sondern auch Bauer zählte zu seinem Stab – Blashfield leitete die Verteidigung, Bauer hielt das Plädoyer. Sie kämpften mit jedem Mittel, das sich im Gesetzbuch fand, aber die Beweislast gegen ihren Klienten war am Ende doch überwältigend.

Als Markham erst einmal von der Schuld des Majors überzeugt war, hatte er eine gründliche Untersuchung der Geschäftspraktiken der beiden Brüder angeordnet, und es hatte sich herausgestellt, daß die Lage sogar noch schlimmer war, als Stitts erster Bericht vermuten ließ. Beide hatten die der Firma überlassenen Sicherheiten systematisch für private Spekulationen mißbraucht; doch anders als Alvin Benson, der dabei große Profite gemacht hatte, stand der Major durch seine Investitionen vor dem Bankrott. Markham konnte eindeutig darlegen, daß für den Major die einzige Hoffnung, die veruntreuten Gelder zurückzuerstatten und der Strafverfolgung zu entgehen, Alvin Bensons Tod, und das binnen kürzester Zeit, gewesen war. Im Laufe des

Prozesses kam auch ans Licht, daß der Major noch am Tag des Mordes konkrete Versprechen gegeben hatte, die er nur halten konnte, wenn er Zugang zum Safe seines Bruders bekam. Er hatte sogar Summen genannt, über die der andere verfüge; und in einem Falle hatte er einen auf achtundvierzig Stunden befristeten Schuldschein auf eine Sicherheit ausgestellt, die bereits verpfändet war – was allein ihn ans Messer geliefert hätte, wäre sein Bruder am Leben geblieben.

Miss Hoffman trat als kluge und hilfreiche Zeugin der Anklage auf. Was sie über die Verhältnisse im Büro von Benson and Benson zu sagen hatte, leistete einen entscheidenden Beitrag in der Beweisführung gegen den Major.

Auch Mrs. Platz sagte aus, daß sie Zeugin einer heftigen Auseinandersetzung zwischen den Brüdern geworden sei. Noch nicht einmal vierzehn Tage vor dem Mord habe der Major seinem Bruder, der sich geweigert hatte, ihm einen Betrag von $50.000 zu leihen, mit den Worten gedroht: »Wenn ich jemals zwischen meiner Haut und deiner wählen muß, dann werde ich auf jeden Fall meine retten.«

Theodore Montagu, der Mann, der nach Auskunft des Pagen im Chatham Arms in der Mordnacht um halb drei nach Hause gekommen war, sagte aus, daß er, als das Taxi vor dem Apartmenthaus wendete, im Scheinwerferlicht einen Mann in einem Lieferanteneingang des Hauses gegenüber gesehen habe, einen Mann, der wie Major Benson ausgesehen habe. Diese Aussage allein hätte wenig Gewicht gehabt, hätte nicht Pfyfe sich nach der Verhaftung gemeldet und zu Protokoll gegeben, er habe, als er in der Hoffnung auf ein Glas Haig and Haig auf dem Weg zu Pietro war, den Major an der Ecke der 46. Straße gesehen, wie er eben die Sixth Avenue überquerte. Er habe es nicht für erwähnenswert gehalten, sagte er, weil er geglaubt habe, der Major sei lediglich auf dem Rückweg von einem Broadwayrestaurant. Ihn habe der Major nicht bemerkt.

Diese Aussage brachte, zusammen mit dem Zeugnis von Mr. Montagu, das sorgfältig präparierte Alibi des Majors zu Fall.

Zwar behauptete die Verteidigung beharrlich, beide Zeugen hätten einen anderen gesehen, doch die Geschworenen waren sehr beeindruckt von dem Beweismaterial, besonders als der Stellvertretende Bezirksstaatsanwalt Sullivan, von Vance instruiert, ausgiebig und mit Hilfe von Zeichnungen erläuterte, wie der Major das Haus verlassen haben und wieder zurückgekehrt sein konnte, ohne daß der Page es bemerkt hätte.

Ebenfalls schlüssig bewiesen wurde, daß nur der Mörder die Juwelen vom Tatort entfernt haben konnte, und Vance und ich bezeugten, daß sich das Kästchen in der Wohnung des Majors gefunden hatte. Vance' Ermittlung der Körpergröße des Mörders wurde vorgeführt, doch die Wirkung verpuffte, als die Gegenseite Salve um Salve von weit hergeholten wissenschaftlichen Einwänden dagegen aufbot. Aber die eindeutige Identifizierung der Tatwaffe durch Captain Hagedorn machte der Verteidigung natürlich am schwersten zu schaffen.

Der Prozeß dauerte drei Wochen, und manch Skandalöses kam im Zuge der Zeugenaussagen ans Licht, auch wenn Sullivan auf Markhams Bitten alles tat, um das Privatleben jener Unglücklichen, die in die Affäre hineingezogen wurden, so gut wie möglich herauszuhalten. Colonel Ostrander hat es allerdings Markham nie verziehen, daß er nicht in den Zeugenstand gerufen wurde.

In die letzte Woche der Verhandlung fiel die Premiere eines großen Musicals, in dem Miss Muriel St. Clair erstmals als Primadonna auf der Bühne stand und das fast zwei Jahre lang erfolgreich am Broadway lief. Sie hat seither ihren ritterlichen Captain Leacock geheiratet, und die beiden wirken vollkommen glücklich.

Pfyfe ist nach wie vor Ehemann und eleganter denn je. Er kommt regelmäßig nach New York, auch wenn sein »guter alter Alvin« nun nicht mehr unter uns weilt, und einige Male habe ich ihn und Mrs. Banning zusammen gesehen. Ich weiß nicht warum, aber diese Frau habe ich ins Herz geschlossen. Pfyfe brachte die $ 10.000 auf – obwohl es mir ein Rätsel ist, wie er es anstellte – und löste ihre Juwelen aus. Wem der Schmuck in jenem

Kästchen gehörte, darüber wurde bei der Verhandlung Stillschweigen gewahrt, und ich war sehr froh darüber.

Am Abend des Tages, an dem das Urteil über den Major verkündet wurde, saßen Markham, Vance und ich beisammen im Stuyvesant-Club. Wir hatten gemeinsam zu Abend gegessen, doch die Ereignisse der vergangenen Wochen waren mit keinem Wort erwähnt worden. Doch nun sah ich, wie sich auf Vance' Lippen ein ironisches Lächeln breitmachte.

»Ich muß schon sagen, Markham«, ließ er mit seinem betont schleppenden Tonfall verlauten, »dieser Prozeß war wirklich ein groteskes Spektakel! Die wahren Beweise sind nicht einmal vorgebracht worden. Benson ist auf der Grundlage von nichts als Annahmen, Hypothesen, Theorien und Folgerungen verurteilt worden … Gott sei dem unschuldigen Daniel gnädig, der in die Löwengrube der Justiz fällt!«

Zu meiner Überraschung nickte Markham mit ernster Miene.

»Sie haben ja recht«, sagte er, »aber wenn Sullivan versucht hätte, Ihre kunstvollen psychologischen Theorien ins Feld zu führen, hätten sie ihn dafür in die Klapsmühle gesteckt.«

»Zweifelsohne«, seufzte Vance. »Für die *illuminati* der Juristerei bliebe ja auch wenig zu tun, wenn jeder seine Arbeit mit Verstand täte.«

»In der Theorie sind Ihre Ansichten schlüssig genug«, erwiderte Markham nach einer Weile, »aber ich fürchte, ich habe mich doch schon zu lange mit Fakten und greifbaren Indizien beschäftigt, als daß ich Psychologie und Kunst an ihre Stelle setzen könnte … Aber«, fügte er gutgelaunt hinzu, »wenn mich in Zukunft wieder einmal meine Indizien im Stich lassen – darf ich Sie dann wieder um Ihre Assistenz bitten?«

»Stets zu Diensten, alter Freund«, versicherte ihm Vance. »Ich fürchte allerdings, gerade wenn Ihre schönen Indizien Sie unwiderstehlich zu Ihrem Opfer führen, werden Sie mich am nötigsten brauchen, was?«

Und diese Bemerkung, obwohl sie ja nichts als eine gutmütige Stichelei gewesen war, sollte sich als seltsam prophetisch erweisen.

Nachwort

Willard Huntington Wright (1888–1939), der sich für seine gesamten theoretischen und praktischen Bemühungen um den Detektivroman hinter dem Pseudonym S. S. Van Dine verbarg, ist nicht nur eine inzwischen legendäre Gestalt der Genre-Geschichte, sondern hat auch sein wirkliches Leben so erfolgreich zur Legende verklärt, daß sein elaboriertes Lügengewebe erst über ein halbes Jahrhundert nach seinem Tod von seinem Biographen zerstört wurde. Nach der jedem Fan bekannten Pseudo-Vita, der auch Herausgeber und Verlag von »DuMonts Kriminal-Bibliothek« aufgesessen sind (siehe die Nachworte zu »Der Mordfall Bischof«, Bd. 1006, »Der Mordfall Greene«, Bd. 1029, »Der Mordfall Canary«, Bd. 1062), fesselte Anfang der zwanziger Jahre ein so schweres Herzleiden den erfolgreichen Kunstschriftsteller und -theoretiker zwei Jahre lang ans Bett, daß ihm sogar ›schwere‹ Lektüre verboten war. So las er sich denn durch Tausende von Bänden damals beliebter Detektivromane, Krimis und Thriller hindurch, beschloß, es selbst besser zu machen, und gewann sogleich den renommierten Scribner-Verlag für seinen Plan. S. S. Van Dine und Philo Vance waren gezeugt und traten 1926 mit dem hier vorgelegten »Mordfall Benson« auch ans Licht der Welt.

Wie John Loughery 1992 gezeigt hat, verhielt sich alles ganz anders. Der gemeinsam mit Alfred Stieglitz, H. L. Mencken und Theodore Dreiser unermüdlich für die künstlerische und schriftstellerische Avantgarde kämpfende Wright war Anfang der zwanziger Jahre völlig am Ende. Langjähriger Alkohol- und Drogenmißbrauch hatten ihn gesundheitlich ruiniert, er hatte Schulden bei jedem, der ihm je über den Weg gelaufen war, und er hatte seine ebenso bedeutende wie lukrative Stellung als Herausgeber der erfolgreichen Zeitschrift »Smart Set« verloren, weil er hinter dem Rücken, aber mit dem Geld des Verlegers die Nullnummer eines Konkurrenz-Magazins finanziert hatte.

In dieser aussichtslosen Lage bedurfte es mindestens der Entdeckung einer literarischen Bonanza, wollte er seinem Leben noch einmal eine neue Richtung geben. Und sie gelang ihm auch – er erkannte spekulativ das Potential, das eine literarische Aufwertung des populären Genres Detektivroman bot, wenn ein Autor es gleichzeitig verstand, seine entsprechenden Werke für den amerikanischen Markt zuzuschneiden.

Wie stand es um den Krimi Anfang der zwanziger Jahre? Sherlock Holmes war, wenn auch eine letzte Sammlung seiner Abenteuer erst 1927 erscheinen sollte, längst zum Mythos und zur Legende geworden; alle seine Fälle spielten in einem viktorianischen England, in dem es »auf ewig 1895 war«, wie ein Kritiker einmal treffend bemerkte. Die Geschichten mit typisch amerikanischen hartgesottenen Detektiven staken noch in den Kinderschuhen und hatten den Dunstkreis der von ernsthaften Lesern oder gar Kritikern überhaupt nicht beachteten Groschenhefte – »pulp magazines« – noch nicht verlassen. Erfolgreichster Autor des Tages war in Großbritannien wie in den USA gleichermaßen Edgar Wallace mit seinen schludrig hindiktierten und fabrikmäßig ausgestoßenen Reißern – an ihm entwickelte Dorothy L. Sayers ihren Begriff des – ästhetisch minderwertigen – ›thriller‹. Das von seinem Namen abgeleitete Adjektiv »wallacey« bezeichnete schon bald alles das, was es zu vermeiden galt, wenn man das Genre ästhetisch aufwerten wollte.

Unmittelbar bevor Willard Huntington Wright diesen Plan faßte, hatten zwei englische Schriftstellerinnen ihre ebenfalls äußerst erfolgreichen Karrieren mit demselben Ansinnen begonnen: 1920 war Agatha Christies Erstling mit Hercule Poirot erschienen, und 1923 hatte Dorothy L. Sayers' aristokratischer Detektiv Lord Peter Wimsey sein Debüt. Wright wurde unter dem Pseudonym S. S. Van Dine – zu S. S. regte ihn die gängige Bezeichnung für Steam Ship an, Van Dine stammte angeblich (auch das eine Lüge) aus seinem Stammbaum – der dritte Autor, der das später nostalgisch so genannte Goldene Zeitalter des Detektivromans heraufführte. Mit seiner – so viel stimmte von seiner

Legende – stupenden Kenntnis des Genres stufte der ausgewiesene Kritiker den Detektivroman zu Recht als Variationsgattung ein. Wie Gilbert Keith Chesterton einst seinen Detektiv Father Brown geschaffen hatte, indem er ihn in jeglicher Hinsicht zu Sherlock Holmes' Gegenbild machte, so komponierte Wright alias Van Dine seinen eigenen Ansatz geschickt aus denen seiner Vorläufer. Von Doyle und Christie übernahm er die »Watson«-Technik, einen engen Freund des Detektivs von den Fällen berichten zu lassen, trieb diese Fiktion jedoch konsequent so weit, daß »S. S. Van Dine« auch als Autorname auf den Titelblättern erschien. Aus dem recht manierierten britischen Aristokraten Lord Peter machte er den noch manierierteren neuenglischen Aristokraten Philo Vance: Er entstammt einer der berühmtesten Familien des New Yorker Geldadels, so berühmt, daß Van Dine diskreterweise seinen Namen änderte, und hat in Harvard seinen akademischen Grad erworben, im Anschluß daran aber noch etliche Semester an Lord Peters Universität Oxford studiert. Sogar einen veritablen Kammerdiener hat er aus England mitgebracht, der aber nie Bunters legendäre unauffällige Farbigkeit erreicht. Vance' enge Freundschaft mit dem New Yorker Bezirksstaatsanwalt Markham läßt ihn ebenso zwanglos an Fälle kommen wie sein Vorbild an die Freundschaft und spätere Verwandtschaft mit Chefinspektor Parker von Scotland Yard.

Lösen kann er sie aufgrund der Methode, die auch Hercule Poirot anwendet: Aus den vielen Verdächtigen, die alle Gelegenheit und Motiv zur Tat, Zugang zur Tatwaffe und sogar den Tötungswunsch, wenn nicht gar die -absicht hatten, gilt es denjenigen herauszufinden, der in seiner psychischen Ausstattung am ehesten zur Tat paßt.

Wright/Van Dine hat Vance deshalb mit psychologischen Grundkenntnissen versehen, die weit über Poirots – oder später gar Miss Marples – Alltagspsychologie hinausreichen. Zu Vance' einflußreichsten Lehrern in Harvard zählten die Philosophen und Psychologen Hugo Münsterberg und William James, und selbst Wrights eigene, äußerst solide Kunstkenntnisse werden für

Vance' Detektionsmethode fruchtbar gemacht: Er ist von erlesenem ›katholischen‹, d. h. alle Epochen und Kontinente umfassenden Kunstgeschmack. Als Kenner von hohen Graden, der sogar im Louvre akzeptable Umschreibungen von Kunstwerken vornimmt, ist er ›Dilettant‹ in jenem positiven Sinn, den das Wort noch in der Goethe-Zeit hatte: Den Dilettanten zeichnet eine im lebenslangen liebevollen Umgang mit den Dingen erworbene Sachkenntnis aus, die nicht durch schnöden Mammon aufgewogen werden kann oder muß. Mit Thomas de Quinceys zynisch dekadentem Ästhetizismus betrachtet Vance Mord wie eine der schönen Künste und Mordfälle wie ein erlesenes Einzelstück, das er seiner Sammlung einverleiben möchte: Wie ein Kenner aus den Eigenarten eines Kunstwerks dessen Urheber erschließen kann, so erkennt der, der die Umstände eines Mordes mit Kennerschaft betrachtet, den Mörder. Indizienbeweise können höchstens sekundär eine Theorie stürzen oder fällen, nie deren Grundlage sein. Vance hat hierfür ein schlagendes Beispiel: Niemand würde die »Kreuzabnahme« in der Kathedrale von Antwerpen Rubens absprechen, nur weil der während der angegebenen Entstehungszeit nachweislich auf Reisen war, mithin ein Alibi hatte – ehe die »Kreuzabnahme« falsch ist, muß das Alibi es sein.

Van Dine/Vance nimmt hier etwas vorweg, was Umberto Eco als Semiotiker mehr als sechzig Jahre später, gestützt auf den Mathematiker und Philosophen Charles Sanders Peirce, als Zeichentheorie der Detektion entwickeln wird: Das Sammeln empirischer Fakten, die sogenannte Induktion, muß als solches bereits theoriegeleitet, d. h. im Licht der Abduktion genannten Theoriebildung erfolgen, soll es nicht blind bleiben. Vance kennt nach dieser psychologischen Methode bereits nach fünf Minuten am Tatort den Täter, hat aber erst nach einer Woche die dazu passenden Indizien beisammen bzw. die seiner Theorie widersprechenden Fakten eliminiert. Polizei und Staatsanwaltschaft hingegen suchen umgekehrt zu jedem neu aufkommenden Indiz den passenden Verdächtigen.

Um sie mit ihren eigenen Waffen schlagen zu können, läßt

Vance sich auf dieses Spiel ein und präsentiert den offiziellen Ermittlern zum Schluß nicht weniger als fünf Verdächtige, gegen die jeweils so viele Indizien sprechen, daß es zur Anklageerhebung reichen würde, und doch sind alle fünf unschuldig. Sosehr er Markham – und den Leser – auch gelegentlich mit seinen prunkenden Zitatencollagen bis zur Weißglut reizen kann, muß dieser doch zugeben, daß ihn Vance als Schutzengel, deus ex machina und gute Fee vor etlichen schweren Blamagen bewahrt hat. »Nichts ist irreführender als eine ins Auge springende Tatsache« – diese Maxime Sherlock Holmes' muß Philo Vance den nüchternen Praktikern wieder und wieder ad oculos demonstrieren, bevor sie ihm glauben. So bittet Vance am Schluß Markham konsequenterweise auch darum, nicht bei einem Fall zugezogen zu werden, der besonders knifflig zu sein scheint, sondern vielmehr bei einem solchen, bei dem die Lösung auf der Hand liegt.

Die Anpassung des in England gerade aufkommenden Privatdetektivs an amerikanische Verhältnisse wurde zum unmittelbaren Sensationserfolg in Buchform wie in Film und Funk – Vance' Autor konnte sich sanieren und bald ein seinem eigenen Geschöpf nachempfundenes Luxusleben führen. Der damalige Verlagschef von Scribner bekannte offen, daß allein Van Dines Romane den Verlag über Weltwirtschaftskrise und Große Depression hinweggerettet hätten. Doch bald schon ließ ebendiese Depression Vance an Beliebtheit verlieren – harte Zeiten brauchen harte Bücher und schäbige Umstände schäbige Helden. Philo Vance wurde von Hammetts Sam Spade und Chandlers Phil Marlowe in den Hintergrund gedrängt. Vor deren ›matter-of-fact‹- und ›down-to-earth‹-Lakonismus und angeblichem Realismus erschien Van Dines Held wie eine hoffnungslos überzüchtete Orchidee, und der Spruch wurde populär: »Philo Vance/needs a kick in the pants« – Vance verdient einen Tritt in den Hintern. Als der ›Krimi‹ als Kunstform in Deutschland mit fast zwei Generationen Verspätung gegenüber dem englischen Sprachraum populärer wurde, war Vance vergessen und galt bestenfalls als Gespenst aus einer versunkenen Welt.

Inzwischen hat auch in den USA eine lebhafte Wiederentdekkung eingesetzt; aus den Zeitromanen der Goldenen Zwanziger vor dem Schwarzen Freitag sind historische Romane geworden, die nicht nur durch ihre saubere Konstruktion der Plots, sondern auch als period pieces der ›Roaring Twenties‹ überzeugen. Um S. S. Van Dine und sein Geschöpf vor fünfzehn Jahren optimal in Deutschland einzuführen, hat »DuMonts Kriminal-Bibliothek« die Serie unter dem Gesichtspunkt des Spektakulären präsentiert und zuerst den vierten, dann den dritten, den zweiten und jetzt endlich den ersten Band vorgelegt, in dem Philo Vance und sein Vorgehen naturgemäß ausführlicher vorgestellt werden als in den Folgebänden. Ein Zeitgenosse hat Willard Huntington Wright einmal als den »interessantesten und faszinierendsten unsympathischen Mann« bezeichnet, dem er je begegnet sei. Der Leser mag das getrost auf den snobistischen, meist arroganten und gelegentlich schlicht geschwätzigen Detektiv übertragen und sich damit trösten, daß Vance' Zitate wenigstens immer stimmen, nicht nur im Lateinischen, Italienischen und Französischen, sondern auch in dem exotischen Dialekt, der im Englischen fast stets falsch wiedergegeben wird – im Deutschen. Man wird lange nach einem anderen englischsprachigen Krimi fahnden müssen, in dem Goethes legendäre letzte Worte ganz beiläufig korrekt im Original zitiert werden.

Volker Neuhaus

Inhalt

Band 1078	Charlotte MacLeod	**Miss Rondels Lupinen**
Band 1079	Michael Innes	**Klagelied auf einen Dichter**
Band 1080	Edmund Crispin	**Mord vor der Premiere**
Band 1081	John Ball	**Die Augen des Buddha**
Band 1082	Lee Martin	**Keine Milch für Cameron**
Band 1083	William L. DeAndrea	**Schneeblind**
Band 1084	Charlotte MacLeod	**Rolls Royce und Bienenstiche**
Band 1085	Ellery Queen	**... und raus bist du!**
Band 1086	Phoebe Atwood Taylor	**Kalt erwischt**
Band 1087	Conor Daly	**Mord an Loch acht**
Band 1088	Lee Martin	**Saubere Sachen**

Von S. S. van Dine ist weiterhin in
DuMonts Kriminal-Bibliothek erschienen:
Band 1006
Der Mordfall Bischof

»Müßte man jemanden nennen, der Sherlock Holmes ebenbürtig ist, dann könnte das nur Philo Vance sein, der in den Büchern von S. S. van Dine auf der anderen Seite des Atlantik selbst den durchtriebensten Verbrechern auf die Spur kommt. In diesem Band stellen wir den berühmtesten Fall dieses Klassikers unter den amerikanischen Detektiven vor ... Ein Mord unter kühl kalkulierenden Mathematikern; unmöglich! Doch was zunächst wie ein Unglücksfall im Haus von Professor Dillard aussieht, stellt sich bald als raffiniert geplanter Mord heraus. Noch unheimlicher: die Handlungsvorlage ist ein bekannter Kinderreim ...«

Mittelbayerische Zeitung

Band 1087

Conor Daly

Mord an Loch acht

Der Milton Country Golfclub wirkt wie ein Hort der Ruhe. Gewonnene oder verlorene Partien, missratene Abschläge und knapp verfehlte Löcher bieten die einzigen Aufregungen und Sensationen – bis man auf der Suche nach verirrten Golfbällen im Teich des Golfplatzes eine Leiche findet: Sylvester Miles, den neureichen Millionär und Mitbesitzer des Golfclubs. Die Idylle ist zerstört, und Golfprofi Kieran Lenahan sieht sich schweren Anschuldigungen gegenüber. ›Mord an Loch acht‹ ist angelegt wie ein großer Golfplatz, mit schwer einsehbaren Stellen und unerwarteten Hindernissen – nur können diese Hindernisse tödlich enden.